Rosemary Rogers
Cautiva del Amor

Editado por Harlequin Ibérica.
Una división de HarperCollins Ibérica, S.A.
Núñez de Balboa, 56
28001 Madrid

© 2007 Rosemary Rogers. Todos los derechos reservados.
CAUTIVA DEL AMOR, Nº 58 - 1.3.08
Título original: A Daring Passion
Publicada originalmente por HQN Books.
Traducido por Sonia Figueroa Martínez

Todos los derechos están reservados incluidos los de reproducción, total o parcial. Esta edición ha sido publicada con permiso de Harlequin Enterprises II BV.
Todos los personajes de este libro son ficticios. Cualquier parecido con alguna persona, viva o muerta, es pura coincidencia.
™TOP NOVEL es marca registrada por Harlequin Enterprises Ltd.

® y ™ son marcas registradas por Harlequin Enterprises Limited y sus filiales, utilizadas con licencia. Las marcas que lleven ® están registradas en la Oficina Española de Patentes y Marcas y en otros países.

I.S.B.N.: 978-84-671-5903-5
Depósito legal: B-2566-2008

Para mi familia

1

Era una noche francamente desapacible. Aunque la lluvia que había estado cayendo sobre Kent durante los dos últimos días había ido amainando hasta cesar por fin, el aire aún estaba cargado de humedad y una capa de niebla cubría los pueblos y las fincas.

Sí, era una noche desapacible... al menos, para la gente honrada, porque era perfecta para los ladrones, los canallas y los villanos.

Al entrar dolorido en su modesta casa y dejar a un lado la capa roja y el sombrero, Josiah Wimbourne tuvo que admitir para sus adentros que debería de haber sabido que el magistrado estaría alerta en una noche así. Los caminos lodosos y la espesa niebla entorpecían el paso de cualquier carruaje, por muy suntuoso que fuera, y unas presas tan fáciles resultarían demasiado tentadoras para cualquier salteador de caminos.

Sobre todo para el célebre Granuja de Knightsbridge.

Josiah fue a la cocina, y después de sentarse en una silla frente al fuego le echó una mirada a su hombro ensangrentado y maldijo su propia estupidez. Con casi cuarenta años, ya debería saber que el hombre que subestimaba a su enemigo podía acabar muerto.

El anterior magistrado había sido un gañán dispuesto a hacer la vista gorda por la cantidad adecuada, pero Tom Harper era muy diferente y en menos de un mes había dejado claro que con él no funcionaban los sobornos, la intimidación ni las amenazas directas. Nada podía doblegar su sentido del deber, ni su determinación por hacer que la ley del rey se cumpliera.

Pero lo peor del caso era que aquel tipo tenía una capacidad endemoniada para pensar como un criminal.

Con aquel tiempo lluvioso, cualquier otro magistrado habría supuesto que los bandidos estarían bebiendo cerveza en la posada, o calentitos entre los brazos de una ramera; sin embargo, Harper se había dado cuenta de que el Granuja aprovecharía los caminos embarrados y la niebla para salir a cazar.

Maldito entrometido.

Una pequeña sonrisa asomó por voluntad propia en el rostro curtido de Josiah. A pesar del dolor del hombro y de lo espinoso de la situación, lo cierto era que sentía una cierta admiración por el tenaz magistrado.

Desde que había dejado la marina, apenas había encontrado oponentes dignos contra los que poder medirse. Algunas de sus víctimas habían contratado a detectives para que le siguieran la pista, y algunos de los aristócratas de la zona, hartos de que sus elegantes invitados acabaran desvalijados al viajar por Knightsbridge, incluso habían recurrido a la milicia, pero nadie había estado a su altura hasta aquel momento. Aquel condenado magistrado se había ganado su respeto.

Su absurda digresión se cortó en seco cuando un criado de semblante severo entró en la cocina y se sobresaltó al verlo allí. Foster había trabajado como mayordomo en algunas de las mansiones más distinguidas de Londres, y quizás seguiría haciéndolo si no se hubiera descubierto que había falsificado la firma de su señor en una serie de talones bancarios. El hecho de que no hubiera usado el dinero para llenarse los bolsillos, sino para ayudar a un orfanato que luchaba por salir adelante, había carecido de importancia para las autoridades, y después de declararlo culpable le habían condenado a permanecer recluido en las colonias penales.

Foster había saltado por la borda del navío que lo llevaba hacia su prisión, y él lo había rescatado del agua casi muerto.

De aquello ya hacía casi veinte años, y nunca se había arrepentido de aquel acto impulsivo. Foster le había demostrado con creces su lealtad inquebrantable, y además le había enseñado los buenos modales necesarios para poder pasar por un verdadero caballero.

Aunque a pesar de la elegante imagen que mostraba al exterior seguía siendo un granuja, y sabía que el único culpable de eso era él mismo.

Al ver que tenía la camisa empapada de sangre, Foster se apresuró a acercarse a él.

—¡Buen Dios! Señor, le han herido.

—Eso parece, Foster.

—Dios sabe cuántas veces se lo he advertido. Un hombre de su edad tendría que estar sentado junto al fuego, y no correteando por el campo como si fuera un mozalbete. Estaba claro que iba a pasar algo tarde o temprano. Supongo que ese engendro del demonio que según usted es un caballo lo ha tirado al suelo, ¿verdad?

—Claro que no me ha tirado, insolente. No soy ni un vejestorio ni un jovenzuelo incapaz de controlar su propio caballo, por muy endemoniado que sea.

—Entonces, ¿qué...? —Foster se inclinó un poco para ver mejor la herida, y se quedó de piedra—. Que me aspen, le han disparado.

—Sí, eso me había parecido a mí —Josiah se quitó la camisa con una maldición ahogada, y la tiró junto a la chimenea—. Maldito Liverpool y su dichosa panda de conservadores, les encanta arruinar a los ciudadanos a base de impuestos y entonces se sorprenden de que la gente tenga que recurrir al crimen para subsistir.

—¿Liverpool le ha disparado?

Josiah soltó una carcajada seca y carente de humor.

—No, simplón. Ha sido el magistrado.

—Ah... claro —Foster sacó un trapo de un cajón, y volvió a su lado—. Bueno, vamos a echar un vistazo.

Cuando el criado apretó el trapo contra la herida, Josiah inhaló con brusquedad.

—Ten cuidado, Foster. Duele como un condenado.

Foster hizo caso omiso de sus protestas, y siguió limpiándole la herida.

—La bala sólo le ha rozado, alabado sea Nuestro Señor. Aunque la herida es bastante profunda, y va a necesitar algunos puntos —Foster retrocedió un paso, y se las ingenió para mirar a su señor con una expresión aún más seria que de costumbre.

—Me lo temía —dijo Josiah con resignación. No era su primera herida y sin duda tampoco sería la última, pero resultaba un fastidio—. No te quedes ahí como un pasmarote, Foster. Ve a por el hilo y la aguja... ah, y trae también el brandy. Si voy a tener que aguantar que me cures con esas manazas que tienes, será mejor que esté medio inconsciente.

Foster alzó las manos de golpe, y empezó a retroceder apresuradamente.

—Dios me libre. Soy un criado, no un matasanos. Si necesita que alguien le cosa, llame al viejo Durbin.

—¿Para que le cuente a todo el mundo lo de la herida en cuanto beba un trago de más?, no seas más tonto de lo necesario.

—¿Qué más da lo que diga Durbin?, nadie le presta atención cuando está borracho.

—Te aseguro que al magistrado le interesará mucho cualquier información sobre un hombre herido, porque sabe que ha conseguido alcanzar al Granuja de Knightsbridge —Josiah hizo una mueca al pensar en lo estúpido que había sido—. Ponme la soga ya si quieres, para ahorrar tiempo.

Foster permaneció en silencio durante unos segundos, y finalmente se dio cuenta de lo peligrosa que era la situación.

—Por todos los diablos, ya sabía yo que ese tipo sería un incordio. Es impropio de un caballero meter las narices en los asuntos ajenos.

A pesar del dolor del hombro, Josiah esbozó una sonrisa al oír el tono de indignación de su criado.

—Mi querido Foster, me parece que él considera que es su

deber meter la nariz en todos los asuntos que conciernen a esta zona.

—Sin duda quiere darse a conocer en Londres, y le da igual a cuántos tipos decentes tenga que colgar para conseguirlo.

—O tipos indecentes.

Foster soltó un bufido mientras tiraba el trapo ensangrentado a una pila con agua. Era un hombre simple, que tenía su propia noción de lo correcto y lo incorrecto, y jamás vería a su señor como un infame criminal.

Con cierta ironía, Josiah se dijo que era una pena que no todo el mundo se mostrara tan indiferente ante sus más que cuestionables acciones.

—El viejo Royce sí que era un magistrado de verdad, un hombre que sabía realizar sus funciones —dijo el criado.

—Y que tenía la decencia de aceptar un amistoso soborno cuando se lo ofrecían —bromeó Josiah.

—Sí, era un tipo sensato.

—Pero tenía una lamentable inclinación por la ginebra barata y las rameras, y eso lo mandó a la tumba antes de tiempo —Josiah sacudió la cabeza, y no pudo evitar hacer una mueca cuando una punzada de dolor le recorrió el hombro—. Que lamentemos su pérdida no cambia el hecho de que nuestra misión se ha vuelto bastante más peligrosa, viejo amigo.

—A lo mejor debería quedarse en casa y no llamar la atención durante una temporada.

Josiah intentó ponerse un poco más cómodo en la silla de madera. Lo único que quería era un baño caliente y una cama mullida, pero sabía que antes tenía que ocuparse de la herida. Y para eso tenía que convencer al testarudo de su criado de que se pusiera manos a la obra.

—No te preocupes, Foster. Por culpa de esta dichosa herida, voy a tener que estar inactivo días, puede que incluso semanas. Y deja ya de perder el tiempo, no pienso desangrarme hasta morir porque eres demasiado delicado para pincharme con una aguja.

—No pienso hacerlo, señor.

—De acuerdo, entonces dame la condenada aguja y lo haré yo mismo —le espetó Josiah, cada vez más impaciente.

—¿Queréis que os ayude?

Los dos hombres se tensaron al oír la suave voz femenina. Josiah cerró los ojos por un segundo, y se preguntó por qué se había levantado de la cama aquella mañana. El cielo plomizo y el aire frío deberían haberlo convencido de que lo mejor era cubrirse la cabeza con la manta y dar el día por perdido.

Como no podía escapar a lo inevitable, volvió la cabeza poco a poco para mirar a su pequeña, que estaba observándolo desde la puerta de la cocina.

No tuvo más remedio que corregirse a sí mismo a regañadientes. Su Raine ya no era pequeña, porque se las había ingeniado para convertirse en una mujer mientras estaba en el condenado convento francés en el que había sido educada.

Sí, su única hija era una mujer de una belleza notable, y eso era algo que no dejaba de sorprenderlo. Aunque había sido un tipo atractivo en sus tiempos y su esposa, que había fallecido años atrás, había sido una doncella guapa, nada había hecho sospechar que llegarían a crear una... una obra de arte.

Ésa era la única descripción posible para la joven mujer que tenía ante sus ojos.

Bañada por la luz de las velas, su belleza era luminosa. Su piel de marfil resplandecía con un brillo perlado, y sus ojos oscuros ligeramente rasgados estaban enmarcados por unas espesas pestañas que le conferían un seductor aire de misterio. Tenía una nariz delicada y recta que contrastaba con su boca plena y carnosa, sobre la que había un pequeño lunar que parecía ideado para llamar la atención de los hombres.

En aquel momento, su rostro aún parecía somnoliento, sus densos rizos color ámbar estaban recogidos en una sencilla trenza que le llegaba casi hasta la cintura, y llevaba una bata un poco raída que cubría su cuerpo esbelto de pies a cabeza. Lo normal sería que pareciera una niña desaliñada, pero lo cierto era que estaba tan radiante y bella como un ángel.

Le había roto el corazón tener que mandarla lejos a los doce años, pero su difunta esposa deseaba que estudiara en el mismo convento donde ella había estado. Separarse de Raine le había supuesto un sacrificio insoportable, aunque no podía negar que en el fondo había sentido cierto alivio al alejarla de allí.

Ya en aquella época su belleza empezaba a despuntar, y él había sido más que consciente de que los nobles de la zona no tardarían en volver sus miradas lujuriosas hacia ella. La cercanía de un bocado tan delicioso habría sido una tentación irresistible para ellos, y sin duda habrían intentado seducirla a toda costa.

Sí, lo mejor había sido que estuviera fuera del alcance de los peligros del mundo, pero, tras su regreso, las viejas preocupaciones habían dado paso a otras nuevas.

A pesar de que Raine había adquirido la madura sofisticación que le permitía saber eludir una seducción, carecía de la dote y de los contactos necesarios para que un caballero se planteara darle un puesto permanente en su vida; además, aquella nueva elegancia que la caracterizaba impedía que encajara entre los granjeros y los comerciantes. No alcanzaba a encontrar su sitio en la comunidad, y no tenía ni madre ni hermanas que pudieran hacerle compañía.

Josiah soltó un profundo suspiro, y alargó la mano hacia ella.

—Bueno, supongo que era inevitable que todo este jaleo te despertara, cariño. Anda, ven.

Raine se acercó a él, y frunció el ceño al verlo bien.

—Estás herido.

—Sí, ésa parece ser la opinión general. Foster, sírveme un brandy y ve a ocuparte de mi caballo.

—Gracias a Dios —murmuró el criado. Se apresuró a sacar una botella de licor y un vaso de un armario, y se volvió hacia la puerta en cuanto los dejó sobre la mesa.

—Foster —le dijo Josiah con voz suave.

—¿Qué?

—Asegúrate de que no quede ningún rastro del trabajo de

esta noche. Seguro que en los próximos días habrá quien se interese por nuestra cuadra.

—Por supuesto. La dejaré tan limpia, que el magistrado no encontrará ni excrementos de ratón.

—¿El magistrado? —dijo Raine, cuando Foster salió de la cocina y cerró la puerta.

—Me temo que es una historia larga y tediosa.

—De hecho, sospecho que será fascinante.

—Puede, pero por el momento preferiría que fueras a por hilo y aguja para coser a tu pobre padre —Josiah se aferró con fuerza a la silla cuando lo asaltó una nueva oleada de dolor, y finalmente añadió—: A menos que quieras quedarte ahí sin hacer nada mientras me desangro, claro.

Raine lo observó en silencio durante unos segundos, y asintió al ver la tensión de su rostro y el sudor que le cubría la piel.

—De acuerdo, padre.

Josiah se sintió aliviado al ver que salía de la habitación y que volvía poco después con hilo y aguja. Su hija nunca había sido una persona aprensiva; de hecho, siempre había tenido más empuje y más agallas que los muchachos de la zona. Era capaz de subir a cualquier árbol, de saltar de cualquier tejado, de atravesar a nado cualquier lago que se le pusiera por delante. Y también tenía la clase de aguda inteligencia que conducía de forma irremediable a algunas preguntas indiscretas.

Ella lo arrancó de golpe de sus divagaciones al verter una buena cantidad de brandy sobre la herida.

—¡Dios mío! Es... es una herida de bala, padre.

Josiah soltó un gruñido mientras el licor actuaba en la herida.

—¿Qué sabes tú de heridas de bala, cariño?

Raine se colocó tras su hombro, y empezó a coserlo con cuidado.

—Padre, quiero saber lo que ha pasado.

—Siempre has sido demasiado curiosa. Los asuntos de un caballero no siempre son adecuados para los oídos de una mujer.

—¿Desde cuándo te muestras tan considerado con mi sensibilidad femenina? De niña crecí rodeada de marineros borrachos que me contaban historias que habrían ruborizado al sinvergüenza más descarado, y tú me enseñaste a cabalgar y a disparar.

Josiah tuvo que admitir que aquello era cierto. Siempre había estado rodeado de tipos curtidos que no se andaban con contemplaciones, y en demasiadas ocasiones había tratado a su hija como si fuera un pilluelo, en vez de una joven bien educada.

Se había sentido mucho más cómodo fingiendo que ella era un hijo, porque no había tenido ni idea de cómo criar a una hija; al fin y al cabo, eran extrañas y misteriosas criaturas que ningún hombre podría llegar a comprender jamás.

—Pero ya has dejado de ser una niña, cariño —murmuró, con cierto pesar—. Eso es algo que ni siquiera tu pobre padre puede seguir negando. Te has convertido en una dama preciosa que debería estar en elegantes salones, y no viviendo entre marineros en una casa ruinosa.

A pesar de que su hija siguió cosiéndole la herida como si nada, Josiah notó que se tensaba un poco, como si sus palabras la hubieran afectado de verdad.

—Supongo que es una idea preciosa, pero como mis invitaciones para acudir a esos elegantes salones parecen perderse por el camino, seguiré siendo lo que soy: una Cenicienta olvidada.

—¿Una Cenicienta?

—Sí, es la protagonista de un cuento francés que trata de una tontorrona que sueña con vestidos bonitos y con un apuesto príncipe.

Josiah inhaló entre dientes mientras la aguja le penetraba en la piel.

—¿Por qué es una tontorrona por soñar con esas cosas?

Tras un instante de silencio, Raine suspiró y le dijo:

—Porque se trata de un sueño imposible, y soy lo bastante sensata para no perder el tiempo anhelando lo que no puedo tener.

Esa vez, Josiah sintió que la aguja le había dado de lleno en el corazón, y se volvió a mirar a su hija.

—Raine...

—No, padre. No importa, de verdad —con una sonrisa que no se reflejó en sus ojos oscuros, añadió—: Anda, deja de intentar distraerme y cuéntame lo que ha pasado.

Josiah se volvió de nuevo hacia el fuego. Maldición, había sido un necio al creer que podría mantener su ocupación en secreto delante de las narices de su hija. Ella ya no era una cría a la que podía distraer con facilidad, sino una mujer dispuesta a hacer lo que fuera con tal de conseguir lo que se proponía.

Con un suspiro de añoranza, pensó en lo mucho que se parecía a su madre.

—Supongo que vas a darme la lata hasta que te cuente la sórdida verdad, ¿no?

—Yo nunca me rebajaría a «dar la lata», pero me gustaría recordarte que estoy realizando una delicada intervención quirúrgica, y no me gustaría cometer un error.

—Por el amor de Dios, no puedes amenazar a tu propio padre. Es una indecencia —Josiah dio un respingo cuando ella dio un ligero tirón con el hilo—. Maldición.

—¿Vas a contármelo?

Esperó hasta que cortó el hilo y le vendó la herida con eficiencia y calma, y entonces claudicó a regañadientes. ¿Qué otra cosa podía hacer?, no iba a darse por satisfecha hasta que le hubiera sacado hasta el último sórdido detalle.

—De acuerdo, te lo contaré, pero esta noche no. Estoy cansado, y necesito un baño caliente y una buena cama. Hablaremos por la mañana.

Ella se colocó delante de él, y lo miró con expresión seria.

—¿Me das tu palabra?, ¿me contarás la verdad?

—Sí, te doy mi palabra.

Raine ya estaba levantada y vestida con un sencillo vestido azul poco después de que saliera el sol. No era algo inusual en ella, ya que durante los últimos siete años había vivido en un convento donde no se admitían ni la pereza ni la falta de moderación, y había tenido que levantarse antes de que amaneciera casi a diario para las plegarias matutinas.

A pesar de que ya no tenía que ceñirse a un horario estricto, le resultaba imposible holgazanear en la cama hasta tarde. Estaba muy de moda recostarse sobre docenas de almohadas y tomar chocolate caliente, pero su temperamento inquieto le impedía perder el tiempo de forma tan tediosa.

Además, el chocolate hacía que le saliera un sarpullido.

Raine esbozó una sonrisa al salir de su dormitorio y echar a andar por el pasillo. Sí, le gustaba levantarse temprano, pero el problema era que no sabía qué hacer con todo el tiempo que tenía en sus manos.

Aunque su padre no poseía una fortuna, podía permitirse emplear a un numero suficiente de criados que se ocupaban de todas las tareas de la casa; además, como ella apenas conocía a la gente de por allí ni tenía amistades en la zona, nunca tenía compromisos urgentes.

A menudo paseaba por el campo sin rumbo fijo, preguntándose si alguna vez llegaría a sentirse en casa.

Raine se obligó a apartar a un lado la persistente frustración que la había importunado desde que había vuelto a Inglaterra, porque aquella mañana tenía que centrarse en asuntos mucho más importantes.

Al llegar al dormitorio de su padre, abrió la puerta con cuidado y entró sin hacer ruido. Tal y como esperaba, aún estaba acostado, pero no estaba solo. Junto a la cama había una mujer alta y austera, más atractiva que guapa, con el pelo castaño recogido en un firme moño.

Cuando su madre había muerto dieciséis años atrás, la señora Stone se había hecho cargo del cuidado de la casa en calidad de ama de llaves. Era viuda, y había sabido darles apoyo y consuelo. A lo largo de los años había llegado a ser un miembro más de la familia junto con Foster y Talbot, el mozo de cuadra, y Raine estaba convencida de que la casa estaría sumida en el caos de no ser por su imperiosa presencia.

Se acercó a la cama de cuatro columnas que abarcaba gran parte de la reducida habitación. Un armario y una pequeña mesa con una palangana completaban el mobiliario, las paredes estaban desnudas, y las cortinas color burdeos bastante desgastadas. Aunque la habitación no tenía un aspecto descuidado, era obvio que hacía muchos años que carecía de los toques más delicados que podía aportar una mujer.

—¿Cómo está? —le preguntó al ama de llaves con voz queda.

La señora Stone chasqueó la lengua, y frunció ligeramente el ceño.

—Tiene un poco de fiebre, pero no quiere que llamemos al médico. Es un necio testarudo —a pesar de sus ásperas palabras, la preocupación que nublaba su expresión era obvia—. Por ahora, sólo podemos mantener la herida limpia y rezar.

Raine esbozó una sonrisa al mirar a su padre. Sí, era un testarudo y en ocasiones un necio, pero lo quería más que a nada en el mundo.

—Gracias, señora Stone.

Josiah abrió los ojos, y las miró con indignación.

—No hace falta que susurréis junto a mi cama como si ya fuera un cadáver, no tengo intención de estirar la pata aún —se volvió ceñudo hacia el ama de llaves, y añadió—: Y puedes quedarte con tus plegarias, vieja exagerada. Dios y yo tenemos nuestro propio acuerdo, y no hace falta que interfieras.

En vez de ofenderse por la reprimenda, la señora Stone soltó un bufido burlón y se llevó las manos a las caderas. Los dos discutían y bromeaban como un matrimonio que llevara junto muchos años, y Raine ya era lo bastante madura para notar la íntima familiaridad que existía entre ellos. Era algo que no la molestaba; de hecho, se alegraba de que su padre no estuviera solo, y en el fondo tenía que admitir que incluso lo envidiaba un poco.

—Sí, claro, un acuerdo —dijo el ama de llaves—. Baila con el diablo sin pensar en las consecuencias, pero algún día...

—Ya basta, mujer. Tus sermones son tediosos cuando he tomado un trago, pero me resultan casi insoportables estando sobrio. Venga, vete ya.

La señora Stone fue hacia la puerta con paso firme, y al salir la cerró con tanta fuerza, que Raine sonrió.

—Sabes que te es completamente leal, ¿verdad? —le dijo a su padre, a modo de suave reprimenda.

—Claro que lo sé, ¿por qué otra razón iba a tener cerca a una vieja arpía como ella?

—Eres un canalla desvergonzado. ¿Cómo estás?

Su padre sacudió la cabeza. Su pelo oscuro y canoso le llegaba casi a la altura de los hombros.

—Más débil de lo que querría admitir.

Raine se inclinó y apartó con cuidado la venda para poder ver la herida. La zona que rodeaba los puntos estaba enrojecida, pero no había ningún signo visible de infección; aun así, no era un simple rasguño que pudiera tomarse a la ligera, ya que una herida mal tratada podía desembocar en una tragedia.

—Tienes un poco de fiebre, así que debemos llamar al médico.

Tras un breve silencio, su padre suspiró y le dijo:

—No, cielo. No podemos hacerlo.

—¿Por qué no?

—Porque el magistrado está buscando a un bandido al que consiguió herir anoche, y piensa colgarlo en la horca más cercana si lo encuentra.

—¿Por qué crees que va a confundirte con un bandido? —le preguntó Raine con perplejidad.

—Porque lo soy.

La sencillez con la que lo dijo, carente de excusas y con una naturalidad total, la dejó atónita.

—¿Estás bromeando?

—No, Raine —su padre respiró hondo antes de añadir—: Soy el Granuja de Knightsbridge.

—¿El Granuja de Knightsbridge?

—Sí, un salteador de caminos profesional.

Raine se apartó de la cama y fue hacia la ventana, desde donde se veían los amplios pastos típicos de la campiña de Kent y un lago rodeado de árboles; sin embargo, en aquella ocasión no sintió placer alguno al contemplar aquel idílico paisaje, ni al ver cómo la luz otoñal bañaba la cuadra y las pequeñas edificaciones exteriores.

Era comprensible, teniendo en cuenta que su padre acababa de revelarle que era el famoso rufián cuyo nombre estaba en boca de todos los habitantes de Knightsbridge.

—No lo entiendo —dijo al fin. Fue hasta el armario con nerviosismo, y regresó de nuevo a la ventana.

—Es comprensible.

—¿Por qué lo has hecho?, ¿acaso estamos en la ruina?

—Siéntate, me estás mareando yendo de un lado a otro.

—No puedo pensar estando sentada —Raine frunció el ceño, mientras intentaba pensar en cómo podía salvarlos de aquella situación tan terrible—. Tendremos que vender las joyas de mamá, claro. Supongo que conseguiremos una buena suma por ellas en Londres. Y podríamos aceptar algún huésped, en el ático hay espacio suficiente para dos...

—Raine, te aseguro que tales sacrificios son innecesarios —la interrumpió su padre con firmeza.

—Son más que necesarios —Raine volvió a acercarse a la cama, y miró ceñuda aquel rostro tan querido—. No voy a permitir que sigas arriesgando la vida, encontraremos otra forma de salir adelante.

—Raine, por favor, escúchame —le dijo su padre, con una sonrisa cargada de afecto.

—¿Qué?

—No tenemos problemas de dinero. Aunque carecemos de la fortuna de algunos, gozamos de una posición acomodada.

Raine apretó los puños a ambos lados de su cuerpo, porque saber que gozaban de una situación tan buena no la reconfortaba lo más mínimo. Su padre se dedicaba a corretear por el campo arriesgando su reputación y su vida, y actuaba como si fuera algo carente de importancia.

—Entonces... ¿por qué?

Él la tomó de la mano, y la miró con una expresión sorprendentemente seria.

—Porque nuestros vecinos no son tan afortunados como nosotros, cariño. El rey y sus amigotes han vaciado las arcas a la ligera, y se niegan a cumplir con la responsabilidad que tienen respecto a los soldados y a las viudas que dependen de sus anualidades prometidas —la súbita tensión de sus dedos evidenció la furia que ardía en su corazón—. Muchos hombres orgullosos tienen que mendigar por las calles, y muchas mujeres se han visto obligadas a algo aún peor, para poder tener un techo bajo el que cobijarse. Y en cuanto al orfanato de la zona... está en tan mal estado, que no tardará en convertirse en un montón de escombros si alguien no lo remedia.

El pánico que había amenazado con sofocarla empezó a desvanecerse. Estaba tan preocupada como antes, pero empezaba a entender las razones que explicaban el comportamiento de su padre.

Bajo su duro exterior había un corazón tierno, y una necesidad imperiosa de proteger a los más débiles. Era algo que definía a un verdadero caballero mucho más que un mero título o un enorme patrimonio.

—Así que decidiste hacer de Robin Hood, ¿no?

—Algo así.

—Y supongo que Foster es tu Pequeño Juan, y la señora Stone y Talbot tu banda de rufianes, ¿verdad?

Su padre esbozó una sonrisa.

—Todos conocen mi identidad secreta, pero no les pido que colaboren conmigo. Jamás permitiría que se arriesgaran así.

—¿Pero estás dispuesto a arriesgarte tú? —le preguntó ella, con una mezcla de afecto y de exasperación.

—Te aseguro que no corro ningún riesgo, cariño.

Raine le lanzó una mirada elocuente a su hombro herido, y enarcó una ceja antes de decir:

—Sí, ya lo veo.

Él tuvo la decencia de sonrojarse un poco ante la obvia falsedad de sus propias palabras.

—Bueno, la verdad es que normalmente no corro demasiado riesgo. Lo de anoche fue una torpeza mía que no volverá a repetirse.

—En eso estamos de acuerdo —Raine alzó la mano de su padre, y la apretó contra su propia mejilla—. Padre, de verdad que admiro lo que intentas hacer, pero es demasiado peligroso. Anoche podrían haberte capturado, incluso podrías haber muerto.

—No digas tonterías —protestó él, con voz gruñona—. Fue sólo un rasguño, y te prometo que no volveré a subestimar al nuevo magistrado. Es un tipo listo que siempre aparece en el sitio menos oportuno, pero no volverá a pillarme desprevenido. De ahora en adelante pienso ser el depredador de este jueguecito, y no la presa.

Raine le soltó la mano, y retrocedió un paso.

—Por el amor de Dios, padre, esto no es un juego.

—Claro que lo es —sus ojos tenían un brillo de... entusiasmo, como si disfrutara de su infame trabajo—. Es un juego de ingenio que me ha mantenido más que entretenido, y que por encima de todo ha contribuido a que nuestros vecinos tengan un techo y comida. No tienen a nadie más, Raine. ¿Quieres que yo también los abandone?

—Claro que no.

A pesar de que había pasado los últimos siete años en Francia, aquella pequeña comunidad siempre sería su hogar, y era incapaz de permanecer de brazos cruzados y ver sufrir a sus vecinos sin hacer todo lo posible por ayudarlos. Además, tenía que admitir que se sentía muy orgullosa de la valiente cruzada que había emprendido su padre para salvarlos de la ruina.

Aun así, no podía evitar tener miedo por él. Ya había perdido a su madre, y no soportaría que él también la dejara. Si estaba decidido a continuar con sus andanzas, iba a tener que ser más cuidadoso.

Raine abrió la boca para exigirle que le prometiera que no correría riesgos innecesarios, pero la interrumpió el sonido los cascos de un caballo. Se apresuró a ir a la ventana, y se le encogió el corazón al ver quién era el jinete que se acercaba.

—Dios mío...

—¿Quién es? —le preguntó su padre, mientras se incorporaba con dificultad en la cama.

Ella se volvió lentamente hacia él, lo miró con los ojos abiertos de par en par, y le dijo:

—El magistrado.

—Maldición —Josiah luchó por apartar las pesadas mantas que lo cubrían—. Llama a Foster, dile que lo entretenga hasta que me vista.

—¿Acaso has perdido el juicio? —Raine se acercó a la cama, y lo obligó a volver a recostarse contra las almohadas. El hecho de que se diera por vencido con un pequeño gemido evidenció lo débil que estaba—. No vas a levantarte de esta cama.

La frustración de su padre se reflejó en su rostro curtido.

—Tengo que hacerlo, el magistrado ya sospecha algo.

—Que sospeche lo que quiera.

—Raine, me sacará de aquí en grilletes si descubre que estoy herido.

Raine se apretó las manos contra el estómago. No podía permitir que la arrastrara el pánico, la vida de su padre estaba en juego.

—No te preocupes, padre —hizo acopio de valor, y añadió con firmeza—: Yo me ocuparé del magistrado.

—Ni hablar, no quiero que te involucres en esto.

—Ya lo estoy, padre. Además, no estás en condiciones de detenerme. Quédate aquí sin hacer ruido, volveré lo antes posible.

—Raine, no lo hagas, te lo ruego.

Ella fue hacia la puerta sin hacer caso de su súplica. Su padre estaba dispuesto a arriesgarlo todo por lo que él consideraba que era lo correcto, y ella no podía ser menos.

Tom Harper no era un hombre modesto.

Aunque era hijo de un sencillo vicario, había tenido la suerte de recibir una buena educación y de aprender los buenos modales dignos de un caballero. Todo eso, combinado con su inteligencia innata y con su ambición por alcanzar el éxito, le había proporcionado una existencia acomodada.

Sin embargo, su buena situación no bastaba para satisfacerlo. Había ido a Londres decidido a hacerse un nombre en el Ministerio del Interior hasta llegar a obtener un puesto en la Cámara de los Comunes, y el hecho de que estuviera resultándole más difícil de lo que esperaba no había conseguido desmoralizarlo; sin embargo, se había dado cuenta de que tenía que hacer algo para llamar la atención de sus superiores, y por eso se había esforzado por conseguir el puesto de magistrado de aquella zona.

Y también por eso estaba en ese momento en aquel acogedor salón, esperando a Josiah Wimbourne.

Al oír el sonido de pisadas, se volvió hacia la puerta y se alisó el sencillo abrigo azul que llevaba. Siempre procuraba vestir con una sobria simplicidad que armonizaba con su cuerpo delgado y sus facciones atractivas, ya que revelaba que era un hombre acomodado pero sin delirios de grandeza.

Cuando la puerta se abrió, tuvo que luchar por ocultar su sorpresa al ver que un delicado ángel rubio entraba en la habitación. Había visto a la señorita Wimbourne en el pueblo, por supuesto. Cada vez que ella ponía un pie en High Street, todos los hombres que se encontraban cerca dejaban sus quehaceres y se quedaban mirándola.

Incluido él.

Aunque sabía que jamás podría aspirar a capturar un bocado tan exquisito, era lo bastante hombre para disfrutar de la fantasía.

La señorita Wimbourne se acercó con su elegancia innata, y le ofreció una cálida sonrisa que pareció iluminar la habitación. Resultaba un poco extraño que los ricos y los poderosos solieran tener hijos paliduchos y mediocres, mientras que los granujas fueran capaces de crear seres con una belleza tan deslumbrante.

Sin duda ésa era una de las razones por las que la alta sociedad se mantenía tan apartada de la chusma. ¿Qué insípida debutante podría compararse con aquella mujer?

La señorita Wimbourne se detuvo, y lo saludó con una pequeña reverencia.

—Buenos días, señor Harper. Qué sorpresa tan agradable.

Tom respondió con una inclinación mientras su mente se ajustaba con rapidez a aquel encuentro inesperado. Era obvio que la presencia de aquella mujer en el salón no era casual.

—Espero no haberla importunado con mi inesperada visita, señorita Wimbourne.

—En absoluto; de hecho, la mañana estaba siendo bastante aburrida, y estaba deseando tener alguna distracción.

Tom no se dejó engañar por la expresión inocente de sus ojos oscuros. Aquella mujer podía tener a todos los hombres del condado en su puerta con el más mínimo aliento.

—Le he pedido a la señora Stone que nos sirva el té, ¿quiere sentarse?

—Es usted muy amable, pero la verdad es que he venido a hablar con su padre.

—¿Cómo puede ser tan cruel conmigo, señor Harper?

—¿Disculpe?

Ella volvió a ofrecerle su deslumbrante sonrisa, y Tom empezó a sospechar que era un gesto deliberado.

—Estaba satisfaciendo mi vanidad creyendo que había venido desde el pueblo con el propósito de visitarme, pero en realidad ha venido a ver a mi padre. Resulta desmoralizador.

—Señorita Wimbourne, no hay hombre en todo el condado que no esté dispuesto a recorrer mucho más que ocho kilómetros con tal de recibir el privilegio de su sonrisa, y estoy seguro de que usted lo sabe. Su regreso a Knightsbridge ha creado más revuelo que los rumores que apuntan a la posible llegada del ferrocarril a nuestra pequeña comunidad.

—Qué gentil por su parte —Ella le indicó el sofá, y añadió—: ¿Seguro que no quiere sentarse?

—No, gracias —Tom era lo bastante perspicaz para saber que no debía relajarse demasiado en presencia de aquella mujer, ya que podía cautivarlo a la más mínima oportunidad.

Ella fue a sentarse en el asiento de la ventana, y ladeó un poco la cabeza al mirarlo de nuevo.

—Tengo entendido que lleva poco tiempo en Knightsbridge.

—Sí, vine hace tres meses. Antes residía en Londres.

—Ah —ella frunció la nariz, y añadió—: Lo lamento.

—¿Por qué?

—Debió de hacer algo horrible para que lo enviaran a un lugar tan remoto y aburrido.

Tom soltó una pequeña carcajada, porque al parecer aquélla era la opinión que compartía casi toda la comunidad.

—De hecho, fui yo quien pidió que me enviaran aquí.

—¿Por qué? Es mi hogar, pero me cuesta creer que alguien quiera vivir aquí... sobre todo un caballero atractivo y ambicioso que podría estar disfrutando de Londres.

Tom no pudo evitar sentir un chispazo cálido en el estómago, porque aquella mujer era una hechicera nata.

—Knightsbridge tiene algo de lo que Londres carece.

—¿De qué se trata?

—De hecho, son dos cosas. La primera es la mujer más hermosa que he visto en mi vida.

—¿Y la segunda?

—El Granuja de Knightsbridge.

Ella parpadeó, como si sus palabras la hubieran tomado por sorpresa.

—¿Se refiere al salteador de caminos?

—Sí.

—¿Es que en Londres no hay criminales?

—Allí nunca faltan, pero ninguno de ellos tiene la reputación del Granuja.

Tom la observó con atención. Sospechaba de Josiah Wimbourne desde que había llegado a Knightsbridge, pero por desgracia tener sospechas era muy distinto a tener pruebas; sin embargo, desde la noche anterior tenía la esperanza de que la búsqueda estuviera llegando a su fin... y ni siquiera aquel ángel iba a poder interponerse en su camino.

—Supongo que habrá oído historias sobre ese maleante atrevido, ¿verdad?

—¿Y quién no? Aunque no creo ni una palabra. Ningún hombre podría aparecer y desaparecer como el humo, ni conducir a milicias enteras hacia las ciénagas, ni cautivar a las damas para que ellas mismas le ofrezcan sus joyas y se nieguen a darle su descripción a las autoridades. Tendría que tratarse de un ser mágico con poderes sobrenaturales.

—Es indudable que los rumores han exagerado las hazañas del bandido, pero ha demostrado ser un granuja de lo más astuto que ha burlado a todos los oficiales que lo han perseguido. Sólo podrá atraparlo un hombre que lo supere en astucia.

—Creo que empiezo a entenderlo —le dijo ella, mientras se levantaba poco a poco—. Quiere cimentar su reputación siendo el que lleve a la horca al Granuja, ¿verdad?

A Tom le sorprendió su perspicacia. Era obvio que se trataba de una mujer peligrosa, y también que estaba intentando distraerlo. La cuestión era... ¿por qué?

—A pesar de lo mucho que estoy disfrutando de su compañía, tengo muchas tareas pendientes y debo hablar con su padre. ¿Sería tan amable de pedirle que viniera?

—Me temo que eso no es posible, señor Harper —le contestó ella, con una sonrisa—. Mi padre no está en casa.

Tom se tensó, y todos sus sentidos se pusieron alerta.

—¿Y podría saber cuándo va a volver?

—Dentro de unos días. Tenía que atender varios asuntos en la ciudad —con una mirada cargada de inocencia, añadió—:

Sin duda me contó todos los tediosos detalles, pero debo confesarle que apenas le presté atención. No me interesan los asuntos de negocios.

—¿Está en Londres?

—Sí.

Tom apretó las manos. Habría apostado su mejor alfiler de corbata a que estaba mintiéndole, pero ambos sabían que no podía acusarla abiertamente. Y, por desgracia, tampoco podía insistir en registrar la casa en busca de aquel bribón traidor.

—¿Cuántos días exactamente?

—Prometió regresar antes de una semana, pero como tiende a ser bastante impulsivo, es posible que algo le llame la atención y que decida quedarse más tiempo del previsto.

—¿Y la ha dejado aquí sola?

La sonrisa de ella permaneció inalterable.

—Por supuesto que no. Tanto Foster como Talbot están aquí, además de la señora Stone.

—Resulta extraño que no se haya llevado a su hija, y tampoco su montura predilecta.

Tom permitió que su suspicacia saliera a la luz. El hecho de que la señorita Wimbourne pareciera tan decidida a impedir que viera a su padre confirmaba que aquel hombre era el Granuja de Knightsbridge.

Ella se acercó a la chimenea para enderezar una vela que había en la repisa. A pesar de que su rostro permanecía sereno, Tom se dio cuenta de que estaba un poco tensa. Era obvio que no estaba tan tranquila como quería hacerle creer.

—Como no tenemos casa en la ciudad, habría tenido que permanecer en un hotel mientras él se ocupa de sus asuntos, y en lo que respecta a su caballo... ha preferido utilizar la posta —de repente, se volvió a mirarlo con expresión suspicaz—. ¿A qué se deben tantas preguntas?

Tom se planteó por un instante hablar abiertamente y provocar una confrontación directa, porque era sorprendente lo a menudo que la gente revelaba sus secretos por culpa de los nervios; sin embargo, optó por no hacerlo. Aquella joven tenía la compostura de una mujer con el doble de edad, y ni la presión ni la intimidación iban a lograr que traicionara a su padre.

Iba a tener que seguir teniendo paciencia, pero tarde o temprano acabaría atrapando a Josiah Wimbourne. Era algo tan inevitable como el amanecer.

—Soy un hombre curioso por naturaleza.

—Entonces, acertó al elegir su profesión.

—Sí —al darse cuenta de que no iba a conseguir nada más de momento, hizo una ligera reverencia—. No voy a entretenerla más. Por favor, dígale a su padre que he venido a verlo.

—Le aseguro que se lo diré en cuanto regrese.

Sus miradas se encontraron. Ambos sabían que la batalla entre ellos no había hecho más que empezar.

—Que tenga un buen día, señorita Wimbourne.

—Buen día.

Raine respiró hondo cuando su visitante se fue. Sabía que sus esfuerzos habían sido en vano, ya que a pesar de que el magistrado parecía un hombre educado y sencillo, sus pálidos ojos tenían un brillo acerado y en su rostro se había reflejado la suspicacia que sentía.

El señor Harper estaba convencido de que su padre era el Granuja de Knightsbridge, y al decirle que había ido a Londres sólo había logrado confirmar sus sospechas. De repente, se preguntó cuánto tardaría en ir a la posada para confirmar que su padre había utilizado la posta para ir a Londres, o en enviar a alguien que comprobara si estaba en algún hotel de la ciudad. Seguro que uno o dos días como mucho, y entonces volvería e insistiría en verlo.

Dios del cielo, tenía que hacer algo para distraerlo, algo que le hiciera dudar de la culpabilidad de su padre.

Empezó a pasearse de un lado a otro del salón, y se detuvo en seco cuando la asaltó una inspiración súbita.

¡Por supuesto!

Era un plan atrevido y alocado además de peligroso, pero podía ser justo lo que necesitaba. Y ella era la mujer perfecta para conseguir una hazaña tan descabellada.

Dos meses después

La pequeña posada cercana al cruce de caminos debía de ser el orgullo de los habitantes de la zona, ya que tenía un sólido letrero de madera con el nombre del establecimiento, King's Arms, y un tejado de paja que protegía del frío aire nocturno. Incluso había un amplio patio junto a la cuadra, aunque estaba cubierto por una espesa capa de nieve.

Philippe Gautier lo observó todo desde la comodidad de su carruaje, y no se sintió demasiado impresionado. Había viajado mucho, así que sabía de antemano que en aquel sitio sólo podrían ofrecerle cerveza aguada, comida hervida hasta quedar convertida en papilla, y un sinfín de bichos. A pesar de lo desapacible que era la noche, estaba decidido a seguir adelante, ya que prefería su carruaje a la hospitalidad de aquel lugar.

Aquella decisión no había parecido hacerle ninguna gracia al posadero, que en aquel momento se acercaba con dificultad a través de la nieve. Al llegar al carruaje, abrió la puerta y le entregó una jarra humeante con la sidra caliente que le había pedido.

—Aquí tiene, señor —el hombre lo miró con una sonrisa lisonjera en su cara oronda, y añadió—: No hay nada como un poco de sidra caliente en una noche fría.

Philippe se echó hacia atrás, y su rostro austero reflejó su desagrado. El posadero apestaba a tabaco rancio y a cebolla.

—Eso es todo.

El hombre no hizo caso de la gélida despedida, y carraspeó un poco mientras recorría con una mirada ávida el abrigo de corte impecable de Philippe y sus botas lustrosas. Sus ojos se detuvieron por un segundo en el anillo de sello de oro que llevaba en uno de sus dedos antes de volver a mirarlo a la cara.

—Es una noche horrible, y me temo que va a empeorar aún más —el hombre se pasó los dedos regordetes por su pelo canoso y bastante escaso—. La cocinera dice que siente el olor de la nieve en el aire, así que no tardará en caer. Nunca se equivoca.

Philippe enarcó las cejas, que eran tan negras como su pelo. Era consciente de que aquel necio estaba intentando asustarlo para que pasara la noche en la posada.

—¿Está diciéndome que su cocinera es una bruja? —le preguntó con una voz baja y aterciopelada que sólo tenía un ligero acento.

—No, claro que no, señor. Sólo tiene una buena nariz para el tiempo.

—¿Como un perro de caza?

—Es algo muy natural, se lo aseguro.

—A mí no me lo parece —Philippe apuró la sidra. Los posos estaban un poco amargos, pero al menos le había proporcionado algo de calor—. De hecho, creo que es de lo más antinatural.

—Bueno, en fin... —el posadero se aclaró la garganta—. Es inofensiva, y prepara un pastel de carne que se deshace en la boca. Es justo lo que se necesita en una noche tan fría como ésta.

—Detesto el pastel de carne —le dijo Philippe, mientras le devolvía la jarra vacía—. Y antes de que empiece a aburrirme con lo deliciosa que es su sopa de rabo de buey y lo perfecta que es su cerveza, deje que le asegure que nada podría convencerme de que pasara una noche bajo su techo.

El hombre se ruborizó, herido en su orgullo.

—Señor, debo protestar...

—Lo que debe hacer es cerrar la puerta para que el frío no siga entrando en el carruaje —le espetó Philippe, en un tono que no admitía réplica alguna—. Estoy cansado de su parloteo, váyase.

—Como desee —el hombre empezó a retroceder tras hacer una rígida reverencia, y justo entonces una corpulenta y oscura figura pasó por su lado, entró en el vehículo y le cerró la puerta en las narices.

Philippe permaneció en silencio mientras su compañero se acomodaba delante de él en el asiento de cuero. A primera vista, podía sorprender que Carlos Estavan fuera un amigo de confianza de Philippe Gautier. Éste último era un caballero esbelto y elegante al que algunos incluso tildarían de frío y distante, que emanaba compostura y tenía un porte aristocrático; por su parte, Carlos era corpulento, tenía la tez morena de sus ancestros portugueses, y poseía un temperamento volátil y las pasiones terrenales de las que parecía carecer Philippe.

A pesar de todo, entre los dos había nacido una sólida amistad desde que Philippe había llegado de niño a la propiedad que su padre poseía en Madeira, destrozado tras la muerte de su madre y dispuesto a enfrentarse a cualquiera que se cruzara en su camino. Carlos era hijo de un pescador de la zona y de una doncella inglesa que trabajaba en la propiedad de la familia de Philippe, y no estaba dispuesto a dejarse intimidar por nadie, ni siquiera por un aristócrata.

Philippe había acabado recibiendo una buena tunda, pero ante el asombro de todos, no había permitido que castigaran a Carlos; de hecho, había empezado a sentir un respeto reticente por el pilluelo sin modales que prefería la picota a que le ganaran.

Su amistad había florecido a pesar de la disparidad de sus posiciones sociales, y no había nadie en quien Philippe confiara más. Por eso había insistido en que Carlos lo acompañara a Inglaterra.

—Ya veo que no tienes fe en la extraordinaria nariz de la cocinera —comentó Carlos; obviamente, había escuchado entre las sombras su conversación con el posadero.

—Vaya un necio ridículo —Philippe se recostó en el asiento, y se tapó bien con su abrigo. Había olvidado lo fría y sombría que podía llegar a ser Inglaterra en noviembre—. Como si no estuviera claro que lo que quería era que pasara la noche en su cochambrosa posada.

Carlos sonrió mientras se pasaba las manos por su largo pelo negro, que se le había despeinado con el viento.

—Es comprensible. El hombre está recluido en este lugar tan tedioso, con la sola compañía de vacas y de insulsos. ¿Cuántas veces crees que llega a su humilde establecimiento un caballero tan elegante como tú?, sin duda ya estaba planeando llamar al pregonero del pueblo para que informara a todo el mundo de que te has parado a tomar una sidra. Imagina lo mucho que habría fanfarroneado si hubieras dormido en una de sus camas.

—¿Junto con los chinches y los ratones? —Philippe se estremeció—. No, gracias.

—Hemos dormido en peores condiciones.

Aquello era cierto. A lo largo de los años, los dos habían dormido en cobertizos, en campos, y hasta en las oscuras celdas de una prisión brasileña en una ocasión que jamás olvidarían.

—Sólo cuando se me promete una fortuna suficiente para que merezca la pena, y nunca cuando me veo obligado a soportar un tiempo tan horrible. ¿Qué te han dicho en la cuadra?

—Que no ha pasado ningún forastero por aquí en dos semanas.

Philippe se tragó una imprecación. A pesar de que habría sido mucho esperar tropezar sin más con el sinvergüenza al que buscaba, no tener ni la más mínima idea de su paradero estaba agotando la poca paciencia que le quedaba.

—No me extraña que el posadero estuviera tan ansioso por conseguir mi dinero —miró por la ventana helada, y le preguntó a su amigo—: ¿A qué distancia estamos de Londres?

—A unos cincuenta kilómetros, y muchos de los caminos son impracticables.

—Maldición. Si queremos tener un techo decente sobre nuestras cabezas antes de que termine la noche, vamos a tener que arriesgarnos a tomar la vía principal —Philippe hizo una mueca. Llevaba mucho tiempo viviendo en climas cálidos, y el aire invernal parecía ensañarse con él—. A estas horas estará poco transitada.

—Sí, sobre todo porque la cocinera ha olido la nieve en el aire.

—Dile a Swann que tome la ruta principal, antes de que te deje aquí a merced de los lugareños.

Carlos levantó la trampilla del techo del carruaje, y le comunicó la orden al cochero antes de volver a sentarse con una sonrisa que dejó al descubierto su dentadura perfecta.

—No me importaría quedarme una o dos horas por aquí, una de las camareras de la posada no me quitaba el ojo de encima. Seguro que ayudaría a un hombre a entrar en calor en una noche tan fría.

El carruaje se puso en marcha, y empezó a ganar velocidad en cuanto salió a la ruta principal. Philippe sacudió la cabeza, y se resignó a soportar una noche gélida e incómoda.

—Por el amor de Dios, ¿es que no piensas en otra cosa? —le preguntó a su amigo.

—Ése es tu problema, Gautier —le contestó Carlos, con una carcajada.

—¿Cuál?, ¿que no me acuesto con todas las mujeres que se lanzan a mis pies?

—Que no te acuestas con ninguna de las mujeres que se lanzan a tus pies. No me extraña que seas tan adusto y malhumorado, un hombre necesita el consuelo de unos brazos cálidos para mantener el entusiasmo.

Philippe sonrió al oír aquella familiar reprimenda. A diferencia de Carlos, él no necesitaba tener a una mujer distinta en su cama cada noche. No era ni un santo ni un eunuco, por supuesto. Se había acostado con las mujeres más hermosas, competentes y elegantes de toda Europa, pero sus aventuras siempre eran discretas y se conducían con la misma precisión fría que dominaba toda su vida.

La mera idea de un revolcón apresurado con una moza de taberna hacía que se estremeciera de repugnancia.

—¿Quieres decirme algo en concreto, Carlos?

Su amigo se recostó con indolencia en el asiento, y se encogió de hombros.

—Sólo que hay que disfrutar de la vida.

—La disfrutaría más si mi hermano no estuviera consumiéndose en la cárcel de Newgate.

El rostro moreno de Carlos se nubló ante la mera mención del hermano pequeño de Philippe. No era de extrañar, porque consideraba a Jean-Pierre un petimetre frívolo cuya única ocupación consistía en malgastar la fortuna de Philippe, y sentía por él un desprecio que apenas podía ocultar.

Por desgracia, Carlos no se equivocaba en mucho. Jean-Pierre tenía treinta años, sólo uno menos que Philippe, pero como su padre lo había mimado hasta la saciedad, había acabado convirtiéndose en un hombre sin carácter y de vida disoluta al que sólo le importaba su propio placer.

—Jean-Pierre siempre está metido en algún lío, y tú no dejas de acudir al rescate —le dijo Carlos con sequedad.

—Hasta el momento, sus líos tenían que ver con acreedores, hijos ilegítimos y maridos cornudos, no con traición. Es posible que en esta ocasión ni siquiera yo pueda ayudarlo.

—Encontrarás la forma de hacerlo; al fin y al cabo, por una vez no es culpable —comentó su amigo con indiferencia.

—Claro que no es culpable, pero ¿cómo vamos a probar su inocencia? —Philippe apretó los puños al imaginarse a su hermano encerrado en una celda infestada de ratas, y rodeado de asesinos y lunáticos. A pesar de todos sus pecados, ni siquiera Jean-Pierre se merecía un destino tan cruel—. Por Dios, las autoridades deben de estar compuestas por majaderos inútiles si creen que mi hermano es capaz de maquinar un plan así. Al muy necio sólo le preocupan el corte de su abrigo, acostarse con su última amante, y pagar enormes sumas de dinero por lo que cualquiera con el más mínimo gusto por el arte consideraría basura sin valor alguno. No tiene la capacidad suficiente para meterse en política.

—El rey tampoco es el hombre más brillante del país.

—Sí, es verdad —Philippe estaba sumido en sus pensamientos, y tardó unos segundos en darse cuenta de que el carruaje había aminorado la marcha y estaba deteniéndose—. ¿Qué demonios pasa ahora? —abrió la ventanilla de golpe y alzó la mirada para asegurarse de que su cochero no se hubiera herido, pero entornó sus ojos verdes al ver la difusa figura de un jinete con su montura en medio del camino—. Maldición

—volvió a meter la cabeza, y metió la mano en el bolsillo para tocar la pistola que siempre llevaba.

—¿Tenemos problemas? —Carlos se puso alerta en cuanto notó la súbita tensión de su amigo.

—Parece que vamos a conocer al bandido de la zona.

—Perfecto, un poco de diversión —Carlos esbozó una sonrisa.

La actitud sanguinaria de su amigo hizo que Philippe soltara una pequeña carcajada.

—Carlos, contrólate. No lo quiero muerto... al menos, de momento.

—¿Por qué no?

—Porque seguro que podrá decirnos quién ha pasado por esta ruta. Quiero interrogar a ese canalla antes de atravesarle el corazón con una bala.

Carlos soltó un suspiro de resignación, y abrió la trampilla que Philippe había hecho instalar en el suelo del carruaje. Se trataba de un complemento ingenioso que les había salvado la vida en más de una ocasión.

Philippe esperó a que su amigo saliera, consciente de que pensaba rodear al bandido para sorprenderlo por la espalda. Su misión consistía en distraer al hombre hasta que Carlos estuviera en posición.

No sacó la pistola del bolsillo, pero mantuvo un dedo en el gatillo y, cuando el carruaje se detuvo del todo, salió y avanzó hacia el tiro de caballos.

—La bolsa o la vida —le dijo el bandido al indignado cochero, pistola en mano.

Swann soltó un resoplido. No soportaba a los ladrones ni a los asesinos, y siempre estaba más que dispuesto a acabar con cualquiera de ellos.

—Apártate de mi camino, gusano patético, si no quieres que te arranque el corazón y...

—Ya basta, Swann —le dijo Philippe, mientras avanzaba hacia el centro del camino.

—Por todos los diablos, soy más que capaz de vérmelas con un mequetrefe sin su ayuda.

—No lo dudo, pero no me parece justo que disfrutes de toda la diversión.

Philippe mantuvo la mirada fija en el bandido, que estaba apuntándole con su pistola y montaba un tordo rodado. Se cubría con un sombrero y una capa de un color rojo chillón, y había tenido el acierto de cubrirse la parte inferior de la cara; aun así, era obvio que debajo de aquel disfraz se escondía un hombre menudo y nervioso.

—No hay nada como hacer prácticas de tiro para aliviar el tedio de un viaje —le dijo, con una sonrisa gélida.

—Sí, pero se le han empañado las botas, y me va a tocar a mí pasarme un montón de horas puliéndolas de nuevo —refunfuñó Swann.

—Cada uno tiene que cargar con su propia cruz —le dijo Philippe.

—Las de algunos son más pesadas que las de otros —rezongó el cochero.

—Ya basta —les interrumpió el bandido con voz firme, mientras blandía la pistola amenazadoramente—. Levantad las manos antes de que os atraviese el corazón de un balazo.

—Por el amor de Dios —Philippe soltó una carcajada al oír el tono agudo de aquella voz—. Me parece que sólo es un niño, Swann.

—Lo bastante joven para estar mamando aún de la teta de su madre. Vaya un recibimiento que nos están dando en Inglaterra, ¿verdad? —obviamente, al cochero también le divertía la situación—. Nos está asaltando un mequetrefe inexperto.

—Tengo edad suficiente para apretar el gatillo —protestó el villano, con voz ofendida.

En ese momento, las nubes se abrieron y la luz de la luna bañó los campos nevados con una niebla plateada. El aire gélido agitó ligeramente la capa roja, que pareció un río de sangre fluyendo alrededor del cuerpo esbelto del bandido.

Philippe avanzó un paso de forma lenta y deliberada, sin dejar de sonreír. Sabía que Carlos avanzaba sigilosamente entre las sombras, y que Swann estaba a su espalda con una pistola cargada escondida, pero toda su atención estaba centrada en el arma que le apuntaba al corazón.

—Pero tener edad para apretar el gatillo no es lo mismo que ser capaz de hacerlo —dijo en tono burlón. Su calma era absoluta, porque se había enfrentado a situaciones peligrosas en incontables veces y un mequetrefe osado no le preocupaba—. Acabar con la vida de alguien no es tarea fácil, ni siquiera si se trata de un hombre que merezca estar en la tumba.

—Quédate donde estás —le ordenó el muchacho.

Philippe avanzó otro paso, y agarró la brida del caballo del bandido.

—¿Lo ves? —estaba lo bastante cerca para ver cómo aparecía un súbito temor en los ojos del joven—. No hay que vacilar. Cuando uno empieza a plantearse lo que significa matar, está perdido. Si estás decidido a asesinar a viajeros desprevenidos, debes dejarte guiar por el instinto.

—Retrocede.

—Si hubieras disparado en cuanto he aparecido, estaría muerto en el suelo y podrías vaciarme alegremente los bolsillos —Philippe fingió pensar en ello por un momento—. Aunque lo más probable es que Swann ya te hubiera metido una bala en la cabeza, claro, pero... ya me entiendes.

—Te he dicho que retrocedas.

—¿O qué?

De repente, el chico cumplió con su amenaza y apretó el gatillo, y Philippe se limitó a mirar a su adversario con las cejas enarcadas después de que la bala pasara junto a su cabeza sin causar daño alguno. Por Dios, aquel muchacho tenía más agallas de las que había imaginado.

—Maldición, ese sinvergüenza ha perdido el seso. Apartaos, señor, mientras le...

—Ocúpate de los caballos, Swann. Yo me ocuparé de nuestro aguerrido pilluelo —Philippe miró al joven con seriedad—. Ha sido una acción osada pero estúpida, *mon enfant*. A menos que tengas a mano otra pistola cargada, claro.

El muy insensato le lanzó el arma a la cabeza, y exclamó:

—¡Maldito seas!

Philippe esquivó la pistola, y le hizo un gesto a la sombra que permanecía a la espera junto al camino. El encuentro estaba resultando bastante entretenido, pero estaba a horas de camino de un baño caliente y de su brandy preferido.
—Carlos.
Su amigo saltó hacia el caballo, y antes de que el muchacho pudiera reaccionar siquiera, lo levantó de la silla y se lo cargó al hombro.
Philippe volvió a agarrar las riendas antes de que el caballo escapara, y sonrió al ver que su amigo luchaba por contener a su fardo, que no dejaba de forcejear.
—Perdona, pero te creía más que capaz de controlar a un jovenzuelo. ¿Necesitas que te ayude?
—Lo que necesito es un látigo, para darle a este bribón una lección de buenos modales —refunfuñó su amigo.
—Cuando acabes de jugar con él, ¿te importaría meterlo en el carruaje?
—¿Estás seguro? Quién sabe qué enfermedades tendrá un pillo mugriento como éste —Carlos le dio una palmada en el trasero a su cautivo—. Como vuelvas a darme una patada, te daré una buena tunda.
—No sólo voy a darte una patada, sino que voy a meterte una bala en el trasero, voy a atravesarte el corazón con una daga... voy a mataros a los dos, lo juro.
—Sí, la verdad es que es una lástima estropear el cuero con un ser tan vil —comentó Philippe—. Me costó una fortuna traerlo importado de Florencia, pero no pienso helarme a la intemperie para interrogar a un insignificante criminal.
—No —el bandido intentó liberarse de la capa, que lo envolvía y le inmovilizaba los brazos—. ¡No podéis hacerlo!
—Sí, claro que podemos —le espetó Carlos—. Y como no cierres la boca y te portes bien, voy a colgarte del árbol más cercano. ¿*Capisce*?
—Espero que te rompas el condenado cuello —murmuró el joven.
—Yo en tu lugar le cortaría la lengua, sería todo un adelanto —dijo Carlos.

Philippe hizo caso omiso de la exclamación ahogada de su prisionero.

—Antes quiero obtener la información que me interesa, después podrás colgarlo del árbol que más te guste.

Raine luchó por librarse de la maldita capa. Había sido una necia impulsiva. Cuando había decidido hacerse pasar por el Granuja de Knightsbridge para confundir al magistrado, había elegido las rutas secundarias cercanas al pueblo. Aunque el botín solía ser escaso y más de una noche había regresado a casa con las manos vacías, el riesgo era menor. Y lo principal era que había conseguido mantener a su padre alejado de la horca.

Era imposible que Josiah Wimbourne fuera culpable si se le veía en el pueblo cuando el Granuja estaba robando carruajes a kilómetros de distancia, y aunque Tom Harper no estaba plenamente convencido de su inocencia, no podía arrestarlo sin pruebas.

Sin embargo, aquella noche su padre le había dicho que era la última vez que podría ocupar el puesto del osado Granuja, ya que su hombro ya estaba casi curado y habían conseguido burlar al magistrado de momento.

Aunque él estaba decidido a evitar que siguiera corriendo aquel riesgo, a Raine no le había hecho ninguna gracia tener que renunciar a su nueva ocupación. Había sido muy emocionante recorrer la campiña y recoger una pequeña fortuna en monedas y joyas para dársela a sus vecinos.

Sentía que estaba realizando una tarea importante, algo que podía darle sentido a su vida, que hasta el momento estaba bastante vacía. Sabía que no era lo habitual en las jóvenes de su edad, pero nunca podría darse por satisfecha cuidando una casa y atendiendo las necesidades de un hombre.

Consciente de que iba a tener que volver a su anodina existencia, había cometido la insensatez de elegir una ruta muy transitada a modo de gran despedida. Se había imaginado a nobles adinerados cargados de joyas y de baúles llenos de oro, pero tendría que haberse dado cuenta de que la gente así no viajaba sola, sino con empleados más que preparados para defender a sus señores.

Para colmo, tuvo que ver impotente cómo el tal Carlos montaba en su querida Maggie y se alejaba por el camino. El caballero de pelo negro subió al carruaje, y después de darle una indicación queda al cochero, cerró la puerta y ambos quedaron encerrados en el interior del vehículo.

Raine apretó los dientes, y contempló en silencio al hombre que tenía delante. Tuvo que admitir que, si lo hubiera visto por la calle, lo habría considerado el hombre más atractivo que había visto en su vida. Aunque quizás «atractivo» no alcanzaba a capturar la esencia de sus elegantes facciones masculinas y de sus impresionantes ojos verdes. Había una belleza innegable en la forma de sus cejas, en la línea de sus pómulos, en la nariz aquilina y en los labios perfectamente moldeados.

Sin embargo, se trataba de una belleza gélida, y Raine no pudo evitar estremecerse. Aunque Carlos era un bruto de sangre caliente, intuía que aquel inexpresivo ángel caído era el más peligroso de los dos.

Se puso cada vez más nerviosa al ver su mirada impasible y penetrante, y al final cejó en su empeño de librarse de la capa y se aclaró la garganta.

—¿Qué piensas hacer conmigo? —le preguntó, manteniendo la voz cuidadosamente baja. De momento, el hecho de que la hubieran confundido con un muchacho era la única suerte que había tenido en aquella noche desastrosa. Quería que siguieran creyéndolo, porque sólo Dios sabía lo que pasaría si descubrían que era una mujer—. Si crees que el magistrado va a agradecerte que...

—Cierra la boca y no vuelvas a hablar a menos que te haga

una pregunta directa —le espetó él con voz tan fría como el hielo.

Raine apretó los labios de forma instintiva. Aquel hombre exudaba una autoridad fuera de lo común.

—Perfecto, ya veo que no eres un completo simplón. Quiero que me des cierta información. Si me contestas con sinceridad, puede que te libres de la horca.

Cuando él se inclinó ligeramente hacia ella, Raine sintió que la rodeaba el aroma de su piel cálida y masculina. Tragó con dificultad, y sintió que se le aceleraba el corazón. ¿En qué lío se había metido?

—¿Qué información? —le preguntó con voz ronca.

—Quiero saber si en las últimas dos semanas ha pasado algún forastero por esta ruta.

Raine permaneció en silencio durante unos segundos mientras valoraba todas las posibilidades. A lo mejor conseguiría distraerlo el tiempo suficiente para poder escapar si fingía tener la información que le pedía. Era un plan descabellado, pero al menos era una opción.

—Siempre hay forasteros en la ruta, ¿qué quieres saber?

—¿Han pasado muchos en las últimas dos semanas? —le preguntó él, con un brillo acerado en los ojos.

—Sí, un montón.

—Qué extraño, me han informado de que este camino lleva una semana casi impracticable, y que ha pasado poca gente.

Maldición. Raine se humedeció los labios. Habría preferido que él se echara un poco hacia atrás, porque su cercanía la distraía demasiado.

—Bueno, a lo mejor no han pasado tantos forasteros como de costumbre —admitió a regañadientes.

—No intentes tomarme el pelo, muchacho. Será peor para ti. ¿Has visto a algún forastero en esta ruta?, ¿sí, o no?

—A unos cuantos.

—¿Alguno de ellos era francés?

—La semana pasada pasó por aquí un caballero que hablaba con acento francés.

—Descríbemelo.

Raine apretó las manos en su regazo, y se preguntó si él podía oír su corazón acelerado.

—Era alto y delgado, y tenía... tenía una nariz larga, y...

Sus palabras se cortaron en seco cuando él la agarró de los hombros y le dio una fuerte sacudida.

—Te he advertido que no me mientas.

—No, por favor...

Demasiado tarde. Mientras luchaba por liberar sus brazos, Raine notó que se le caía el sombrero, y cuando el desconocido le dio otra sacudida, su larga melena rizada brotó como un río dorado alrededor de sus hombros.

Philippe se quedó inmóvil al ver aquellos rizos lustrosos.

—*Meu Deus...* —susurró, mientras de forma instintiva alargaba la mano y arrancaba el pañuelo que ocultaba el rostro del bandido.

Era una mujer, de eso no había duda... ninguna duda, se dijo, mientras contemplaba aquella belleza cautivadora.

Jamás había visto una piel de un tono marfil tan puro. Dios, parecía resplandecer contra el ámbar de su pelo. Su nariz era una línea recta y descarada, y sus labios eran tan sensuales, que podían hacer que un hombre se endureciera sólo con imaginárselos sobre su cuerpo. Pero lo que atrapó y mantuvo su atención fueron sus ojos.

Eran tan negros como el ala de un cuervo, y estaban enmarcados por unas espesas pestañas. Unos ojos así podrían haber resultado apagados y mediocres, pero en ella relampagueaban con una vitalidad y con una fuerza interior que resultaban casi tangibles.

De repente, las elegantes y sofisticadas mujeres que habían pasado por su cama le parecieron pálidas imitaciones de la verdadera feminidad. Sus dudosos encantos no podían aspirar a compararse con la magnificencia avasalladora y vital de aquella joven.

Philippe apretó los dientes al aferrarla por los brazos con más fuerza, y con un movimiento fluido la colocó a su lado. Sin hacer caso de su exclamación sobresaltada, la tumbó de espaldas y atrapó sus piernas entre las suyas.

Estaba furioso. No se trataba del desdén distante ni de la ira controlada a los que estaba acostumbrado, sino de una furia abrasadora que lo tomó desprevenido y destrozó su gélida compostura.

No alcanzaba a entender por qué aquella mujer había generado aquella explosión ardiente en su interior, pero fue incapaz de controlar las emociones que lo inundaban.

—Detente —le dijo ella, jadeante, mientras luchaba por zafarse de él.

Philippe la controló con facilidad, capturó sus muñecas, y le sujetó ambas manos por encima de la cabeza.

—Maldita sea, ¿a qué estás jugando?

—¡Suéltame!

—De eso ni hablar, preciosidad. Vas a quedarte donde estás hasta que descubra quién eres, y quién ha hecho que asaltes mi carruaje.

Tendría que estar aterrada, porque él tenía su vida en las manos, pero en vez de contemplarlo con miedo lo fulminó con la mirada.

—Estás haciéndome daño.

—Si sigues forcejeando, te pondré sobre las rodillas y te daré la tunda que te mereces —le dijo él, sin miramientos.

—Bestia —murmuró ella, antes de intentar darle un rodillazo en un lugar de lo más delicado.

Philippe entrecerró los ojos. Para ser una cosita tan delicada, era bastante combativa.

—Deja de forcejear.

—Señor...

Ella enmudeció cuando Philippe le desabrochó la chaqueta. La prenda se abrió de inmediato, y reveló que sólo la cubría una fina camisa.

—*Voce e bonita* —susurró él, al ver uno de sus pechos claramente delineado por la muselina. De repente, le pareció que apenas podía respirar.

—*Bastardo* —le espetó ella.

Él la miró a la cara, y le preguntó:

—¿Hablas portugués?

—Hablo varios idiomas —le contestó ella, con un tono orgulloso cargado de desdén.

De modo que no era una mera campesina. Aquello no contribuyó a sofocar el fuego que ardía en la boca del estómago de Philippe.

—Entonces, elige uno para contarme qué demonios estás haciendo aquí.

—¿Dejarás de comportarte como un lunático si lo hago?

—Cuéntamelo.

Ella se humedeció los labios tras unos segundos de silencio, y Philippe luchó por no reaccionar ante el deseo que lo recorrió al ver aquel gesto inconsciente. No iba a permitir que aquellos labios pecaminosos lo distrajeran, porque estaba convencido de que iba a intentar mentirle.

—Sólo ha sido un juego.

—¿Un juego?

—Mis amigas y yo pensamos que sería divertido ver si alguna se atrevía a hacerse pasar por el Granuja de Knightsbridge.

—¿Y quién es ese Granuja?

—Un salteador de caminos que se ha convertido en una leyenda por estos parajes —sus pestañas descendieron un poco, para ocultar sus expresivos ojos—. Sus supuestas hazañas se cuentan tan a menudo, que mis amigas y yo decidimos demostrar que no es tan difícil llevar a cabo un trabajo tan ruin.

—Ya veo. ¿Y no se te ocurrió que podrías acabar con el corazón atravesado por un balazo?, ¿no pensaste que como mínimo tu reputación quedaría hecha pedazos?

—Me he dado cuenta de que ha sido una tontería, pero no pretendíamos hacer ningún daño.

Philippe permaneció en silencio durante unos segundos para permitirle un breve momento de esperanza, y entonces soltó una risa seca.

—La verdad es que se te da muy bien.

—¿Disculpa?

—Las mentiras salen de tus labios con una facilidad pasmosa. Supongo que eres actriz, o una lianta.

Ella apretó los labios con fuerza, y sus ojos oscuros lo miraron centelleantes.

—Me has pedido que te explicara por qué estoy aquí y lo he hecho, te exijo que me sueltes.

—¿Me lo exiges? —Philippe enarcó una ceja—. No estás en condiciones de exigir nada, querida.

—No puedes retenerme en contra de mi voluntad.

—Puedo hacer lo que me venga en gana contigo —su mirada recorrió la delicada curva de su cuello antes de descender hasta sus tentadores senos. La necesidad de saborearlos lo golpeó con tanta fuerza, que apretó los dientes—. Qué idea más interesante, ¿verdad?

Ella abrió los ojos como platos, y el ambiente se llenó con una tensión casi tangible.

—No eres un caballero.

Philippe admitió para sus adentros con inquietud que nunca se había sentido menos caballeroso en toda su vida. Las cosas que ansiaba hacerle a aquel cuerpo suave y esbelto eran dignas de un gañán lascivo.

Furioso consigo mismo, se obligó a centrarse en asuntos más importantes.

—No, soy un hombre acostumbrado a hacer lo que le viene en gana y que no se detendrá ante nada para conseguir lo que quiere, así que tenlo en cuenta. No dudaré en hacerte sufrir si no me dices la verdad.

—¿Vas a pegarme?

—Sí, en caso de que sea necesario.

—Muy bien. Pégame todo lo que quieras, pero no voy a decirte nada.

Philippe no dudó ni por un momento de su sinceridad. Estaba claro que aquella muchacha carecía de la típica delicadeza femenina, y que estaba dispuesta a enfrentarse a cualquier reto sin preocuparse por las consecuencias.

Habría sentido admiración por ella, si su audacia no la hubiera llevado a asaltar su carruaje. Era demasiado orgulloso para perdonar sin más que lo había tratado como un palomo al que desplumar.

No tenía intención alguna de azotar aquella piel marfileña, claro. Eso habría sido un pecado contra todo lo sagrado. No, por supuesto que no. Tenía en mente una tortura mucho más placentera.

—Entonces, tendré que encontrar otra forma de persuadirte —le dijo, mientras bajaba la cabeza.

—¿Qué estás...? —ella se tensó cuando sintió que le recorría la mandíbula con los labios—. Oh...

Philippe cerró los ojos mientras lo envolvían su calidez y su dulce aroma a lilas. Por Dios, era un crimen que estuviera desaprovechándose como bandolera, ganaría una fortuna siendo cortesana.

Meu Deus... en aquel momento, él habría pagado aquella fortuna.

—Tienes una piel increíble —susurró, mientras le recorría el cuello con los labios—. Es tan perfecta como la perla más preciada.

Ella dio un pequeño respingo cuando Philippe le mordisqueó con suavidad el cuello, justo donde su pulso latía a toda velocidad.

—Detente, no puedes...

Su boca continuó explorándola, y fue descendiendo hasta llegar a sus senos.

—Dime quién eres.

—Raine —le dijo ella, con un jadeo sobresaltado.

Philippe usó los dientes para apartar aquella camisa que osaba interponerse en su camino.

—Dime tu nombre de verdad.

—Es ése, Raine Wimbourne.

Ella volvió a estremecerse, pero Philippe tenía la experiencia necesaria para saber que su reacción no se debía al miedo.

—Raine —se echó un poco hacia atrás para poder ver el rosado pezón que coronaba su pecho. Ya estaba endurecido, como rogándole que lo tocara, y él no tenía intención de desoír aquella petición—. Sí, te queda bien.

—Has dicho que me soltarías si te decía quién soy —protestó ella.

—No me has dicho por qué estabas haciendo algo tan peligroso.

—No puedo.

—Bien —Philippe atrapó el pezón con los labios, y le aferró con más fuerza las muñecas cuando ella se arqueó de golpe ante el súbito placer.

—Dios mío...

Él apenas notó su respuesta. Aquello no era una seducción calculada, ni un acto controlado diseñado para cautivar a su compañera y para quedar también satisfecho, pero indiferente.

No, nada de eso. La sangre le recorría las venas como un torrente incontrolable, y el corazón le martilleaba en el pecho. Mientras succionaba el pezón con intensidad creciente, pensó que aquella mujer debía de ser una hechicera. Sólo algún tipo de magia pagana podría encender su cuerpo con un deseo tan asombroso.

Mientras apretaba su erección contra su cadera, en su mente no había lugar para la sensatez, para plantearse en lo inapropiado que era seducir a una desconocida en el interior medio helado de un carruaje. Quería abrirle las piernas y poseerla con una pasión ardiente y desatada, quería hundirse en ella hasta el fondo y sentir su cálida humedad rodeándolo por completo.

Siguió acariciándola sin piedad con los dientes y la lengua, mientras ella gemía y movía la cabeza de lado a lado como si estuviera luchando contra la creciente oleada de deseo.

—No, lo... lo confesaré todo.

En ese momento, Philippe estaba muy ocupado recorriendo el valle que había entre sus pechos, y apenas notó el sonido de su voz ronca.

—¿Mmm...?

—Detente y te contaré la verdad.

Philippe masculló un expletivo al verse obligado a detenerse, y se apartó un poco para observar su rostro ruborizado. Parte de su mente intentaba recordarle que había iniciado aquello para conseguir una confesión, pero en ese momento deseó que ella hubiera permanecido callada. Maldición, nunca había experimentado un deseo tan brutal.

—Explícate —consiguió murmurar al fin.

—Estoy aquí por mi padre.

—¿Tu padre te ha obligado a convertirte en una salteadora de caminos? —le preguntó él con incredulidad.

—No, claro que no. Mi padre es el Granuja de Knightsbridge.

—Así que eres la hija de un vulgar criminal —comentó él con cierta satisfacción, mientras la recorría con la mirada. No habría dudado en seducir a una noble, por supuesto, pero su falta de respetabilidad garantizaba que no habría complicaciones.

—Josiah Wimbourne no es ningún criminal —le espetó Raine, indignada—. Fue un héroe de la Marina Real, y el rey lo condecoró —alzó la barbilla, y añadió—: Además, es una persona maravillosa que ha dedicado su vida a cuidar de sus vecinos y de mí.

—Tú misma has admitido que es un salteador de caminos.

—Pero sólo porque estaba desesperado por ayudar a los pobres y a los indefensos de nuestro pueblo, a las personas que todos menos él han olvidado y desatendido.

Philippe no se conmovió. Estaba dispuesto a apostar sus mejores viñedos a que el heroico Josiah Wimbourne se quedaba con buena parte del botín; al fin y al cabo, estaba claro que aquel hombre carecía de escrúpulos.

—Me parecería más digno de admiración si no hubiera arriesgado la vida de su propia hija —comentó con frialdad.

—Él no quería que lo hiciera, pero no tuvo elección —tras una ligera pausa, Raine admitió a regañadientes—: El magistrado sospechaba de él, había que distraerlo antes de que acabara arrestándolo.

—¿Y por eso decidiste hacerte pasar por el bandido?

—Sólo hasta que mi padre pudiera retomar sus funciones.

Philippe sacudió la cabeza. Por el amor de Dios, ¿qué otra mujer habría arriesgado la vida de aquella forma? No sabía si Raine Wimbourne era increíblemente leal, o una demente.

—¿Cuánto tiempo llevas haciéndolo?
—Casi dos meses.
—¿Y no te han atrapado? —Philippe enarcó las cejas—. Tu magistrado debe de ser un simplón... a no ser que le hayas ofrecido tus encantos a cambio de que haga la vista gorda, son lo bastante tentadores para hacer que incluso el hombre más inteligente se olvide de su ética.
—Eres repugnante —Raine le lanzó una mirada en la que brillaba algo cercano al odio.
—Pues hace un instante no pensabas así. Nunca he oído unos gemidos de placer tan dulces.
—Eran gemidos de asco, pero supongo que a un hombre acostumbrado a forzar a las mujeres le cuesta distinguirlos.
Philippe se tensó al oír aquel insulto deliberado. Por Dios, qué moza tan deslenguada. Nadie le habría culpado si la hubiera forzado, porque era una descarada sin recato que no sólo había puesto en peligro su vida, sino también su dudosa virtud.
Pero a diferencia de muchos caballeros, la idea de forzar a una mujer le parecía abominable. Además, ¿para qué molestarse, cuando había tantas dispuestas a compartir sus cuerpos? Había hecho poco más que besarla, y ella había disfrutado la experiencia tanto como él.
No le hacía ninguna gracia que lo acusara de tal infamia.
—Cúbrete —le dijo, mientras se apartaba de ella y la miraba con enfado.
Ella se abrochó la chaqueta con torpeza, y luchó por sentarse. Philippe tuvo que esforzarse por contener las ganas de arrancarle la prenda y tirarla por la ventana.
¿Qué demonios le pasaba?
—¿Vas a soltarme?
Él consiguió parapetarse tras su habitual compostura indiferente, se colocó bien el abrigo, y se obligó a concentrarse en la razón que lo había llevado a secuestrar a aquella impertinente.
—Según tú, llevas dos meses haciendo de salteadora de caminos.

—Sí.
—¿Siempre en esta ruta?
—No. Normalmente permanezco más cerca de Knightsbridge, es menos peligroso.
—Entonces, ¿es la primera noche que estás en la ruta principal?
—Sí.
—Maldición.
—¿A quién buscas?
—Eso no es de tu incumbencia.
—Teniendo en cuenta que me has secuestrado para que te dé información sobre esa persona misteriosa, creo que sí que lo es.
—Tú sólo debes preocuparte de si voy a poseerte, a darte una paliza o a entregarte a las autoridades de Londres, a las que no podrás seducir con tanta facilidad como a tu magistrado.
—¡No puedes llevarme a Londres! —exclamó ella, con incredulidad.

Philippe escondió bajo una fingida indiferencia la inquietud que sintió ante sus propias palabras impulsivas. Ni siquiera se había planteado de manera consciente llevarla a Londres, ¿por qué querría hacerlo? No sólo no sabía nada del hombre al que buscaba, sino que no era el momento de distraerse con una cara bonita y un cuerpo capaz de enloquecer a cualquier hombre.

A pesar de todo, no sentía la necesidad de desdecirse. ¿Por qué no?, ¿por qué no se la llevaba a Londres? Estaba claro que aquella mujer necesitaba una buena lección que la enseñara a no volver a arriesgarse de forma tan imprudente, y tenía que ser una lección lo bastante severa para doblegar su carácter indómito.

Además, cuando la tuviera instalada en su casa de la ciudad, podría explorar a placer el extraño deseo ardiente que ella despertaba en su interior. Le resultaba... insatisfactorio que desapareciera antes de que pudiera descubrir si de verdad podía proporcionarle el intenso placer que prometía.

Sí, después de considerar el asunto con calma, parecía la decisión más lógica. Se recostó en su asiento, y la miró con una sonrisa burlona.

−¿Y cómo piensas detenerme?

De repente, ella se apartó de su lado y se sentó delante de él. Su rostro reflejaba lo que pensaba de las opciones que él le había planteado.

−No entiendo por qué haces todo esto. Ya te he dicho que sólo estaba intentando ayudar a la gente necesitada, me soltarías si poseyeras la más mínima decencia.

−Es inútil que intentes llegarme al corazón con tu conmovedora historia.

−¿Porque no lo tienes?

Philippe esbozó una sonrisa carente de humor. Raine Wimbourne no era la primera persona, y seguramente tampoco sería la última, en descubrir que carecía de emociones.

−Exacto, *tolo pequena*. No tengo corazón.

Raine sabía que debía de estar conmocionada, era lo único que podía explicar la reacción contradictoria que había tenido ante aquel hombre horrible. Se había sentido tan furiosa que le habría atravesado el corazón con una daga, y en un abrir y cerrar de ojos, estaba estremeciéndose excitada con sus caricias.

Sí, era lo bastante honesta consigo misma para aceptar que su propio cuerpo la había traicionado en cuanto él la había rozado con los labios.

Aunque lo cierto era que no tenía experiencia alguna en lo concerniente al sexo opuesto. El convento en el que había estudiado estaba tan retirado, que las alumnas jamás entraban en contacto con desconocidos, y los pocos hombres que visitaban el lugar eran bastante mayores además de sacerdotes.

¿Cómo iba a mantenerse indiferente una ingenua como ella ante un hombre que obviamente era un experto en los placeres carnales?

Él tenía la culpa de todo.

Sin embargo, había recuperado la cordura y de nuevo estaba más que dispuesta a atravesarle el corazón con una daga.

Maldito canalla, ¿era lo bastante ruin para llevarla a Londres y entregarla a las autoridades? La encerrarían en la cárcel de Newgate, quizás la colgarían delante de una muchedumbre.

Le lanzó una rápida mirada a aquel rostro dolorosamente perfecto. Reflejaba tal indiferencia, que parecía más que plausible que aquel hombre fuera capaz de hacer cualquier cosa con tal de conseguir sus propósitos.

Sintió que la recorría un escalofrío, y se obligó a centrarse en la manera de poder escapar de aquel dichoso carruaje. Aunque sólo había logrado un fracaso estrepitoso al intentar distraerlo antes, no podía darse por vencida. Eso sería algo completamente ajeno a su forma de ser.

Se tapó mejor con la chaqueta, y fulminó a su captor con la mirada.

—Si vas a secuestrarme... ¿podría al menos saber cómo te llamas?

Él estaba en un extremo del carruaje, bañado por un rayo de luna, y su belleza resultaba casi etérea bajo aquella luz plateada. Parecía un ángel que hubiera caído a la tierra... pero lo más probable era que aquel hombre hubiera ascendido desde las profundidades del infierno.

—Philippe —le contestó él al fin.

Raine frunció el ceño. Tenía un ligero acento extranjero, pero no acababa de ubicarlo.

—No eres inglés.

—De hecho, lo soy en parte. Mi padre era medio francés y medio inglés, mi abuela paterna aún reside en Devonshire.

—¿Y tu madre?

—Francesa —en sus ojos verdes relampagueó por un instante una expresión indescifrable.

—¿Y por qué hablas en portugués?

—He pasado la mayor parte de mi vida en Madeira, aunque procuro pasar al menos tres meses al año en Londres.

Dios del cielo, su vida parecía bastante complicada.

—Y por eso tienes una casa en la ciudad.

—Sí.

—Supongo que también tienes una en París —comentó ella con sequedad.

Aunque parecía imposible, su expresión se volvió aún más inexpresiva.

—Tengo varias casas y propiedades, pero ninguna en Francia.
—Debe de ser toda una tragedia para ti.
—En absoluto.

Raine soltó un bufido bastante grosero al ver la indiferencia con la que hablaba de sus propiedades, como si fueran nimiedades propias de alguien de su rango. Los hombres tan arrogantes como él se limitaban a dar por sentado que les correspondía poseer tamaña fortuna.

—Dios, odio a la gente de tu calaña —le dijo de forma impulsiva, antes de que la sensatez pudiera acallarla.

Él pareció quedarse atónito, y al cabo de unos segundos enarcó las cejas y le preguntó:

—¿Los de mi calaña?

Raine sabía que lo más sensato sería cerrar la boca, porque ya tenía bastantes problemas sin necesidad de complicar aún más la situación, pero el brillo burlón de aquellos condenados ojos verdes hizo que perdiera los estribos.

—Sí, los hombres que creen que pueden tratar a los demás como si fueran escoria, sólo porque tienen dinero y una buena posición social.

Si lo que quería era herirlo, no lo consiguió, porque él se limitó a esbozar una sonrisa al oír aquellas duras palabras.

—Bueno, ésa es la ventaja de tener dinero y una buena posición social, ¿no?

—No tengo ni idea —le espetó ella.

—Pues a mí me parece que no eres lo que aparentas. Las hijas de marineros no tienen tu acento pulido, ni hablan varios idiomas. ¿Acaso no me has dicho la verdad?

Raine frunció el ceño. Él había logrado desviar la conversación, y centrarla de nuevo en ella.

—Me eduqué en un convento francés, y hace poco que regresé a Inglaterra.

—¿Y por qué fue a un convento francés la hija de un marinero?

Raine alzó la barbilla al oír el ligero matiz burlón de su voz.

—Mi madre era hija de un importante capitán de navío francés, y quiso que estudiara en el mismo convento en el que ella había estado.
—¿No está viva?
—No, murió cuando yo era una niña.
—La mía también murió —murmuró él.
Lo dijo con voz tan queda, que Raine apenas alcanzó a oírlo, pero se sorprendió al ver que su rostro se suavizaba con algo que podría haber sido dolor; sin embargo, antes de que pudiera articular palabra, él volvió a esbozar su sonrisa burlona y añadió:
—Supongo que debe de resultarte difícil, ¿verdad?
—¿Compartir un carruaje contigo? Sí, mucho.
—Me refiero a estar atrapada entre los pueblerinos. Con tu belleza y tu elegancia, debes de ser un resplandeciente diamante entre la escoria. ¿Vienen a arrastrarse a tus pies los granjeros y los comerciantes?
Qué hombre tan despreciable.
—¿Siempre eres tan ofensivo?
—Sólo con los que se atreven a asaltar mi carruaje y a apuntarme al corazón con una pistola.
Raine apretó los puños en su regazo, pero al menos tuvo el sentido común de no intentar golpearlo. Estaba convencida de que él le devolvería el golpe, a pesar de que era una mujer.
—No sabes cuánto me gustaría haberte atravesado el corazón con una bala.
Él esbozó una sonrisa sincera.
—Entonces, que te sirva de lección, *menina pequena*. La próxima vez, no lo dudes.
—No te preocupes, ni siquiera parpadearé.
Él soltó una carcajada que la tomó por sorpresa, y que la inundó de una calidez inesperada.
—Qué sanguinaria. Parece inusual en una mujer inglesa, por lo general resultan insulsas y aburridas. Aunque es de esperar, teniendo en cuenta que viven en un país tan frío y gris.

Raine lo miró con cautela, porque desconfiaba tanto de su calidez como de su fría indiferencia; de hecho, la primera había demostrado ser más peligrosa.

—Inglaterra no es un país frío y gris, y sus habitantes no somos aburridos —protestó, mientras se recostaba en el asiento.

—¿No?

—No, sobre todo los nacidos en Kent. Nuestro lema es «Invicta».

—¿Invencible?

—Exacto.

Raine sintió un súbito orgullo. Siempre había adorado su hogar, la belleza de las colinas y de los campos, los ríos, los preciosos pueblos con casas de madera, los hombres y mujeres que con su esfuerzo salían adelante trabajando en el campo.

—De aquí han salido hombres como Wat Tyler y Jack Cade, que levantaron ejércitos enteros para que se tratara con justicia a sus vecinos. Y el mismísimo Nelson vivió en Chatham.

—Sí, y ahora tenéis al Granuja de Knightsbridge.

—Exacto —le contestó ella, sin remordimiento alguno.

—Y yo tengo a su hija.

Se oyó un golpecito en la puerta del carruaje antes de que Raine pudiera contestar, aunque lo cierto era que se había quedado sin palabras.

Philippe bajó la ventanilla y empezó a hablar en voz baja con Carlos, que estaba junto al vehículo a lomos de la preciosa yegua de Raine. Ella no alcanzó a oír lo que decían, pero supo sin duda que estaban tramando alguna infamia.

Vaya un par de bellacos despreciables.

Al cabo de unos segundos, Philippe cerró la ventanilla y se volvió hacia ella.

—Supongo que tu amigo tampoco tiene reparos en secuestrar a una pobre e indefensa mujer, ¿verdad? —le dijo ella con sequedad.

Él corrió una cortinilla para tapar la ventana antes de contestar.

—De momento, aún cree que eres un pobre e indefenso muchacho. Creo que será mejor por ahora.

—¿Por qué?, ¿acaso tiene la moral de la que tú careces?

—De hecho, tiene muy poca, y ninguna en lo que respecta a una hermosa mujer que no tiene la protección de su familia. ¿Ha quedado claro?

Raine tragó con dificultad, y rogó para que todo aquello sólo fuera una pesadilla de la que acabaría despertando. Por desgracia, el hombre corpulento que abarcaba buena parte del espacio limitado del carruaje era demasiado real, igual que la forma en que la recorría con la mirada de forma cada vez más frecuente.

El hecho de que su mirada le provocara un extraño cosquilleo en la boca del estómago sólo servía para ponerla aún más furiosa.

—Dices que mi padre es un criminal, pero tú y los hombres de tu calaña sois los verdaderamente malvados. Espero que algún día recibas tu merecido.

Él hizo una mueca casi imperceptible, como si estuviera pensando en algo que no le resultaba demasiado agradable.

—No dudo que tarde o temprano será así, pero hasta que me llegue el final acorde a mi infamia, voy a disfrutar todo lo que pueda —estiró las piernas, y se cruzó de brazos—. Ahora, te sugiero que descanses un poco antes de que lleguemos a la ciudad. Dudo que consigas conciliar el sueño cuando te metan en una celda húmeda y mugrienta.

Cerró los ojos con una arrogancia exasperante, con lo que no sólo se aseguró de tener la última palabra, sino que además demostró que no le preocupaba lo más mínimo que intentara atacarlo o escapar.

Raine apretó los dientes, y se pasó el resto del trayecto imaginándose la multitud de métodos de tortura que podría usar con cierto truhán de pelo negro.

Philippe fingió dormir hasta que llegaron a las afueras de Londres y entraron en Mayfair. Hacía diez años que había comprado su casa de Grosvenor Square, al darse cuenta de que sus negocios lo obligaban a permanecer en Inglaterra varios meses al año por lo menos.

Era demasiado grande y elegante para un soltero, pero como muchos nobles habían decidido optar por las viviendas más nuevas de Portman y de Cavendish, había aprovechado que se la habían ofrecido a buen precio.

Sus instintos a la hora de invertir eran impecables, pero en cuanto al resto... eran más que cuestionables, al menos de momento.

Al mirar a la mujer que tenía delante, y que en ese momento estaba observándolo con expresión asesina, tuvo que contener un suspiro. Durante todo el viaje había sido dolorosamente consciente de la cercanía de Raine Wimbourne, e incluso mientras fingía dormir sus sentidos habían permanecido alerta y centrados en su presencia, en el cálido aroma a lilas, en el ligero sonido de su respiración, en el breve roce de su pierna.

Era como si estuviera penetrando en su consciencia, marcando su impronta a fuego en lo más profundo de su ser, sin que pudiera hacer nada por detenerla. Sólo gracias a una vida entera de férrea disciplina había conseguido contener la necesidad de tomarla en sus brazos y apretarla contra su cuerpo.

Al notar que el carruaje se bamboleaba un poco al descender por Brook's Mews, se enderezó y se abrochó el abrigo. Le había dicho a Carlos que le pidiera a Swann que los llevara directamente a las cuadras, ya que no quería importunar a la pareja de edad avanzada que constituía la única servidumbre que había en la casa en ese momento, y tampoco quería que la vecindad se enterara de que había secuestrado a una joven.

Ese tipo de cosas podía sobresaltar a los viejos nobles que vivían en la zona.

Cuando el carruaje se detuvo, se apresuró a cubrir a Raine con la capa roja, de modo que su cabeza quedara oculta.

—¿Qué demonios estás haciendo? —le preguntó ella con brusquedad.

Después de bajar del vehículo, Philippe tomó a su prisionera por la cintura y se la cargó al hombro con facilidad.

—¿Quieres que toda la vecindad te vea entrando en mi casa en medio de la noche?

—No, claro que no —ella intentó darle una patada, pero no lo consiguió—. No querría arruinar tu reputación antes de que me metan en la cárcel.

—La noche aún no ha acabado, *cara*. A lo mejor pospondré tu llegada a Newgate si me complaces lo suficiente.

—¿Que te complazca?, *¿que te complazca?* ¡Lo que quiero es matarte!

—Inténtalo si quieres —se la colocó mejor al hombro, y le sujetó las piernas con un brazo—. Estate quieta si no quieres que te amordace, aunque ahora que lo pienso, no es mala idea —al volverse, vio que el cochero se les acercaba ceñudo—. Swann, después de ocuparte de los caballos, informa a los Hibbert de que sólo estaré aquí uno o dos días. No quiero abrir la casa de forma oficial, así que no hará falta más personal que el que viene a diario.

—¿Y su... compañero? —le preguntó el criado.

—Yo me ocuparé de él —Philippe sonrió, presa de una súbita excitación.

Swann volvió la cabeza, y escupió en el suelo.

—Debería hacer que se lo llevaran directo a la horca... no, mejor déjemelo a mí. Me encargaré de enderezarlo para que no se le ocurra volver a las andadas.

—Sí, estoy seguro de que serías muy persuasivo, pero aún puede resultarme útil —Philippe soltó una pequeña carcajada al oír la imprecación ahogada de su cautiva, y fue hacia la puerta—. Cuando llegue Carlos, dile que lo veré en la biblioteca, en cuanto haya instalado a mi invitado.

—Sí, señor.

Philippe abrió la puerta y entró en el pulcro jardín. Delante de él, la casa de tres plantas con paredes de ladrillo rojo se alzaba entre las sombras. No era la vivienda más grande de la vecindad, pero las sólidas buhardillas, las finas tallas de la piedra y los enrejados de hierro le conferían una madura dignidad.

Se detuvo lo justo para sacarse la llave del bolsillo y abrir la puerta de la zona inferior de las cocinas. Desde allí, subió por la escalera del servicio hasta el ático, que en el pasado albergaba las habitaciones de los niños. Si mal no recordaba, había una cama además de otros muebles, pero lo mejor de todo era que las ventanas eran altas y estrechas, así que ni siquiera la cautiva más decidida podría huir por ellas.

En cuanto llegó, tiró su furioso fardo sobre la cama y dejó que se las arreglara sola para liberarse de la capa mientras él se acercaba a la chimenea. Tuvo la suerte de encontrar una vela sobre la repisa, y después de encenderla, se volvió de nuevo hacia Raine, que en ese momento acababa de quitarse la capa y estaba mirándolo furiosa mientras se levantaba de la cama.

Antes de que pudiera empezar a insultarlo, Philippe dio un par de pasos hacia ella y le ofreció una reverencia.

—Estos son vuestros aposentos, mi señora —murmuró, con tono burlón—. Aunque no es la habitación más elegante de la casa, sin duda la preferís a una celda de la cárcel.

—Por poco —Raine frunció la nariz al notar lo polvoriento que estaba todo.

Philippe no pudo evitar echarse a reír ante su indómito coraje. *Meu Deus*, ¿qué otra mujer se enfrentaría a él con tanto descaro?

Se acercó un poco más a ella, y observó sus facciones pálidas y perfectas. A pesar de que estaba vestida con una chaqueta y unos pantalones ridículos, y tenía el pelo enmarañado, era el ser más hermoso que había visto en su vida.

—¿Nunca cedes lo más mínimo, Raine? —le preguntó con suavidad.

—¿Y tú? —le contestó ella, con la barbilla alzada.

—Jamás.

Raine abrió los ojos como platos al oír el matiz cálido de su voz, pero antes de que pudiera reaccionar, la abrazó por la cintura y la apretó con firmeza contra su pecho. Cuando abrió los labios para protestar, él aprovechó para besarla con pasión.

Philippe no supo quién se sobresaltó más de los dos, porque no era su intención agarrarla y besarla como si fuera un torpe mozo de cuadras con su primera doncella. Desde luego, no era la técnica de un seductor con cierta práctica, pero era innegable que aquella mujer tenía algo que lo provocaba y lo afectaba de forma increíble.

La deseaba. La deseaba con tanta fuerza, que estaba convirtiéndose rápidamente en una obsesión, pero era aún más que eso... ella lo fascinaba, era un rompecabezas único que ansiaba resolver.

Después de trazar sus labios con la punta de la lengua, penetró en su boca y saboreó la humedad pecaminosa del interior. Se quedó sin aliento de golpe, porque su sabor era tan dulce y fresco como las lilas a las que olía, tan dulce como la primavera.

Al notar que ella se tensaba por un segundo, como si estuviera a punto de apartarse, Philippe murmuró una imprecación para sus adentros. Sabía que sus caricias la afectaban, tenía la experiencia suficiente para saber si una mujer también lo deseaba. Aunque lo odiara, su cuerpo respondía a sus caricias.

Cuando Raine soltó un suspiro quedo y pareció derretirse en sus brazos, lo sacudió un estremecimiento. A pesar de que sólo era un beso, su cuerpo entero se tensó de placer. Al notar que ella se aferraba a las solapas de su abrigo, empezó a subir las manos por su espalda. Era tan delicada, tan increíblemente menuda... resultaba fácil olvidar su fragilidad cuando se enfrentaba a él como si fuera tan robusta e intimidatoria como un trabajador de los muelles.

Con un cuidado exquisito, Philippe volvió a bajar las manos hasta sus caderas, y salpicó de pequeños besos su mejilla antes de acariciarle la oreja con la lengua. Cuando Raine se estremeció, él volvió a sentir que lo recorría aquel extraño fuego, un calor abrasador que fluía por todo su cuerpo, y no sólo por los lugares de rigor.

El deseo de alzarla en sus brazos y llevarla a la cama era abrumador. Quería verla tumbada y expuesta bajo su cuerpo, quería separarle los muslos y descubrir el centro de su placer, quería hundirse en su interior hasta que ambos estuvieran exhaustos y saciados.

Sin duda había sido creada para ello.

Ya había tensado su abrazo para alzarla cuando soltó un gemido ronco. Maldición, no era el momento de disfrutar de aquel tipo de juegos, por placenteros que fueran. En ese mismo momento, Carlos estaba esperándole en la biblioteca, y su hermano estaba esperando ansioso la noticia de su llegada a Londres.

Levantó la cabeza con brusquedad, y contempló atormentado su rostro alzado. Bajo la luz de la vela, su delicada belleza le arrebató el aliento. Sus rizos dorados eran un río deslumbrante alrededor de sus hombros, su piel marfileña estaba teñida de un suave rubor, y en sus ojos ardía la pasión que había despertado su beso.

Parecía un ángel atrevido y exótico.

Si se hubiera tratado de otro hombre, quizás no habría resultado tan extraño que hubiera perdido el juicio de esa forma, porque era lo bastante hermosa para tentar hasta a un santo; sin embargo, Philippe se recordó con firmeza que él no era un hombre cualquiera. Él era Philippe Gautier, un caballero que había amasado su fortuna gracias a su capacidad inquebrantable de no perder nunca de vista sus objetivos.

Retrocedió un paso, y respiró hondo.

—Tengo varios asuntos pendientes, te quedarás aquí hasta que vuelva —le dijo, con más brusquedad de la que pretendía.

—¿Qué vas a hacer conmigo?

—Ésa es la cuestión, ¿no? —Philippe le dio la espalda, y fue hacia la puerta. Se negó a volverse a mirarla, y al salir y cerrar tras de sí agarró una silla del pasillo y la colocó bajo el pomo.

Se detuvo entre las sombras, y se quedó mirando la puerta durante varios segundos. Sabía que estaba atrapada allí, que no tenía forma de escapar y que nadie la oiría si gritaba para pedir auxilio, pero, aun así, se sentía reacio a dejarla, como si fuera a desvanecerse en el aire en cuanto la perdiera de vista.

Qué ridiculez.

Obligó a sus pies a que lo llevaran hacia la escalera principal, y descendió hacia la biblioteca. Como siempre, todo estaba impecable. A pesar de su avanzada edad, la señora Hibbert mantenía la casa preparada para cualquier visita inesperada. No olía a cerrado, y los muebles no estaban cubiertos. El olor a cera fresca impregnaba el aire, y las alfombras estaban recién sacudidas. Era el tipo de servicio leal que esperaba de todos sus empleados.

Al entrar en la biblioteca, no le sorprendió ver que la chimenea ya estaba encendida para caldear la habitación. Carlos estaba cómodamente sentado en uno de los sofás, con un vaso de brandy en la mano.

—Al fin. Empezaba a pensar que te había liquidado ese alfeñique blandengue —su amigo entrecerró los ojos de golpe al ver su expresión tensa, y le preguntó—: ¿Te ha dado más problemas de los que esperabas?

—Los suficientes para mandar a un hombre a Bedlam —Philippe fue a dejar su abrigo sobre uno de los sillones.

Tras un breve silencio, Carlos se levantó del sofá y le preguntó con curiosidad:

—¿Qué demonios te traes entre manos, Philippe?

—Sólo estoy intentando rescatar a mi hermano de su último desastre, ¿qué otra cosa podría centrar mi atención en este momento?

—Ya sabes que me refiero al muchacho. Tendrías que haberle dado una buena tunda, o haberlo entregado a las autoridades si querías que lo castigaran. ¿Por qué te arriesgas a revelar tu llegada a Londres manteniendo cautiva a esa criatura patética?

—Porque quiero hacerlo.

Carlos miró a su amigo con suspicacia, porque lo conocía a la perfección.

—Hay algo más, algo relacionado con ese chico, que no

me has contado. No lo habrías traído a Londres si no tuviera algún valor.

—Me divierte.

—¿Que te... divierte? —Carlos soltó una carcajada—. *Meu Deus*, ¿acaso hay algo que quieras confesarme?

Philippe frunció el ceño, y se acercó al pesado escritorio de caoba que había junto al ventanal. Por razones que no alcanzaba a entender, no quería revelarle a nadie que el muchacho era en realidad una hermosa mujer, ni siquiera a aquel hombre al que consideraba un hermano.

De momento, ella era un secreto que pensaba guardar con celo.

—Lo único que quiero es averiguar si mis agentes han cumplido con las tareas que les encomendé —dijo, mientras sacaba un grueso fajo de documentos de un cajón. Después de desatar el cordel, empezó a colocarlos uno por uno encima del escritorio.

—¿Qué son todos esos papeles? —Carlos se acercó a él.

Philippe sintió que se le formaba un nudo en el estómago mientras revisaba los documentos. Antes de partir hacia Inglaterra, le había ordenado a sus agentes de confianza que empezaran a investigar para limpiar el nombre de su hermano, empezando por aquellos papeles.

Se trataba de pagarés por una suma enorme, de mapas del castillo de Windsor y los terrenos circundantes, de listas de los guardias que estaban de servicio, y de una lista de sustancias letales. Incluso había varias cartas en francés de un supuesto compinche de Jean-Pierre, que le decía a su hermano que debía asesinar al rey antes de fin de año si quería cobrar su recompensa.

—Son copias exactas de los documentos que hallaron en posesión de Jean-Pierre la noche que lo arrestaron —le dijo a su amigo. Levantó una de las cartas, y le indicó el pequeño aguafuerte que había en una de las esquinas inferiores—. Mira, ésta es la marca que notó Jean-Pierre.

—Parece un garabato.

—De hecho, es un jeroglífico.

—¿Cómo lo sabes?, creía que detestabas todo lo egipcio.

—Sólo cuando me cuesta una fortuna financiar las absurdas expediciones de mi padre, pero resulta que este jeroglífico en particular me resulta familiar. Es la marca del príncipe cuya tumba encontró mi padre hace casi veinte años.

—¿Estás seguro? —Carlos agarró uno de los mapas—. Estos documentos sólo son copias, y por muy rigurosos que sean tus agentes, dudo que alguno de ellos fuera capaz de copiar de forma fidedigna algo como un jeroglífico.

—Contraté a un falsificador profesional para que los ayudara. Créeme, es capaz de captar hasta el más mínimo detalle. Además, Jean-Pierre también lo reconoció.

—¿Y por eso hemos estado buscando por los caminos y por las postas a un misterioso francés del pasado de tu padre?

—Exacto.

—¿Y ahora, qué?

Philippe se tomó unos segundos para valorar la situación. Ya era demasiado tarde para lograr gran cosa aquella noche, pero había una tarea ineludible.

—Quiero que vayas a Newgate, para decirle a Jean-Pierre que ya estoy en Londres.

—¿A esta hora?

—¿Estás cansado?

—Sí, pero estaba pensado en los guardias. Dudo que me dejen visitar a tu hermano tan tarde.

—Yo no lo dudo en absoluto —Philippe se sacó un saquito de cuero del bolsillo interior de su chaqueta, y se lo tiró a su amigo. En él había dinero suficiente para sobornar a media docena de guardias, y además, ya había empleado sus influencias para que Jean-Pierre estuviera en una celda separada de los maleantes comunes—. No menciones mi nombre cuando lo veas, es posible que los guardias te oigan y no quiero que sepan que estoy aquí. Limítate a decirle que has traído a su cazador favorito a la ciudad, él lo entenderá.

—De acuerdo —Carlos guardó el dinero con una mueca—. Pero será mejor que tu hermano haya aprendido algo de humildad en la cárcel, porque me prometí que le daría una paliza la próxima vez que lo viera.

Philippe le dio una palmada en el hombro a su amigo, y le dijo:
—Te prometo que podrás darle todas las palizas que quieras, en cuanto lo saquemos de Newgate.
—Perfecto.

5

Cuando se quedó sola, Raine se rodeó con los brazos para intentar controlar el temblor que la sacudía, y se obligó a dejar de pensar en los besos de Philippe. Se negaba a perder el tiempo dándole vueltas a cómo reaccionaba ante las caricias de aquel hombre, porque era obvio que era un experto en el arte de la seducción. En cuanto lo tenía cerca, se le aceleraba el corazón y le cosquilleaba la piel. Tenía miedo de que aquel anhelo insoportable la atormentara incluso cuando estuviera lejos de él.

Tenía que concentrarse en encontrar la forma de escapar de allí, pero no tardó en darse cuenta de que era un esfuerzo inútil. La puerta era gruesa y no se movió a pesar de sus empujones, y la ventana era demasiado estrecha. Y por si fuera poco, en la habitación sólo había una cuna decrépita y una estrecha cama. No había nada que pudiera usar a modo de arma cuando regresara su captor.

—Bienvenida a Londres, Raine Wimbourne —se dijo con sequedad.

Había soñado muchas veces con aquel momento, pero en ninguna de sus fantasías estaba vestida con ropa vieja de su padre, ni la tenían cautiva en un ático polvoriento. Se había imaginado disfrutando de la temporada social engalanada con las mejores sedas, asistiendo al teatro, a bailes opulentos y a veladas exclusivas. Sí, habría hecho muchas amistades, que la invitarían a meriendas en las que reiría y cotillearía tomando el té.

Y también conocería a multitud de caballeros, claro. Jóvenes atractivos que quedarían cautivados por su encanto, hombres con el pelo negro y reluciente bajo la luz de las velas, y unos ojos verdes que brillarían con un deseo apenas contenido, y...

Raine se dio cuenta de a quién le pertenecía el rostro que tenía en mente, y su ensoñación se cortó en seco. Maldito hombre, no la dejaba en paz ni cuando estaba en otro sitio.

Por si su tormento fuera poco, la puerta se abrió de repente y el hombre que se había convertido en su rival acérrimo entró en la habitación.

Raine retrocedió de forma instintiva, porque él pareció abarcar todo el espacio disponible, igual que en el carruaje. Se había quitado el abrigo, y llevaba una chaqueta gris marengo y unos pantalones negros que se amoldaban a su cuerpo musculoso con una precisión indecente.

Sintió que se le hacía la boca agua al notar un olor delicioso, y su suspicacia aumentó de inmediato. No se fiaba de los griegos que llegaban con regalos... sobre todo de los que parecían dioses.

—Supuse que tendrías hambre —Philippe pasó por su lado, y después de dejar la bandeja en el suelo, extendió una sábana sobre la cama y se sentó en el borde—. He tenido que arreglármelas con lo que había en la cocina, pero al menos he encontrado algo de jamón ahumado y de queso, y un poco de pan recién horneado.

Raine se tensó al darse cuenta de que pensaba quedarse.

—¿Pretendes que cenemos juntos?

—¿Por qué no?

—Por si se te ha olvidado, deja que te recuerde que no soy tu invitada, sino tu prisionera.

—No se me ha olvidado nada —Philippe la recorrió con la mirada de la cabeza a los pies—. Pero por ahora estoy hambriento y cansado, y no tengo intención alguna de atacarte... a menos que me lo pidas amablemente, claro.

—¿Es necesario que me ofendas?

—Supongo que no, pero me resulta muy divertido —de repente, se frotó la nuca con cansancio, y añadió–: Raine, ven a comer algo antes de que te desmayes.

Ella se acercó a la cama con cautela. No había comido nada desde aquella mañana, y sería una tontería que se debilitara a causa del hambre. Necesitaba todas las fuerzas que pudiera reunir.

Se sentó en el borde de la cama a regañadientes mientras él le llenaba un plato de comida, y al observarlo se dio cuenta de que una barba incipiente empezaba a ensombrecerle la mandíbula, y de que tenía ojeras. Sorprendentemente, los claros signos de fatiga no alteraban su chocante belleza; de hecho, suavizaban su austera perfección, y contribuían a que pareciera más accesible.

Raine se recordó con severidad que sólo era una ilusión peligrosa, que aquel hombre era un depredador letal capaz de hacer lo que fuera con tal de conseguir sus propósitos.

Empezó a comer en cuanto él le dio el plato, y hasta que lo apuró todo no notó el peso de su mirada. Se apresuró a levantar la cabeza, y lo vio observándola con una extraña sonrisa.

–¿Qué pasa? –le dijo, a la defensiva.

Él agarró el plato vacío, y lo colocó junto al suyo en la bandeja.

–Sólo estaba admirando tu apetito. No soporto a las mujeres que picotean la comida, como si un hombre fuera a ofenderse al verlas comer de verdad –su sonrisa cambió sutilmente, se volvió más cálida y mucho más peligrosa–. Es seductor ver a una mujer que disfruta de la comida.

–Supongo que eso significa que no soy una dama, ¿verdad?

Sus ojos verdes la observaron con una intensidad desconcertante, como si pudieran ver más allá de su defensiva expresión ceñuda, como si pudieran llegar hasta su vulnerable corazón.

–Lo he dicho a modo de cumplido, ¿siempre eres tan susceptible?

Raine sintió que aquella voz profunda y sensual se le deslizaba por la espalda como miel cálida, y no pudo evitar estremecerse. Intentó no pensar en lo íntima que parecía aquella habitación iluminada por la tenue luz de la vela.

—Sólo cuando estoy cautiva.

Él se le acercó tanto, que sintió su cálido aliento en la mejilla.

—¿Preferirías que te llevara a Newgate?

—Sabes que no.

—Bien —Philippe deslizó un dedo desde su sien hasta sus labios—. Una belleza como tú no duraría demasiado entre los salvajes.

Raine apartó la cara y lo fulminó con la mirada. Empezaba a sospechar que él no había tenido intención de entregarla a las autoridades en ningún momento.

—Eso no significa que quiera quedarme aquí contigo.

—Te has quedado sin opciones, *menina pequena* —le dijo él, sonriente.

—¿Por qué? —Raine se levantó de golpe, y se rodeó la cintura con los brazos—. ¿Por qué no dejas que me vaya?

—¿Adónde vas a ir?, ¿crees de verdad que puedes deambular sin más por las oscuras calles de Londres? Podrían asaltarte, o incluso asesinarte —Philippe sacudió la cabeza, y añadió—: Eres una ingenua.

—Puedo cuidar de mí misma.

Él se echó a reír, y se puso de pie con un movimiento fluido.

—Si eso fuera verdad, no estarías en mi poder.

—Eres realmente odioso.

—¿Quién, yo? —algo que podría haber sido enfado relampagueó en sus ojos por un instante—. No fui yo quien te mandó a vagabundear sola en la oscuridad, ni quien te incitó a que arriesgaras tu precioso cuello con una farsa tan peligrosa. Deberías culpar a tu padre.

—No hables de mi padre, es mucho más noble de lo que tú jamás podrías aspirar a ser.

—Yo al menos sé cuidar de mi familia.

Por alguna razón, aquellas palabras la pillaron desprevenida.

—¿Tienes familia?

El enfado de Philippe se desvaneció.

—Claro que sí, ¿creías que había aparecido debajo de una roca? —le dijo, con tono burlón.

—Di por hecho que te habían echado a patadas del infierno.

Philippe se acercó a la chimenea y se apoyó en la repisa con aparente indiferencia, pero Raine se dio cuenta de que estaba tenso.

—Tengo un padre, y un hermano.

Ella no pudo evitar sentir cierta curiosidad a pesar de sí misma. Nunca había conocido a un hombre como él. A veces era tan distante como las estrellas, pero en ocasiones lograba vislumbrar a la persona que se escondía bajo aquel exterior duro, y sospechaba que se trataba de un hombre capaz de ser cálido y tierno.

—¿Se parecen a ti?

—En lo más mínimo —él esbozó una sonrisa, pero su voz contenía cierta amargura—. Sin duda te caerían muy bien, todo el mundo los adora.

—Pareces un poco envidioso.

—¿De veras? —Philippe se encogió de hombros—. A lo mejor envidio su capacidad de desperdiciar sus vidas sin preocuparse por las consecuencias de su irresponsabilidad. Son encantadores e ingeniosos, y se centran en su propio placer a expensas de todo el mundo, incluido yo.

Raine observó con atención su rostro austero. No hacía falta que le dijera que aceptaba la responsabilidad de su irresponsable familia, porque sus facciones mostraban la autoridad férrea con la que sin duda le habían cargado siendo demasiado niño.

Tuvo que luchar contra el respeto innegable que emergió en su corazón. Ella admiraba la lealtad por encima de todo, sobre todo la lealtad hacia la propia familia.

—¿Y en qué te centras tú? —le preguntó.

—De momento, en rescatar a mi hermano de otra tragedia más.

—¿Está en Londres?
—De hecho, en este momento reside en Newgate.
—¿En la cárcel de Newgate?, debes de estar bromeando.
—Ojalá. A pesar de que Jean-Pierre me resulta irritante en ocasiones, no merece este castigo en concreto.
—¿Qué ha hecho?
—Está acusado de traición.

Raine se sorprendió tanto, que se acercó un poco más a él de forma inconsciente.

—¿Y te atreves a tratarme como a una criminal? Sólo me he apropiado de un puñado de monedas y de joyas.

Philippe apretó los labios. Sus ojos verdes la miraron con una expresión tan fría y severa, que Raine se estremeció.

—Por una vez, es inocente. Un viejo enemigo al que casi habíamos olvidado está utilizándolo para castigar a mi familia. Se dio cuenta de que mi hermano era el más vulnerable, y no tardó en cazarlo con su trampa.

Todo aquello parecía una historia descabellada. Un joven caballero de una buena familia acusado de traición, la aparición de un malvado enemigo del pasado que después se había desvanecido misteriosamente... parecía algo digno de Shakespeare, pero Philippe no se inventaría algo así; al fin y al cabo, podría involucrar a su familia en un escándalo, y su orgullo era casi tan enorme como su vanidad.

—Entonces, ¿has venido a rescatarlo?
—Si estás preguntándome si pienso ayudarle a fugarse de la cárcel, la respuesta es no. He venido para encontrar la forma de demostrar su inocencia.
—Sin duda será algo fácil para un hombre de tu categoría, puedes permitirte convencer de su inocencia a gran cantidad de jueces.
—Quizás, si se tratara de cualquier otro crimen. Pero estamos hablando de traición —Philippe se apartó con brusquedad de la repisa, y empezó a pasearse por la habitación—. El rey siempre ha tenido miedo a que le traicionaran, y no puede mostrar clemencia por nadie que haya cometido ese delito. Otros podrían pensar que admite la sedición. Si no

consigo demostrar que Jean-Pierre es inocente, lo ejecutarán para dar un castigo ejemplar.

Raine se mordió el labio al imaginarse a un joven encerrado en la cárcel, teniendo que enfrentarse a la posibilidad de una muerte cercana. Debía de estar tan aterrado, mientras esperaba a que su hermano encontrara la manera de liberarlo... aun así, no podía olvidar que su captor no era tan compasivo.

—Así que estás desesperado por evitar que tu hermano se enfrente al verdugo, ¿no?

—Por supuesto.

—Yo también lo estaba por evitar que ahorcaran a mi padre.

Philippe la contempló en silencio durante unos segundos, hasta que poco a poco su expresión fue suavizándose y su boca se curvó con aquella sonrisa endiablada. Se acercó a ella, y murmuró:

—Pero yo no he incumplido la ley... ni he sido tan tonto como para dejar que me atrapen.

El instinto le decía que se apartara. Incluso las jóvenes inocentes sabían que era importante mantenerse apartadas de los conquistadores, sobre todo si se sentían demasiado atraídas por el hombre en cuestión; sin embargo, Philippe no era el único que tenía una buena dosis de orgullo, y la mera idea de acobardarse hizo que Raine enderezara la espalda.

—¿Y qué has hecho para rescatar a tu hermano?, ¿secuestrar a una mujer indefensa mientras viajas hacia tu elegante casa de la ciudad?

—He conseguido que Jean-Pierre esté en una celda privada gracias a mi influencia, y he contratado a una docena de abogados para que se ocupen de posponer el juicio.

Él recorrió su mejilla con un dedo, y Raine se alarmó al sentir que el contacto parecía llenarla de calidez.

—Y te secuestré porque esperaba que pudieras decirme si mi enemigo había pasado por la zona.

Raine tuvo que tragar con dificultad antes de poder contestar.

—No me has mantenido cautiva por eso.

—No —sus ojos perdieron su brillo gélido, y se llenaron de una calidez que los oscureció hasta convertirlos en el más puro jade—. No te he mantenido cautiva por eso.

Raine sintió que estaba cayendo presa de un hechizo... a lo mejor realmente era así, porque nada más podría explicar la súbita densidad del aire que le dificultaba la respiración, el repentino embotamiento de su mente que le impedía pensar, el anhelo indecente y casi doloroso que la abrumaba.

—¿Philippe?

Él recorrió con la mirada su rostro alzado, y sus ojos se detuvieron en sus labios.

—Tu piel... nunca he visto una piel así, tan pura y tan suave.

Raine se humedeció los labios de forma instintiva, y se dio cuenta de su error cuando él la miró con un deseo descarnado.

—Estábamos... estábamos hablando de tu hermano, y de cómo vas a demostrar su inocencia.

Él se acercó poco a poco, de forma inexorable, y la obligó a ir retrocediendo hasta topar con la pared. Raine empezó a respirar con dificultad, y su mundo entero se redujo al hombre que se cernía sobre ella.

—La única forma de demostrar su inocencia es atrapar al malnacido que le tendió la trampa —le dijo él, aunque era obvio que su mente estaba centrada en otra cosa.

—Bueno, está claro que no está en esta habitación —le espetó ella, con voz ronca.

—No —él volvió a acariciarle el cuello, como si la textura de su piel lo fascinara—. De hecho, dudo incluso que esté en Inglaterra. Supongo que regresó a Francia en cuanto arrestaron a mi hermano.

—Entonces, ¿no tendrías que estar persiguiéndolo?

Él bajó la cabeza, hasta que le rozó la sien con los labios.

—Tengo que ocuparme de algunos asuntos aquí antes de empezar con la persecución, pero tendrán que esperar hasta mañana. Se me ocurren maneras más placenteras de pasar lo que queda de noche –sus labios descendieron por su mejilla, hasta llegar a la comisura de su boca.

–Espera... –le dijo ella con voz queda, mientras el corazón le latía desbocado en el pecho. Por Dios, su cuerpo entero parecía arder, le cosquilleaba la piel, tenía el estómago encogido, y un poco más abajo cierta parte de su cuerpo palpitaba con un deseo doloroso por aquel hombre.

Pero lo más aterrador de todo era saber que no quería seguir luchando contra aquel terrible deseo. Aunque las monjas habían insistido en lo importante que era que una mujer conservara su virginidad hasta estar casada, ella era una persona realista, y ya había aceptado que su futuro no incluía ni un marido ni un «felices para siempre». Y eso había sido mucho antes de que un conquistador la secuestrara y la llevara a su casa.

En su futuro no habría nadie, al menos nadie a quien le importara si su inocencia seguía intacta.

Como si hubiera notado sus tumultuosas emociones, Philippe empezó a mordisquearle la oreja y deslizó las manos por sus brazos.

–No puedo esperar más, querida. Me tienes loco de deseo –le susurró.

¿Loco? Sí, aquello era una locura, pensó Raine, mientras la levantaba en brazos y la llevaba hacia la cama. Ella no apartó la mirada de su extraordinario rostro cuando la tumbó sobre el colchón, y vio cómo la dureza de sus facciones se suavizaba cuando se tumbó a su lado.

Se sintió un poco insegura al sentir que la rodeaba con los brazos y la atraía contra su cuerpo, y tras un momento de indecisión, posó las manos sobre sus hombros. Afortunadamente, Philippe no pareció notar su titubeo, ya que empezó a acariciarle la espalda y a susurrarle palabras de aliento.

–Sí, Raine... tócame, necesito sentir tus manos.

Cuando él deslizó las manos bajo su chaqueta y empezó a masajearle los músculos tensos, Raine fue relajándose. Al sentir que sus labios le recorrían la nariz antes de rozarle la boca, se estremeció y cerró los ojos.

–Debo de estar loca...

—No, *meu amor*. Esto estaba destinado a ocurrir desde el instante en que nos conocimos.

El destino parecía preferible a la mera lujuria, y mientras él la besaba profundamente, Raine dejó que la breve chispa de sensatez se desvaneciera. Un deseo tan dulce y cálido como el más selecto de los licores recorrió su cuerpo, y se aferró con fuerza a los hombros de Philippe.

Empezó a devolverle el beso con cierta vacilación, y tuvo que sofocar un gemido cuando él empezó a apartarle el pelo de la cara de forma casi reverente, con una ternura que contrastaba con la dureza de su cuerpo masculino. Raine se dio cuenta de que estaba preparado para tomarla, pero su seducción no era apresurada.

Philippe trazó la línea de su barbilla con los labios, deteniéndose de vez en cuando a darle algún que otro mordisquito, y entonces hundió el rostro en la curva de su cuello e inhaló profundamente su aroma.

Raine había esperado el deseo y la tensión que fluía entre ellos, pero la tomó por sorpresa sentirse... querida. Aquello acabó con todos sus reparos, y cuando él volvió a besarla, le devolvió la caricia sin dudarlo.

Philippe cubrió sus pechos con las manos, y empezó a acariciarle los pezones con los pulgares. Raine se estremeció de placer, y como si se tratara de la señal que hubiera estado esperando, él le quitó la chaqueta. Las botas y los pantalones siguieron el mismo camino, y quedó desnuda en cuestión de segundos.

Al principio, se sintió aliviada de que la molestia de la ropa hubiera desaparecido, porque la lana resultaba demasiado rasposa para su piel sensible; sin embargo, cuando Philippe se apartó y se quedó observándola en silencio, no pudo evitar sentirse avergonzada ante la intensidad de su mirada.

Hizo ademán de cubrirse, pero él la detuvo y la instó a que volviera a tumbarse.

—No, *meu amor*, no te escondas de mí —le dijo con voz ronca. La línea angular de sus pómulos estaba teñida con un ligero rubor—. Eres tan hermosa, tan...

Sus palabras se cortaron con un gemido gutural, y después de arrancarse con impaciencia la corbata, se quitó la chaqueta. Con movimientos bruscos y descoordinados, consiguió desprenderse del chaleco y sacarse la camisa de lino por la cabeza.

Raine se quedó sin aliento al ver su ancho pecho desnudo, pero antes de que pudiera apreciar bien aquella imagen espectacular, él le sujetó ambos brazos contra la cama y la besó con una intensidad creciente. Sin soltarle los brazos, empezó a explorarla a placer, con una lentitud frustrante. Después de detenerse en la base de su cuello y de salpicar de besos la línea de su clavícula, descendió por fin hasta uno de sus senos.

Raine soltó un suspiro jadeante cuando un relámpago de placer la recorrió de pies a cabeza. Dios, no sabía que algo podía resultar tan increíblemente placentero. La calidez de sus labios mientras le succionaba el pezón, la caricia de su lengua, el cuidadoso roce de sus dientes... se arqueó temblorosa, inmersa en un mar de placer.

—Eso es, Raine. Deja que te dé placer —murmuró él contra su piel.

Si le daba aún más placer, iba a ponerse a gritar. No podía haber nada incluso mejor que aquello, ¿verdad?

Philippe le mostró lo equivocada que estaba cuando sus manos empezaron a descender por su cuerpo, y fueron dejando a su paso un cálido rastro de excitación. Al sentir que la instaba a abrir las piernas, contuvo el aliento y se resistió por un instante, ya que no sabía qué pretendía.

—Deja que te toque —murmuró él, mientras acariciaba con sus labios el valle que había entre sus senos—. Quiero sentir tu calidez.

Raine fue abriendo las piernas poco a poco, y se aferró con fuerza a la sábana que tenía debajo al sentir que sus manos se deslizaban por la parte interior de sus muslos, hasta llegar a los húmedos labios de su sexo.

—Philippe —jadeó.

Él levantó la cabeza, y el brillo ardiente de sus ojos la dejó sin aliento.

—Estás lista para mí, *meu amor*. Estás tan cálida y húmeda...

Raine se ruborizó al darse cuenta de que aquello era cierto. Mientras sus dedos seguían acariciándola, la humedad entre sus piernas se incrementó aún más, pero la vergüenza perdió la batalla contra la tensión que llenaba su cuerpo.

Había algo justo fuera de su alcance, algo excitante que la hacía estremecerse y retorcerse de placer bajo las caricias de Philippe.

—Sss... yo te daré el alivio que anhelas, mi dulce Raine.

Con los ojos firmemente cerrados, Raine oyó cómo acababa de desnudarse, y se sobresaltó al sentir de repente el peso cálido de su cuerpo. Él cubrió con la boca sus labios entreabiertos mientras se colocaba entre sus piernas, y ella se abrazó a su cuello de forma instintiva y sintió el roce de su miembro contra un muslo antes de sentirlo en la entrada de su sexo.

Antes de que pudiera plantearse lo que iba a suceder, él la penetró con una firme embestida. Había estado inmersa en un placer exquisito hasta ese momento, de modo que el dolor agudo que pareció desgarrarla la tomó por sorpresa. Con una exclamación ahogada, hundió las uñas en la espalda de Philippe.

Él se tensó, levantó la cabeza de golpe, y se quedó mirándola atónito.

—*Meu Deus*, ¿por qué no me lo has dicho?

—¿Te habría detenido?

En su rostro relampaguearon multitud de emociones, pero desaparecieron antes de que Raine pudiera descifrarlas. Al sentir que él salía lentamente de su cuerpo con un pequeño gemido, no pudo evitar respirar aliviada, pero se tensó sorprendida cuando él empezó a cubrirle de besos el cuello, los senos y el estómago. El dolor quedó olvidado mientras sus labios volvían a encender la pasión en su interior.

—Oh... —dijo sin aliento, al sentir que su lengua se hundía en su ombligo antes de seguir descendiendo—, Dios del cielo...

—El cielo no tiene nada que ver con esto, *meu amor* —murmuró él, mientras la acariciaba de forma deliberada con la aspereza de su barba incipiente—. Pero no me quedan fuerzas para negar la tentación del demonio, esta noche no.

Raine no supo a qué se refería, pero antes de que pudiera pedirle una explicación, Philippe bajó aún más la cabeza y la acarició con la lengua en su zona más íntima. Fue incapaz de contener un pequeño grito de placer, y se aferró a su pelo mientras él la saboreaba sin piedad. Se sintió conmocionada en parte ante aquel acto tan íntimo... por Dios, no sabía que aquello formaba parte del acto amoroso. Jamás había oído hablar de algo así, era... decadente, pero increíble.

Con un gemido, se arqueó al sentir que la dulce tensión de antes volvía a apoderarse de sus músculos, que la arrastraba hacia una cima que la atemorizaba.

—No te resistas, Raine —le susurró él, como si le hubiera leído el pensamiento con la destreza de un maestro—. Relájate.

¿Quería que se relajara? Debía de estar loco, porque estaba tan tensa, que parecía a punto de estallar.

Philippe cambió ligeramente de postura, y la aferró con firmeza de las caderas mientras seguía devorándola. Raine gimió al sentir que la tensión alcanzaba un punto álgido, y entonces estalló en un millón de chispas ardientes de placer.

—Philippe —susurró, mientras flotaba en aquella oscuridad aterciopelada—, ha sido... ha sido increíble...

Él ascendió por su cuerpo, y se colocó de nuevo entre sus piernas. Al sentir que su miembro empezaba a penetrarla, el letargo de Raine se desvaneció de golpe, pero él notó su súbita tensión y la besó con ternura antes de mirarla con expresión seria.

—No temas, no voy a hacerte daño. Nos tomaremos el tiempo que te haga falta.

Sin apartar la mirada de sus ojos, empezó a hundirse poco a poco en ella. Raine sintió cierta tirantez y una incómoda plenitud, pero ya no le dolía. Con un pequeño empujón final, Philippe quedó completamente hundido en su interior y se quedó inmóvil durante unos segundos, como esperando a que ella se ajustara a su invasión, antes de empezar a moverse lentamente.

Al principio, Raine se limitó a intentar acostumbrarse a las extrañas sensaciones, pero cuando él empezó a besarle los pechos de nuevo, se dio cuenta de que sus caderas empezaban a alzarse como por voluntad propia.

Philippe soltó un gemido gutural, y conforme fue acelerando el ritmo, el placer de Raine fue en aumento.

—Sí, *meu amor* —jadeó él, mientras la agarraba de las caderas y la alzaba un poco para poder profundizar aún más la penetración.

Raine hundió las uñas en sus hombros, jadeante, y de repente el placer se fusionó en una explosión que la dejó sin aliento.

Philippe se tensó aún más, y con una última y potente embestida, soltó un largo gemido antes de desplomarse sobre ella.

Raine lo abrazó sin fuerzas, aturdida. Él estaba en su interior, formaba parte de ella, como si fueran un solo ser. Era la experiencia más increíble de toda su vida.

Philippe intentó recordar cómo respirar mientras se tumbaba a un lado y abrazaba a Raine. Estaba exhausto, y su cuerpo aún estaba tembloroso a causa de la intensidad de su clímax.

Por Dios, tenía treinta y un años y poseía experiencia en las formas más exóticas de seducción, pero nada habría podido prepararlo para el increíble placer, el deseo abrasador y el abandono salvaje que le habían proporcionado las vacilantes caricias de un ángel inexperto.

Una parte distante de su cerebro le susurraba una y otra vez que acababa de arrebatarle la inocencia a aquella mujer, que había corrompido a una virgen. Ése era un pecado que no había cometido en su vida.

Sin embargo, aquella parte de su mente quedó silenciada por la dicha embriagadora que lo colmaba.

Cuando por fin consiguió recuperar el aliento, miró el rostro ruborizado de Raine mientras acariciaba el halo resplandeciente que formaban sus rizos rubios. El dulce aroma de su piel le inundaba los sentidos, y sabía que siempre que oliera a lilas recordaría aquel preciso momento.

—¿Estás bien?

Ella se ruborizó aún más, y ocultó la cara contra su hombro.

—Sí, claro que sí.

—Raine —la tomó de la barbilla, y la instó a que levantara el rostro—. Raine, mírame.

Tras una breve pausa, ella abrió los ojos y le preguntó:
—¿Qué quieres?
—¿Te he hecho daño?
—No... —Raine detuvo la negativa instintiva al ver que él entrecerraba los ojos, y admitió—: Bueno, un poco.

Philippe sintió una punzada de remordimiento, y le rozó la frente con los labios.

—Lo siento. Si hubiera sabido que eras inocente, habría tenido más cuidado para que no sintieras dolor.

—Si hubiera estado pensando con la claridad suficiente para decirte que era virgen, no habría... no habríamos...

—No pienso disculparme por lo que acaba de pasar, querida. Ni siquiera quiero saber por qué has decidido entregarme tu inocencia —Philippe la abrazó con más fuerza, y saboreó el contacto de su cuerpo cálido y terso contra el suyo—. Esta noche, pienso disfrutar de lo que me has ofrecido sin plantearme las posibles consecuencias.

Su sinceridad la desarmó, y Raine se relajó un poco.

—¿Siempre piensas en las consecuencias de todo?
—Siempre.
—¿Por qué?

Por un momento, Philippe no supo cómo contestar. Aquélla era una pregunta que jamás se preguntaba a sí mismo, no se había permitido ese lujo desde que había tenido que tomar las riendas de las ruinosas propiedades de su padre a los quince años. Aunque todo el mundo consideraba a Louis Gautier un caballero carismático y elegante, jamás se había interesado en sus tierras ni en los empleados y los trabajadores que dependían de él. Le parecía mucho más fascinante excavar en lugares recónditos.

Y Jean-Pierre nunca se habría tomado la molestia de interesarse en la rotación de cultivos, en la productividad de los viñedos, ni en el precio del transporte de mercancías.

—Porque tengo una familia y un montón de empleados que dependen de mí, dulce Raine —le dijo al fin, mientras le acariciaba la espalda—. Aunque no intento salvar al mundo asaltando a viajeros desprevenidos, tengo responsabilidades.

Ella se tensó ante el insulto velado, pero no permitió que la distrajera.

—Y una de esas responsabilidades es tu hermano.

—Jean-Pierre. Sí, maldito sea. No sólo he soportado un trayecto de dos semanas para venir a este deprimente país, sino que además parece que voy a tener que ir a Francia.

—Por tu tono de voz, haces que parezca algo terrible. A mucha gente le encantaría pasar unos días en un lugar tan maravilloso... sobre todo si tuvieran suficiente dinero para alojarse en los castillos y los palacios más elegantes del mundo.

Philippe se tensó, ya que ella acababa de dar sin querer en la herida que aún supuraba en su interior.

—No... no me gusta Francia.

Raine lo observó con atención. Sin duda notaba la frialdad que se abría paso en su interior, y que estaba eliminando aquella calidez desconocida que lo había inundado de forma tan breve.

—Pero me dijiste que naciste allí.

—Es la razón perfecta para aborrecer ese sitio, ¿no crees?

Ella esbozó una sonrisa.

—Hasta cierto punto, pero ni siquiera el hecho de que tú nacieras allí va a hacer que piense mal de Francia. Es un país maravilloso.

—Entonces, puede que te lleve conmigo.

Philippe ni siquiera supo que aquellas palabras iban a brotar de sus labios hasta que las pronunció. No tenía ni idea de dónde habían salido, o qué había causado aquella extraña compulsión, pero en cuanto se recobró de la sorpresa, se dio cuenta de que la idea le parecía... perfecta.

Si estaba obligado a viajar por Francia en busca de un desconocido enemigo de su pasado, al menos merecía cierta compensación, ¿no?

—¿Qué has dicho? —Raine lo miró con incredulidad.

Philippe trazó la curva de su cadera con deliberada lentitud.

—Estaré ocupado la mayor parte del tiempo, pero podré escapar de mis obligaciones de vez en cuando para estar contigo.

—¿Y crees que voy a estar sentada de brazos cruzados, esperando a que puedas dedicarme algo de tiempo?

—Es mejor para ti que seguir corriendo riesgos innecesarios asaltando carruajes —le dijo él, mientras deslizaba una mano por su trasero.

—No voy a... —Raine cerró la boca de golpe, y negó con la cabeza—. No.

—Ésa es una palabra que no suele utilizarse en mi presencia, querida.

—No pienso ser tu... tu amante, y no pienso viajar a Francia —le espetó ella, furiosa.

Philippe se sorprendió de verdad. Nunca se había considerado un hombre especialmente vanidoso, pero tras años viendo cómo las mujeres intentaban captar su atención, creía que la mayoría de ellas estarían encantadas de poder estar a su lado.

Sobre todo una joven que, a pesar de su educación, no era más que la hija de un salteador de caminos.

—¿Qué es lo que te parece mal?, ¿ser mi amante, o ir a Francia?

—Ambas cosas.

Philippe sintió una furia inesperada. Aquella mujer acababa de entregarle su inocencia, se había estremecido en sus brazos, e incluso en ese momento respondía ante la más ligera de sus caricias. Había hecho que saboreara la pasión por primera vez, por no hablar del hecho de que podía comprarle todo lo que se le antojara. Debería estar encantada, y no mirándolo con expresión terca.

—Tú misma has dicho que Francia te parece un país maravilloso.

—Sí, pero tengo que volver con mi padre. Seguro que está muy preocupado, y quién sabe lo que hará si no aparezco pronto.

—¿Crees que puedes regresar a tu casa como si no hubiera pasado nada?

—¿Por qué no? Al fin y al cabo, no...

—¿Qué?

—No ha cambiado nada.

La furia de Philippe se intensificó. ¿Cómo se atrevía a fingir que lo que había pasado entre ellos sólo era una cópula intrascendente que se podía olvidar sin más? El fuego que ardía entre los dos habría incendiado Londres.

Por un instante, se preguntó por qué le importaba si el acto de pasión que habían compartido la había afectado o no. Si aquella muchacha estúpida prefería volver junto a los pueblerinos y dejar que su belleza se marchitara, perfecto. Suponía una distracción innecesaria.

Pero la mera idea de dejar que se le escapara de las manos era impensable, al menos mientras lo enloqueciera con una sola mirada de sus magníficos ojos.

—Sí de verdad crees eso, eres una necia —le dijo, con voz muy suave.

Al ver que ella lo miraba con cautela, Philippe tuvo que admitir para sus adentros que no era nada tonta. Le alzó una pierna, hizo que la colocara sobre su cadera, y deslizó una mano por la piel tersa de su muslo.

—Supongo que eres tan vanidoso, que crees que cualquier mujer que pasa por tu cama cambia de forma irrevocable, ¿no?

—Más o menos —le dijo él, mientras empezaba a besarle el cuello.

—Pues te aseguro que... —un gemido ahogó sus palabras cuando él se hundió en su cuerpo—. Philippe, ¿qué estás haciendo?

Él empezó a penetrarla con lentas embestidas, presa de un deseo avasallador, y le susurró:

—Estoy haciendo que cambies de forma irrevocable.

Philippe aún estaba despierto cuando amaneció. A pesar de que estaba exhausto, observar a Raine mientras dormía en sus brazos le proporcionaba una extraña paz. Quizás se debía a que ella era una de las pocas personas que no le pedía nada... aparte de su libertad, claro, le recordó una vocecilla insidiosa que se apresuró a sofocar. Estaba convencido de que en cuanto la tuviera rodeada de lujos en Francia, Raine se olvidaría de su deseo de regresar a casa.

Le rozó los labios con los suyos, hasta que ella abrió los ojos y lo miró somnolienta.

—Buenos días, querida.

—¿Qué hora es?

—Demasiado pronto, pero tengo varios compromisos ineludibles. Intentaré regresar antes de la hora de la comida para traerte una bandeja, ¿te apetece algo en especial?

—¿Piensas dejarme aquí encerrada durante toda la mañana? —le preguntó ella con incredulidad.

Philippe le apartó un rizo de la cara con ternura, y le dijo:

—No puedo llevarte conmigo, y temo que siembres el caos en Londres en cuanto me dé la vuelta. Además, has dormido poco y necesitas descansar.

—No quiero descansar —Raine le colocó las manos en el pecho, y añadió—: Lo que quiero es volver a mi casa.

Philippe sintió que lo recorría un escalofrío al oír sus palabras.

—Tu sitio está junto a mí de ahora en adelante, Raine. Será mejor que no lo olvides.

—Mi padre...

Él la interrumpió con un beso enfebrecido, decidido a enseñarle que su lugar estaba a su lado. Finalmente, se apartó un poco y le dijo con firmeza:

—Tu padre era un protector descuidado e indigno, yo te cuidaré mucho mejor.

—Soy perfectamente capaz de cuidar de mí misma, y no deseo tener un... un protector, sobre todo si se trata de ti.

La furia que sólo ella podía despertar en su interior lo inundó de golpe, pero Philippe se obligó a controlarla. Raine era como una yegua salvaje, y sólo una mano firme lograría domarla.

Su mano.

Recorrió su rostro ruborizado con la mirada y deslizó los dedos por su piel desnuda, en un gesto posesivo que la marcaba como suya.

—Anoche no te mostraste tan reacia a ponerte en mis manos. De hecho, lo hiciste varias veces de forma muy placentera.

—¿Hace falta que seas tan vulgar? —le preguntó ella, ruborizada.

—Hablar de nuestra naturaleza apasionada no tiene nada de vulgar, *menina pequena*. Eres una mujer que necesita las atenciones de un hombre, un hombre que no permita que lo domines —con una sonrisa, añadió—: Un hombre que pueda rodearte de los lujos que merece tu belleza.

—Supongo que estás hablando de un hombre como tú, ¿no?

—Por ahora.

—No sabes nada de mí, ni tienes ni idea de lo que necesito.

—Al contrario, te conozco íntimamente. Y voy a llegar a conocerte aún mejor —tras un último beso, Philippe se levantó de la cama y la tapó con la manta—. Pero, por desgracia, ahora no es el momento adecuado. Tengo que irme.

—Jamás seré tu amante —le espetó ella, con ojos centelleantes.

—Mi querida señorita Wimbourne, ya lo eres —le contestó él, con tono burlón.

Philippe salió de la habitación sin prestar la más mínima atención a su propia desnudez. Tras avanzar varios metros por el pasillo, se detuvo de pronto y volvió para bloquear la puerta con la silla. Entonces fue a vestirse a su habitación.

Una hora después estaba en un sucio callejón, apoyado en un carruaje que carecía de distintivo alguno, en cuyo interior se encontraba un caballero con el que había hablado en varias ocasiones pero al que nunca había visto. No era de extrañar, ya que su conexión era de lo más delicada.

Sólo Carlos sabía que Su Majestad, el rey Jorge IV, le había encomendado la tarea de mantener vigilados a sus enemigos, y en ocasiones hasta a sus amigos más íntimos. Philippe viajaba por toda Europa e incluso a las Américas por cuestiones de negocios, y nadie sospecharía que un caballero como él sería capaz de registrar casas en medio de la noche, o de robar los documentos privados de los políticos más influyentes del mundo.

Y a cambio Philippe obtenía una gran compensación económica, además de la gratitud del monarca; en resumen, era un acuerdo de lo más provechoso.

—Nuestro amigo entiende su preocupación, y va a hacer todo lo necesario para que Jean-Pierre esté a salvo y lo más cómodo posible —le dijo el hombre del carruaje, a través de la ventanilla—. Pero el perdón oficial es imposible mientras se rumoree que forma parte de una conspiración en contra de la corona.

Philippe mostraba una apariencia relajada, pero permanecía alerta por si surgía cualquier problema inesperado.

—Sólo pido la oportunidad de demostrar su inocencia.

—Me aseguraré de darle tiempo con retrasos y complicaciones, pero no puede ser algo indefinido.

Philippe sabía que era lo máximo que cabía esperar.

—Lo entiendo, y se lo agradezco.

—Una cosa más, Gautier.

—¿Qué?

—Me pidió que estuviera atento por si surgía algún rumor concerniente a un francés interesado en su familia.

—¿Ha descubierto algo?

—Me han llegado rumores desde el Cock and Bull, una taberna del puerto. Al parecer, alguien oyó a un francés diciendo que caería una antigua maldición egipcia sobre todo aquél que lo traicionara.

Philippe apretó los puños con fuerza. Por Dios, tenía que ser el hombre al que buscaba. Si lograba atraparlo...

—¿Aún está por la zona?

—Lo dudo, pero quizás le interesaría acercarse por esa taberna para ver si descubre algo —la ventanilla empezó a cerrarse, pero se detuvo y el hombre añadió—: Gautier, no vaya solo. Los clientes de ese sitio no son precisamente los ciudadanos más selectos de Londres, le rebanarán el cuello por una moneda.

—Iré con cuidado —le dijo Philippe, con fría determinación.
—Bien. Nuestro amigo no ha olvidado los servicios que le ha prestado.
—Yo tampoco.
El hombre soltó una pequeña carcajada. La ventanilla se cerró del todo, y el carruaje se alejó.

Raine cerró los ojos con fuerza cuando Philippe salió de la habitación ataviado sólo con aquella sonrisa endiablada, pero no le sirvió de mucho. Todas y cada una de las líneas de aquel cuerpo duro estaban grabadas a fuego en su memoria.

Cuando oyó que la puerta se cerraba y el inconfundible sonido de una silla bloqueando el pomo, se planteó por un instante volver a dormirse, porque era obvio que estaba atrapada en aquella habitación, y era inútil que se paseara de un lado a otro maldiciendo a su captor.

Sin embargo, finalmente se obligó a dejar la calidez de la cama, y se puso la chaqueta y los pantalones de su padre. Estaba convencida de que si permanecía acostada acabaría soñando con Philippe, porque durante el breve rato de descanso del que había disfrutado, su mente la había atormentado con vívidos recuerdos de aquel hombre insoportable, y de la maestría con la que la había enloquecido de placer.

Aunque tenía que reconocer que aquellos sueños no eran del todo desagradables. Sentía menos arrepentimiento del que debiera por la noche de pasión que había vivido... de hecho, le costaba bastante arrepentirse lo más mínimo. Su primera experiencia relacionada con la pasión había sido... gloriosa.

Él la había acariciado con una ternura exquisita, se había centrado en darle el máximo placer. Sin duda, no todas las mujeres podían alardear de haber perdido la virginidad de forma tan placentera.

Pero no por eso iba a acceder sin más a convertirse en la

amante de Philippe. Jamás permanecería de brazos cruzados a merced de un hombre, sobre todo uno tan arrogante como él. A pesar de lo mucho que anhelaba sus caricias, sabía que a una mujer tan temperamental como ella le sería imposible vivir a su lado.

Además, había sido sincera al decirle que estaba desesperada por volver a casa. A aquellas alturas, su padre debía de estar lo bastante angustiado para cometer alguna locura.

Con decisión renovada, arrastró la cama hasta colocarla contra la pared donde estaba la estrecha ventana, y se subió al colchón para echar un vistazo. Se sintió desesperanzada cuando sólo vio el jardín de la cocina y el muro bajo que separaba la propiedad del callejón que había al lado, pero entonces vio pasar por allí a un muchacho vestido con ropa sencilla. Sin duda era uno de los muchos jóvenes que tenían que ganarse la vida limpiando cisternas, repartiendo carbón, o recogiendo la basura.

Tras luchar con el cerrojo por un momento, Raine consiguió abrir la ventana lo suficiente para poder asomar la cabeza.

—¡Eh, tú! ¡Detente!

El joven aminoró el paso, y miró hacia la casa.

—¿Qué pasa? —se detuvo de golpe al verla en la ventana, y exclamó—: ¡Caramba!

Raine estaba dispuesta a utilizar el efecto que solía causar en los hombres; al fin y al cabo, en ese momento no tenía demasiadas opciones a su alcance.

—Por favor, acércate. Necesito que me ayudes.

—¿Quién, yo? —a pesar de que tenía el rostro cubierto de polvo, la repentina cautela del muchacho fue obvia—. Sí, claro. Seguro que es alguna trampa, y me tiras algo a la cabeza en cuanto me acerque. No soy ningún palomo.

—No, te aseguro que no es ninguna trampa.

—Entonces, ¿qué haces ahí arriba?

Raine tuvo que contener las ganas de echarse a reír como una histérica. El pobre no se lo creería si se lo explicaba.

—¿Sabes a quién pertenece esta casa?

—Claro que sí —el joven se quitó el raído sombrero que llevaba, y se rascó su mugrienta mata de pelo—. A un tal Philippe Gautier, un tipo de fuera que no tiene mujer ni hermanas, así que... ¿qué haces tú ahí?

Philippe Gautier... sí, le quedaba bien.

Raine se estrujó el cerebro para intentar inventarse una mentira plausible, algo que convenciera al joven de que no corría peligro entrando en la casa y rescatándola.

—Llegué anoche con *monsieur* Gautier, pero me temo que cometí un terrible error. Quiero regresar con mi padre, pero... —dejó la frase inacabada de forma deliberada, y soltó un pequeño sollozo.

—¿Pero qué? —el joven se acercó al muro de forma instintiva.

—Me ha encerrado, necesito que entres en la casa y que quites la silla que bloquea la puerta.

—Ni hablar, no quiero que me atraviesen el corazón de un balazo.

—*Monsieur* Gautier no está aquí, y no regresará en horas. No correrás ningún riesgo —al ver que seguía mirándola con suspicacia, Raine añadió con exasperación—: Y prometo recompensarte por tus esfuerzos.

En cuanto oyó aquello, el joven escaló el muro, saltó al jardín y se colocó debajo de la ventana.

—Deja que lo vea.

—¿Qué?

—Enséñame lo que vas a darme.

—De acuerdo.

Raine masculló una imprecación, y se volvió para recorrer la habitación con la mirada. Al ver la ropa que Philippe había dejado tirada en el suelo, bajó a toda prisa de la cama y rebuscó en la chaqueta, hasta que encontró un bolsillo oculto en el forro que contenía una cadena con un medallón. Era extraño que un hombre llevara encima algo así, pero en ese momento sólo le importaba que era de oro. Soltó la chaqueta, volvió a subirse a la cama, y sacó la mano por la ventana para mostrarle al joven la cadena.

—Mira, esto vale más de lo que ganas en un mes.

El chico entrecerró los ojos, y esbozó una sonrisa bastante desagradable.

—Es verdad, pero estaba pensando en una recompensa más íntima... no sé si me entiendes.

Raine se estremeció, asqueada. Prefería quedarse allí encerrada durante el resto de su vida, antes de dejar que aquel tipo la rozara siquiera, pero tenía fe en sí misma y estaba convencida de que podía ganarle la partida a la mayoría de hombres. Eran tediosamente predecibles a la hora de subestimar a las mujeres.

—Por supuesto. Te aseguro que puedo ser muy, pero que muy generosa —le dijo, con una sonrisa forzada.

Él le lanzó una mirada lasciva antes de entrar en la casa. Raine saltó de la cama, se recogió el pelo a toda prisa debajo del sombrero rojo, y se cubrió con la capa. Esperó a su salvador durante unos minutos, mientras luchaba por controlar el pánico que amenazaba con sofocarla. No sabía si Philippe aún estaba en la casa, y si no era así, seguro que había algún empleado. Teniendo en cuenta la mala suerte que estaba teniendo últimamente, no sería de extrañar que le arrebataran de las manos aquella posible escapatoria.

Tras lo que le pareció una eternidad, oyó pasos y el sonido de alguien quitando la silla que bloqueaba la puerta. Sin esperar a que entrara su mugriento sir Galahad, abrió la puerta y pasó por su lado. Apenas notó que él soltaba una imprecación ahogada ni que la seguía de cerca, porque estaba centrada en recorrer el pasillo y bajar la escalera sin que la atraparan.

Cuando por fin salió por una puerta trasera que daba al jardín, respiró aliviada, aunque la tranquilidad se esfumó de golpe cuando sintió que una mano la agarraba del brazo.

—Por aquí —le dijo el joven, mientras tiraba de ella para llevarla hacia el muro.

Raine fue con él hasta la puerta, pero se detuvo en seco cuando él quiso que lo siguiera por el callejón. Se zafó de su mano, y le dijo con firmeza:

—No, mi caballo está en las cuadras.

—Vas a hacer que nos manden a la horca —refunfuñó el joven. Sin embargo, no intentó detenerla cuando fue directa hacia la cuadra.

Raine se asomó con cautela, escudriñó el interior para asegurarse de que no había nadie dentro, y no se movió hasta que se convenció de que no había peligro. No sabía dónde estaban el gruñón de Swann y el tal Carlos, pero en ese momento le daba igual.

—No hay nadie, gracias a Dios —susurró al entrar.

—Sí, estamos solos —el joven la agarró por los hombros, y la empujó por la espalda hacia una de las paredes—. Nunca he estado con una mujer vestida de hombre.

Raine controló el impulso de resistirse, y buscó con la mirada algo que pudiera servirle a modo de arma mientras intentaba distraer a su atacante.

—No hace falta precipitarse —le dijo por encima del hombro, intentando hablar con tono seductor—. No hay nadie cerca.

—Sí, he oído que a las mujeres finolis os gusta ir despacio.

Raine vio una pala en una esquina, y deslizó el brazo hacia allí con disimulo.

—Sí, muy despacio.

Por pura fuerza de voluntad, logró controlar su repugnancia al notar que él deslizaba una mano por debajo de su chaqueta. Que hiciera lo que le diera la gana, lo importante era que permaneciera distraído mientras ella agarraba la pala. Cuando él bajó la mano libre desde su hombro hasta la cintura de sus pantalones, Raine rezó para sus adentros mientras acababa de aferrar bien la pala, se volvía ligeramente, y alzaba con fuerza su improvisada arma.

Logró darle al joven de lleno en la sien más por suerte que por destreza, y se volvió como una exhalación mientras él caía desplomado. Al ver que tenía una herida bastante profunda en la cabeza y que estaba sangrando de forma preocupante, sintió una punzada de culpabilidad y se preguntó si le había hecho más daño del que pretendía. No quería herirlo de muerte, sólo dejarlo sin sentido.

Se le formó un nudo en el estómago, pero se obligó a recuperar la compostura. Aquel hombre había tenido intención de forzarla, y no iba a sentirse culpable por hacer lo necesario para detenerlo.

Después de tragarse las náuseas que sentía, pasó por encima del cuerpo inmóvil y fue hacia los caballos. Tenía la libertad al alcance de sus manos, y no podía vacilar.

Encontró a su yegua en el fondo de la cuadra, y al ir a abrir la puerta de su recinto se dio cuenta de que aún tenía la cadena con el medallón en la mano. Se quedó mirándolo durante unos segundos, sin saber cómo se las había arreglado para no soltarlo durante el breve forcejeo, y estuvo a punto de dejarlo en el suelo. No quería tener ningún recuerdo tangible de las últimas horas, ya iba a resultarle bastante difícil mantener su breve estancia en Londres fuera de sus sueños. Además, había encontrado aquel medallón en un bolsillo oculto, así que debía de ser bastante valioso para Philippe. Y lo más probable era que no se tratase de un valor monetario, sino sentimental.

A lo mejor era un recuerdo de un antiguo amor que le había roto el corazón.

Raine esbozó una sonrisa, y encerró el medallón en su puño. En breves momentos, estaría sobre su yegua, y tanto Londres como Philippe Gautier quedarían atrás.

Aquel condenado iba a descubrir que no era buena idea importunar a la señorita Raine Wimbourne.

7

Tal y como habían quedado, Swann estaba esperando con el carruaje cerca de la catedral de San Pablo. Después de ordenarle que lo llevara al Cock and Bull, Philippe subió al vehículo y se encontró a Carlos durmiendo a pierna suelta en una esquina.

Se sentó sin despertarlo para poder reflexionar sobre la información que le habían dado y sobre los siguientes pasos a seguir, pero por desgracia sus pensamientos traicioneros se negaban a obedecer sus órdenes. En vez de centrarse en su hermano y en el hombre que estaba decidido a destruirlo, no podía quitarse de la cabeza un rostro pequeño y pálido y unos centelleantes ojos oscuros que lo enloquecían de deseo.

Sabía que Raine debía de estar furiosa con él, ya que con su orgullo y con su fuerte carácter era lógico que le costara aceptar su cautividad; aun así, estaba convencido de que podría conseguir que estuviera de mejor humor. A lo mejor se detendría en una joyería de regreso a casa, sin duda se sentiría satisfecha con una reluciente bagatela.

Mientras intentaba decidirse entre unos pendientes de diamantes y una pulsera de rubíes, Carlos se despertó y abrió un poco los ojos.

—Por el olor de las calles, supongo que no volvemos a Mayfair para que pueda disfrutar de un baño caliente y de un buen desayuno, ¿verdad?

—Vamos al puerto.

—Claro, es fantástico pasear por allí con el estómago vacío.
—Me han informado de que un francés ha estado hablando sobre una maldición egipcia en una taberna llamada Cock and Bull.

Carlos se incorporó de inmediato, y miró a Philippe con cierta sorpresa.

—Egipto de nuevo.
—Exacto.
—Resulta un poco raro, pero no es una prueba sólida.

Philippe ya se había dado cuenta de que unas cuantas palabras pronunciadas bajo los efectos del alcohol no iban a bastar para exonerar a su hermano.

—No, no es una prueba sólida, pero es un punto de partida en la búsqueda de ese villano.

Tras un largo silencio, Carlos miró por la ventana y comentó:

—Por lo que sé de esa taberna, no creo que encuentres a muchos tipos dispuestos a hablar con alguien de tu pedigrí. Los marineros no suelen tener simpatía por los señoritos adinerados.

—¿Por qué crees que te he traído conmigo? —bromeó Philippe.

—Creía que por mi encantadora compañía.

Cuando el carruaje empezó a aminorar la marcha, Carlos rebuscó en un saco que había dejado en el suelo, y sacó un abrigo raído y un sombrero desgastado. Se los puso de inmediato, y empezó a abrir la puerta antes de que el vehículo se detuviera del todo.

—Quédate aquí, encontraré a alguien que pueda ayudarnos.

Philippe lo agarró del brazo antes de que pudiera salir, y le dijo:

—Ve con cuidado, Carlos. Si alguien te reconoce, se sabrá que estoy en Londres.

—Nadie va a reconocerme, amigo mío... a menos que yo quiera.

—¿Es necesario que apestes a pescado? —le preguntó Philippe, con una mueca.

—Ése es el olor del dinero para los hombres del puerto —Carlos salió del carruaje, y le lanzó una última mirada—. No captures a ningún ladronzuelo mugriento, creo que basta con uno por semana —sin más, fue hacia la parte posterior del edificio más cercano.

Philippe soltó una carcajada. Si su amigo supiera... se recostó en su asiento, y su mente volvió a centrarse por voluntad propia en Raine Wimbourne. Aún no alcanzaba a entender por qué lo afectaba con aquel extraño poder, y lo cierto era que no estaba seguro de querer pensar en ello con demasiado detenimiento.

De momento, ella le hacía sentir algo que no tenía nada que ver con las obligaciones y la responsabilidad inacabable que hasta el momento habían llenado su vida, y con eso bastaba.

Estaba tan sumido en sus pensamientos, que no notó el paso del tiempo, y se sorprendió cuando la puerta se abrió y Carlos metió la cabeza.

—He traído a alguien que creo que puede ayudarnos —su amigo se apartó, y ayudó a entrar a una mujer bajita y rechoncha de aspecto anodino que llevaba un voluminoso vestido—. Te presento a Dolly.

—¿Dolly?

Philippe la ayudó a que se sentara enfrente de él, aunque se sentía un poco perplejo. Carlos le había presentado a la mujer como si esperara que la reconociera, pero aquello era una tontería, porque no le gustaba relacionarse con el populacho. Entonces le pareció recordar... ah, sí, por supuesto. Miró a la mujer con interés, y le dijo:

—Hola, Dolly. Me alegro de conocerla.

—No me venga con galanterías, señor. ¿Por qué iba a alegrarse un caballero como usted de conocer a una simple pescadera?

Philippe esbozó una sonrisa. Como era un hombre de negocios, le resultaba prioritario estar enterado de cualquier cosa que pudiera suponer una amenaza o un estorbo para su flota, que navegaba por todo el mundo. No había puerto importante en el que no hubieran al menos varios agentes suyos, y había oído hablar de aquella mujer y de su habilidad para ocultar de las patrullas de reclutamiento a los muchachos reticentes. Se rumoreaba que incluso había llegado a esconder a alguno de los jóvenes bajo sus voluminosas faldas cuando había sido necesario.

Philippe admiraba a las personas ingeniosas, ya fueran hombres o mujeres.

—Pero usted no es una simple pescadera, todo el mundo conoce su reputación.

—Bueno, esperemos que no todo el mundo, señor.

—Por supuesto.

—Su amigo me ha dicho que necesita información.

—Sí, y estoy dispuesto a pagarle bien.

—No pienso hacerle ascos a su dinero, en este sitio siempre viene bien.

—Por supuesto.

Philippe se metió la mano en el bolsillo de la chaqueta para sacar el saquito que Carlos le había devuelto aquella misma mañana, pero cuando pasó un dedo por el bolsillo oculto que cosía en todas sus chaquetas, le dio un vuelco el corazón cuando se dio cuenta de que se le había olvidado sacar el medallón de su madre de la chaqueta que había dejado en la habitación de Raine.

Era un descuido sin precedentes. Desde que había encontrado aquella cadena entre las pertenencias de su madre cuando tenía diez años, la había llevado consigo durante todos los días de su vida. No se le había olvidado ni una sola vez a lo largo de aquellos veintiún años... y el hecho de que le hubiera sucedido aquella mañana parecía más significativo de lo que debería ser.

—¿Le pasa algo, señor? —le preguntó Dolly.

—No —Philippe le dio unas monedas, y añadió con firmeza—: No pasa nada.

Dolly era lo bastante lista para saber que era mejor no insistir, así que se guardó el dinero y comentó:

—Entonces, será mejor que vayamos al grano antes de que

alguien se fije en este carruaje tan fino. Carlos me ha dicho que está buscando a un francés.

—Sí, por desgracia.

—He oído que muestra un extraño desagrado hacia sus compatriotas.

Era obvio que la mujer no sólo sabía quién era, sino que además conocía su reputación. Perfecto. Así no cometería la imprudencia de hablar sobre aquel encuentro. Nadie que hubiera oído los rumores sobre su carácter implacable se atrevería a contrariarlo.

—Aunque no lo culpo. Los franchutes son odiosos —añadió la mujer.

—No es desagrado, sino más bien indiferencia. Aunque nací en Francia, mi hogar está en Madeira.

—Entonces, ¿le debe lealtad a la Casa de Braganza?

—Soy un hombre de negocios, así que mi lealtad le pertenece a quien me ofrezca el mayor beneficio.

La mujer soltó una carcajada, y comentó:

—Ya veo que es un caballero inteligente, se trata de una combinación inusual. Me parece que va a llegar lejos, señor.

—Sin duda derecho al infierno —le contestó Philippe con sequedad.

—Sí, con el tiempo.

A la mujer no pareció importarle demasiado su inminente viaje a las profundidades del inframundo, aunque lo cierto era que a Philippe también le daba igual.

—Y sobre ese franchute... estuvo en el Cock and Bull hace tres semanas —le dijo ella.

—¿Qué aspecto tenía?

—Era un tipo menudo y bajito, con el pelo canoso y tirando a escaso. Llevaba ropa de lana, sencilla pero de calidad, y tenía un bastón de marfil y una cicatriz aquí —Dolly señaló el extremo de su propia ceja derecha—, y que le bajaba por la mejilla.

Philippe se quedó inmóvil al recordar a un hombre que había irrumpido en la casa de Madeira cuando él debía de tener unos once o doce años. El individuo se había abierto paso a la fuerza entre los criados y había entrado en la casa, exigiendo que le devolvieran lo que le pertenecía. Él lo había observado todo desde la escalera, y había visto cómo aquel demente amenazaba con matar a su padre si éste no le entregaba los artefactos que se habían descubierto en la tumba de un príncipe egipcio. No sabía si aquel hombre habría cumplido con su promesa, porque su padre se había sacado una daga de la bota y le había rajado desde la ceja hasta la comisura de la boca.

Era una herida terrible, que coincidía a la perfección con la cicatriz que le había descrito Dolly.

—Sí, es el hombre al que busco —dijo, con una gélida satisfacción—. ¿Oyó su nombre?

—Uno de los marineros le llamaba Seurat.

Aquel nombre no le resultaba familiar. Su padre le había jurado una y otra vez a lo largo de los años que no sabía quién era el desconocido, ni por qué había afirmado con tanta seguridad que los artefactos le pertenecían, pero el temor a que volviera nunca había desaparecido del todo; obviamente, el temor estaba más que justificado.

—¿Estaba acompañado?

—No, fue solo.

—¿Habló con alguien en particular?

—No. Fue a la taberna tres noches seguidas, pero se sentaba en una esquina y bebía sin parar. De vez en cuando hablaba solo en voz tan alta, que molestaba al resto de clientes.

Philippe masculló una imprecación para sus adentros. Había esperado que alguien de Londres pudiera decirle adónde se dirigía aquel tipo.

—¿Lo ha visto alguna otra vez?

—No, no ha vuelto a acercarse al puerto.

Philippe ya había supuesto que el canalla no tendría la delicadeza de quedarse esperando para que pudiera atraparlo, pero no pudo evitar sentirse un poco decepcionado.

—Gracias, Molly. No olvidaré la ayuda que me ha prestado.

La mujer asintió antes de bajar con cierta dificultad del carruaje. Cuando lo consiguió, se volvió de nuevo hacia Philippe y lo miró con expresión muy seria.

—¿Señor?
—¿Qué?
—La mayoría de los tipos de por aquí tienen problemas o alguna enfermedad, pero ese Seurat...
—¿Qué le pasa?
—Estaba peor que la mayoría.
—¿Está enfermo?
—Sí, aquí —la mujer se dio unos golpecitos en la sien con un dedo—. Hay algo que no funciona bien en su sesera, es un hombre peligroso y desesperado.
—Lo tendré en cuenta —murmuró Philippe.
Ella asintió antes de alejarse, y tras subir y ocupar su asiento, Carlos golpeó el techo del vehículo para que Swann se pusiera en marcha.
—¿Y bien? —le preguntó a Philippe, con cierta impaciencia.
—Me ha dado un nombre, y poca cosa más. El tipo se llama Seurat, y hace tres semanas que no aparece por el muelle.
—¿Crees que es su nombre real?
—Creo que es posible, porque estaba borracho cuando lo dijo.
—Entonces, la persecución ha empezado —Carlos se cruzó de brazos, y sonrió.

Raine optó por las calles menos transitadas, pero sabía que la capa y el sombrero rojos de su padre llamaban mucho la atención. Afortunadamente, aún era demasiado pronto para que los miembros de la clase alta salieran a pasear, y los criados, los comerciantes y los vendedores estaban muy ocupados y como mucho le lanzaban una mirada de sorpresa antes de volver a sus quehaceres.
Finalmente, cuando empezaba a pensar que iba a pasarse el día entero yendo en círculos por el laberinto de calles, consiguió llegar por casualidad a la ruta que la conduciría a su casa, pero su buena suerte se desvaneció en cuanto dejó atrás

Blackheath. No tardó en darse cuenta de que no estaba lo bastante abrigada, porque no había edificios que la protegieran del viento y de vez en cuando caía algún que otro copo de nieve; a pesar de que procuró encogerse lo máximo posible en la silla de montar, al poco tiempo estaba aterida de frío.

Su incomodidad fue en aumento a lo largo de las dos horas siguientes, ya que estaba hambrienta y empezó a dolerle la cabeza. Aunque lo peor de todo fue descubrir que su noche de ilícita pasión había hecho que estuviera más que sensible en lugares muy íntimos.

Estaba resultando ser un viaje de lo más desagradable, pero bajó la cabeza y se obligó a seguir adelante. No sabía a qué hora regresaría Philippe a su casa, pero quería asegurarse de estar muy lejos antes de que descubriera que había escapado.

Conforme la mañana fue dando paso a una tarde gris, empezó a reconocer el paisaje que la rodeaba. Aún estaba bastante lejos de Knightsbridge, pero lo bastante cerca para reconocer la zona.

Se apartó de la ruta principal y tomó un camino poco transitado que sabía que conducía a la casa de su padre. Por aquellos campos apartados sólo pasaban algunos granjeros, así que en teoría estaría bastante segura.

Sí, en teoría era lo más lógico, pero en cuanto la idea se le pasó por la cabeza, oyó varias voces masculinas justo antes de llegar a un recodo del camino. Más por cautela que por miedo, hizo que la yegua saliera del camino y que se metiera en el jardín descuidado de una cabaña decrépita. Después de esconder al animal detrás de un granero medio derruido, volvió a acercarse al camino y se asomó entre las hojas de un enorme seto para echar un vistazo.

Le dio un vuelco el corazón cuando vio al magistrado y a otro hombre de pie junto al camino, observando algo que había en una zanja.

Estuvo a punto de quedarse allí escondida hasta que se fueran, porque la ropa que llevaba la incriminaba, pero a pesar de lo que le decía el sentido común, la curiosidad fue más fuerte. Avanzó con sigilo hasta un árbol cercano, y subió a la rama más baja para poder oír su conversación.

Con el aliento contenido, vio cómo el magistrado se llevaba las manos a las caderas y miraba a su compañero con severidad.

—¿Estás seguro de que es aquí donde Wimbourne dijo que dejaría la bolsa?

Raine aferró con más fuerza la rama. El corazón le latía con tanta fuerza, que temió que los hombres lo oyeran.

—Sí —el otro hombre se quitó el sombrero, y se rascó la cabeza. Era Alfred Timms, un tipo bastante chabacano que trabajaba para el herrero—. Dijo que el martes se celebraba una gran fiesta en casa del terrateniente, y que seguro que habría algunas presas fáciles. Y después le dijo a la viuda Hamilton que mandara a su hijo aquí, que encontraría la bolsa con el botín y así no los echarían de su casa.

—No sería la primera vez que me decepcionas, Timms —comentó el magistrado—. No va a hacerme ninguna gracia esperar durante horas a un bandido si al final no aparece.

—No es culpa mía, ese tipo ha sido muy cuidadoso durante las últimas semanas.

—Más bien yo diría que ha sido un condenado mago —dijo el magistrado, claramente frustrado—. Tiene que tener a alguien trabajando para él, seguro que es ése tal Foster. Haría cualquier cosa con tal de que su señor no acabara en la horca.

—No lo sé, sólo sé lo que oigo.

El magistrado dio un paso, y le agarró del abrigo con brusquedad.

—Entonces, reza para haberlo oído bien. No te detuve por robar las arcas de la iglesia porque me juraste que me entregarías al Granuja, pero irás camino de las colonias si no lo atrapo antes de dos semanas.

Tras lanzar aquella amenaza, el magistrado montó en su caballo y se alejó al galope sin mirar atrás.

—Maldito malnacido —Timms hizo un gesto grosero hacia el jinete que se alejaba, y entonces montó en su caballo y regresó a Knightsbridge a un paso más lento.

Raine respiró hondo, y pensó en lo que había oído. El magistrado había urdido un plan para atrapar a su padre, y Timms estaba dispuesto a mandarlo a la horca con tal de salvar su propio pescuezo.

Maldición. A pesar de todos sus esfuerzos, su padre seguía corriendo peligro. Tenía que alertarlo, tenía que...

—Si piensas quedarte en mi árbol favorito, supongo que debería invitarte a tomar el té. Debe de dar mucha sed estar ahí subida tanto tiempo.

Raine soltó un gritito al oír aquella voz femenina, y no se cayó y se rompió la crisma porque se agarró a la rama de forma instintiva. Cuando consiguió recuperar el equilibrio, bajó la mirada y vio a una mujer con el pelo plateado y recogido en una trenza, y que tenía el rostro arrugado por la edad. Parecía frágil, y llevaba un grueso abrigo ribeteado con un extraño adorno de plumas.

Raine no la reconoció. No era una persona de las que se olvidaban fácilmente, por lo que la situación resultaba aún más embarazosa.

—Oh... disculpe —le dijo al fin.

La mujer ladeó la cabeza, y pareció tomarse con una calma sorprendente el hecho de que hubiera una desconocida subida en su árbol.

—¿Qué tengo que disculparte? Dejo que los pájaros y las ardillas se suban a mis árboles cuando les apetezca, ¿por qué no voy a hacer lo mismo con una joven que se esconde del magistrado?

Raine se mordió el labio. Maldición, no sólo la había visto vestida con la ropa que caracterizaba al Granuja, sino que además se había dado cuenta de que el magistrado estaba cerca. Hasta el más simplón supondría que pasaba algo sospechoso.

—¿Cree que estaba escondiéndome? —Raine consiguió soltar una pequeña carcajada, bajó del árbol, y se sacudió la capa—. No estaba escondiéndome, estaba...

—No, querida, a mí no puedes engañarme —la interrumpió la mujer con firmeza—. Estaba esperándote.

—Disculpe, pero creo que se confunde —le dijo Raine, desconcertada.

—Mucha gente lo cree. Me llaman Matilda la Loca.

Raine contuvo una exclamación. Había oído hablar de Matilda, ¿quién no? Cada vez que había sequía, que alguien enfermaba de repente, o que desaparecía un niño de la zona, le echaban la culpa a la pobre mujer.

—¿La bruja?

—Si fuera una bruja, ¿crees que viviría en una cabaña con goteras y con una chimenea rota? Y mira la tapia del jardín —le indicó el muro, que ya era poco más que un montón de rocas, y añadió—: Es un desastre, ¿crees que dejaría que estuviera tan descuidado si pudiera arreglarlo todo hirviendo uno o dos lagartos? No, muchacha, no soy una bruja.

Raine se echó a reír al oír las palabras llenas de exasperación de la mujer. Nunca se había planteado la cuestión en serio, pero era lógico pensar que una mujer capaz de hacer magia viviría de forma más confortable.

—Pero... me ha dicho que estaba esperándome.

—Sí, admito que tengo la Visión. Los que no entienden su poder dirían que es magia, pero sólo es un talento. Como cantar o bailar.

Raine supuso que tendría que sentir cierta inquietud al estar tan cerca de aquella mujer, porque aunque no fuera una bruja, era bastante rara; sin embargo, no sentía miedo ni aprensión, sino una curiosidad creciente.

—Ya... ya veo.

La mujer sonrió, la tomó de la mano, y la condujo hacia su decrépita cabaña.

—Ven, hace demasiado frío para estar a merced del viento.

Raine dudó por un instante, pero finalmente dejó que la llevara hacia su casa. Aunque la mujer era un poco excéntrica, no parecía peligrosa. Además, no sabía dónde estaban el magistrado y el traidor de Timms, y no quería toparse con ellos vestida con la ropa de su padre. La encarcelarían antes de que pudiera soltar la primera mentira, y su padre no tardaría en correr su misma suerte.

Lo mejor sería darles algo de tiempo para que regresaran al pueblo, antes de retomar el camino. Además, pasar unos minutos fuera del alcance del gélido viento sonaba maravilloso. Se preguntó si iba a encontrarse un lugar abarrotado de objetos extraños, animales muertos y calderos hirvientes, pero lo que vio al entrar en la cabaña fue una cocina pequeña pero acogedora y muy limpia, donde no había nada más aterrador que unos cuantos muebles de roble y un juego de té. Sí, había algunas hierbas colgadas del techo para que se secaran, y varios jarros de ungüentos en un estante, pero nada fuera de lo común.

Después de quitarse el abrigo, Matilda fue a la cocina y empezó a llenar una bandeja que había en una mesa baja. Raine no pudo evitar sonreír, porque la supuesta bruja parecía una abuelita ataviada con un sencillo vestido gris con cuello y puños de encaje.

—Ven, vamos a calentarnos delante de la chimenea —cuando Raine se sentó en una de las sillas, le dio un plato lleno a rebosar de comida—. Bueno, aquí estamos.

Raine miró con asombro el plato, en el que se apilaban sándwiches de jamón, de pepino y de salmón ahumado, junto con pequeñas porciones de pasteles de todo tipo.

—Madre de Dios.

La mujer se sentó delante de ella, y la miró con un brillo de diversión en los ojos.

—Mi talento no es lo bastante bueno para saber qué comida te gusta más, así que decidí hacer algo variado.

—Es un festín.

—Y tú estás hambrienta. Come, muchacha.

Raine obedeció sin rechistar. Hacía dos horas que le dolía el estómago, y la comida estaba deliciosa. Consiguió comerse todos los sándwiches y dos trozos de pastel, y finalmente dejó el plato sobre la mesa con un suspiro de satisfacción. Mientras disfrutaba del calor de la chimenea y sus músculos tensos empezaban a relajarse, le pareció que estaba en el cielo.

—Estaba delicioso, gracias.

—¿Quieres probar el pastel de calabaza? Me ha quedado mejor que nunca.

—Gracias, pero no puedo probar otro bocado.
Matilda se recostó en su asiento, y comentó sonriente:
—La verdad es que es agradable tener compañía.
—Me temo que no puedo quedarme mucho rato, mi padre debe de estar muy preocupado por mí.
—Sí, lo está, pero antes de que te vayas tengo que decirte lo que he visto.
—¿Va a leerme la palma de la mano?
—No. No me hacen falta esos trucos, veo lo que veo.
—¿Y de qué se trata?
—De una encrucijada.
Bueno, lo cierto era que aquello era bastante ambiguo, justo lo que diría una adivina.
—¿Ah, sí?
—Sí. Estás justo en el centro. Por un camino se encuentran la seguridad y una vida tranquila, y en el otro hay confusión, peligro, y una enorme felicidad.
Raine enarcó las cejas, y le siguió el juego.
—Eso parece un poco confuso. La felicidad tendría que estar incluida junto con la seguridad y la tranquilidad, ¿no?
—No, la felicidad la encontrarás si sigues a tu corazón —de repente, la mujer se inclinó hacia ella y tocó el medallón que Raine se había colgado del cuello al huir de Londres.
Presa de un pánico repentino, Raine se levantó de golpe. No, había dejado atrás a Philippe. Fuera cual fuese la locura que lo había llevado a su vida brevemente, había terminado. No volvería a verlo nunca más.
—Tengo que irme —murmuró, mientras se volvía hacia la puerta.
Matilda chasqueó la lengua, y le dijo:
—Aunque huyas, no podrás esconderte de tu destino, muchacha.
Raine no se molestó en volverse a mirarla, y se fue a toda prisa de allí.

8

Josiah Wimbourne intentó aflojarse la corbata recién almidonada mientras iba en busca de su hija. Era increíble que pudiera eludirlo con tanta facilidad en una casa tan pequeña, aunque siempre tenía alguna excusa, por supuesto.

Había que barrer y pulir el suelo hasta que reluciera, tenía que ir a la modista, la señora Stone la necesitaba en la cocina, había que enseñarle a Foster lo que tenía que hacer en la farsa de aquella noche... sí, a lo mejor eran excusas razonables, pero estaba convencido de que su hija estaba evitándolo a propósito. La cuestión era... ¿por qué?

Al final, la encontró inspeccionando la mesa del comedor, que estaba engalanada con sus mejores platos y cubiertos.

—¿Raine?

Ella soltó una pequeña exclamación y se volvió de golpe a mirarlo, como si pensara que iba a encontrarse a un monstruo al acecho. Desde que había vuelto a casa cuatro días atrás, parecía inquieta y asustadiza.

Raine esbozó una sonrisa forzada, y se alisó el vestido que acababa de llegar de la modista. Estaba deslumbrante. Aunque el vestido de seda color amarillo pálido era recatado, el material acentuaba el tono marfileño de su piel y añadía lustre a su pelo, que llevaba sujeto en un complicado recogido. Parecía etérea bajo la luz de las velas, como un ángel resplandeciente que hubiera bajado a la tierra.

El pobre magistrado iba a quedar tan impresionado, que

tendría suerte si no se derramaba la sopa encima o se atragantaba con el faisán. Aunque de eso se trataba, claro.

—Me has sobresaltado, padre.

Josiah se acercó a ella, y observó con atención su expresión tensa.

—Eso parece suceder con sorprendente frecuencia últimamente.

—¿Qué quieres decir?

—Que has estado muy tensa desde tu misteriosa desaparición, te sobresaltas ante la más mínima sombra.

Raine se volvió hacia la mesa y colocó bien los candelabros, aunque ya estaban perfectos.

—No fue nada misteriosa, padre. Creí que el magistrado estaba vigilando el camino, y pasé la noche oculta en una cabaña abandonada.

—Sí, eso ya me lo has contado —Josiah no ocultó su incredulidad.

No sabía qué había pasado durante aquellas horas terribles en las que había desaparecido, pero estaba convencido de que su hija no las había pasado oculta en una cabaña abandonada; por desgracia, no había podido sonsacarle la verdad, ya que era una muchacha muy testaruda. Fuera lo que fuese lo que había ensombrecido sus ojos, era un secreto que guardaba con celo.

—De hecho, me alegro de que estés aquí —Raine se volvió a mirarlo de nuevo, y le dijo con voz firme—: Quiero volver a repasar los planes de esta noche.

Josiah sacudió la cabeza. Tenía que admitir que había sentido cierta preocupación cuando Raine le había contado la conversación que había oído entre Harper y Timms, porque aquel condenado magistrado parecía decidido a demostrar que él era el Granuja de Knightsbridge, y nada parecía poder distraerlo.

Pero a pesar de que coincidía con Raine en que había que hacer algo, aquel nuevo plan que se le había ocurrido a su hija le parecía una locura.

—No me gusta todo esto.

—Eso ya lo has dejado claro, padre —Raine se obligó a mostrarse paciente—. Pero no tenemos otra opción, debemos convencer al magistrado de una vez por todas de que no eres el Granuja.

—Fui un loco al empezar con toda esta locura, y aún más por permitir que te involucraras. Si te pasara algo...

—No me va a pasar nada.

—Ése es el tipo de arrogancia que me ha conducido a esta situación —le dijo con severidad—. Al menos uno de los dos debería tener la cordura suficiente para mantenerse alejado de la horca, y como me temo que ya es demasiado tarde para mí, vas a tener que ser tú.

Los hermosos ojos de su hija se oscurecieron con una terca determinación. Lo agarró del brazo, y le dijo:

—Nadie va a ir a la horca, aunque tenga que atar al magistrado a un árbol y dejarlo para que sea presa de los buitres.

Josiah sonrió, porque la expresión de su rostro le resultaba muy familiar. La veía en el espejo muy a menudo, sobre todo cuando estaba a punto de cometer alguna estupidez.

—Nadie admira tu valentía y tu lealtad más que yo, cariño, pero no quiero que corras peligro —le dijo con suavidad.

—No hay ningún peligro —Raine alzó la barbilla con gesto decidido. Era obvio que estaba resuelta a seguir adelante con el plan, a pesar de sus protestas—. El magistrado estará aquí, disfrutando de una cena deliciosa y de tus puros, mientras yo toco el pianoforte en el saloncito. Pasaremos una velada de lo más respetable, mientras el Granuja asalta carruajes.

—Raine...

El sonido de la puerta al abrirse lo interrumpió, y Josiah tuvo que tragarse una imprecación mientras su hija atravesaba el comedor.

—Padre, recuerda que Foster tiene que estar visible durante toda la velada.

Raine se obligó a sonreír mientras iba hacia el pequeño recibidor. La inquietud de su padre era tangible y no pudo evitar sentir cierto remordimiento, ya que sabía que estaba preocupado desde su súbito regreso a casa después de desaparecer durante más de un día. No era de extrañar, ya que durante los últimos cuatro días se había mostrado tensa e inquieta, y a menudo se quedaba inmóvil con la mirada perdida. Pero lo peor de todo era que no podía deshacerse de la vaga sensación de que se encontraba en medio de una tormenta que estaba gestándose, que estaba esperando a que la golpeara el rayo.

Era normal que su padre estuviera preocupado por ella, pero a pesar de que no le gustaba engañarlo, sabía que la verdad no lo tranquilizaría en nada. Todo lo contrario, y con lo orgulloso que era, sería capaz de ir en busca de Philippe y de retarlo a un duelo si descubría lo que había pasado.

La idea la aterraba, sobre todo con la carga añadida de saber que el magistrado seguía convencido de la culpabilidad de su padre.

Tuvo que esforzarse por centrarse en la velada que tenía por delante. No podía permitirse el lujo de darle vueltas y más vueltas a algo que ya había quedado atrás, porque iba a necesitar toda su concentración para llevar a cabo su osado plan.

Observó entre las sombras mientras Foster tomaba el abrigo y el sombrero del magistrado con una formalidad impecable. Aunque habían pasado años desde que trabajaba en las mansiones más elegantes de Londres, era capaz de meterse en el papel de estricto mayordomo con una facilidad notable.

Thomas Harper se alisó la sencilla chaqueta azul que llevaba, mientras miraba con disimulo a su alrededor y a Foster. A pesar de que su rostro permanecía impasible, Raine tuvo la impresión de que no se le escapaba ni el más mínimo detalle.

Seguro que tenía la esperanza de encontrar un cofre lleno de monedas robadas debajo de la mesa.

Se bajó el escote un poco más antes de emerger de entre las sombras. Tenía que haber alguna forma de distraer a aquel condenado.

—Bienvenido, señor Harper. Es un placer tenerlo en casa

—hizo una pequeña reverencia, y se dio cuenta de que él la recorría con la mirada y de que sus ojos se detenían por un momento en sus senos.

—El placer es mío —el magistrado tuvo la cortesía de centrar la atención en su rostro cuando ella se enderezó.

Raine lamentaba en parte tener que engañarlo, porque era un hombre bueno y decente que se limitaba a cumplir con su deber. Quizás en otras circunstancias habrían llegado a ser amigos, pero a causa de la lealtad que le debía a su padre tenían que ser rivales, al menos por aquella noche.

Colocó la mano sobre su brazo extendido, y lo condujo hacia el salón.

—Espero que no le moleste que sea una cena informal. Mi padre y yo llevamos una vida tan tranquila, que me temo que nos hemos vuelto bastante aburridos.

—Ninguna cena en la que esté usted podría resultar aburrida, señorita Wimbourne —le dijo él.

Raine sonrió ante su sencilla galantería. Era un hombre que inspiraba confianza en los demás sin esfuerzo alguno, sin duda habría sido un criminal perfecto si no hubiera decidido ser magistrado.

—Va a conseguir aturdirme con sus halagos, señor.

—Gracias, pero estoy seguro de que el único aturdido voy a ser yo. Supongo que debería preocuparme, pero al estar en presencia de tal belleza me cuesta recordar por qué.

—¿Acaso tiene sangre irlandesa, señor Harper?

—Quizás una o dos gotas —admitió él con una carcajada, mientras entraban en el salón.

—Entonces, sabrá apreciar un buen whisky —Josiah se acercó, y le estrechó la mano al recién llegado.

Raine se apartó un poco para poder verlos mejor. Sabía que sería como contemplar a dos maestros de esgrima luchando por la victoria.

—Sí, es excelente —comentó Harper, tras probar el licor.

—Y del todo legal, se lo aseguro —le dijo Josiah.

Si al magistrado le sorprendió el ataque directo, lo disimuló bien tras una sonrisa amigable.

—En este momento, no me interesan los contrabandistas.

—Espero que le interese el ajedrez, porque Raine carece de paciencia y el pobre Foster no supone ningún desafío.

—Aunque no soy un experto, la verdad es que es un juego que me gusta —admitió el magistrado con cautela. Era obvio que estaba buscando alguna estratagema oculta.

—Perfecto, entonces nos enfrentaremos después de la cena.

Raine entrelazó el brazo con el de su padre, y comentó:

—No deje que lo obligue a jugar si no le apetece, señor Harper. Mi padre tiene menos compasión con sus oponentes que los antiguos gladiadores.

—¿De qué sirve jugar si no se va directo a la yugular? —le preguntó su padre.

—¿Lo ve? Niéguese a darle ese placer, no tiene vergüenza y fanfarroneará de su victoria por todo el pueblo.

Harper tomó otro trago de whisky, y su expresión se endureció mientras Raine y su padre le aguijoneaban en su orgullo de forma deliberada. A pesar de su sentido del deber, no podía darle la espalda a un desafío directo.

—Eso será si consigue vencerme, claro.

—Ah, ya veo que es un hombre valiente —le dijo Josiah, con una sonrisa.

—Digamos que me gusta confrontar mi ingenio con el de algún rival.

—Es mi entretenimiento preferido.

Harper apuró su vaso, lo dejó sobre una mesa, y comentó:

—Sí, el mío también.

Raine observó cómo libraban una silenciosa batalla. Eran como dos perros luchando por el liderazgo. Hizo una mueca, y tocó la campanilla para indicar que estaban listos para la cena. No había quien aguantara a los hombres arrogantes.

La cena transcurrió sin incidentes. La comida era sencilla pero deliciosa, y Josiah los mantuvo entretenidos con historias de sus años en el mar. Harper contribuyó hablando de su trabajo en Londres, y su franco sentido del humor hizo que Raine riera en más de una ocasión a pesar de los nervios que le anudaban el estómago.

Cuando se retiraron los platos y Foster entró con una bandeja con el oporto y la inevitable caja de puros, Raine se levantó.

—Será mejor que os deje para que disfrutéis del tabaco y de la partida de ajedrez. No, por favor, no os levantéis —les dijo, al ver que los dos empezaban a incorporarse. Miró a su invitado con una sonrisa, y añadió—: Señor Harper, estaré una o dos horas en el saloncito. Llámeme si necesita que lo rescate.

El magistrado asintió, pero a juzgar por el brillo de sus ojos, estaba claro que no tenía intención de pedirle ayuda a nadie.

—Lo tendré en cuenta —murmuró.

Josiah le lanzó una sonrisa triunfal a su hija mientras Foster preparaba el tablero de ajedrez sobre una pequeña mesa que había junto a la chimenea.

—Buenas noches, cariño. Hasta mañana.

Después de despedirse con una pequeña reverencia, Raine subió las escaleras hacia el saloncito. Cuando llegó, cerró la puerta y empezó a tocar el pianoforte. La música se oiría desde el comedor, aunque algo lejana, pero era justo lo que necesitaba para convencer al magistrado de que estaba ocupada mientras el Granuja de Knightsbridge asaltaba carruajes.

Al cabo de menos de un cuarto de hora, la señora Stone entró con sigilo en el saloncito, se sentó en la banqueta junto a ella, y siguió con la sencilla melodía mientras ella se levantaba. Aunque el ama de llaves apenas sabía tocar, bastaba con que la música siguiera sonando.

Sin hacer caso de la mirada de preocupación que le lanzó la mujer, Raine salió por la puerta trasera de la habitación, bajó hasta la cocina, y salió de la casa. Resistió la tentación de asomarse por la ventana del comedor, y cruzó el jardín camino de la cuadra. Su padre iba a tener ocupado al magistrado durante varias horas, y cuanto antes estuviera en el camino, mejor.

La yegua ya estaba ensillada, y había una pequeña alforja junto a la puerta. No había duda de que Foster era la eficiencia personificada. Rápidamente, se quitó el vestido y empezó a ponerse la llamativa ropa de su padre, pero sus dedos se detuvieron por un instante mientras se abrochaba la chaqueta roja. Era la primera vez que tocaba aquella prenda desde que había regresado de Londres, se había negado a verla siquiera, y no pudo evitar recordar la facilidad con la que Philippe se la había quitado. Él la había tratado con tanta ternura, como si fuera el objeto más frágil del mundo.

Soltó un pequeño gemido cuando los recuerdos inundaron su mente... el aroma de la piel cálida de Philippe, el sonido de su voz mientras le susurraba al oído, la forma en que sus facciones se suavizaban cuando la tocaba...

Raine sacudió la cabeza con fuerza. No podía distraerse, su padre necesitaba su atención plena en ese momento y no podía fallarle.

Se obligó a hacer caso omiso al extraño dolor que le oprimía el corazón, y sacó a la yegua de la cuadra en cuanto acabó de vestirse. Cuando estuvo a cierta distancia de la casa, montó y se puso en marcha.

Era una noche fría, y no tardó en tener que apretar los dientes con fuerza para evitar que le castañetearan. Se dirigía hacia el estrecho camino donde había oído la conversación entre el magistrado y Timms, ya que creían que el Granuja iba a llevar allí su botín. Estaba convencida de que el magistrado habría apostado a varios hombres para que se mantuvieran a la espera y apresaran al bandido, así que sólo tenía que dejarse ver por allí cerca antes de escapar a toda prisa.

Sin duda, aquello serviría para convencer al dichoso magistrado de que ni su padre ni el pobre Foster tenían nada que ver con el bandido.

Después de lanzar una rápida plegaria silenciosa para que no surgiera ningún problema, hizo que la yegua aminorara el paso y se apartó a un lado del camino. Sabía que la capa roja era más que visible bajo la luz de la luna, así que tenía que estar lista para huir ante la más mínima señal de peligro.

Cuando ya casi había llegado al lugar donde su padre había prometido dejar el botín para la pobre viuda, oyó que alguien estornudaba entre los árboles. Esbozó una sonrisa de alivio, hizo que la yegua diera media vuelta de golpe, y se alejó al galope por donde había llegado.

—¡Es el Granuja!, ¡no lo pierdas! —exclamó una voz gruñona a su espalda.

Sin molestarse en mirar hacia atrás, Raine se inclinó hacia delante mientras hacía que su montura acelerara el paso. Había planeado al detalle su ruta de escape, así que al doblar un amplio recodo se volvió hacia un sendero escondido sin aminorar la marcha.

Cuando se convenció de que estaba fuera de la vista, hizo que la yegua se detuviera tras un árbol, y respiró aliviada cuando al cabo de unos segundos tres hombres pasaron de largo a toda velocidad.

Si sus perseguidores tenían la más mínima inteligencia, darían media vuelta y regresarían en cuanto se dieran cuenta de que habían perdido a su presa, pero para entonces ella ya se habría desvanecido en la oscuridad.

Después de contar hasta cien sin prisa, hizo que la yegua volviera al camino y que se dirigiera hacia la puerta de un vallado cercano. Iba a rodear el pueblo y la vicaría antes de regresar a casa por detrás, no quería toparse con sus perseguidores si decidían ir a buscar al magistrado.

Atravesó un pequeño prado con cautela, y se internó en la espesa arboleda. Afortunadamente, la luz de la luna impidió que se golpeara la cabeza con alguna rama baja, o que su yegua se rompiera la pata en una madriguera de conejo.

Cuando llegó al camino, el corazón había dejado de martillearle en el pecho y su respiración había recuperado la normalidad más o menos, pero la sangre seguía corriéndole por las venas en un torrente de excitación.

Inhaló profundamente el frío aire nocturno, y alzó la cabeza para observar la luna creciente. El peligro ya había pasado, y podía limitarse a disfrutar del sentimiento de libertad.

Se sorprendió al darse cuenta de que eso era justo lo que sentía, una enorme sensación de libertad. Lejos de los confines de la pequeña casa y de las chismosas del pueblo que vigilaban a las jóvenes con la esperanza de que crearan algún jugoso escándalo, podía ser ella misma, una mujer que disfrutaba de la excitación del peligro y cabalgando a media noche, una mujer capaz de salvar a su padre de la horca.

La vida en un pequeño pueblo siempre le había parecido sofocante, era una persona demasiado vital y enérgica para someterse a las rígidas estructuras que la oprimían, pero después de disfrutar de aquella libertad, le resultaba casi insoportable.

Por Dios, lo que quería era alejarse al galope por el camino cercano y seguir sin detenerse, pero la parte realista de su mente le advirtió que estaba siendo una necia. ¿Adónde iba a ir?, ¿cómo iba a subsistir?

Además, por muy lejos que llegara, nada cambiaría. Seguiría siendo una joven sin los medios ni la oportunidad de librarse de las cadenas que la sujetaban.

Raine soltó un suspiro, apartó a un lado aquel extraño estado de ánimo, y contempló el oscuro camino. A aquellas alturas, sus perseguidores ya debían de estar en el pueblo o en su casa, informando al magistrado de que el Granuja había sorteado la trampa que le habían tendido. Sólo tenía que permanecer a cubierto durante una hora más o menos, y entonces podría regresar a casa sin que nadie se enterara.

Cuando se convenció de que estaba sola, hizo que la yegua saliera al camino. No quería arriesgar su cuello ni la pata de su querida montura yendo por la arboleda. Al cabo de poco menos de kilómetro y medio, vislumbró un poco más adelante la silueta inconfundible de un carruaje detenido a un lado del camino, y se detuvo para observarlo ceñuda.

No era extraño que un carruaje tuviera algún percance, porque en aquellos caminos tan accidentados a veces se lisiaban los caballos, o se rompían las ruedas y los ejes. La posada conseguía buenos beneficios gracias a los pobres viajeros que no tenían más remedio que pasar allí la noche mientras les reparaban sus vehículos.

Al ver que el cochero rodeaba el carruaje como si estuviera buscando la causa del problema, y que a su lado había una persona encorvada cubierta con una gruesa capa, Raine supuso que se trataba de una anciana acompañada de su criado. Se mordió el labio durante unos segundos, sin saber qué hacer. Lo más sensato sería que diera media vuelta y que regresara a casa por otra ruta, porque no podía prestar su ayuda vestida con la ropa del famoso bandolero; además, a juzgar por la elegancia del carruaje y del tiro de caballos, era obvio que la mujer tenía dinero suficiente para lidiar con cualquier problema que se le presentara.

Cuando estaba a punto de dar media vuelta, se le ocurrió una idea de lo más tentadora. Había salido aquella noche para convencer al magistrado de que su padre era inocente, se suponía que tenía que actuar como señuelo de manera fugaz, pero nada más. Su padre había insistido en ello una y otra vez.

Pero, pensándolo bien, la viuda no iba a encontrar en la zanja las monedas que esperaba. ¿Qué pasaría si acababa en la calle a menos que alguien lo remediara?, ¿y si no tenía ningún sitio al que ir, nada que comer, y nadie a quien le importara su sufrimiento?

Sin duda había que instar a aquella anciana del carruaje elegante, que obviamente disfrutaba de toda clase de lujos, a que cumpliera con su deber cristiano y ayudara al prójimo.

Y el Granuja de Knightsbridge era la persona indicada para aquella tarea.

Sofocó la pequeña punzada de culpabilidad que sintió ante la idea de aterrorizar a la anciana, y sacó la pistola de su padre del bolsillo. No iba a hacerle el más mínimo daño a la mujer, y sólo tardaría un momento en recoger las monedas y las joyas.

Hizo que la yegua avanzara al galope, y no se detuvo hasta que estuvo junto a los dos desconocidos.

—Discúlpenme, pero debo pedirles que no se muevan —les dijo, en voz baja y profunda—. No teman, les prometo que no les haré daño si me obedecen.

Tras un breve instante de inmovilidad absoluta, la anciana se volvió lentamente y echó hacia atrás la capucha de su capa.

—Por desgracia, yo no puedo prometerte lo mismo, *menina pequena* —le dijo una voz masculina que le resultaba demasiado familiar.

Al ver el rostro pálido y desconcertado de Raine, Philippe sintió que la furia gélida y brutal que lo corroía desde que había regresado a casa y había descubierto que había huido iba desvaneciéndose poco a poco. Seguía enfadado, claro. Se había sentido herido en su orgullo al darse cuenta de que mientras él planeaba al detalle un erótico interludio, ella había estado ideando una forma de escapar.

Y aparte de eso, lo había atormentado un miedo profundo e inesperado, como si con su desaparición hubiera perdido algo más que una amante potencial. Al tenerla de nuevo a su lado, sintió que el hielo empezaba a derretirse en su corazón, como si su mera presencia bastara para devolverle aquella calidez que lo cautivaba.

—No te molestes en intentar huir, Raine —le dijo, con voz aterciopelada—. Voy a enfadarme de verdad si tengo que volver a perseguirte, y no te conviene.

Swann se incorporó, y se colocó en el centro del camino. Aunque no sacó la pistola, estaba claro que no iba a permitir que huyera.

—¿Qué haces aquí, Philippe?

Él esbozó una sonrisa.

—Esperarte, por supuesto.

—Pero...

—Carlos, ayuda a la señorita a desmontar y a entrar en el

carruaje, por favor —le dijo él a su amigo, que estaba oculto entre los matorrales del otro lado del camino.

—No —eso fue todo lo que alcanzó a decir Raine antes de que Carlos la agarrara de la cintura y la bajara de la yegua.

Consiguió darle una buena patada en la rodilla a pesar de lo menuda que era, y estaba intentando arañarle la cara cuando Philippe se acercó y la agarró con firmeza de la muñeca.

—Si intentas resistirte, será mucho peor para ti.

En los ojos oscuros de Raine brilló una furia impotente, y algo más... ¿acaso era miedo?

—¿Qué podría ser peor que volver a estar atrapada en tus garras?

—¿En mis garras? —de forma instintiva, Philippe la aferró con menos fuerza y la acarició sin darse cuenta en el punto donde su pulso latía desbocado—. Haces que parezca el villano de una novela gótica.

—Me parece una descripción perfecta, teniendo en cuenta que te dedicas a merodear entre las sombras para secuestrar a pobres mujeres indefensas.

—¿Crees que eres una pobre mujer indefensa? Un nido de víboras es menos peligroso que tú. Además, no me dejaste otra opción. Mi amante tiene que estar en mi cama, y no arriesgando su precioso cuello de forma tan temeraria.

—¡No digas eso! —exclamó ella, ruborizada.

—¿El qué?, ¿que eres mi amante? Es la pura verdad —a Philippe no le sentó nada bien que ella negara su relación. Se volvió hacia Carlos, y le dijo—: Métela en el carruaje, será mejor que nos pongamos en camino.

Su amigo enarcó las cejas, y lo miró con expresión un poco burlona. Al parecer, le resultaba muy gracioso que el pilluelo hubiera resultado ser una mujer, y aún más que la hubiera buscado con desesperación.

La reacción de su amigo le habría preocupado en otras circunstancias, porque indicaba que Carlos creía saber algo que él desconocía, pero en aquel momento lo que más le importaba era mantener a Raine vigilada mientras la metían en el carruaje. Estaba claro que no iba a aceptar su destino sin más. Iba a luchar hasta que él lograra que entendiera que era completa e irrevocablemente suya.

Cuando Carlos la metió en el vehículo y se apartó a un lado, Philippe entró y se sentó junto a ella. En cuanto cerró la puerta, Swann se puso en marcha.

—¿Qué piensas hacer conmigo? —Raine se apartó de él hasta colocarse contra una de las esquinas, y lo fulminó con la mirada.

Philippe estiró las piernas, y se cruzó de brazos. Con Raine a su lado, la tensión que lo había atenazado durante días empezó a desvanecerse... no, aquello no era del todo cierto. Su cuerpo entero vibraba con una tensión placentera, el tipo de tensión que se debía a la presencia de una mujer hermosa y deseable.

Porque a pesar de su ridículo atuendo, Raine era deslumbrante. Había intentado convencerse de que la fascinación que sentía por aquellas facciones delicadas y por aquellos ojos ligeramente rasgados estaba basada en una fantasía, que era imposible que ella fuera tan hermosa como recordaba. Pero al tenerla a su lado, estaba claro que nada había sido producto de su imaginación.

Sí, era tan hermosa que lo dejaba sin aliento, pero empezaba a darse cuenta de que debajo de su belleza había un fuerte carácter que era lo que realmente lo había cautivado. La belleza era un rasgo común, pero el valor y la lealtad, además de la determinación inquebrantable de cuidar de los seres queridos, eran cualidades mucho más escasas.

Mientras seguía observándola en silencio, ella lo miró con ojos centelleantes y le espetó:

—Te he preguntado qué es lo que piensas hacer conmigo.

—Me he planteado varias posibilidades —murmuró él al fin—. Mi preferida era ponerte sobre mis rodillas y darte una buena tunda hasta que recuperaras algo de sensatez, aunque encerrarte en la mazmorra más cercana por tu seguridad y mi propia cordura también tenía su encanto.

—No te molestes con la mazmorra. Soy más que capaz de

cuidar de mí misma, y creo que tu cordura se perdió hace años.

Su voz era tan desafiante, que Philippe no pudo resistir la tentación. Le arrancó el sombrero rojo con un movimiento súbito, abrió la ventanilla, y lo lanzó hacia fuera junto con la capa.

Su audacia la dejó tan atónita, que Raine tardó un instante en reaccionar; sin embargo, se apresuró a golpearle las manos cuando él empezó a desabrocharle la chaqueta.

—Detente ahora mismo, ¿qué haces?

Philippe siguió desabrochándole la prenda sin detenerse, y le dijo:

—Tus días de salteadora de caminos han acabado de forma oficial, querida.

Raine intentó resistirse, pero Philippe era mucho más fuerte y acabó de quitarle la chaqueta sin problemas. Después de tirar la prenda por la ventana, se volvió hacia ella y se quedó inmóvil al ver el medallón de oro contra su piel marfileña.

Tendría que ponerlo furioso que no sólo le hubiera robado el medallón de su madre, sino que además hubiera tenido la osadía de ponérselo, porque aquella pequeña joya era más importante para él que toda su fortuna; sin embargo, lo que sintió fue una satisfacción puramente masculina.

El oro relucía contra su piel como si fuera la marca que proclamaba que ella le pertenecía, y quizás lo fuera; al fin y al cabo, Raine podría haber vendido el medallón a cambio de una buena suma, o se lo podría haber dado a los pobres que parecían depender de la caridad de su padre, pero lo llevaba bajo la ropa como si fuera un secreto preciado que deseaba tener cerca del corazón.

—No puedes decidir si voy a seguir siendo o no una salteadora de caminos... *monsieur* Gautier —Raine no pudo evitar estremecerse al ver el deseo ardiente en su mirada.

Philippe se sorprendió al ver que había logrado descubrir su identidad. Era algo que carecía de importancia, ya que era inevitable que supiera quién era estando a su lado, pero era una pequeña muestra de lo difícil que resultaría ocultarle cualquier cosa a aquella mujer.

—Claro que puedo —se quitó el abrigo con el que se había disfrazado, y la tapó con él para que entrara en calor. Era una lástima cubrir la belleza que se entreveía a través de la fina camisa que llevaba, pero no quería que se constipara—. Te he capturado, y esta vez no vas a lograr escapar de mí.

Ella sacudió la cabeza, pero el ligero temblor de sus dedos reveló que no estaba tan tranquila como quería aparentar.

—Yo que tú no estaría tan seguro.

Philippe no hizo caso de sus palabras, porque los dos sabían que se trataba de una advertencia carente de valor. Empezó a juguetear de forma ausente con un rizo que le caía sobre la mejilla, y le dijo:

—Sólo por curiosidad, ¿cómo conseguiste escapar del ático? Sé que ninguno de mis empleados te liberó.

—¿También los amenazas con encerrarlos en una mazmorra?

—No ha hecho falta hasta ahora —le dio un ligero tirón al rizo, e insistió con firmeza—: Raine, dime cómo escapaste de mí.

Ella apretó los labios y lo miró en silencio, pero al ver su mirada implacable, admitió al fin:

—Vi que un joven pasaba por el callejón, y lo convencí de que entrara en la casa y abriera la puerta.

Philippe la tomó de la barbilla, y la miró incrédulo mientras intentaba contener la furia que resurgía en su interior. Era una suerte que no hubiera tenido ni idea de lo imprudente que había sido, porque las pesadillas lo habrían enloquecido.

—¿Le dijiste a un desconocido que entrara en una casa en la que estabas prácticamente sola?, ¿es que has perdido el juicio? *Meu Deus*, ¿tienes idea de lo que podría haberte pasado?

Raine se humedeció los labios, y apartó la mirada de golpe.

—Pude... pude escapar.

Philippe sintió que se le encogía el corazón.

—Raine, mírame.

Ella obedeció poco a poco, y le preguntó:

—¿Qué?
—¿Te hizo daño? Dímelo.
—Lo intentó, pero...
—Voy a matarlo —susurró él, con un brillo letal en la mirada—. Lo encontraré y lo mataré.
—¡No, Philippe! No pasó nada. No me hizo nada, te lo aseguro.
—Corriste un riesgo estúpido —Philippe la abrazó con fuerza de forma instintiva—. Es un hábito tuyo que vas a tener que dejar.
Ella tuvo la sensatez de no intentar liberarse de sus brazos.
—¿Cómo me encontraste?
—Sabía que vivías cerca de Knightsbridge, y no me costó encontrar tu casa.
—¿Cómo sabías que esta noche me haría pasar por el Granuja?
—Estaba vigilando tu casa cuando saliste de la cuadra, así que hice que Carlos te siguiera y monté el pequeño señuelo.
Ella se apartó un poco, y lo miró ceñuda.
—¿Sueles disfrazarte de anciana?
Philippe contuvo las ganas de sonreír. Lo cierto era que tenía varios disfraces repartidos en sus carruajes, además de armas, trampillas, y varias botellas de brandy de contrabando. Le costaba una fortuna hacer que le construyeran los vehículos según sus propias especificaciones.
—De vez en cuando.
—¿Por qué?
—A lo mejor te lo cuento algún día, pero hoy no.
Raine lo miró con suspicacia, pero finalmente optó por no insistir en el tema.
—Así que Carlos ha estado siguiéndome todo el rato, ¿no?
—Exacto. Se sorprendió un poco al ver que caías en la trampa tan obvia de aquellos hombres, así que supongo que llamaste su atención de forma deliberada para hacer que te siguieran.
—El magistrado está jugando al ajedrez con mi padre en este momento.

Philippe se sintió brutalmente consciente de lo frágil y delicada que era, y la abrazó con más fuerza mientras inhalaba profundamente su dulce olor a lilas. Maldijo a su padre para sus adentros, porque no se merecía que aquella mujer fuera su hija.

—Así que has vuelto a arriesgar tu vida para salvar su miserable cuello, ¿verdad?

—No hables mal de mi padre —le espetó ella con voz tensa.

—No te merece.

—¿Y tú sí?

Philippe esbozó una sonrisa. Ya no importaba si merecía o no a Raine Wimbourne, porque ella había capturado su atención y no iba a liberarla hasta que desapareciera aquella extraña fascinación.

—Al menos, voy a cuidarte mucho mejor —le dijo con voz suave—. No te faltará nada mientras estés a mi lado.

—¡No puedes llevarme contigo sin más!

—¿Quién va a impedírmelo?

—¿Por qué estás haciendo esto, Philippe?

—Ésa es una pregunta bastante tonta, querida —le dijo, mientras recorría su cuello con los dedos—. Sabes muy bien por qué estoy haciéndolo.

—¿Porque quieres tenerme en tu cama?

—Porque tu sitio está en mi cama —la corrigió él—. Lo sabes tan bien como yo.

—Si lo creyera, no habría escapado.

Philippe sofocó el enfado instintivo que sintió al oír sus palabras. Era demasiado orgullosa para someterse fácilmente a otra persona, aunque fuera lo que más deseara. Sabía sin ningún género de duda que ella lo deseaba, que no se había imaginado su respuesta ardiente ante sus caricias ni los dulces gemidos de placer que habían llenado el pequeño ático.

Bajó los dedos hasta la base de su cuello, para poder sentir el ritmo revelador de su pulso.

—Entonces, será mi deber y mi enorme placer convencerte de lo contrario —murmuró.

Raine se estremeció, pero hizo un gesto de negación con un esfuerzo visible.

—No puedo creer que estés tomándote tantas molestias sólo para tener a una mujer en tu cama —lo fulminó con la mirada, y añadió—: La mayoría de las mujeres sin sesera harían lo que fuera por estar con un hombre como tú.

Philippe se echó a reír, y comentó:

—No sé si eso es un cumplido o un insulto, pero como soy un poco vanidoso, voy a tomármelo como un tributo a mis encantos masculinos.

—O quizás a tu fortuna —le dijo ella con sequedad.

—Qué golpe tan cruel, querida —con tanta rapidez que ella no tuvo ni tiempo de reaccionar, la apretó contra la esquina y enterró el rostro en la curva de su cuello—. Quizás podríamos descubrir juntos cuáles son mis mejores... atributos.

Cuando Raine abrió la boca para protestar, él aprovechó para besarla profundamente. Deslizó una mano hasta su nuca mientras acariciaba con la lengua su húmeda y tentadora boca, y soltó un gemido gutural al sentir que su dulce calidez lo recorría como la miel cálida.

Por Dios, aquello era lo que había estado buscando, la razón de que se hubiera puesto furioso al descubrir que había desaparecido, de que hubiera pospuesto su viaje a Francia, y de que se hubiera pasado dos días vigilando aquella casa de Knightsbridge como un demente, ante el desconcierto de Carlos.

No podía dejar que aquella mujer se le escapara de las manos.

Siguió devorándole la boca, enfebrecido. El deseo que lo consumía era tan intenso, que tuvo que luchar por controlar el impulso de arrancarle el maldito abrigo para poder acariciar su piel satinada.

Había querido enseñarle una lección, demostrar lo mucho que la afectaban sus caricias, pero al sentir que ella lo aferraba de los brazos mientras respondía con pasión, se dio cuenta de lo peligrosa que podía resultar una lección así.

Raine Wimbourne era la única persona en el mundo capaz de destrozar su control férreo, podía hacer que sólo fuera consciente del placer de tenerla cerca y que se olvidara de todo lo demás. No estaba dispuesto a revelarle a nadie que aquella mujer tenía aquel poder sobre él. Por supuesto, no iba a admitirlo ante ella.

Consiguió controlarse con un esfuerzo titánico, y después de darle un mordisquito en el labio inferior, se echó hacia atrás y observó su rostro ruborizado.

—¿Cuál es tu veredicto?, ¿es sólo mi fortuna lo que buscan las damas? —el corazón le palpitaba con tanta fuerza, que tuvo miedo de que ella pudiera oírlo en el silencio del carruaje.

Raine lo miró un poco aturdida. Era la clase de reacción que un hombre querría ver en una mujer a la que acababa de besar concienzudamente, pero entonces lo sorprendió al sacudir la cabeza y mirarlo con determinación.

—Dime por qué has venido a por mí, Philippe.

Él no tuvo más remedio que admitir que ella tenía una determinación tan férrea como la suya. Desde luego, iban a tener una relación... interesante, como mínimo.

—Porque te necesito —le dijo, consciente de que tenía que distraerla.

Cuando Raine se apartó, la soltó a regañadientes. En ese momento tenía que hacer acopio de todo su ingenio, y no podía concentrarse con su cuerpo esbelto apretado contra el suyo.

—¿Qué quieres decir? —le preguntó ella con cautela.

—Tengo que ir a Francia para atrapar a un tal Seurat, pero no puedo arriesgarme a que se dé cuenta de que sospecho de él. Nadie sabe que he estado en Londres, pero necesito una razón para ir a París, ya que mi aversión por esa ciudad es de sobra conocida —recorrió con la mirada su rostro, y añadió—: ¿Qué hombre no estaría dispuesto a olvidar sus prejuicios y sus responsabilidades, para estar con la joven inocente recién salida de un convento francés que ha conocido?

Ella empezó a negar con la cabeza incluso antes de que acabara de hablar.

—No.

—Sí, querida.

—Philippe, por favor —Raine se aferró a sus brazos con una fuerza sorprendente, y le dijo—: Tengo que volver con mi padre, estará muy preocupado por mí.

—Puedes enviarle una carta desde Dover si quieres, para asegurarle que estás bien. Aunque querré leerla antes, por supuesto —Philippe esbozó una sonrisa carente de humor—. No permitiré que menciones adónde vamos.

Ella lo soltó de golpe, y apretó las manos en dos puños sobre su regazo.

—¿Vas a llevarme en contra de mi voluntad?

—Si no me queda más remedio, sí.

—Volveré a escapar.

—No te apartarás de mi lado.

—¿Pretendes encadenarme a ti?

Philippe sonrió al imaginársela encadenada y completamente a su merced.

—Es una posibilidad más que tentadora, pero innecesaria.

—No creo que seas tan arrogante para creer que vas a convencerme de que me quede gracias a tus dotes de seducción.

—Ésa es una posibilidad aún más tentadora y que sin duda resultaría de lo más efectiva, pero también es innecesaria.

Raine soltó una exclamación cargada de frustración y se estremeció, como si estuviera conteniendo las ganas de zarandearlo.

—Si tienes que decirme algo, hazlo de una vez, Philippe.

—De acuerdo —él se inclinó hacia ella hasta que sus narices estuvieron a punto de tocarse—. Si se te ocurre pensar siquiera en apartarte de mi lado sin mi permiso, le diré al magistrado que me comprometo a afirmar en un juicio que tu padre es el Granuja de Knightsbridge.

El carruaje quedó sumido durante varios segundos en un silencio cargado de incredulidad, hasta que Raine perdió los estribos y llevó a cabo lo que estaba claro que quería hacer desde que había entrado en el carruaje. Echó el brazo hacia atrás, y lanzó un puñetazo directo hacia la nariz de Philippe. No era la bofetada femenina típica de una dama, sino un buen puñetazo con el que quería hacer todo el daño posible.

Philippe le agarró la muñeca con facilidad, detuvo el golpe, y la obligó a que volviera a colocar la mano sobre su regazo sin soltarla.

—Ten cuidado, *menina pequena*.

—Eres... eres un malnacido —masculló ella.

—No soy yo quien pone en peligro a su familia cabalgando por el campo robando a inocentes viajeros.

—Ya te he dicho que mi padre sólo quiere ayudar a las personas necesitadas.

—Eres una tonta ingenua, ¿de verdad crees que ésa es la única razón?

—Si estás insinuando que mi padre se queda con parte del dinero...

—No, lo que ansía no es la plata ni el oro, sino la adoración de sus convecinos.

Ella se quedó mirándolo con incredulidad. Estaba claro que jamás se había planteado la posibilidad de que su padre no fuera el héroe altruista que imaginaba.

—Eso es una tontería.

—¿En serio? ¿Estás diciéndome que no disfruta de su papel de Robin Hood?, ¿que no le gusta ser el adorado salvador de sus vecinos?, ¿que no va a la posada para ver cómo la gente brinda por su valentía?

Raine bajó la mirada, pero en su rostro apareció una expresión terca. Normalmente, él admiraba su lealtad, pero en aquella ocasión tenía ganas de zarandearla para que entrara en razón.

—Mi padre se preocupa por los demás.

—A lo mejor así empezó todo, pero no habría seguido cuando te pusiste en peligro de no ser por su vanidad.

Ella lo miró, y le dijo con firmeza:

—Las razones de mi padre son más nobles que las de un hombre que secuestra a una muchacha decente y la mantiene cautiva en contra de su voluntad.

—Puedes considerarme un villano si quieres, pero ahora

me perteneces a mí. Y al contrario que tu padre, yo sí que sé cuidar de mis posesiones.

La posada de Kings Road, en Dover, era bastante pequeña, pero estaba muy limpia y resultaba muy pintoresca. Estaba situada en la zona más antigua de la ciudad, y tenía buenas vistas de la iglesia de St. James y de los preciosos acantilados blancos. Estaba tan cerca del mercado, que las estrechas calles se llenaban con los sonidos de un denso tráfico a una hora indecente.

Raine soltó un gemido, y se tapó la cabeza con las mantas. Habían llegado en plena noche, y estaba tan exhausta, que ni siquiera había protestado cuando Philippe la había conducido escaleras arriba hacia la habitación. ¿Por qué iba a molestarse en librar una batalla perdida? Él tenía las de ganar de momento, y ambos lo sabían.

Estaba dispuesta a hacer lo que fuera necesario para proteger a su padre.

Al darse cuenta de que no iba a poder volver a conciliar el sueño por culpa del ruido que entraba por las ventanas, apartó las mantas y se sentó en el borde de la cama. Por increíble que pareciera, estaba sola. Después de asegurarse de que la habitación estuviera limpia y las ventanas bien cerradas, Philippe se había ido por la puerta que comunicaba con el dormitorio contiguo.

Había creído que él insistiría en compartir su cama, porque le había dejado claro que quería que fuera su amante. Además, tenía que admitir que la forma en que lo había besado en el carruaje no debía de haber contribuido a que él pensara que no lo deseaba.

Maldito hombre... estaba decidido a destrozarle la vida. Cuando se había dado cuenta de que era él quien estaba junto al carruaje supuestamente roto, por un instante había sentido algo más que sorpresa o miedo. Había sentido... alegría.

Y por si fuera poco, en cuanto la había tomado en sus

brazos se había derretido como una de aquellas damiselas delicadas a las que siempre había despreciado. No sabía cómo iba a poder resistirse si él decidía seducirla.

Miró hacia la puerta que comunicaba con su habitación. Afortunadamente, estaba cerrada, pero sabía que Philippe debía de tener alguna razón concreta para no intentar acostarse con ella. Sí, seguro que se trataba de alguna razón maquiavélica.

Estaba tan sumida en sus pensamientos, que soltó una pequeña exclamación cuando oyó que alguien llamaba a la puerta que daba al pasillo. Se apresuró a bajar de la cama, se cubrió con el pesado abrigo de Philippe, y se pasó las manos por el pelo para intentar peinar un poco sus rizos enmarañados. De momento, sólo tenía la camisa, los pantalones, y un par de botas viejas.

Esbozó una sonrisa mientras iba hacia la puerta. A lo mejor Philippe tenía todo un vestuario femenino oculto en su carruaje, porque parecía tener de todo. Al llegar a la puerta, se apoyó contra la gruesa madera.

—¿Quién es?

—Mattie. Le traigo el desayuno.

Raine sintió que se le hacía la boca agua sólo con oír que alguien mencionaba comida, y se apresuró a descorrer el cerrojo y a abrir la puerta.

—¿Dónde quiere que lo ponga? —la gruesa camarera tenía un rostro regordete, y el pelo rizado y castaño. Llevaba una pesada bandeja, y era obvio que estaba deseando soltarla.

—Sobre la mesa, por favor.

Raine la siguió hasta la pequeña mesa que había junto a la ventana, y abrió los ojos como platos cuando la mujer apartó el mantel que cubría la comida. La bandeja estaba llena a rebosar con media docena de platos donde había huevos, jamón, tostadas, riñones, fruta fresca y té.

—Por Dios, es demasiado.

La camarera se incorporó, y la miró con un ligero brillo en sus ojos marrones.

—Bueno, su marido ha insistido en que tenga para elegir,

porque dice que es bastante delicada. La cocinera me ha pedido que le diga que si le apetece algo en particular sólo tiene que avisar.

Al oír que Philippe se había hecho pasar por su marido, Raine sintió una extraña sensación en el corazón, pero se obligó a restarle importancia. Sin duda sólo se trataba de alivio, al ver que él no la había humillado permitiendo que la posada entera la tomara por una mujer sin moral.

—Todo parece delicioso. Por favor, felicita a la cocinera de mi parte.

—Gracias, señora. También me han encargado que le diga que el señor Savoy ha ordenado que le preparen un baño cuando haya acabado de desayunar, ¿le parece bien?

Raine supuso que el tal señor Savoy era Philippe.

—Sí, gracias. Un baño me vendrá muy bien. Ojalá tuviera ropa limpia.

—Pero...

Raine enarcó las cejas al ver que la camarera dejaba de hablar de golpe.

—¿Qué pasa, Mattie?

—No sé si se trata de una sorpresa.

Raine sintió una gran curiosidad de inmediato, y miró a la mujer con una sonrisa tranquilizadora.

—No te preocupes, Mattie. Mi marido y yo no tenemos secretos el uno para el otro.

Mattie se le acercó un poco más. Era obvio que estaba deseando contárselo.

—He oído al señor Savoy hablando con el señor Hill, el dueño de la posada. Al parecer, su marido ha encargado vestidos nuevos para usted. Y después el señor Hill le ha comentado a la señora Hill que su marido se ha gastado una fortuna para que las modistas trabajaran sin descanso, para que los vestidos estuvieran listos esta misma tarde.

Raine se volvió hacia la ventana con brusquedad, presa de una mezcla de emociones. Por un lado, la enfurecía que Philippe estuviera tan seguro de poder secuestrarla sin más. El hecho de que hubiera encargado un nuevo vestuario para ella mostraba una arrogancia desmesurada. Por otro lado, no podía negar que se sentía absurdamente complacida al ver que había tenido la consideración de tener en cuenta que necesitaba ropa. Según su limitada experiencia, los hombres no solían prestar atención a la comodidad de una mujer. Incluso tenía que recordarle a su padre de vez en cuando que necesitaba más cosas aparte de casa y comida.

Aunque estaba claro que no podía arrastrarla por París vestida con la ropa vieja de su padre, se recordó con severidad.

—Estoy deseando que lleguen —comentó.
—Tiene un marido muy generoso y considerado.
—Desde luego, parece que piensa en todo.
—Y es muy atractivo.

Sí, era indecentemente atractivo... y muy, pero que muy peligroso.

10

Después de desayunar hasta hartarse, Raine permaneció en el baño caliente más tiempo de lo habitual. Al fin y al cabo, no era una mujer dada a llorar en un rincón por los avatares del destino, ni a crear escenas desagradables que sólo servirían para avergonzarla.

Tarde o temprano, encontraría la forma de obligar a Philippe a que la liberara, pero hasta entonces disfrutaría de los pocos lujos que se le presentaran. Era la decisión más sensata.

Sin embargo, cuando se llevaron la bandeja y la bañera, empezó a pasearse por la habitación con impaciencia. Durante los años que había pasado en el convento apenas había tenido un momento libre, porque siempre había clases y tareas pendientes, y desde que había vuelto a casa, al menos podía salir a pasear por los bosques y los prados cuando se aburría.

De repente, se puso el abrigo. Al llegar a la posada, había visto un pequeño jardín donde se cultivaban hierbas para la cocina. Aunque era demasiado pequeño para que pudiera dar un buen paseo, al menos podría disfrutar de un poco de aire fresco.

Fue hacia la puerta, pero Carlos apareció en cuanto la abrió y le obstruyó el paso. Se tensó sobresaltada al verlo, y le dijo con tono firme:

—Apártate, por favor.

Él se limitó a sonreír, y apoyó un hombro contra el marco de la puerta.

—Tienes que quedarte aquí, no estarías segura fuera de tu habitación.

Raine lo miró con fastidio. Aquel hombre también era indecentemente atractivo, claro. Su aspecto latino estaba combinado con una pasión que parecía crepitar a su alrededor. Era el tipo de hombre que haría que una mujer pensara en jardines cálidos y exóticos y en aventuras ilícitas, pero lo que ella estaba pensando en ese momento era que tenía ganas de darle un puñetazo.

—Sólo voy a ir al jardín.

Él volvió a sonreír. Era tan corpulento, que le obstruía el paso con tanta eficacia como una pared de ladrillos.

—No irás a ningún lado a menos que Philippe te acompañe.

Su acento extranjero apenas era perceptible; al parecer, Philippe no era el único que había pasado bastante tiempo en Inglaterra.

—Aunque puede chantajearme para conseguir que me quede con él, no puede impedirme que dé un simple paseo. Apártate de mi camino.

Carlos la agarró de los hombros, la obligó a retroceder con firmeza, y le cerró la puerta en las narices antes de que ella pudiera reaccionar.

—Lo siento, *anjo* —le dijo a través de la puerta, mientras cerraba con llave.

¿Que lo sentía? Sí, claro que iba a sentirlo. Y su exasperante amigote también.

Fue hecha una furia hacia la puerta que comunicaba su habitación con la de Philippe, decidida a preguntarle por qué insistía en mantenerla encerrada en su habitación como si fuera un animal salvaje. Parecía un objetivo razonable, hasta que entró en su habitación y dio varios pasos antes de darse cuenta de que él estaba saliendo de una bañera que había junto a la chimenea.

—Oh... —le dio la espalda de golpe para no ver su cuerpo desnudo, y alcanzó a decir—: Dios mío.

Él se echó a reír.

—No hace falta que te muestres tan escandalizada, *meu amor*. Puedes entrar en mi habitación siempre que quieras, sobre todo si estoy desnudo.

Raine se puso roja como un tomate, aunque era una ridiculez. Había pasado un montón de tiempo recordando la sensación de aquel cuerpo firme apretado contra el suyo.

—Por favor, tápate.

—Qué tímida que eres —bromeó él. Tras unos segundos, se colocó tras ella y le tocó la espalda—. Ya puedes volverte.

—¿Estás decente?

—Me he cubierto de forma apropiada —le dijo él, mientras le acariciaba el cuello.

Raine se apresuró a apartarse de sus tentadoras caricias, y al volverse a mirarlo, se le aceleró el corazón al verlo ataviado con un pesado albornoz de brocado. Sí, estaba cubierto, pero no tenía nada de decente. Parecía un dios bizantino recién llegado del pasado... un dios bizantino increíblemente seductor.

Se enfadó consigo misma, y se obligó a apartar aquellos pensamientos de su mente. No había ido a desmayarse como una tonta ante su inmenso atractivo, sino a dejarle claro que no iba a permitir que la tratara como a una prisionera.

Intentó hacer caso omiso de su corazón acelerado y del extraño rubor que la acaloraba, y alzó la barbilla en un gesto de determinación.

—Quería salir a tomar un poco de aire fresco, pero tu... tu perro guardián se ha negado a dejarme salir de mi habitación. Supongo que has sido tú quien ha ordenado que se me trate como una prisionera, ¿verdad?

Él se acercó un poco, hasta que estuvo de nuevo demasiado cerca.

—No sé si a Carlos le haría gracia saber que lo has comparado con un perro, me parece que se considera un depredador bastante más peligroso.

Raine retrocedió dos pasos antes de contestarle.

—¿Le dijiste que no puedo salir de mi habitación?

Philippe avanzó tres pasos.

—Sí.

Ella respiró hondo, y sintió que la envolvían la calidez y el aroma de su cuerpo masculino.

—¿De verdad crees que voy a escaparme de ti y a arriesgarme a que mi padre acabe en la horca, después de haber sido capaz de hacerme pasar por el Granuja para engañar al magistrado?

—Soy consciente de la molesta lealtad que le tienes a tu padre. Le pedí a Carlos que impidiera que salieras de tu habitación porque no quería arriesgarme a que te viera alguien que pudiera reconocerte.

—Mi círculo de amistades no va más allá de Knightsbridge, nadie podría reconocerme en Dover.

—Puede, pero también tengo que tener en cuenta tu seguridad —Philippe acarició con ternura un rizo dorado que reposaba contra su cuello—. Aunque Dover no es una población especialmente grande, es una ciudad portuaria, así que la visitan una buena cantidad de piratas y de maleantes. Por no hablar de los disolutos y los libertinos que hay por todas partes.

—Sí, de eso sabes mucho —murmuró Raine.

Él la miró sorprendido, como si no estuviera acostumbrado a que lo consideraran un libertino. Aunque era absurdo, porque estaba claro que era un seductor consumado.

—Al menos entiendo a los hombres, y cómo reaccionan al ver a una mujer tan hermosa como tú —Philippe le acarició la mejilla, y añadió—: Provocarías el caos si salieras de la posada sin escolta.

La ternura de su caricia hizo que a Raine le flaquearan las piernas.

—Su... supongo que lo que quieres es distraerme con tus zalamerías absurdas, ¿verdad?

Los ojos de Philippe se ensombrecieron, y antes de que se diera cuenta, Raine estuvo con la espalda contra la pared y con su cuerpo firme apretado contra el suyo.

—No son zalamerías, *meu amor* —él hundió el rostro en la curva de su cuello—. Y si quisiera distraerte, buscaría maneras más placenteras de hacerlo.

Raine se estremeció de deseo al sentir la calidez de su aliento contra la piel, y colocó las manos en su pecho para hacer que se apartara; sin embargo, el albornoz de Philippe se había aflojado, y en cuanto tocó su piel cálida y firme, se le olvidaron todas las razones por las que aquella atracción era una locura.

—Philippe...

Él empezó a acariciarle con la lengua el pulso acelerado que le palpitaba en el cuello, y le preguntó con voz ronca:

—¿Me echaste de menos anoche?

—¿Anoche?

—No sabes cuánto me costó dejarte sola en esa cama —susurró él, mientras iba ascendiendo hacia su oreja.

—¿Por qué lo hiciste?

—Porque estabas exhausta, y de bastante mal humor.

Raine echó la cabeza hacia atrás mientras él trazaba la línea de su mandíbula con los labios. Oh, Dios... aquello era muy peligroso, ¿cómo iba a recordar que estaba furiosa con él si su cuerpo se derretía de placer?

—Pues será mejor que vayas acostumbrándote a mi mal humor —logró murmurar con dificultad—. Es normal que una mujer se enfade cuando la secuestran y la chantajean.

Él deslizó las manos por sus costados, y le abrió el abrigo de un tirón.

—A lo mejor puedo hacer algo para animarte.

—Lo dudo mucho —a pesar de sus palabras, Raine no intentó detenerlo cuando la besó hasta dejarla sin aliento.

Durante los últimos días, había conseguido convencerse de que se había imaginado el poderoso efecto de sus caricias; al fin y al cabo, la noche que había pasado con él constituía su única experiencia relacionada con la pasión, y seguro que cualquier mujer la recordaría como algo más espectacular de lo que había sido en realidad.

Sin embargo, en ese momento tuvo que admitir que no se había imaginado nada. Sus labios eran tan cálidos y tan deliciosamente expertos como recordaba, y la oleada de deseo que la recorría era igual de irresistible.

Philippe empezó a desabrocharle la camisa, pero de repente alguien llamó a la puerta. Los dos se quedaron inmóviles, y él masculló una ristra de expletivos en portugués.

—Lárguese, sea quien sea —dijo al fin.

—Señor, la ropa ya está aquí. Dijo que quería que la subieran en cuanto llegara.

Al ver la tensión de su rostro, Raine pensó que iba a decirle al recién llegado que se fuera, pero al cabo de unos segundos se apartó de ella y esbozó una sonrisa forzada mientras la cubría bien con el abrigo.

—Sí, eso dije. Debió de ser un instante de locura.

Después de besarla en la frente, fue a abrir la puerta. Apenas había logrado apartarse cuando el dueño de la posada y dos mozos corpulentos entraron cargados de cajas y paquetes.

—Podéis dejarlo todo sobre la cama —les dijo Philippe.

—Sí, señor.

Philippe les dio una moneda cuando acabaron, y los tres hombres se marcharon después de hacer una pequeña reverencia. Raine apenas notó que se iban. Se acercó a la cama, y acarició el lazo plateado de una de las cajas.

—Todo esto... —se le formó un nudo en la garganta, y tuvo que carraspear.

—¿Qué pasa, Raine? —le preguntó Philippe, mientras se acercaba a ella.

—¿Todo esto es para mí?

Él deslizó el dorso de los dedos por su mejilla, y le dijo con ternura:

—¿Por qué no abres los paquetes y lo descubres por ti misma?

Raine vaciló durante un largo momento mientras los contemplaba. Todos estaban atados con unos lazos preciosos, y ejercían una atracción abrumadora en una muchacha que no había recibido ningún regalo desde los seis años. Sí, su padre le daba de vez en cuando un puñado de monedas para que se las gastara en lo que quisiera, y la señora Stone siempre tejía mitones por Navidad, pero aquello...

Aquello era una tentación que no podía resistir.

Raine hizo caso omiso de la vocecilla que le susurraba que el camino hacia la perdición sin duda estaba pavimentado con aquellas tentaciones tan maravillosas, agarró la caja que tenía más cerca, y la abrió después de quitar el lazo plateado.

Se quedó sin aliento al sacar un vestido de noche de raso con un precioso tono bronce, con el cuello y el dobladillo ribeteados de encaje. En la caja también había unos guantes a juego, un par de delicadas zapatillas, y un chal color marfil entretejido con hilos de oro.

Era un vestido increíblemente hermoso, jamás habría podido soñar siquiera con tener algo así.

Como en un sueño, empezó a abrir todas las cajas. Había más vestidos de noche, de seda y de satén, además de vestidos para la mañana y para los paseos en carruaje, una capa de raso fantástica forrada en piel, varios sombreros, guantes, y botas. Incluso había pensado en comprarle camisas, corsés y medias.

Estaba claro que era un caballero acostumbrado a comprar prendas femeninas, pero fuera cual fuese su oscuro pasado, lo cierto era que tenía un gusto exquisito. Todas las prendas eran preciosas, y no se parecían en nada a lo que había esperado. Era ropa digna de una dama, no de una cualquiera.

Sin apenas darse cuenta, acarició un delicado vestido de satén de un suave tono lavanda.

Philippe pareció notar su desconcierto, porque la agarró de la barbilla y la obligó a que lo mirara.

−¿No te gusta la ropa?

−Ya sabes que todo es precioso, pero no es lo que se esperaría en una amante.

−Pero tú no eres una amante cualquiera −le dijo él, con una sonrisa−. Tienes que representar el papel de doncella inocente recién salida de un convento, no el de descarada.

Por alguna extraña razón, Raine se sintió decepcionada, y se preguntó a qué se debía aquella reacción. ¿Acaso era porque sus palabras habían hecho que recordara que la ropa no era realmente un regalo? No se la había comprado para complacerla, ni para ahorrarle la vergüenza de parecer una ramera. Sólo formaba parte de la farsa que tenía que representar.

—Por supuesto —murmuró.

Philippe la observó con atención, y la aferró con más fuerza.

—Raine, ¿qué diablos te pasa? Creía que la ropa te gustaría.

—¿Cómo no va a gustarme? La hija de un marinero no podría ni soñar con algo tan elegante —no sabía por qué estaba tan afectada, pero era incapaz de controlar sus emociones.

—Raine...

—Aunque ya no soy sólo la hija de un marinero, ¿verdad? —soltó una carcajada seca y carente de humor, y añadió—: Ahora soy la amante de un hombre rico y poderoso.

Philippe se tensó, y de repente la agarró de los hombros. Raine hizo ademán de protestar, pero dio con la espalda contra la pared cuando él la hizo retroceder con un pequeño empujón. Se quedó sin aliento a causa de la sorpresa, y lo miró atónita.

—Nadie diría que eres mi amante hasta el momento, querida; de hecho, has sido muy remisa en tus funciones, pero eso va a cambiar ahora mismo. Voy a enseñarte lo que requiere tu puesto.

Raine tragó con dificultad. No tenía miedo de Philippe Gautier, al menos desde un punto de vista físico, pero la pasión abrasadora que relucía en sus ojos verdes era casi tangible, al igual que la férrea determinación que tensaba su rostro.

—Philippe... no —susurró.

Él esbozó una sonrisa fría y cruel, y bajó la cabeza para acariciar sus rizos con la mejilla.

—Tu primera lección, *meu amor*, es que nunca, jamás puedes negarme nada —le dijo, con voz ronca—. Una amante siempre está dispuesta a satisfacer a su señor, le pida lo que le pida.

Raine no intentó zafarse de él. Al quedar acorralado por un depredador peligroso, no había que acicatearlo aún más.

Era una pena que no hubiera sido tan sensata antes de provocarlo, pero no había estado de humor para ello.

Se había sentido inquieta, herida, había necesitado algo que no alcanzaba a comprender.

Un estremecimiento la recorrió de pies a cabeza, y respondió de forma instintiva a la cercanía de Philippe. De repente, se preguntó si lo había hecho de forma deliberada sin darse cuenta, si había intentado despertar las pasiones de aquel hombre. ¿Acaso estaba tan desesperada por sentirse deseada y necesitada, que estaba dispuesta a provocarlo para que le hiciera el amor?

Se sintió desconcertada, y posó las manos en el pecho de Philippe.

—Por lo que dices, parece que una amante es una esclava. ¿Es eso lo que prefieres?, ¿tener a una persona servil que satisfaga todos tus deseos?

Philippe empezó a deslizar los dedos por su cuerpo. Aunque sus caricias eran ligeras, fueron dejando un rastro de fuego a su paso.

—¿Que satisfaga todos mis deseos?, qué idea tan maravillosa —le susurró al oído.

Raine intentó negar las sensaciones que la recorrían, pero no pudo evitar estremecerse.

—No pienso ser la esclava de ningún hombre.

Él se limitó a sonreír, y después de abrirle el abrigo, la abrazó por la cintura.

—Tú me perteneces, Raine Wimbourne —le mordisqueó el lóbulo de la oreja, y sus labios fueron descendiendo por su mandíbula—. No importa adónde huyas, no importa dónde te escondas, siempre te encontraré.

Raine se aferró a las solapas de su albornoz cuando le flaquearon las rodillas. Tanto la voz suave de Philippe como sus caricias eran increíblemente posesivas, y aunque tendría que haberse sentido furiosa, no pudo evitar que el corazón se le acelerara de excitación.

—¿Siempre consideras a tus amantes posesiones tuyas? —se obligó a preguntarle.

—Nunca ha habido nadie como tú —admitió él, mientras le rozaba con los labios la comisura de la boca.

El corazón acelerado de Raine se detuvo de golpe.

—¿Qué quieres decir?

—Ojalá lo supiera, porque esta obsesión resulta del todo inconveniente. Por desgracia, parece que lo único que puedo hacer es permitir que esta locura siga su curso.

Raine se tensó al oír aquellas palabras tan poco halagadoras.

—Así que resulta que soy una locura inconveniente, ¿no?

Él la miró con una expresión indescifrable durante un instante, pero de repente se apoderó de su boca con un beso desenfrenado mientras le arrancaba el abrigo.

Raine se estremeció cuando él le quitó la camisa, aunque no de frío. Todo pasó tan rápido, que apenas tuvo tiempo de darse cuenta de que estaba desnuda antes de sentir que sus manos ascendían por su cintura hasta llegar a sus senos.

Soltó un pequeño jadeo, pero Philippe lo sofocó con sus labios mientras excitaba sus pezones con los pulgares. La tierna pasión de sus caricias hizo que el cuerpo entero de Raine palpitara de deseo. Por Dios, era tan maravilloso y mágico como recordaba. Philippe lo había llamado obsesión, quizás lo era. Una obsesión ardiente y avasalladora, que podría consumirla con facilidad.

—*Meu amor* —susurró él contra su piel, mientras salpicaba su rostro de besos—, necesito estar dentro de ti, necesito sentir tu calidez.

Una parte distante de su cerebro la instó a que se negara. Él la había chantajeado para que accediera a quedarse a su lado, y si se rendía a aquella seducción embriagadora, estaría aún más en su poder; sin embargo, el profundo anhelo que la consumía sofocó sin miramientos toda sensatez.

Raine se aferró a sus brazos mientras él le trazaba el cuello con la lengua. Después de besarle el punto donde su pulso latía a toda velocidad, bajó aún más la cabeza y le cubrió un pezón con los labios.

Ella gimió ante la avalancha de sensaciones. Era injusto

que un hombre pudiera derretirla con aquel deseo abrasador, que pudiera estremecerla con aquella pasión abrumadora... sobre todo un hombre al que tendría que odiar con toda su alma.

Cuando él empezó a succionarle el pezón, sintió que sus músculos se tensaban y las rodillas le flaqueaban. Philippe soltó un gemido gutural mientras la agarraba de las caderas, y de repente hizo que se volviera hasta colocarla de cara a la pared.

Raine se sintió desconcertada, y lo miró por encima del hombro.

—¿Philippe?

Él tenía el rostro cubierto de sudor y estaba tenso, como si estuviera luchando contra una fuerza muy poderosa.

—Sss... —después de quitarse el albornoz, se amoldó a su espalda y hundió la cara en la curva de su cuello—. Te prometo que voy a complacerte, *meu amor*.

—Pero... —Raine se interrumpió de golpe al sentir que sus dedos descendían por su estómago y por el vello rubio de su entrepierna, y que alcanzaban su calidez húmeda.

—No tendrías que haber huido de mí, *menina pequena* —Philippe le dio un pequeño mordisco en el cuello. Hundió un dedo en su interior, y empezó a acariciarla con lentitud—. Tu sitio está en mis brazos, en mi cama.

Ella echó la cabeza hacia atrás y la apoyó contra su cuello, mientras el placer iba intensificándose poco a poco. Decidió que más tarde le diría que no le pertenecía a ningún hombre, que era una mujer que siempre se aferraría a su independencia... sí, se lo diría más tarde, se dijo, al sentir que su duro miembro presionaba entre sus piernas. Él la abrió con cuidado, y la penetró con una firme embestida.

Raine suspiró, y cerró los ojos. Sí, tendría que ser mucho más tarde.

Acabaron en la cama de Raine.

Después de alcanzar un clímax que lo había dejado tembloroso, Philippe había estado demasiado ansioso por continuar con aquella deliciosa seducción para molestarse en quitar los montones de ropa que cubrían su cama, así que le había resultado más fácil llevar a Raine a la habitación contigua y tumbarla en la cama antes de que pudiera acordarse de que se suponía que estaba furiosa con él.

En ese momento, estaba abrazándola con fuerza contra su cuerpo, mientras intentaba recuperarse después de haberle hecho el amor una y otra vez. Dios del cielo... era un hombre sofisticado que había tenido amantes hermosas y competentes, pero sólo aquella mujer podía enloquecerlo con el anhelo de sentir sus caricias, ahogarlo en un mar de deseo sólo con su cercanía.

Esbozó una sonrisa satisfecha, e inhaló profundamente su dulce aroma.

—Encajas en mis brazos como si estuvieras hecha para mí —murmuró, mientras le acariciaba la espalda—. Y quizás es así, a lo mejor naciste para ser mi amante.

Ella se echó hacia atrás para poder fulminarlo con la mirada, y la somnolencia que había suavizado sus facciones no tardó en dar paso a una expresión de enfado.

—¿Te das cuenta de lo condenadamente arrogante que eres? Aunque sólo soy la hija de un sencillo marinero, tengo mi propio valor como persona, no necesito ser la amante de ningún hombre.

Philippe le dio una palmadita en el trasero.

—Muchas mujeres considerarían un honor ser mis amantes. Nunca me han faltado candidatas.

—Seguro que ninguna de ellas era una verdadera dama.

Maldición, qué mujer tan exasperante.

—Te aseguro que ser una dama no tiene nada que ver con quiénes son tus padres, ni con el hecho de que seas o no mi amante. He conocido a muchas supuestas damas, por no hablar de caballeros, que no merecían ser considerados como tales.

—¿Te refieres a caballeros dispuestos a secuestrar a una joven inocente?

—Aunque no posees la ascendencia necesaria, tienes algo de lo que carecen muchas damas.

—¿A qué te refieres?

—A la lealtad. Sólo he conocido a otra mujer aparte de ti capaz de arriesgarlo todo por sus seres queridos.

Raine se olvidó por un momento de su enfado, y lo miró con curiosidad.

—¿Quién?

—Mi madre —Philippe rozó con los dedos el medallón que ella llevaba al cuello, y añadió—: Era una mujer capaz de sacrificar su vida para salvar a los demás.

—¿Cómo murió? —le preguntó Raine tras unos segundos.

Philippe se tensó. Nunca hablaba de su madre con nadie. Jamás. Pero, por alguna razón, quería que Raine supiera de la mujer que había definido su vida, a pesar de que apenas recordaba su rostro.

—Cuando la Revolución convulsionó París, mi padre insistió en que nos fuéramos a nuestras tierras de Portugal, y finalmente nos trasladamos a su casa de Madeira. Pero no pudo convencer al resto de la familia de mi madre de que abandonaran sus casas, y al final casi todos perecieron en la guillotina.

—Qué horrible, no me extraña que te disguste tanto Francia —comentó ella, horrorizada.

—Perdí catorce miembros de mi familia —Philippe intentó controlar la furia que le corroía el alma.

—¿Pero tu madre sobrevivió?

—Sí, pero nunca se perdonó por haber dejado que sus familiares murieran.

—No pudo hacer nada por evitarlo.

—El dolor no suele atender a razones.

—No, supongo que no —los ojos oscuros de Raine se suavizaron. Ella estaba demasiado familiarizada con el dolor causado por la pérdida de un ser querido.

Philippe contempló el medallón que había encontrado entre las pertenencias de su madre. Su padre había ordenado que todo se guardara en el ático, como si estuviera decidido a borrar su recuerdo. O quizás lo que quería borrar era la culpa que sentía.

Fueran cuales fuesen las razones de su padre, Philippe se había pasado horas rebuscando entre los enormes baúles, ya que necesitaba encontrar algún vínculo con la mujer que lo había alumbrado. Un vínculo que no tenía con su padre ni con su hermano, que eran un par de irresponsables disolutos.

Al volver a levantar la mirada, se dio cuenta de que Raine estaba observándolo con atención.

—Cuando pareció que lo peor ya había pasado, mi madre insistió en regresar a París para buscar a los miembros de su familia que siguieran con vida —Philippe se detuvo por un instante, pero se obligó a continuar—. Sólo así podía aliviar su conciencia.

—¿Fue sola? —le preguntó Raine, atónita.

La sonrisa de Philippe contenía un desprecio que había arraigado hacía años.

—Mi padre no quiso arriesgar el cuello en algo que era una pérdida de tiempo, según sus propias palabras, aunque siempre está más que dispuesto a hacerlo cuando cree que puede reportarle fama entre sus colegas coleccionistas.

Raine lo miró con tristeza, como si se hubiera dado cuenta de que en parte culpaba a su padre por la muerte de su madre.

—Ya veo.

—Mi madre llegó a París, pero contrajo la gripe mientras buscaba información sobre sus padres por las cárceles. Murió en una semana.

—¿Cuántos años tenías?

—Acababa de cumplir cuatro.

Raine le acarició la mejilla con ternura, y le preguntó:

—Entonces, ¿no la recuerdas?

Philippe sintió una emoción extraña en el pecho. Las mujeres le habían tocado con pasión, suplicantes o con enfado, pero nunca para darle consuelo.

—No.

—Es difícil perder a una madre, sobre todo siendo tan joven.

—Y tú lo sabes por experiencia propia.

—Sí —admitió ella, con tristeza—. Pero tuve la suerte de contar con mi padre.

—Tu padre...

Ella le cubrió los labios con una mano para interrumpirlo, y lo miró con expresión ceñuda.

—No, Philippe. Ni una palabra en contra de mi padre.

Aquella vez, reconoció a la perfección las sensaciones que recorrieron su cuerpo. Estaba desnudo en la cama con una mujer que le aceleraba el corazón y le caldeaba la sangre. Ya bastaba de cháchara.

—Estoy de acuerdo —le dijo con suavidad.

—¿En serio? —le preguntó ella, sorprendida.

Philippe deslizó una mano por la piel satinada de su cadera.

—Hay formas mucho más placenteras de pasar el rato que hablando de tu padre.

Aunque Raine se quedó sin aliento con sus caricias, se resistió de inmediato a la reacción de su propio cuerpo.

—Me prometiste que podría escribirle una carta, estará preocupado.

Él la cubrió con su cuerpo, que ya estaba endurecido de deseo.

—Y podrás hacerlo —murmuró, mientras la besaba debajo de la oreja—. Pero primero quiero enseñarte otra lección en el arte de ser una buena amante —le tomó una mano, que colocó sobre su miembro henchido. Soltó un gemido cuando ella empezó a acariciarlo de forma vacilante, y consiguió añadir con voz ronca—: Oh, sí, *meu amor...* no pares. *Meu Deus*, no pares.

11

Conforme fue cayendo la noche, la niebla descendió sobre el puerto y fue cubriendo toda la ciudad de Dover con un húmedo manto plateado; aun así, Philippe esperó hasta que la mayoría de los ciudadanos regresaron a sus casas antes de ordenar que se cargaran sus pertenencias en el carruaje.

Sólo tardaron un momento en llegar al puerto, pero el vehículo no aminoró la marcha al pasar junto a los barcos, y se dirigió hacia un camino poco transitado que salía de la ciudad antes de volver hacia el agua. El carruaje no tardó en estar sumido en la niebla, y lo único que rompía el silencio eran el repiqueteo de los cascos de los caballos y el suave murmullo del agua contra las rocas.

Philippe miró a la mujer que tenía a su lado, y pensó que era como si estuvieran solos en el mundo; de hecho, era una pena que no fuera así. Aquella noche, Raine se había abrigado bien con uno de los vestidos nuevos y la capa, y la capucha le ocultaba el rostro. A pesar de que las curvas de su cuerpo apenas se discernían, lo recorrió una satisfacción posesiva con la que empezaba a familiarizarse.

La reconocería aunque estuviera tan cubierta como una momia egipcia. Tanto el cálido y dulce aroma de su piel como la elegancia innata de sus movimientos eran inconfundibles. No le habría importado desaparecer entre la niebla durante varios meses con ella a su lado, pero por desgracia, el mundo se negó a desaparecer y el carruaje llegó a su destino demasiado pronto.

Philippe soltó un suspiro de pesar, y la ayudó a bajar. Después de ordenarle que lo esperara allí, avanzó con sigilo por un camino estrecho que descendía hasta la orilla. A medio camino, notó el olor de un puro que alguien había apagado recientemente, y se detuvo de inmediato. Se apoyó contra una roca enorme que había a un lado, y se cruzó de brazos.

—Buenas noches, capitán Miles.

Tras un breve silencio, se oyó una larga retahíla de imprecaciones, y un hombre bajo y achaparrado vestido con ropa sencilla de lana salió de detrás de la roca.

—¿Cómo demonios sabía que estaba aquí?, no es normal.

Philippe se limitó a sonreír, y miró hacia los dos botes de remos que esperaban en la playa.

—¿Ha habido algún problema?

—Varios oficiales estuvieron husmeando por aquí hace unas horas, pero le dije a Ranford que hiciera de señuelo para que persiguieran otra cosa. Seguro que a estas horas ya van camino de Londres. Aunque siempre hay alguno de esos condenados merodeando cerca —el capitán observó la figura que permanecía a la espera en la parte superior del camino, y añadió—: Su compañera no va a captar una atención indeseada, ¿verdad?

Philippe sonrió al recordar la discusión que había tenido con Raine cuando le había dicho que tendría que obedecerle sin dudar, porque tenían que escabullirse de allí sin que las autoridades portuarias los detectaran.

—No, le aseguro que va a estar tan callada como un ratón.

Miles escupió en el suelo, y comentó:

—El día que una mujer se quede callada, será el día del Juicio Final. No pueden mantener la boca cerrada.

—Ella sí, se lo aseguro.

Miles volvió a escupir.

—Puede, pero deje que le diga que esto no me gusta nada. Da mala suerte tener a una mujer a bordo de un barco, lo sabe todo el mundo.

Philippe se inclinó hacia delante, y lo miró con una expresión tan gélida y letal, que el curtido marinero se apresuró a retroceder.

—Esta mujer es mi invitada y va a venir con nosotros, eso ni lo dude —su expresión se endureció aún más, y añadió—: Y si tengo la más mínima sospecha de que usted o algún miembro de su tripulación no la trata con el más completo respeto, tendrá que volver a casa a nado. ¿Está claro?

—Muy claro, señor —Miles tragó de forma audible.

—Bien —Philippe se enderezó, y controló las ganas de darle una paliza a aquel insolente—. ¿Ha preguntado en el puerto, tal y como le pedí?

—Sí.

—¿Ha descubierto algo?

—Sólo varios rumores sobre un francés que fue por las tabernas intentando sobornar a alguien para poder subir a un barco, pero nadie oyó su nombre.

—¿Se lo han descrito?

—Todos dicen que era un tipo delgado con un abrigo viejo, y que hablaba solo.

—No es mucho.

—Como parecía que estaba chalado, nadie quería hablar con él. Pero me han dicho que se las arregló para zarpar uno o dos días antes de que llegáramos.

Philippe esperaba algo así, pero no pudo evitar sentir cierta frustración. Estaba cansado de ir un paso por detrás de Seurat, quería atrapar de una vez a aquel villano.

—¿Le han dicho dónde se alojó?

—Lo más seguro es que se escondiera entre los desperdicios.

—¿Pero está seguro de que se fue hacia Francia?

—Sí.

—De acuerdo. Que sus hombres carguen nuestras cosas en el barco, nos iremos en cuanto llegue Carlos.

Cuando Miles levantó una mano, dos hombres salieron de entre las sombras cercanas a la playa y fueron a por los pesados baúles que había en el carruaje. Philippe hizo ademán de seguirlos, pero justo en aquel momento se oyó un pequeño ruido a un lado del camino y Carlos apareció junto a la roca.

—Ah, hablando del rey de Roma... ¿qué noticias traes?

Carlos se había ido de la posada después de desayunar para ver si podía enterarse de alguna novedad sobre Francia en las tabernas. A pesar de que se había restaurado la monarquía, seguía siendo un país inestable e impredecible.

—Según parece, el ambiente es muy tenso. Charles sigue ostentando el poder, y está decidido a devolverle el país a los verdaderos monárquicos. Aún no ha habido revueltas en las calles, pero el vulgo está agitado.

—Francia siempre está agitada, necesita permanecer en un estado de confusión perpetua.

—Sí, es verdad.

—¿Es seguro viajar?

—Hay algunos disturbios de vez en cuando, y algunos exigen el fin del reinado de los Borbones.

—Supongo que es tan segura como puede llegar a serlo Francia —comentó Philippe con sequedad.

—Exacto. ¿Alguna novedad sobre Seurat?

—Todas las pistas conducen a Francia.

—Temía que dijeras eso —Carlos se metió las manos en los bolsillos, y se volvió a mirar a la esbelta figura que seguía esperando en lo alto del camino—. ¿De verdad que vas a traerla?

—¿Por qué no?

—Nunca te habías tomado tantas molestias por una mujer, por no hablar de que tienes que retenerla en contra de su voluntad.

—Me... intriga.

—Sí, eso está claro. Pero supongo que sabes que puede poner en peligro nuestros planes, ¿verdad? Si consigue ponerse en contacto con las autoridades francesas, y les dice que la obligamos a ir a París...

—Jamás arriesgaría el pescuezo de su padre, ni siquiera para salvarse de mis malvadas garras —le dijo Philippe.

—¿Tus malvadas garras? —Carlos soltó una carcajada.

—Son sus palabras, no las mías.

—Qué encantadora. Es una belleza cuando no está vestida como un pilluelo mugriento. *Anjo*.

Philippe apretó los puños con fuerza. Por el amor de Dios, el violento y posesivo deseo de dejar claro que ella le pertenecía era casi salvaje.

—Pisas terreno peligroso, amigo mío.

Carlos lo miró de frente con expresión inescrutable, y finalmente le dijo:

—No tan peligroso como el que pisas tú. Ten cuidado de no meterte en una ciénaga —le dio una palmada en el hombro, y retrocedió un paso—. Quiero asegurarme de que nuestro rastro quede cubierto, nos vemos en el barco.

Philippe no alcanzaba a entender su propio comportamiento. Nunca en su vida había permitido que una mujer dictara sus emociones, pero había estado a punto de darle un puñetazo a su mejor amigo.

Maldición.

—Ten cuidado —murmuró, aunque no supo si la advertencia era para su amigo o para sí mismo.

Mientras esperaba en lo alto del camino, Raine se estremeció. No era por el frío nocturno, ya que la gruesa capa la abrigaba a la perfección, y tampoco por la niebla que se movía entre los arbustos. Todo inglés estaba acostumbrado a las noches con niebla.

Tampoco podía echarle la culpa al hecho de que estuviera a punto de llevársela a Francia un hombre que sólo la consideraba un cuerpo conveniente en su cama. Si era sincera consigo misma, tenía que admitir que una pequeña y traicionera parte de su ser estaba encantada por la emocionante aventura que tenía por delante. Los tediosos días que había pasado atrapada sola en casa no podían compararse con un viaje por Francia disfrutando de todos los lujos imaginables. Y una parte aún más traicionera estaba volviéndose adicta a la dulce pasión que Philippe despertaba en su interior.

Su estremecimiento se debía a los pequeños botes que esperaban para llevarla a través de las revueltas aguas.

Estaba tan absorta en sus pensamientos, que no se dio cuenta de que Philippe se acercaba hasta que lo tuvo justo delante, y dio un pequeño respingo cuando él la tomó de la mano.

—Vamos, Raine. Tenemos que irnos.

Ella se zafó de su mano, y se mordió el labio inferior.

—¿Vamos a ir en...? —señaló hacia los pequeños botes antes de añadir—: ¿... en eso?

Philippe ladeó la cabeza. En aquella espesa niebla, sus rasgos tenían una belleza casi sobrenatural, parecía un ser místico e irreal.

—Sólo hasta mi embarcación, que nos espera a una distancia segura de la costa.

—¿Por qué no está atracada en el puerto?

—Ya te dije que no quiero que nadie se entere de mi breve estancia en Inglaterra, y eso sería difícil si mi barco estuviera en el puerto de Dover.

Raine se mordió el labio con tanta fuerza, que se hizo sangre.

—Ya veo.

—¿Qué es lo que pasa? —le preguntó él.

—No... no quiero ir.

—*Meu Deus*. No vas a ponerte terca ahora, ¿verdad? ¿Acaso tu palabra no vale nada?

Raine alzó la barbilla al oír aquel insulto deliberado.

—Teniendo en cuenta que te di mi palabra cuando me chantajeaste, no creo que puedas cuestionar el honor de nadie.

—Puede que no, pero puedo obligarte a hacer lo que me plazca, *meu amor*. Mientras pueda confiar en tu palabra, podrás disfrutar de cierto margen de libertad, pero en cuanto quebrantes esa confianza, sabrás lo que es ser una verdadera prisionera —la agarró de la barbilla, y le alzó el rostro para poder mirarla a los ojos—. ¿Vas a meterte en el bote, o tengo que atarte y amordazarte?

Ella se apartó bruscamente, y se sintió aliviada al ver que la furia reemplazaba a su absurdo temor.

—Eres un animal, un bruto sin corazón.

Él le aferró los brazos de repente, y la apretó contra su pecho.

—No sabes lo brutal que puedo llegar a ser.

Raine echó la cabeza hacia atrás, y lo fulminó con la mirada.

—Muy bien, dame una paliza si quieres.

Philippe la sujetó con más fuerza por un instante, y finalmente sacudió la cabeza.

—¿Qué es lo que pasa, Raine?

—¿Tú qué crees? No quiero ir a Francia, no quiero dejar a mi padre, no quiero... —se interrumpió de golpe y se humedeció los labios, que parecían habérsele quedado secos de repente.

Él la soltó, y le acarició una mejilla.

—¿Qué? ¿Qué es lo que no quieres?

—No quiero meterme en ese bote —admitió ella al fin, con un suspiro.

Philippe la observó en silencio durante unos segundos, y finalmente le preguntó:

—¿Le tienes miedo al agua, querida?

—No sé nadar.

—No es la primera vez que viajas a Francia.

—Pero fui en un barco sólido, que no parecía estar a punto de hundirse con la primera brisa fuerte —al ver que sus labios empezaban a curvarse, le dijo amenazadora—: No te atrevas a reírte de mí, no tiene gracia.

—¿Por qué no me has dicho lo que pasaba en vez de montar tanto lío? —le preguntó él, mientras le apartaba un rizo de la cara.

Raine se encogió de hombros con fingida indiferencia. No quería admitir que le había dado vergüenza confesar la verdad, ni que le gustaba que él la considerara una mujer valiente y atrevida, completamente diferente a las que se desmayaban a las primeras de cambio.

—¿Qué más da?, seguro que vas a obligarme a subir al bote diga lo que diga.

Él le dio un pequeño beso en la punta de la nariz.

—Tenemos que llegar a mi barco, Raine. Y como tú misma has admitido que no sabes nadar, no nos queda más opción que subir al bote.

—Hay otras opciones, Philippe. Tú podrías subir al bote, mientras yo regreso a la posada.

Algo peligroso y primitivo relampagueó en sus ojos verdes. La alzó de repente en sus brazos, y la apretó contra su pecho.

—De eso ni hablar, *meu amor* —le dijo con voz ronca, mientras empezaba a bajar por el estrecho camino—. Estamos juntos en esto.

—Bájame, Philippe —le dijo ella, mientras le rodeaba el cuello con los brazos de forma instintiva.

Él la miró a los ojos, y le dijo muy serio:

—Te tengo bien agarrada, Raine. No permitiré que te pase nada mientras estés a mi cargo.

Philippe mantuvo su palabra, y la tuvo bien sujeta durante el corto y movido trayecto hasta el barco. Aunque lo cierto era que no le quedó otra opción, porque Raine permaneció aferrada a él como una lapa, con la cara apretada contra su pecho y los dedos hundidos en sus hombros. Le habría costado más esfuerzo conseguir que lo soltara que mantenerla apretada contra su cuerpo; además, no quería tener que lidiar con una mujer histérica.

Ella se relajó notablemente cuando llegaron a su lujosa embarcación, y después de acostarla en el camarote principal, volvió a cubierta y llamó a su secretario, que se había quedado a bordo mientras él iba a Londres. Juan era mucho más que un mero sirviente, como la mayoría de los empleados que viajaban con él, y sus habilidades resultarían muy útiles antes de que llegaran a Calais.

Casi dos horas después, pudo acostarse por fin junto a

Raine. Llegarían a Calais antes del amanecer, pero había decidido descansar un poco antes de tener que enfrentarse a la aduana. La abrazó contra su cuerpo, y sintió que sus músculos tensos iban relajándose poco a poco.

Se sorprendió al despertar y darse cuenta de que había podido dormir profundamente. Para cuando se afeitó y se vistió con unos pantalones negros y una chaqueta de un profundo color jade, hacía bastante que había salido el sol. Después de ponerse un pesado gabán, subió por la estrecha escalera y se acercó a la baranda de cubierta.

Como era habitual, en el bullicioso puerto había un sinfín de pasajeros, marineros y curiosos, además de los inevitables intermediaros a la caza de posibles clientes para las posadas que los empleaban.

Recorrió la multitud con la mirada para ver si alguien mostraba algún interés sospechoso en su barco, y finalmente fue hacia la Casa de Aduanas, situada cerca del enorme faro que se había construido para conmemorar el regreso de Luis XVIII del exilio. Se decía que uno aún podía encontrar su pisada en la playa si se molestaba en buscarla, pero Philippe no tenía ningún interés en hacerlo; al fin y al cabo, todos los déspotas franceses le parecían iguales.

Una puerta de hierro separaba la Casa de Aduanas de Calais, que era una ciudad monótona con casas de piedra y calles estrechas normalmente sucias y congestionadas por el tráfico. Aunque a Philippe todo aquello le daba igual. Carlos había desembarcado mucho antes del amanecer y ya tendría un carruaje esperándolos, ya que había que poner rumbo a París en cuanto se ocupara de las tediosas formalidades burocráticas. Y lo principal era que empezara a correrse la voz de que Philippe Gautier había regresado a Francia en compañía de una mujer misteriosa.

Como si hubiera intuido que estaba pensando en ella, Raine se le acercó en ese mismo momento. Se había puesto de nuevo la capa, y tenía el rostro cubierto por la capucha. Aunque su cautela era comprensible, Philippe no pudo evitar sentirse molesto.

Nunca había tenido una amante que se avergonzara de reconocer su relación con él. Por Dios, normalmente se aseguraban de que se supiera por toda la ciudad en la que se encontraran. Era algo que siempre le había molestado, hasta ese momento.

Contuvo el impulso pueril de apartarle la capucha, y la miró con una pequeña sonrisa al apoyarse en la barandilla.

—Como ves, he cumplido con mi promesa y has llegado sana y salva, querida.

—¿Por qué hemos atracado aquí?

—¿Por qué no íbamos a hacerlo?

—Voy a tener que pasar por la aduana. No sé si te acuerdas de que no he tenido tiempo de prepararme para un viaje así, no tengo mis documentos —le dijo ella, con impaciencia.

—¿Por qué insistes en subestimarme? —Philippe se sacó del bolsillo los documentos que Juan le había proporcionado—. No se me ocurriría traerte a Francia sin pasaporte.

Raine tomó los papeles, y les echó una ojeada.

—¿*Mademoiselle* Marie Beauvoir?

—Fuiste una devota estudiante en el contento de Turín, hasta que nuestros caminos se cruzaron y te convencí de que vinieras conmigo a París.

—Son documentos falsos.

Philippe esbozó una sonrisa al ver su expresión horrorizada. Aquella mujer había estado asaltando a los viajeros que pasaban por Knightsbridge, pero se escandalizaba al ver unos documentos falsos.

—Yo de ti no lo diría en voz alta... a menos que quieras rendir cuentas ante las autoridades.

—Por el amor de Dios, ¿es que eres un contrabandista? —Raine lo miró con suspicacia.

—Normalmente, no —le dijo él, con una carcajada.

—Seguro que estás metido en algo ilegal, se te da demasiado bien ocultar tu identidad y escabullirte de las autoridades.

Philippe se apartó con brusquedad de la barandilla.

—Un caballero tiene que tener muchas habilidades.

—Sí, claro.

—Vamos, *meu amor* —la tomó del brazo, y la llevó hacia el amarradero. Aquél no era el momento de confesarle la verdad—. Nuestro equipaje ya está en tierra, vamos a acabar de una vez con las tediosas formalidades burocráticas.

Fue tan tedioso como Philippe se temía. No había nada peor que un autócrata que pensara que su limitado poder le daba derecho a importunar a todo aquél que tuviera la mala suerte de cruzarse en su camino.

Cuando acabaron por fin, Philippe dejó a su secretario y a un corpulento marinero al cargo del equipaje y de la protección de Raine, y fue a encontrarse con Carlos en Calais. Tal y como habían quedado, su amigo estaba esperándolo delante de una pequeña taberna con un elegante carruaje del que tiraban dos caballos tordos. Junto al vehículo había también un precioso semental negro, que a juzgar por cómo tiraba de las riendas, era bastante temperamental.

Philippe sonrió con satisfacción. Le gustaban los caballos con un carácter rebelde... y para su sorpresa, estaba descubriendo que también era lo que quería en una mujer.

—Bien hecho, Carlos —le dijo a su amigo, mientras le echaba una mirada al interior del carruaje. Era justo lo que había pedido, sólido y con buenas amortiguaciones, de lo mejor que podía adquirirse—. ¿Has tenido algún problema?

Carlos se encogió de hombros. Estaba apoyado contra una verja baja de hierro y vestía ropa sencilla, como la de cualquier trabajador. No llamaba la atención... hasta que uno se fijaba en su rostro tenso y amenazante.

—Nada que no pueda solucionar una botella de brandy y una mujer bien dispuesta.

—Perfecto —al ver el zaino que esperaba a unos metros de su amigo, añadió—: ¿Vas a adelantarte?

—Sí, a menos que quieras que viaje contigo.

—No, Paolo y Juan me acompañarán. Pueden encargarse de cualquier imprevisto.

—¿Vas a tomar la ruta que pasa por Abbeville?

—Sí —Philippe se sacó su reloj de bolsillo, y se dio cuenta de que la mañana estaba pasando rápidamente—. No llegaremos antes del lunes. Aunque el camino esté en buenas condiciones y podamos cambiar de caballos en las postas, tendremos que pararnos al menos dos noches.

Después de cubrirse con un sombrero, Carlos se le acercó y le puso una mano en el hombro.

—Ten cuidado, Philippe. Aunque creemos que Seurat está en París, podría estar merodeando en cualquier parte.

—Estaré alerta.

—Perfecto —Carlos retrocedió unos pasos. Era obvio que estaba deseando ponerse en camino, sin duda ya tenía idea de dónde podía encontrar tanto el brandy como la mujer que deseaba—. Nos veremos en Montmartre.

12

El carruaje era perfecto, por supuesto. El interior era espacioso, los asientos de cuero resultaban muy cómodos, las amplias ventanas permitían disfrutar del paisaje, e incluso había un calentador de pies de cerámica que proporcionaba un gran alivio después de sufrir las inclemencias del tiempo.

Pero a pesar de lo cómodo que era el vehículo, Raine se pasaba casi todo el tiempo sola allí dentro, porque Philippe parecía preferir cabalgar a lomos del impresionante semental negro que Carlos había comprado en Calais.

Que hiciera lo que quisiera, se dijo con firmeza. Al fin y al cabo, él insistía en que comieran siempre juntos en estancias privadas en las posadas donde se detenían, y en que compartieran una habitación todas las noches.

Raine se ruborizó al recordar lo que hacían por la noche. Jamás había soñado siquiera que el placer de las caricias de un hombre podría hacer que se olvidara de todo lo demás.

Se obligó a centrar su atención en el paisaje, que era espectacular. Las colinas cubiertas de espesos bosques se extendían durante kilómetros, y de vez en cuando se veían granjas con huertos y viñedos, o pequeños pueblos que parecían encogerse bajo el intenso frío.

Por desgracia, también se veían algunos campesinos mirando con desesperación desde chozas ruinosas, o andando por el camino cabizbajos.

Su compasión innata hacía que se le encogiera el corazón

al ver a tanta gente necesitada, pero por desgracia sólo podía contemplarlos con pesar, ya que no tenía ni una moneda.

Ya era bastante tarde cuando atravesaron Chaumont y llegaron a Montmartre, que se extendía por la ladera de una colina y ofrecía una vista espectacular de París y de los espacios abiertos de Saint Denis.

Fueron avanzando por las estrechas calles inclinadas, pasando junto a tiendas, jardines y casas. Como pensaba que iban a ir directos a la capital, Raine se sorprendió cuando el carruaje fue aminorando la marcha al ir acercándose a una casa de dos pisos. A pesar de que la parte delantera de la casa colindaba con una calle estrecha, el carruaje pasó por un portalón que daba paso a un enorme jardín trasero.

A los pocos segundos de que el vehículo se detuviera, la puerta se abrió y Philippe la ayudó a bajar al sendero enlosado. Raine se estremeció cuando una ráfaga de viento le echó hacia atrás la capucha de la capa.

—¿Dónde estamos? —le preguntó. Miró con curiosidad la casa, que a pesar de que era preciosa, parecía un poco sencilla y burguesa para un hombre como Philippe.

—En la casa de mi hermano —Philippe esbozó una sonrisa—. Aunque supongo que en realidad es mía, porque fui yo el que la pagó y quien se ocupa del sueldo del personal. Me temo que no es mi casa más lujosa.

Raine hizo una mueca. Era mucho más grande que la casa de su padre, y debía de haberle costado una fortuna.

—Claro que no, supongo que no hay más de cuatro dormitorios y dos salones. No entiendo cómo puede vivir alguien en un sitio tan pequeño —le dijo, en tono burlón.

Philippe se limitó a enarcar una ceja.

—Sí, seguro que es muy duro, pero nos iremos pronto.

—Me dijiste que no tenías ninguna casa en Francia —le recordó ella.

—No la considero mía, sino de mi hermano.

—¿Cuántas casas tenéis en total tu familia y tú?

—Bastantes. Siempre he pensado que ese tipo de propiedades son buenas inversiones, ya que su valor tiende a incrementarse con el paso de los años —señaló hacia París, y añadió—: Mira cómo está expandiéndose la ciudad, no tardará en asimilar esta zona. El terreno triplicará su valor.

—Por supuesto —rezongó ella.

Philippe se volvió a mirarla, y le preguntó:

—¿No te parece bien?

Raine se encogió de hombros. No sabía por qué sentía el impulso continuo de provocarlo, a lo mejor era porque Philippe sólo mostraba que sentía las mismas emociones que el resto de los mortales cuando le hacía el amor.

—No puedo evitar preguntarme si alguna vez tomas alguna decisión que no te reporte algún beneficio.

—¿Crees que debería tomar decisiones que me empobrezcan?

—¿Alguna vez haces algo simplemente porque te gusta?

El rostro de Philippe se endureció con aquella fría indiferencia que Raine detestaba.

—Resulta que me gusta conseguir beneficios.

—¿Nunca eres impulsivo ni impetuoso?

Sus ojos verdes parecieron resplandecer como esmeraldas bajo el pálido sol invernal.

—«Impulsivo» sólo es una forma edulcorada de llamar a los irresponsables y a los imprudentes. No todos podemos permitirnos el lujo de dejar a un lado nuestras responsabilidades.

Raine sintió una punzada de culpabilidad. Aquel hombre no sólo había perdido a su madre siendo un niño, sino que además había tenido que soportar la carga de su díscola familia. Quizás no era tan extraño que se hubiera cubierto con una capa de soledad impenetrable.

—¿Estás resentido con tu padre y con tu hermano? —le preguntó sin pensar.

—No sé qué hago aquí expuesto al frío mientras tú pierdes el tiempo con este ridículo interrogatorio, cuando podría estar disfrutando de un cálido baño —sin darle tiempo a contestar, fue hacia la puerta con una postura rígida y los hombros tensos.

Raine soltó un suspiro, y fue tras él. Había anhelado vivir

aventuras que la sacaran de su vida tediosa, pero estaba claro que en adelante tendría que tener más cuidado con sus deseos.

Philippe aún estaba de muy mal humor cuando fue a París aquella tarde. Era muy raro en él que permitiera que le afectara la opinión de otra persona, sobre todo si se trataba de una simple mujer. Al fin y al cabo, casi todo el mundo lo consideraba un hombre sin corazón cuyo único aliciente consistía en ganar el máximo beneficio.

En cierto sentido, no se equivocaban, pero se le retorcían las entrañas al pensar que Raine habría preferido a un petimetre frívolo y despreciable.

Por el amor de Dios, a pesar de que su padre podría hacer que ambos acabaran en la horca con su comportamiento imprudente, estaba claro que lo adoraba con una lealtad absoluta. ¿Era eso lo que quería?, ¿un hombre que la pusiera en peligro sin pensarlo dos veces?

Pero daba igual lo que ella prefiriera, se dijo con determinación. De momento era suya, y lo sería hasta que él decidiera que se había acabado.

Cuando llegó al Palacio Real, sacudió la cabeza al ver el estado de creciente decadencia en que se encontraban aquellas edificaciones que en otros tiempos habían sido majestuosas, y detuvo el caballo frente al Grand Vefour. Aunque la ciudad contaba con multitud de cafeterías, los elegantes restaurantes que empezaban a aparecer por todas partes contaban con la aprobación de casi todos, incluyendo a los parisinos más exigentes.

Según sus informadores, en aquel restaurante en concreto podría localizar a lord Frankford, un diplomático inglés de poca monta que carecía del empuje y el carisma necesarios para convertirse en un político de peso. Aun así, tenía un talento de lo más útil: se enteraba de todos los cotilleos que circulaban por la ciudad.

Al entrar en el restaurante, Philippe le entregó su abrigo al camarero y recorrió con la mirada el interior del local. Como en la mayoría de los edificios más antiguos, mostraba signos del *Ancient Régime*. Lo cierto era que no le desagradaba la elegante pintura de las paredes y los techos, ni los espejos que reflejaban a los comensales. Desde luego, resultaba preferible a los establecimientos oscuros, húmedos y abarrotados de Inglaterra.

Sólo tardó unos segundos en localizar a su presa sentada en una mesa de una de las esquinas. Sin prestar la más mínima atención a las miradas curiosas que lo seguían, atravesó el comedor y se sentó delante de Frankford, que tenía una calva incipiente y las rubicundas facciones de un verdadero inglés.

El hombre, que hasta ese momento estaba centrado en el plato de ostras que se estaba comiendo, se quedó atónito al verlo.

—Dios del cielo. ¿Realmente es usted, Gautier?

—En carne y hueso. ¿Qué tal está, Frankford?

El hombre tomó un buen trago de Burdeos antes de contestar:

—Bastante bien.

—¿Y su esposa?

—De momento en Inglaterra, gracias a Dios —Frankford se limpió la boca con la servilleta, y añadió—: Me he dado cuenta de que el matrimonio me resulta mucho más tolerable si vivimos en países distintos.

—Es una opinión que comparten muchos hombres, por eso no me he molestado en casarme —comentó Philippe, con una sonrisa.

—Siempre he sabido que es un hombre inteligente —Frankford se recostó contra su silla, y cruzó los brazos sobre su abultado vientre—. Aun así, me sorprende verlo por aquí. La última vez que le invité a visitarme, me dijo que la ciudad entera debería quemarse hasta quedar en cenizas.

—Sigo pensando que mejoraría mucho con un fósforo y algo de leña, pero a veces es inevitable pasar por la zona.

—Entonces, ¿no piensa quedarse una temporada?

—Aún no lo sé —Philippe estiró las piernas, y volvió la mirada hacia la ventana—. A lo mejor me quedo un par de días.

—Ah, así que ha encontrado algún buen negocio, ¿verdad? —Frankford suspiró con resignación—. No sé cómo lo hace, debe de ser un verdadero Midas.

Philippe se volvió de nuevo hacia él, y comentó con naturalidad:

—De hecho, mi negocio tiene un cariz más personal.

—¿En serio? —Frankford lo miró claramente sorprendido por un momento, y finalmente soltó una pequeña carcajada—. Por Dios, ¿se refiere a una mujer?

—¿Por qué le sorprende?

—Jamás le he visto yendo tras una mujer. ¿Para qué iba a hacerlo?, nunca había visto a tantas portándose como tontas como cuando usted llegó a Londres por primera vez. Qué espectáculo tan bochornoso.

Había sido más que bochornoso para Philippe. Cada vez que salía de su casa tenía miedo de que lo aplastara una avalancha, y no había tardado en darse cuenta de que no había enemigo más peligroso que una madre decidida a casar a su hija con un millonario.

Afortunadamente, todas menos las más persistentes se habían dado por vencidas al entender que por mucho que lo adularan o lo coaccionaran, por muchas trampas descabelladas que idearan, no iban a conseguir obligarlo a ofrecerle matrimonio a una de las insulsas féminas que ponían a sus pies.

—Ésta es diferente —le dijo a Frankford.

—Ah, claro —el hombre soltó una risita cómplice, y comentó—: París es conocido por sus cortesanas hermosas y experimentadas. Yo mismo he catado unas cuantas, y le aseguro que valen la pena —se dio una palmadita en el vientre, y añadió—: A lo mejor cuando se canse de ella le doy uno o dos revolcones.

Philippe tuvo que luchar por contener las ganas de aplastarle la cara de un puñetazo. Maldición, ¿qué estaba pasándole? Raine estaba con él para que la gente creyera que estaba demasiado distraído con ella para preocuparse por su hermano... o al menos ésa era una de las razones, admitió para sí al sentir que se excitaba con sólo pensar en su cuerpo seductor.

Iba a estropearlo todo si no tenía cuidado.

–No es una cortesana, al menos por ahora. Me la encontré recién salida de un convento.

–¿Es una inocente?

–Tienen cierto encanto.

–Sí, eso es cierto. Supongo que es guapa, ¿no? –le dijo Frankford, con una sonrisa taimada.

–Tan hermosa como un ángel.

–Vaya, vaya... espero que no haya ningún molesto familiar buscándola. Ése es el problema con las inocentes, siempre hay un hermano o un padre enfadado que quieren impedir que disfrutemos de esos bocados tan deliciosos.

Philippe pensó en Josiah Wimbourne. Esperaba que el hombre estuviera sufriendo una verdadera agonía por la pérdida de Raine, eso le enseñaría a cuidar bien de su hija.

–No tiene importancia, porque no me quedaré mucho tiempo en París. Tengo que partir hacia Inglaterra antes de final de mes.

–Ah, sí. Supongo que se ha enterado de los problemas de su hermano, ¿verdad?

–Recibí una carta bastante desesperada en la que mencionaba peligros terribles y muerte inminente.

–No parece demasiado preocupado.

Philippe hizo un gesto displicente con la mano, y comentó:

–Mi hermano siempre está metido en algún lío. Si corriera a su lado cada vez que me pide ayuda, no tendría ni un momento libre para mis negocios.

–Lamento tener que ser el portador de malas noticias, Gautier, pero creo que en esta ocasión se trata de algo bastante más serio. Lo último que supe fue que le habían encerrado en Newgate.

–A Jean-Pierre no le vendrá mal pasar un par de días en prisión, a lo mejor así aprenderá a ser responsable.

Frankford lo miró perplejo, y soltó una carcajada.
–Por Dios, Gautier... usted carece de sentimientos.
–Ya me he puesto en contacto con mis abogados, seguro que cuando llegue a Londres todo está solucionado –aunque el tono de voz de Philippe era suave, contenía un matiz cortante que revelaba que se le estaba agotando la paciencia.
–Por supuesto, supongo que usted conoce sus asuntos mejor que nadie –se apresuró a decir Frankford.
–Exacto –Philippe se calló cuando un camarero llegó con un plato de faisán en salsa de setas. Cuando volvieron a estar solos, encauzó la conversación en la dirección que deseaba–. Y hablando de negocios, mi padre me pidió que me pusiera en contacto con un viejo amigo suyo mientras estoy en París, un tal *monsieur* Mirabeau.

Frankford, que ya había empezado a comerse el faisán con ganas, comentó:
–Hace meses que no lo veo, se dice que se ha convertido en un condenado ermitaño.
–¿Vive cerca de París?
–Que yo sepa, aún tiene una casa cerca de Fontainebleau.
–Gracias –Philippe se puso de pie, se sacó unas monedas del bolsillo, y las dejó sobre la mesa–. Tenga, con esto bastará para pagar la cena.
–Vaya, claro que sí. Es usted muy amable, Gautier.
–No es nada. Salude a su esposa de mi parte.
–Espero no verla en mucho tiempo –dijo Frankford, con una mueca.

Después de recoger su abrigo y su sombrero, Philippe salió del restaurante y regresó a Montmartre. Había conseguido la información que necesitaba, y al día siguiente pondría en marcha sus planes para atrapar a Seurat.

El carruaje avanzó por la rue de Seine antes de tomar una calle más estrecha llena de viejos hoteles convertidos en bloques de viviendas, tiendas, almacenes, y hasta baños públicos. Uno de los edificios estaba siendo demolido, y los montones de ladrillos y las columnas rotas contribuían al aire de decadencia que impregnaba la vecindad, que en otros tiempos había sido un bastión de la elegancia.

—Todo está cambiando —murmuró Raine, con cierta tristeza. Las monjas la habían llevado junto con otras estudiantes a visitar la ciudad cuando tenía catorce años, y le había quedado un recuerdo imborrable.

Philippe estaba sentado a su lado, vestido con una chaqueta y unos pantalones oscuros. Aquella ropa austera enfatizaba su belleza pálida y distante.

—Es normal, cada nuevo mandatario cambia la ciudad para demostrar su poder.

Raine apretó los labios al ver a dos niños vestidos con harapos sentados en la calle.

—Es una lástima que no se sientan en la obligación de cuidar de su gente, es una vergüenza que permitan que los ciudadanos sufran de esta forma.

—Siempre habrá pobres e indigentes, querida —le dijo él, con expresión inescrutable—. Con la revolución se demostró que ni siquiera los que abogan por la igualdad y la distribución de las riquezas pueden alterar el destino de las clases más desfavorecidas. Lo único que consiguieron fue provocar un baño de sangre que mató a muchos de los suyos además de a sus supuestos enemigos.

Raine lo miró con desaprobación al oír su tono despreocupado, y le preguntó:

—¿No crees que los que tienen dinero deberían ayudar a los necesitados?

—Tengo un gran número de criados, arrendatarios y trabajadores, Raine. Les pago un sueldo razonable, y me aseguro de que tengan una pensión adecuada. Gracias a mí, disfrutan de una vida muy confortable, ¿qué más quieres de mí?

Raine se tragó su protesta instintiva, porque sabía que Philippe tenía razón. No sabía gran cosa de él, pero al parecer su imperio se extendía desde Portugal hasta Brasil e Inglaterra. Proporcionaba empleo a miles de trabajadores, y tenía inversiones en incontables granjas, viñedos, empresas navieras y fábricas. Era mucho más de lo que ella hacía por el prójimo.

—¿Quién es el caballero al que vamos a ver? —le preguntó.

Philippe esbozó una sonrisa ante su claro intento de cambiar de tema, pero le siguió la corriente.

—*Monsieur* Mirabeau, un viejo amigo de mi padre.

—¿Crees que puede saber algo sobre el hombre al que persigues?

—Esperemos que sí.

Raine se alisó la falda del vestido color marfil que llevaba. Lo había conjuntado con una chaquetilla corta dorada, y un sombrero con un grueso velo que le ocultaba el rostro.

—Sigo sin comprender por qué has venido a París. Lo más probable es que ese hombre huya en cuanto se entere de que estás aquí, ¿no?

—Quizás, pero si no se da cuenta de que estoy siguiéndole la pista, creerá que está a salvo permaneciendo en su guarida y esperando a que me vaya.

—Eso no es todo —comentó Raine, mientras lo observaba con atención.

—¿Disculpa?

—Quieres hacer que salga a la luz, crees que intentará atacarte.

Philippe la miró con sorpresa, como si su perspicacia lo hubiera pillado desprevenido.

—Debo admitir que tenerme tan cerca y aparentemente ajeno al peligro puede resultarle muy tentador. Si intenta atacarme, podré atraparlo.

Raine se tensó al ver su actitud indiferente, y se preguntó si existía algún hombre sobre la faz de la tierra que no disfrutara arriesgando el cuello.

—No te preocupes, *meu amor* —le dijo él, con una pequeña sonrisa—. Le he encargado a Carlos que se ocupe de protegerte y de llevarte junto a tu padre en caso de que me pase algo, no te fallará.

Por alguna razón, aquello la enfureció aún más.

—No necesito que ningún hombre me proteja.

—Entonces, ¿a qué se debe tu inquietud? —le acarició el cuello con un dedo, y añadió—: ¿Acaso te preocupa mi bienestar?

Ella se apartó con brusquedad. Ya era bastante malo que él supiera que su cuerpo traicionero respondía a la más ligera de sus caricias, no quería que se diera cuenta de que estaba abriéndose paso en su corazón.

—Tu arrogancia es increíble.

—¿Por qué no admites que no quieres que me pase nada?

—No lo quiero, pero sólo porque cuando alguien te meta un balazo en el cuerpo, quiero ser yo quien apriete el gatillo.

Philippe soltó una carcajada.

—Qué cosas más encantadoras dices, mi preciosa sanguinaria. No me extraña que hayas conseguido cautivarme.

—No digas tonterías, no te he cautivado —Raine sintió una punzada de dolor.

—¿Acaso has olvidado lo de anoche?

Ella no pudo evitar estremecerse. Claro que no lo había olvidado, Philippe se había pasado horas haciéndole el amor con ternura. Había hecho que gritara de placer una y otra vez, como si quisiera marcar su impronta a fuego en su alma.

Menos mal que no era tonta, y que sabía que el mero deseo era algo superficial y carente de contenido.

—Estar cautivado no es lo mismo que sentir deseo.

Él bajó la cabeza, y le rozó con los labios la zona de debajo de la oreja.

—Pues a mí me parece muy similar.

—No —Raine apretó los puños sobre el regazo, y se obligó a permanecer quieta—. Un hombre puede desear a cualquier mujer que se cruce en su camino, pero que se sienta cautivado significa que ella es especial.

Philippe se echó hacia atrás y observó con atención su rostro, que apenas era visible tras el velo.

—¿Quieres que te diga que eres especial para mí?

Ella se volvió hacia la ventana, y susurró:

—Ya basta, Philippe.

—Raine, ¿qué...?

—Parece que ya hemos llegado —le dijo, con la mirada fija en el edificio blanco con pórtico junto al que se habían detenido.

—Sí, es aquí —Philippe la agarró de la barbilla, y la obligó a que lo mirara—. Acabaremos esta conversación después.

Sin darle tiempo a contestar, abrió la puerta y la ayudó a bajar. Le tomó una mano, y la colocó con firmeza sobre su propio brazo mientras la conducía hacia el edificio.

Cuando entraron, Raine apenas tuvo tiempo de mirar a su alrededor y de darse cuenta de que al parecer estaban en una especie de salón literario, cuando una rubia preciosa ataviada con un llamativo vestido rojo que enfatizaba sus curvas se acercó de inmediato a Philippe. Era increíblemente hermosa, y tenía el tipo de facciones delicadas y de ojos enormes y azules que Raine siempre había envidiado.

La aborreció nada más verla.

—Ah, *monsieur* Gautier —le ofreció la mano a Philippe para que éste se la llevara a los labios, y añadió—: Bienvenido a mi pequeño salón.

Philippe se incorporó, y le dijo con una sonrisa:

—Buenos días, *madame* Tulles.

—Recibí su carta en la que me pedía poder consultar mi biblioteca, seguro que encontrará varios libros de su interés. Síganme, por favor.

Philippe asintió y la mujer los condujo por la amplia sala, que estaba salpicada de sofás y de mesas de mármol. Había varios hombres hablando entre murmullos en una de las esquinas, pero ninguno de ellos les prestó atención.

Tomaron un pasillo, y al llegar a la última puerta la mujer se detuvo y se volvió hacia Philippe con una sonrisa provocativa.

—Está esperándote —le dijo en francés.

—*Merci*, Juliana —murmuró él.

—¿Necesitas algo más?

—Sólo un poco de privacidad.

—Eso sí que puedo prometértelo —intercambiaron una mirada que reveló que se conocían más que bien—. Espero que cuando acabes con tus negocios tengas tiempo para el placer. Mi puerta siempre está abierta para ti, Philippe —después de lanzarle una última mirada seductora, la mujer se alejó por el pasillo, dejando un rastro de perfume del caro a su paso.

Raine rechinó los dientes, y fulminó a Philippe con la mirada.

—¿Juliana?

—Es una vieja amiga.

Raine dudaba que la amistad hubiera tenido algo que ver con su relación.

—¿También te cautivó?

—Pareces celosa, *meu amor* —le dijo él, con una sonrisa de satisfacción.

Sí, claro que parecía celosa, porque la mera idea de Philippe con aquella rubia sofisticada hacía que tuviera ganas de darle un puñetazo a la mujer... y otro a él. Maldito hombre insoportable, estaba enloqueciéndola.

—¿Podemos acabar de una vez con esto? —le dijo, mientras se cruzaba de brazos. Por alguna razón que no alcanzó a entender, se le había formado un nudo doloroso en el estómago—. ¿O vamos a pasarnos el día entero en este pasillo?

Philippe contuvo las ganas de echarse a reír, y abrió la puerta. Nunca le habían gustado las mujeres celosas, no tenía necesidad de aguantar a una fémina exigente que creyera tener algún derecho sobre él, pero la expresión tensa de Raine y el enfado en plena ebullición que emanaba de su cuerpo esbelto le provocaban una satisfacción que no alcanzaba a entender. De hecho, hacían que tuviera ganas de apretarla contra la pared para demostrarle que era su temperamento ardiente el que lo enloquecía de deseo, y no el indudable encanto de Juliana.

Dejó a un lado su extraño estado de ánimo y entró en la pequeña sala llena de libros que olía a cuero viejo y a madera, donde le esperaba un caballero delgado y de pelo cano. Estaba sentado junto a la chimenea, y no le sorprendió ver que parecía bastante malhumorado, ya que Carlos estaba apoyado con actitud displicente en el pesado escritorio de caoba. Eran pocos los que osarían desafiar a su corpulento y siempre peligroso amigo.

Después de sentar a Raine en una silla que había junto a la puerta, se acercó al caballero y lo saludó con una pequeña inclinación de cabeza.

—¿*Monsieur* Mirabeau?
—*Oui*.
—Gracias por acceder a hablar conmigo.
—No he accedido a nada —el hombre lo miró ceñudo, y

dio un puñetazo en el brazo de su silla–. Su... matón apareció en mi casa, y me ordenó sin más que le acompañara. Como es bastante más corpulento y joven que yo, no tuve más opción que dejar que me arrastrara hasta aquí.

Philippe se acercó al escritorio, y sirvió un poco de coñac en un vaso.

–Puede que esto ayude a paliar en algo la incomodidad que haya sufrido.

Después de beberse el licor de un trago, Mirabeau miró a Philippe con expresión indignada y le dijo:

–Lo que quiero es que me explique a qué se debe este ultraje.

–En primer lugar, creo que tendríamos que realizar las presentaciones de rigor. Ya conoce a Carlos –Philippe indicó con un gesto a Raine, y añadió–: La dama es *mademoiselle* Beauvoir, y yo soy Philippe Gautier.

Tras un silencio absoluto que duró varios segundos, Mirabeau se levantó de la silla y le preguntó:

–¿Es el hijo de Louis?

–Sí.

–*Mon Dieu*. ¿Por qué no se limitó a mandarme una nota?, me habría reunido con usted sin ningún problema.

–Preferiría que nadie supiera que nos hemos visto.

–¿Por qué?

Philippe lo miró con expresión muy seria, y le dijo:

–Quiero que me diga todo lo que sepa sobre un tal Seurat.

–¿Seurat? –el hombre soltó una sarta de imprecaciones–. No me hable de ese desgraciado.

Philippe sintió un alivio inmediato, porque en el fondo había tenido miedo de estar siguiendo una pista falsa mientras Jean-Pierre corría el riesgo de acabar en la horca.

–¿Reconoce el nombre?

–¿Cómo no? –el hombre se volvió de repente hacia la chimenea, y se estremeció de forma visible–. Me ha atormentado durante años.

–¿Qué es lo que le ha hecho?

–Nada que pueda demostrarse –Mirabeau alargó las manos hacia el fuego–. Las ventanas de mi casa han aparecido rotas multitud de veces, mi colección de frisos griegos quedó destrozada cuando fue expuesta en las Tullerías, y hasta han sacado mi carruaje del camino.

—¿Y cree que todo eso es obra de Seurat?

—Lo he visto entre las sombras... siempre entre las sombras —susurró Mirabeau.

Por Dios, aquel malnacido debía de estar loco si llevaba años atormentando a aquel pobre hombre.

—¿Qué relación tiene Seurat con mi familia?

—No... no lo sé.

Philippe lo agarró del hombro, y lo obligó a que se volviera a mirarlo. Aunque sentía pena por él, la vida de su hermano estaba en juego.

—No juegue conmigo, *monsieur* –le dijo con voz tersa.

—Su padre me hizo jurar que jamás lo contaría.

—Como siempre, mi padre no está aquí para solucionar los problemas que ha creado. Va a contarme todo lo que sabe antes de que envíen a mi hermano a la horca, ¿está claro?

—Entonces, ¿los rumores son ciertos? ¿Lo han arrestado? —le preguntó Mirabeau, muy pálido.

—Acabará en manos del verdugo si no encuentro a Seurat y le obligo a que confiese que mi hermano es inocente.

—*Mon Dieu*, qué desastre. Se lo advertí a Louis, le dije que iba a meterse en problemas si traicionaba a Seurat, pero él no me hizo caso.

Philippe lo soltó y lo miró ceñudo, ya que no tenía ni idea de a qué se refería.

—¿Mi padre traicionó a Seurat?, ¿de qué demonios está hablando?

Mirabeau volvió a sentarse en su silla. Era obvio que estaba muy nervioso.

—Estábamos en Egipto.

—¿Quiénes?

—Su padre y yo... y me parece que Stafford también. Y además llevábamos el regimiento de sirvientes que hay que contratar para poder viajar por el desierto.

Philippe volvió junto al escritorio, y se sirvió un poco de coñac. Tenía la impresión de que iba a necesitar el potente licor antes de que acabara aquel encuentro.

—¿Se refiere a la expedición en que mi padre encontró la tumba egipcia? —le preguntó, mientras se acercaba a él de nuevo.

—*Oui*.

—¿Seurat también estaba allí?

—Su padre lo contrató para que hiciera de guía. Era francés, pero llevaba años en Egipto —Mirabeau soltó una carcajada seca y carente de humor—. Nos advirtieron de que era... inestable, pero se decía que era el mejor guía de todo el país.

—Y mi padre siempre exige lo mejor —comentó Philippe con sequedad.

Sí, Louis Gautier exigía lo mejor, siempre y cuando fuera su hijo mayor el que pagara las facturas.

—Exacto.

—Supongo que se las ingeniaron para recorrer el desierto, ¿no?

—Acampamos cerca de las pirámides. Su padre sospechaba que había más tumbas bajo el océano interminable de arena, y tenía razón.

—¿Las encontraron?

—Unas cuantas, pero todas ellas ya habían sido descubiertas hacía siglos.

—¿Por ladrones de tumbas?

—Sí. En la mayoría de los casos, sólo encontramos algunos huesos y piezas rotas de cerámica desperdigadas, nada que ver con el valioso botín que esperábamos.

—Ni con la gloria y la fama que mi padre desea.

—Exacto.

Philippe le dio vueltas en la cabeza a aquella información durante unos segundos, pero le interesaba mucho más lo que Mirabeau estaba intentando ocultar que lo que estaba diciendo.

—Está claro que al final encontraron al menos una tumba llena de tesoros —comentó.

Incluso él tenía que admitir que la colección de su padre era magnífica, y no sólo por las reliquias de oro y las joyas cargadas de piedras preciosas. Las estatuas, las piezas de cerámica y los exóticos sarcófagos tenían una belleza imperecedera.

—En cierta forma —dijo Mirabeau.

—Deje de andarse por las ramas, dígame de una vez lo que pasó —le dijo con impaciencia. No podía perder el tiempo.

Mirabeau lo miró con expresión indignada al oír su tono cortante, pero pareció darse cuenta de que tarde o temprano tendría que revelar lo que había pasado en el desierto de Egipto.

—Su padre empezó a enfadarse por la falta de resultados. Había invertido todos sus recursos en aquella expedición, y juró que no regresaría sin algo tangible. Entonces se dio cuenta de que Seurat se iba del campamento por la noche, y que no regresaba hasta primera hora de la mañana.

—¿Le preguntó qué era lo que estaba haciendo?

—*Non*. Su padre sospechaba que Seurat estaba excavando por su cuenta, y que había hecho algún hallazgo.

Philippe se dio cuenta de que iba a enterarse de algo que su padre había ocultado durante años.

—¿Encontró algo valioso?

—Era... asombroso, nunca he visto tales riquezas. Había encontrado la tumba intacta de un príncipe, no puede ni imaginarse lo inusual y maravilloso que es eso.

—Era tan maravilloso, que decidieron robarle el hallazgo, ¿no?

Mirabeau se levantó de la silla con dificultad, y lo miró con el rostro ruborizado de indignación.

—No se lo robamos. Seurat recibía un sueldo por hacer de guía, en cuanto sospechó que había descubierto una tumba tendría que habérnoslo dicho. Ésa era su obligación.

Philippe oyó la exclamación ahogada de Raine, pero no apartó la mirada de Mirabeau. Siempre había sospechado que había habido algo sucio en aquella expedición de su padre, porque además de mostrarse reacio a hablar del descubrimiento espectacular que había conseguido, había guardado a buen recaudo el botín en vez de mostrarlo ante el mundo entero.

—¿Seurat quería llevarse el tesoro bajo sus narices?
—Era un desagradecido —Mirabeau se ruborizó aún más.
—¿Qué hizo mi padre?
—Lo que haría cualquier caballero. Reclamó el hallazgo, y nos repartimos las ganancias.

Raine soltó otra exclamación ahogada. Era obvio que no le hacía ninguna gracia lo que estaba oyendo.

—¿Y qué ganó Seurat?
—Lo propio de un criado.
—Supongo que no quedó satisfecho con eso, ¿verdad?
—Ese hombre estaba loco, tal y como nos habían advertido los lugareños. Intentó apuñalar a Louis, y nos vimos obligados a echarlo del campamento —Mirabeau se estremeció—. Antes de irse, juró que nos destruiría.

Si era cierto que aquel hombre no estaba en sus cabales, se trataba de una locura peligrosa, porque estaba dispuesto a esperar durante años antes de atacar.

—Ha comentado que lo vio en París.
—*Oui*.
—¿Sabe dónde reside?
—Vive entre el populacho. He contratado a infinidad de hombres para que intenten localizarlo, pero ha sido inútil.

Aquello no descorazonó a Philippe. Mirabeau no tenía la experiencia necesaria para encontrar a un maleante como aquél, pero él tenía años de experiencia.

—¿Tiene familia?
—No... no lo sé —Mirabeau se pasó una mano por su escaso pelo.

Philippe tuvo que admitir que el hombre parecía bastante marchito. Estaba claro que los años trotando por el mundo junto a Louis Gautier le habían pasado factura.

—¿Puede decirme algo más sobre ese hombre? —le preguntó, mientras le hacía un gesto a Carlos.
—Sólo que no estará satisfecho hasta que nos haya destruido a todos —le contestó Mirabeau, con un suspiro.

—Gracias, *monsieur* —Philippe le estrechó la mano, y añadió—: Carlos se encargará de llevarlo a su casa.

—¿Detendrá a Seurat? —la voz de Mirabeau reflejaba un miedo muy real—. ¿Se asegurará de que estemos a salvo?

—Haré todo lo necesario para encontrarlo y poner fin a sus planes de venganza —le aseguró Philippe con firmeza.

—Que Dios lo bendiga, hijo. Que Dios lo bendiga —Mirabeau sonrió con alivio.

El interior del carruaje estuvo sumido en el más absoluto silencio durante el trayecto de regreso a Montmartre.

Raine supuso que Philippe debía de estar planeando la forma de encontrar a su presa, porque por su expresión severa, estaba claro que sus pensamientos no eran nada agradables.

Ella estaba dándole vueltas a las sorprendentes revelaciones de *monsieur* Mirabeau. Por los comentarios de Philippe, ya había supuesto que Louis Gautier era un hombre egoísta y egocéntrico, porque no había dudado en cargar a su hijo con la responsabilidad de su familia mientras él disfrutaba de sus aficiones. Ni siquiera parecía preocuparse por Jean-Pierre, que se encontraba en una situación crítica.

A pesar de todo, le costaba creer lo mal que había tratado al pobre Seurat. Aun admitiendo que quizás el guía no tendría que haber buscado su propia fortuna estando al servicio del señor Gautier, nadie tenía derecho a arrebatársela sin más. Al menos tendrían que haberle dado su parte del botín, no era de extrañar que se hubiera vuelto loco.

Cuando el carruaje aminoró la marcha para pasar por las estrechas y empinadas calles de Montmartre, Philippe se volvió hacia ella y la observó con atención.

—Estás muy callada, querida. ¿En qué estás pensando?

Raine vaciló por un largo momento. Ya lo conocía bastante bien a aquellas alturas, y sabía que era demasiado dado a considerar que su palabra era ley. Había muy pocas personas lo bastante valientes... o imprudentes, para poder insinuar que estaba equivocado en algo; sin embargo, ella no estaba acostumbrada a ocultar su opinión, ni siquiera cuando era lo más sensato.

—¿Quieres que te diga la verdad?

—Si no fuera así, no te lo habría preguntado.

—De acuerdo —irguió un poco la espalda de forma inconsciente, y le dijo—: Estaba pensando en que Seurat debe de sentirse muy solo y triste.

Estaba sentado muy cerca de ella, así que Raine pudo sentir cómo se tensaba.

—Está claro que es un demente peligroso.

—¿No crees que tiene una razón legítima para sentirse traicionado por tu familia? —le preguntó ella con calma.

—Trabajaba para mi padre cuando encontró la tumba. Tal y como ha dicho Mirabeau, mi padre tenía derecho a reclamar el hallazgo.

—¿Que tenía derecho? —Raine se sintió indignada ante su arrogancia.

—Sí.

—Eso sólo significa que tu padre tenía el dinero y el poder necesarios para imponer su voluntad.

—Así es como siempre ha sido, y como siempre será —le dijo él, con una sonrisita burlona.

Raine apretó los puños con fuerza en su regazo, a pesar de que tenía ganas de estampar una buena bofetada en su rostro indiferente y atractivo. A veces mostraba una superioridad insufrible.

—Pero fue Seurat quien encontró la tumba.

—Y mi padre quien financió la excavación, así que los descubrimientos le pertenecían.

—¿Y como Seurat era un criado, no le correspondía nada?

—Sin duda le pagaron por sus servicios, fue un necio por esperar algo más.

—Por el amor de Dios, Philippe... ¿acaso no sientes compasión por nadie?

Él le quitó el sombrero de repente, le agarró la barbilla

con firmeza, y se le acercó tanto que Raine sintió la calidez de su aliento en los labios.

—No siento ninguna compasión por un hombre que lleva años planeando vengarse de mi familia, y que ha estado conspirando para conseguir que cuelguen a mi hermano.

Raine tragó con dificultad el nudo que le obstruía la garganta. Aunque no le tenía miedo, bajo la fría compostura de Philippe bullía una furia casi tangible.

—No apruebo su... su locura, pero eso no significa que no merezca cierta compasión —consiguió decirle.

—La compasión es una debilidad que nunca he tenido.

Aquello era obvio. Philippe se había cubierto con un manto de indiferencia, y sólo se permitía preocuparse por un puñado de personas.

—No es ninguna debilidad.

—¿Sentirás compasión por el magistrado cuando vaya a arrestar a tu padre, o le atravesarás el corazón de un tiro?

Raine enmudeció al oír aquellas palabras despiadadas. Se había expuesto al ataque, pero no pudo evitar que le doliera.

—No... no lo sé —confesó con voz ronca—. Supongo que siempre intentaré proteger a mis seres queridos.

—Igual que yo —le dijo él con firmeza.

Raine respiró hondo. No sabía por qué le resultaba tan importante que Philippe renunciara a su decisión de destruir a Seurat, porque al fin y al cabo ella no tenía nada que ver en aquel asunto, pero algo en su interior anhelaba atravesar su duro exterior y llegar hasta el hombre vulnerable que había debajo.

Su expresión se suavizó, y posó una mano en su brazo.

—Quizás si le ofrecieras una parte de lo que considera que le pertenece, estaría dispuesto a olvidar sus ansias de venganza, ¿no sería preferible a estar temiendo continuamente que esté persiguiéndote entre las sombras?

La expresión de Philippe se endureció aún más.

—Ninguno de nosotros tendrá que volver a preocuparse por él cuando lo atrape, eso te lo aseguro.

—Pero...

—Ya basta, Raine —le dijo con voz tensa—. Me ocuparé de Seurat como considere oportuno, no quieras sermonearme como si fuera un niño.

Ella se apartó de él con enfado.

—Sólo estaba dándote un consejo razonable.

—Si quisiera tu consejo te lo pediría, querida. Ésa no es la razón de que te haya traído a París.

Raine sintió un dolor profundo y absurdo. Era una tontería que intentara razonar con aquel hombre, estaba claro que su opinión no tenía ningún valor para él.

—Claro que no —le dijo con amargura—. Sólo soy un instrumento para que puedas atrapar a tu presa... y un cuerpo conveniente en tu cama, claro.

El carruaje pareció cargarse de tensión, y Philippe lanzó una pequeña carcajada carente de humor.

—Ni siquiera un necio podría considerarte conveniente.

Raine hizo caso omiso de la suavidad letal de su tono y de la tensión de sus facciones. Él acababa de recordarle la vergonzosa posición que ocupaba en su vida y sólo podía pensar en herirlo, en castigarlo por no tener la más mínima consideración con sus sentimientos.

—Entonces, libérame. Ya he cumplido mi función, envíame de vuelta a Inglaterra y acaba de una vez con esto.

Sus ojos verdes relampaguearon con una emoción indescifrable. De repente, la rodeó con los brazos y la colocó sobre su regazo.

Philippe sintió que su control se hacía añicos, mientras sus palabras encendían una furia posesiva en su interior. Por si no fuera bastante que lo amonestara como a un idiota, y que intentara que sintiera compasión por un hombre que estaba decidido a destruir a su familia, tenía la osadía de pedirle que la liberara.

—Nunca. Eres mía, Raine. Nada podrá cambiarlo.

Ella abrió la boca para protestar, pero Philippe se apoderó de sus labios en un beso posesivo. Quería marcarla como suya, quería demostrarle de una vez por todas que ninguno de los dos tenía escapatoria.

Hundió la lengua en su boca, y saboreó su dulce frescor. Necesitaba estar en su interior, necesitaba tenerla bajo su cuerpo para poder poseerla de la forma más primitiva... al notar que el carruaje se detenía, se dio cuenta de que habían llegado a la casa de su hermano. Bajó a toda prisa con Raine en sus brazos, y fue hacia la puerta de la cocina.

No prestó ninguna atención a las miradas de asombro de la cocinera y de las criadas, que se apresuraron a apartarse de su camino. Al contrario que Raine, no se había esforzado lo más mínimo por ocultar su relación.

Subió por la escalera del servicio hasta el piso superior, donde estaban las habitaciones que compartía con Raine, y cerró la puerta de una patada al llegar al dormitorio. Cuando la dejó en el suelo, ella lo miró con una furia igual a la suya.

—No soy un fardo que puedes acarrear de un lado a otro —le espetó, ruborizada—. Soy perfectamente capaz de ir andando adonde yo quiera.

—Pero quizás te habrías negado a ir adonde yo quería que vinieras, así que me he asegurado de evitar una tediosa discusión.

—Sólo un bravucón tiene que usar la fuerza bruta para ganar una discusión.

Él recorrió su cuerpo tenso con la mirada, y se detuvo en el pulso que le palpitaba frenético en el cuello. Le había hecho el amor docenas de veces en los últimos días, había saboreado hasta el último milímetro de su piel de marfil, la había enseñado a darle placer con las manos y con la boca, había oído sus dulces gritos de placer mientras ambos alcanzaban el clímax. Conocía su cuerpo mejor que el suyo propio.

Todas sus amantes habían acabado aburriéndolo. Por muy intensa que fuera la pasión, estaba destinada a apagarse, y normalmente lo hacía con la misma rapidez con la que se había encendido.

A aquellas alturas, tendría que estar listo para mandar a Raine de vuelta con su padre, pero la mera idea le resultaba impensable. Su cuerpo ardía con un deseo que empezaba a temer que ninguna otra mujer podría saciar jamás.

Maldición.

Philippe no pudo controlarse. Alargó las manos poco a poco, de forma deliberada, y sin dejar de mirarla a los ojos, agarró su chaqueta y la abrió de un brusco tirón. Los botones cayeron al suelo de madera.

Raine soltó un pequeño sonido estrangulado cuando le quitó la prenda antes de hacer lo mismo con su vestido. El ruido de la frágil seda al desgarrarse pareció resonar en el silencio de la habitación. Raine se quedó inmóvil durante unos segundos, incapaz de reaccionar, mientras Philippe contemplaba con avidez su belleza de alabastro. Era tan frágil, tan perfecta...

De repente, ella le dio un pequeño puñetazo en el pecho y le dijo con furia:

—Eres un demonio, ¿es que te has vuelto loco?

Philippe hizo caso omiso de su inútil ataque mientras empezaba a quitarle a toda prisa el corsé y la combinación, y sintió que un torrente de deseo le recorría las venas cuando quedó cubierta sólo con las medias y las delicadas zapatillas.

—Tú eres la culpable de que haya enloquecido —le dijo con voz ronca—. Me has hechizado hasta tal punto, que ninguna otra mujer podría satisfacerme, así que vas a tener que soportar las consecuencias de tus estratagemas femeninas.

—¿Me culpas de tu escandaloso comportamiento? Ahora sí que estoy segura de que has perdido la cabeza.

A pesar de que lo miró con expresión furiosa, Philippe notó el estremecimiento que la recorrió. Fuera lo que fuese aquella extraña obsesión, estaba claro que no era el único que la sufría. Soltó una pequeña carcajada, y le recorrió la espalda con la punta de los dedos.

—¿Y a quién quieres que culpe, *meu amor*? —le susurró al oído—. Fuiste tú la que apareciste en mi camino, la que me tentó con una belleza pecaminosa, la que ha inflamado mis deseos hasta convertirlos en una enfermedad que no puedo curar.

—Ya te he dicho cuál es la cura. Libérame, deja que me vaya.

—La cura ya la poseo —le dijo él, antes de apoderarse de su boca con un beso salvaje y desenfrenado.

Raine se estremeció sorprendida, pero no intentó apartarse. Se aferró a su chaqueta, como si necesitara agarrarse a algo para no caerse.

Philippe extendió una mano en su espalda y la apretó con brusquedad contra su palpitante erección, mientras le colocaba la otra mano en la nuca y le devoraba la boca.

—Philippe... —susurró ella, sorprendida, cuando la levantó en sus brazos de repente y la llevó a la cama.

—Sss... —después de tumbarla sobre el colchón, luchó por desnudarse sin poder apartar la mirada de su cuerpo bañado por la tenue luz del sol que entraba por la ventana—. Necesito tenerte.

Al verla allí, con los ojos nublados por la pasión y el pelo extendido sobre la almohada, Philippe soltó un gemido gutural y la cubrió con su cuerpo. Sabía que Raine seguía en parte resentida por estar en sus manos, que su temperamento independiente siempre se resistiría ante la mera idea de permanecer cautiva, pero era suya. Le pertenecía hasta el último milímetro de su cuerpo satinado.

—Eres tan suave, tan dulce...

Al rozarle los pechos con los dedos, los pezones se endurecieron de inmediato. Su inmediata respuesta a sus caricias le nubló la mente con un deseo febril.

Cuando Raine gimió y enterró las manos en su pelo, él bajó la boca hasta sus labios, que tras temblar por un instante acabaron capitulando y se abrieron.

Philippe quería más, necesitaba más. Le enmarcó la cara con las manos, y la besó una y otra vez. Penetró profundamente con la lengua, le mordisqueó los labios, le susurró cosas que la estremecieron.

Al sentir que ella le devolvía el beso con pasión y que se arqueaba en una muda exigencia, Philippe soltó un pequeño gruñido y bajó la boca hasta sus pechos. Raine se retorció bajo su exploración implacable, y se aferró a su pelo mientras él iba bajando por su vientre.

Philippe soltó una pequeña carcajada mientras le trazaba la curva de la cadera con los labios. Aunque le había hecho el amor en todas las posiciones imaginables, Raine seguía mostrándose tímida cuando quería darle placer de aquella forma tan íntima.

—Ábrete para mí —le susurró.
—Philippe... no.
—Ábrete, *meu amor*. Quiero saborearte.

Le abrió las piernas sin hacer caso de los tirones de pelo que ella le dio, y bajó la boca hasta su sexo. Saboreó su dulzura cálida, la acarició y la atormentó con la lengua. Raine se resistió durante un instante contra el placer que la recorría, pero finalmente se rindió y alzó las caderas para apretarse aún más contra su boca. Él esperó a que ella empezara a respirar jadeante, y entonces ascendió por su cuerpo y se apoderó de sus labios con un beso febril mientras la penetraba con una fuerte embestida.

Hundió los dedos en sus rizos sedosos mientras se hundía en su interior una y otra vez, mientras su respiración entrecortada resonaba en la habitación. Cuando al fin notó que Raine alcanzaba el clímax con pequeñas sacudidas que masajearon su rígido miembro, dio una última embestida y gimió ante el estallido de placer que lo dejó sin aliento.

14

Cuando Raine despertó, la habitación ya había empezado a llenarse de sombras. Sin abrir los ojos, dejó que penetrara en su consciencia el contacto del cuerpo de Philippe apretado contra su espalda, el peso de su brazo rodeándole la cintura, y la calidez de su mano posesiva acunándole un seno. Se sorprendió al darse cuenta de que aún seguía profundamente hundido en su cuerpo.

Al notar que había despertado, él se movió un poco para dejar un reguero de besos sobre la curva de su hombro, y empezó a acariciarle el pecho con la mano hasta que el pezón se endureció.

Raine quiso protestar. ¿Qué clase de mujer respondería con tanta avidez a las caricias de un hombre que la tenía cautiva, y que la consideraba un mero objeto?

Por desgracia, su cuerpo se negó a escuchar a la vocecilla sensata que le advertía que estaba corriendo un gran riesgo. Cerró los ojos de nuevo cuando él empezó a mecerse lentamente en su interior, mientras su mano descendía por su cuerpo y se hundía entre sus piernas para acariciarla en el pequeño nudo de placer.

Él le susurró dulces palabras al oído, y se negó a acelerar el ritmo hasta que la enloqueció de deseo.

—Philippe, por favor... —le hincó las uñas en el antebrazo mientras él seguía atormentándola.

—¿Me deseas, *meu amor*? —al ver que ella permanecía en silencio con testarudez, le mordió el lóbulo de la oreja y dejó de moverse–. Dilo, Raine. Dime que me deseas.

Ella estuvo a punto de gritar de frustración. Philippe se había apoderado de su libertad, de su cuerpo, y de una parte cada vez más grande de su corazón. ¿También quería su orgullo?

Parecía que sí, porque siguió inmóvil en su interior.

–Maldito seas... sí –masculló al final.

–Di las palabras, *meu amor*. Quiero oírlas en tus labios.

–Te deseo –le dijo con voz queda.

Philippe gimió y enterró el rostro en la curva de su cuello, mientras empezaba a hundirse en ella con una fuerza desatada y potente que no tardó en hacer que ambos alcanzaran un clímax explosivo.

Raine soltó un profundo suspiro cuando él salió con cuidado de su cuerpo. Philippe la colocó con ternura de espaldas, y la observó con una expresión pensativa.

–Nunca tendré bastante de ti, Raine –susurró–. Nunca.

Ella intentó restarle importancia a la calidez traicionera que le inundó el corazón. Philippe estaba obsesionado de momento con su cuerpo, aunque no tenía ni idea de por qué. En todo caso, sabía que acabaría cansándose de ella tarde o temprano, era tan inevitable como el amanecer. Sería una tonta si creyera que él deseaba permanecer a su lado de verdad.

Abrió la boca para darle una contestación cortante, pero la cerró de golpe cuando el hambre hizo que su estómago protestara de forma audible.

Philippe soltó una carcajada al ver que se ruborizaba, y le acarició el vientre.

–Ya veo que no he conseguido satisfacer todos tus apetitos, eres un ángel insaciable –le dijo, antes de darle un beso en la frente.

–Has sido tú quien ha impedido que comiera –le espetó ella.

Él la miró con una sonrisa engreída. Estaba claro que no sentía el más mínimo arrepentimiento por haberla tenido en la cama durante medio día.

—Sí, es verdad. Pero es algo que puede remediarse fácilmente —se levantó de la cama, y agarró su bata—. Quédate aquí, ahora mismo vuelvo.

Raine se reclinó contra las almohadas, y observó cómo se ataba la bata y se dirigía hacia la puerta con una elegancia innata. Era un ser imponente, un león que iba al acecho por el mundo y que se apoderaba de lo que quería con una determinación feroz. Y en ese momento la quería a ella.

Por Dios, su cuerpo entero cosquilleaba aún por el placer que le proporcionaban sus caricias. Siempre la dejaba completamente saciada, pero en esa ocasión le había hecho el amor con una pasión salvaje y primitiva que la había dejado un poco desorientada.

Era como si hubiera querido... ¿qué? ¿Demostrarles a ambos que ella le pertenecía?, ¿asegurarse de que nunca fuera capaz de olvidarlo?, ¿robarle lo que quedaba de su maltrecho corazón?

¿Qué diablos quería de ella?

Philippe llenó una bandeja con faisán asado, puré de verduras, patatas asadas, y el pudin favorito de Raine. Al volver al dormitorio, la colocó a su lado y se sentó en la cama, y mientras la veía comer, sintió una extraña sensación en la boca del estómago.

Tenía un montón de tareas pendientes, entre las cuales se encontraba ir a reunirse con Carlos, que sin duda ya estaba esperándolo en el jardín. Pero a pesar de todo permaneció allí, observando cada uno de los gráciles movimientos de Raine, mientras sus sentidos se empapaban de su aroma y su presencia.

Era ridículo, absurdo.

Había saciado su deseo, su cuerpo estaba placenteramente cansado por la potencia inaudita de sus orgasmos, y aun así, sentía una inquietud y una insatisfacción extrañas, como si quisiera algo de aquella mujer que no alcanzaba a entender.

Finalmente, se obligó a mover sus músculos aletargados, y

se puso unos pantalones oscuros y un burdo abrigo de lana que era más apropiado para un trabajador del puerto que para un caballero adinerado.

Raine apartó a un lado la bandeja, se recostó contra las almohadas, y lo miró con sus preciosos ojos oscuros.

—¿Adónde vas?

Philippe sintió que su miembro se endurecía al contemplar su rostro de marfil, y aquellos lustrosos rizos color ámbar extendidos sobre las almohadas. El deseo de arrancarse la ropa y regresar al dulce paraíso de sus brazos lo golpeó con una fuerza demoledora.

Por Dios, aquella mujer lo había hechizado, ésa era la única explicación razonable.

—Tengo tareas que no puedo cumplir estando en la cama contigo, *menina pequena* —le dijo con aspereza. Empezaba a temer que sería capaz de olvidarse de todo... de sus responsabilidades, de su familia, incluso de sus preciados viñedos... por estar con ella.

Los ojos de Raine reflejaron un brillo de dolor por un instante, pero su barbilla se alzó de forma predecible en un gesto desafiante.

—Muy bien, vete. Vete y no vuelvas, me da igual.

La furia de Philippe se desvaneció con tanta rapidez como había aparecido. Se acercó a ella, y posó un beso breve en sus labios.

—Seurat ya se habrá enterado de que he llegado a París, y a menos que sea bastante más estúpido de lo que creo, se las habrá ingeniado para averiguar que estoy en esta casa.

—¿Crees que vendrá aquí?

—No de forma directa, pero creo que husmeará por los alrededores para intentar averiguar si soy un peligro para sus planes —Philippe esbozó una fría sonrisa, y añadió—: Le pedí a Carlos que contratara a varios muchachos, para que vigilaran la casa desde cierta distancia y le avisaran si veían a algún desconocido merodeando por la zona.

—¿Y lo han hecho?

—Me ha dejado un mensaje en la cocina.

—¿Qué piensas hacer? —le preguntó ella, ceñuda.

—Depende de la información que me dé Carlos. Espero poder regresar antes de que amanezca —después de besarla otra vez, salió del dormitorio.

El frío del atardecer era muy intenso, y los pocos transeúntes que quedaban por las calles se apresuraban a regresar a sus casas para calentarse frente a la chimenea. Sin prestar atención a las bajas temperaturas, Philippe cruzó el jardín hasta la cuadra, y esperó a que Carlos emergiera de entre las sombras.

Su amigo, que llevaba ropa tosca similar a la suya, lo miró ceñudo y comentó:

—Maldición, creía que ibas a tenerme esperando helado de frío durante toda la noche.

—Hace poco que he recibido tu mensaje.

—Y está claro que no tenías prisa por venir —Carlos lo miró con expresión irónica, y le preguntó—: ¿Desde cuándo dejas que un rápido revolcón te distraiga de tus objetivos?

—Ten cuidado, Carlos. No voy a permitir que nadie le falte el respeto a Raine.

—¿Qué más te da?, no es más que una...

Philippe se acercó a él como una exhalación, y lo empujó de golpe contra la pared.

—No volveré a advertirte.

—Tranquilízate, Philippe —Carlos alzó las manos en señal de paz, y añadió—: Sólo siento curiosidad por saber por qué esta mujer es tan diferente a las demás.

Aquélla era la cuestión, ¿no? Afortunadamente, era algo que se negaba a preguntarse en ese momento.

—Eso no es de tu incumbencia —murmuró.

—Lo que tú digas.

Philippe retrocedió un paso, y se dio cuenta de lo cerca que había estado de darle un puñetazo a su amigo. Dios, debía de estar perdiendo la cabeza.

—Dime lo que has averiguado, ¿ha visto alguien a Seurat?

—Sí, pero el hombre es sorprendentemente astuto.

—¿Qué quieres decir?

—Se hizo pasar por un sacerdote viejo que parecía estar deambulando sin rumbo fijo por la zona. Si los muchachos no hubieran estado alerta, habría pasado desapercibido.

—¿Has conseguido verlo? —Philippe quería algo más que la palabra de unos muchachos ansiosos por conseguir unas monedas.

—*Sim*. Estuvo escondido tras las cuadras durante dos horas, antes de esfumarse.

—¿Podrías reconocerlo si volvieras a verlo?

—Sería un poco difícil, porque tenía el sombrero bajo y se cubría gran parte de la cara con una bufanda. Sólo sé que es un tipo menudo con una leve cojera.

A Philippe no le pasó desapercibido el ligero matiz de satisfacción en la actitud de su amigo. Aunque no fuera capaz de reconocer a Seurat, era obvio que sabía algo.

—¿Qué más has averiguado?

—Lo seguí hasta Saint-Marcel, debe de hospedarse en esa zona.

Philippe sintió una profunda satisfacción. Siempre podía confiar en Carlos.

—Saint-Marcel... es una zona de lo más desagradable.

Carlos asintió con expresión seria.

—Más de lo habitual. La agitación y el descontento crecen con el nuevo rey, sólo es cuestión de tiempo que haya disturbios.

Philippe ya había notado el ambiente tenso que bullía bajo el ajetreo de las calles. A pesar de la revolución y de los esfuerzos por eliminar la corrupción, la disparidad que existía entre los adinerados y las masas de pobres y de inmigrantes seguía siendo la misma. Los soldados habían conseguido mantener la paz de momento, pero sólo haría falta una chispa para encender la hoguera latente.

—Para entonces ya estaré muy lejos de aquí. Cuando me vaya, pueden destrozar toda la ciudad piedra a piedra si les apetece —Philippe fue hacia los caballos que Carlos ya había ensillado, y montó en el semental negro—. Muéstrame dónde viste a Seurat por última vez.

—¿Vamos a ir solos?

Philippe se tomó unos segundos para pensar en ello, y finalmente asintió con la cabeza.

—Sí, será lo mejor. No queremos que se asuste y huya. Si tenemos cuidado, podré tenerlo agarrado del pescuezo antes de que se dé cuenta de nuestra presencia.

—No olvides que lo queremos vivo —le recordó su amigo.

—Sólo hasta que mi hermano salga libre. Después, aprenderá las consecuencias de amenazar a un Gautier. Vámonos.

Como siempre, las calles de París estaban llenas de prostitutas que paseaban junto a las tabernas abarrotadas, los comercios y los teatros. Sus parloteos y las voces de los vendedores llenaban el ambiente... además de los fuertes olores de la comida, los desperdicios y la suciedad.

Philippe frunció la nariz con desagrado. No era de extrañar que prefiriera su prístina propiedad en los acantilados de Madeira.

De repente, sintió una profunda añoranza por la belleza salvaje de su hogar. Se preguntó qué pensaría Raine de las colinas cubiertas con sus viñedos, de los pueblecitos donde los pescadores anclaban sus barcas y sus esposas esperaban a que regresaran en la playa.

¿La aburriría la soledad, como a su padre y a su hermano? Quizás ella sería capaz de disfrutar del encanto sutil que lo había cautivado desde niño...

—Philippe, será mejor que estés alerta —le dijo Carlos con sequedad—. Este sitio está lleno de ladrones y de matones, no le servirás de mucho a Jean-Pierre si acabas flotando en el Sena.

Philippe se tensó al darse cuenta de que había sido descuidado, porque incluso un instante de despiste podía resultar desastroso en una vecindad como aquélla; aun así, no pensaba admitir su falta de atención ante Carlos, porque su amigo sospecharía que sus pensamientos estaban centrados de nuevo en Raine Wimbourne.

—Ya he pasado otras veces por sitios así, Carlos.
—*Sim*, pero nunca estando tan... distraído.
—Te gusta vivir peligrosamente, amigo.
—¿De qué otra forma se puede hacer?

Philippe soltó una pequeña carcajada, y aminoró el paso de su caballo.

—¿Estamos cerca?
—Desapareció a dos calles de aquí, entró en un callejón bastante estrecho.

Continuaron por la calle oscura con cautela. Philippe era más que consciente de las prostitutas y los ladrones que los observaban con avidez. Si Carlos y él no tuvieran un aspecto amenazador que sugería que serían capaces de acabar con cualquiera que fuera tan tonto como para intentar acercárseles, seguro que ya estarían muertos.

—Es increíble que no le hayan rajado el cuello a Seurat en un vecindario como éste —murmuró. Le parecía sorprendente que un hombre menudo y cojo hubiera sobrevivido incluso un día allí.

Carlos se encogió de hombros, mientras recorría la calle con la mirada en busca de la más mínima indicación de peligro.

—Incluso los criminales más duros suelen temer a los locos, son demasiado impredecibles.

—No puede estar loco del todo. Ha conseguido urdir una trampa endemoniada para mi hermano, y además ha aterrorizado a Mirabeau hasta dejarlo al borde del colapso.

—No todos los chalados mordisquean las alfombras y cantan como el gallo al amanecer, muchos de ellos son bastante inteligentes.

Philippe tuvo que admitir que su amigo tenía razón. La historia estaba llena de locos brillantes, algunos de ellos incluso habían gobernado el mundo; aun así, Seurat no era ningún genio demente, sino un gusano patético que había permitido que su obsesión por la venganza lo llevara a su perdición.

—¿Es éste el callejón? —le preguntó a su amigo, mientras detenía su montura.

—*Sim* —Carlos hizo ademán de hacer que su caballo entrara en el estrecho camino, pero se sorprendió cuando Philippe agarró sus riendas para detenerlo—. ¿Qué...?

—Esto no me gusta —le dijo Philippe, mientras escudriñaba las sombras del callejón. Sentía un cosquilleo inconfundible, que lo había alertado del peligro en infinidad de ocasiones.

—¿Has visto algo? —Carlos se apresuró a sacar una pequeña pistola.

—No —Philippe sacó su propia arma, y añadió—: pero está demasiado silencioso. Todas las callejuelas que hemos dejado atrás estaban llenas de rameras y de borrachos, ¿por qué no hay nadie por aquí?

—Tienes razón, es una trampa.

Philippe empezó a hacer que su caballo diera media vuelta, pero de repente hubo un fogonazo seguido de un sonido ensordecedor. Se dio cuenta de que se trataba de un disparo justo cuando sintió que algo le golpeaba en el brazo y lo tiraba del caballo.

Maldición, le habían alcanzado.

Eso fue lo último que pensó antes de que su cabeza chocara contra el suelo, y la oscuridad se adueñara de su mente.

15

Raine estaba secándose el pelo junto al fuego, pero se apresuró a levantarse al oír el sonido de pisadas y de voces ahogadas. Sintió que un pequeño escalofrío de inquietud le recorría la espalda, y fue hacia la puerta que conectaba su habitación con la de Philippe.

Él era un caballero que se movía con una elegancia cuidadosa y calculada; de hecho, en varias ocasiones la había sobresaltado al acercarse a ella sin que se diera cuenta. No entraría en la casa haciendo semejante barullo, a menos que pasara algo.

Al entrar en el dormitorio principal, su inquietud se convirtió en incredulidad al verlo inconsciente en brazos de Carlos, que en ese momento estaba llevándolo hacia su cama. El ama de llaves, *madame* LaSalle, murmuró algo y fue a salir de la habitación.

Raine se acercó a ella rápidamente, y la tomó del brazo.

—¿Qué ha pasado?

La mujer chasqueó la lengua, y le dijo:

—Han disparado a *monsieur* Gautier, debo ir a por agua caliente y toallas de inmediato.

Raine apenas notó que el ama de llaves salía por la puerta mientras sus propios pies la llevaban hacia la cama. Se detuvo junto a Carlos, y se le paró el corazón al ver que Philippe tenía la mejilla y la chaqueta manchadas de sangre.

—Philippe... —susurró, mientras alargaba una mano para acariciarle el pelo—, buen Dios...

—¿Es que nadie duerme en esta casa? —refunfuñó Carlos, mientras la apartaba con firmeza de la cama y empezaba a cortar la gruesa chaqueta de su amigo.

Raine se humedeció los labios, y se apretó una mano contra el estómago.

—¿Está...?

—¿Muerto? No, no va a morir —con una firme eficiencia, cortó la chaqueta y la camisa hasta dejar al descubierto la herida del brazo de Philippe—. La bala lo atravesó limpiamente.

Raine luchó contra el pánico instintivo que la invadió al ver la herida, y se obligó a centrar la mirada en el semblante pálido de Philippe.

—Entonces, ¿por qué está inconsciente?

—Se cayó del caballo cuando le dieron, y se golpeó la cabeza en el suelo.

—Tenemos que llamar a un médico.

—No hace falta, *anjo* —Carlos le lanzó una breve sonrisa irónica—. Su dura mollera ha recibido golpes más fuertes, y ha sobrevivido con las facultades intactas. Además, será mejor que permanezca inconsciente hasta que acabe de limpiarle la herida.

Raine se mordió el labio, y se abrazó la cintura.

—¿Cómo ha sucedido?

—Estábamos siguiéndole la pista a Seurat, pero por desgracia ha vuelto a tomarnos la delantera.

Raine sintió una furia súbita y sorprendente. ¿Acaso todos los hombres se creían invencibles? Primero su padre, después Philippe... ninguna mujer sensata podría evitar las ganas de darles un buen par de bofetadas para que recuperaran la sensatez.

—Qué necio —masculló en voz baja—. Es un tonto testarudo y estúpido.

Carlos no se molestó en negarlo, y se limitó a presionar con un pañuelo limpio contra la herida. Raine lo contempló en silencio, hasta que *madame* LaSalle volvió al fin con una pesada bandeja que dejó en la mesa que había junto a la cama.

—Aquí tiene —intentó recobrar el aliento al incorporarse, y añadió—: agua caliente, toallas, y una botella de brandy. También estoy preparando una buena sopa para cuando *monsieur* despierte.

Sin prestar atención a la mujer, Carlos agarró la botella y bañó la herida con una buena cantidad de licor. Philippe permaneció inmóvil, pero Raine dio un respingo y se volvió a mirar a la mujer que se dirigía en silencio hacia la puerta.

—Gracias, *madame* LaSalle. Ha sido muy amable —le dijo, con una sonrisa.

La mujer se ruborizó. Raine no había tardado en darse cuenta de que a pesar de que era un poco gruñona, el ama de llaves tenía un corazón tierno, además de una fuerte vena maternal a la hora de proteger a las jóvenes criadas que estaban a su cargo. Cuando se le mostraba el más mínimo aprecio por sus servicios, su alegría era obvia.

—No es molestia alguna —le dio una palmadita en la mejilla, y añadió—: No se agote demasiado, ya es bastante menuda. Si necesita que alguien se siente junto a la cama del señor, llame a alguna de las criadas.

—De acuerdo.

—Y deje esa bandeja donde está, vendré a recogerla por la mañana —le dijo con firmeza.

Cuando la mujer salió de la habitación, Raine volvió junto a la cama. Afortunadamente, Carlos ya había acabado de limpiar la herida y estaba vendando el brazo de Philippe.

Sin apartar la mirada de su tarea, el atractivo truhán esbozó una sonrisa y comentó:

—Parece que la vieja gruñona se ha hecho amiga tuya.

—¿Y qué tiene de malo?, es una mujer encantadora —le espetó ella con irritación.

La sonrisa de Carlos se ensanchó aún más.

—¿Y qué me dices de las criadas?, ¿también son encantadoras?

—Son buenas chicas que trabajan duro para ayudar a sus familias.

—Ah —Carlos acabó con el vendaje, y se volvió a mirarla con sus ojos inquietantemente perceptivos—. ¿Por eso estabas en la cocina estaba mañana enseñándolas a leer?

—¿Qué más te da si disfruto de la compañía de la servidumbre? —le preguntó ella, ruborizada.

Carlos ladeó la cabeza, y la luz del fuego bañó su piel morena y su espeso pelo negro. Tenía un atractivo impactante capaz de aflojarle las rodillas a cualquier mujer, pero en aquel momento Raine ya tenía bastantes problemas con un solo hombre atractivo, arrogante e imposible.

—Sólo siento curiosidad por saber por qué te tomas la molestia de entablar amistad con ellas. La mayoría de damas en tu posición no prestarían ninguna atención a la servidumbre.

—¿En mi posición? —Raine soltó una carcajada carente de humor—. Soy la hija de un marinero, y estoy viviendo con un hombre que no es mi marido.

Carlos enarcó las cejas, y la contempló con expresión pensativa.

—Tu relación con Philippe te otorgaría una muy buena posición además de poder. Sólo tienes que decidir aprovecharlos, *anjo*.

—¿Y de qué me servirían en Knightsbridge?

—¿Piensas quedarte en ese pequeño pueblo por el resto de tu vida?

Raine se volvió con brusquedad para no tener que enfrentarse a su penetrante mirada. No quería que viera la incomodidad que sin duda debía de reflejarse en su rostro.

Lo cierto era que se negaba a plantearse su futuro. A pesar de lo ansiosa que estaba por ver a su padre para que comprobara que no le había pasado nada, no sabía lo que pasaría cuando regresara al pequeño pueblo. ¿Habría provocado un escándalo su repentina ausencia?, ¿le darían la espalda y la tratarían como a una cualquiera?

Pero lo más importante era si sería capaz de regresar a su vida aburrida e insulsa.

—Es mi hogar —dijo al fin, con un pequeño suspiro.

—Estoy seguro de que Philippe será muy generoso cuando os separéis, podrías vivir donde te apeteciera —le dijo Carlos con suavidad.

Raine apretó los puños con fuerza, y se volvió de golpe para poder fulminar con la mirada a aquel hombre odioso. ¿Acaso estaba insultándola de forma deliberada?

—¿Crees que aceptaría su dinero?

Él la observó durante un largo momento, y finalmente le dijo:

—¿Por qué no?, tiene más que de sobra.

—¿Cómo te atreves a...?

Sus palabras se cortaron en seco cuando Philippe se movió y abrió los ojos.

—¿Carlos? —dijo, desorientado.

Su amigo se apresuró a posar una mano en su brazo con obvia preocupación.

—Aquí estoy, amigo mío.

—¿Seurat?

—Consiguió dispararte antes de desaparecer entre las sombras.

—Maldición.

—No llegará muy lejos. Haré que vigilen la zona noche y día hasta que podamos atraparlo.

Philippe consiguió asentir a pesar del dolor, y empezaron a cerrársele los párpados mientras luchaba de forma visible por mantenerse despierto.

—Raine... —gimió con voz ronca.

Ella resistió el impulso de acercarse a él. No quería sentir aquella necesidad dolorosa de acariciar su rostro sudoroso y de reconfortarlo, ya que revelaba lo susceptible que era su corazón.

—Es tarde, amigo. Tienes que descansar —Carlos posó una mano firme sobre su hombro.

—¿Por qué no está aquí? —Philippe luchó sin fuerzas por incorporarse—. ¿Adónde ha ido?

—Philippe, tienes que quedarte quieto para que no se te abra la herida.

—Tengo que encontrar a Raine, no puede dejarme...
—Está aquí —le aseguró su amigo. Se volvió a mirarla con impaciencia, y le dijo—: Acércate.

Raine vaciló por un instante. Philippe no estaba en condiciones de obligarla a acatar su voluntad, así que podía irse a su propia habitación sin hacer caso de sus exigencias. Era una idea tentadora, pero apenas había aparecido en su mente cuando Philippe volvió la cabeza y la miró con ojos llenos de dolor.

—¿Raine?

Ella soltó un suspiro ante su propia estupidez mientras sus pies avanzaban hacia la cama.

—Aquí estoy.

Él le agarró la mano con fuerza, y le dijo con voz ronca:

—¿Dónde estabas?, ¿por qué no estás en la cama?

—Estás herido, Philippe. Debes descansar.

—Descansaré en cuanto estés junto a mí —le dijo él, mientras tiraba de su mano.

Por Dios, aquel hombre era imposible incluso estando al borde de la inconsciencia.

—Philippe, no me moveré de la habitación.

—Te quiero a mi lado.

—A pesar de todos tus talentos, no estás en condiciones de tener a una mujer hermosa en tu cama —le dijo Carlos con severidad—. Conténtate con tu brandy hasta que hayas recuperado las fuerzas.

—No.

—Philippe...

—Se irá, se escabullirá mientras sea incapaz de detenerla.

Carlos le lanzó una mirada ceñuda a Raine, que permanecía en silencio.

—No permitiré que se vaya, te lo prometo.

—No podrás impedírselo, soy el único que puede hacerlo.

—Por el amor de Dios, Philippe... ¿adónde crees que iré? —rezongó ella.

—Quizás sería mejor hacer lo que dice de momento —dijo

Carlos de repente–. Puede que se relaje y deje de moverse si te tumbas a su lado.

Como siempre, a nadie parecía importarle lo que ella quisiera. Si Philippe deseaba que se acostara a su lado, se suponía que tenía que obedecer sin rechistar.

–Es tu amigo, túmbate tú a su lado –le espetó a Carlos con tono seco.

–Dudo mucho que mi presencia lo reconforte tanto como la tuya –le dijo él, sonriente.

Raine abrió la boca para darle una respuesta cortante, pero se distrajo al sentir que el pulgar de Philippe le acariciaba los nudillos. Se volvió a mirarlo a regañadientes, y vio que estaba contemplándola con una extraña expresión anhelante.

–Querida, sólo quiero tenerte cerca. ¿Es demasiado pedir?

Sus miradas libraron una batalla silenciosa durante unos segundos, pero Raine acabó por soltar un profundo suspiro. Maldición. Philippe iba a pasar una noche larga y dolorosa, y era posible que la herida se le infectara si seguía moviéndose inquieto. En ese caso, quién sabía cuánto tiempo tendrían que quedarse en París... lo más sensato sería ceder a sus deseos y que se tranquilizara de una vez, ¿no?

–De acuerdo –murmuró. Se metió en la cama, y dejó que él la abrazara contra su costado. Miró a Carlos, que estaba observándolos con una enigmática sonrisa, y le dijo–: ¿Estás satisfecho?

–Podría estarlo más –murmuró él, mientras recorría con la mirada su cuerpo esbelto.

Philippe soltó un pequeño gruñido, y le dijo a su amigo:

–Ve a dormir un poco, mañana retomaremos la búsqueda.

Carlos observó a Raine durante un instante, y finalmente inclinó la cabeza en una reverencia burlona y salió de la habitación.

Cuando estuvieron solos, Philippe colocó su brazo indemne bajo los hombros de Raine, y la instó a que pusiera la cabeza bajo su mentón.

–No pienses siquiera en intentar hechizar a Carlos, *meu*

amor –susurró con suavidad–. Ningún otro hombre te tendrá, eres mía.

Cuando Raine despertó a la mañana siguiente, Philippe aún estaba dormido. Después de comprobar que no tenía el rostro enfebrecido y que ya no sangraba, se libró de sus brazos con cuidado de no despertarlo y regresó a su propia habitación. Media hora después, se había puesto un vestido de un suave tono limón y había entrelazado unas cintas a juego entre sus rizos.

Contuvo las ganas de regresar junto a Philippe, y salió de la habitación. No estaba dispuesta a permanecer junto a su cama todo el rato, retorciéndose las manos como una tonta encandilada. Todo el mundo pensaría que le importaba si él vivía o moría, y ya era lo bastante horrible tener que admitir para sus adentros que era así.

Bajó a la cocina, y en cuanto se sentó a la mesa, *madame* LaSalle le puso delante un plato rebosante de cruasanes calientes.

—¿Cómo está *monsieur*? —le preguntó el ama de llaves, en un inglés vacilante. Aunque Raine hablaba francés a la perfección, la mujer estaba decidida a mejorar su pronunciación.

—Aún está durmiendo, pero creo que está recuperándose —Raine le dio un bocado a un cruasán, y añadió—: Seguro que cuando se despierte estará deseando tomar un buen plato de su fantástica sopa.

—Es usted una buena chica —después de darle una palmadita en la mejilla, la mujer empezó a amasar un enorme rollo de pasta—. No me hace ninguna gracia que hayan disparado a *monsieur*.

—A mí tampoco —admitió Raine.

—¿Por qué fue a un vecindario tan peligroso?, allí sólo hay desafortunados que buscan problemas —sacudió la cabeza, y añadió—: A *monsieur* debe de gustarle el riesgo, ¿*non*?

Raine sospechaba que la fascinación que parecía sentir Philippe por el riesgo iba más allá de Seurat y de vecindarios peligrosos. A juzgar por sus habilidades, podía ser un criminal experto o un agente a las órdenes de algún gobierno.

—Sí, creo que sí.

—Es muy diferente de su hermano —*madame* LaSalle soltó un suspiro, y espolvoreó harina sobre la pasta—. Es una pena.

Raine apartó a un lado el plato. Por fin tenía la oportunidad de averiguar algo más sobre Philippe y su familia, tenía curiosidad por saber lo que opinaban otras personas de él.

—¿Conoce bien a Jean-Pierre? —le preguntó, con fingida indiferencia.

—Por supuesto, viene a menudo. Es... ¿cómo se dice...? ¿Recolector de arte?

—Coleccionista de arte —le dijo Raine.

—Eso es. Cuando viene a París, compra cuadros y otras cosas. Tiene un gusto exquisito.

Raine se obligó a permanecer inexpresiva. Por lo que había visto de la colección de Jean-Pierre en la casa, parecía que tenía más entusiasmo que buen gusto a la hora de escoger las obras de arte.

—Bueno, está claro que tiene gustos caros —murmuró.

Madame LaSalle se volvió a mirarla con el ceño fruncido. Al parecer, su lealtad hacia Jean-Pierre la cegaba y no era capaz de ver sus defectos.

—Esas cosas siempre son caras —le dijo la mujer.

—Sí, por eso es raro que un segundo hijo se dedique al coleccionismo.

—No la entiendo.

—Coleccionar obras de arte resulta muy caro. Supongo que habría sido mejor que Jean-Pierre hubiera elegido una carrera en la iglesia o en el ejército, para poder ser independiente de su familia.

El ama de llaves pareció horrorizarse ante la mera idea de su querido Jean-Pierre ensuciándose las manos trabajando.

—*Monsieur* Gautier jamás sería feliz así, es un hombre que nació para estar rodeado de belleza.

Raine consiguió ocultar su incredulidad. Por Dios, Philippe no había exagerado al mencionar las cargas que tenía que soportar... su madre había muerto cuando era un niño, su padre era un hombre sin escrúpulos que prácticamente lo había abandonado a su suerte, y su hermano era un sinvergüenza licencioso. Era increíble que no le hubiera dado la espalda a su familia.

—Sí, podrá seguir así mientras no tenga que pagar él sus obras de arte.

—¿Por qué iba a hacerlo? Su hermano es muy rico, ¿*non*?

Raine contuvo las ganas de darle una respuesta cortante. Philippe parecía haber aceptado la carga de cuidar de su familia, y ella no era quien para protestar por la falta de responsabilidad de Jean-Pierre.

—¿Jean-Pierre viene a menudo?

Madame LaSalle siguió amasando, y comentó:

—No todo lo que querríamos. Es un hombre muy elegante, es amable y simpático con la servidumbre, y además tiene mucho éxito con las damas. Es un verdadero francés.

Raine no se sintió demasiado impresionada con aquellas supuestas virtudes. Antes de que pudiera hacer algún comentario, oyó un súbito golpe que procedía de la planta superior, y se apresuró a levantarse.

—Maldición, alguien tendría que darle un escarmiento a ese necio testarudo —rezongó, mientras salía de la cocina.

Subió a toda prisa la escalera, y abrió la puerta del dormitorio con brusquedad. Philippe estaba sentado en el borde de la cama, completamente vestido, y estaba intentando ponerse las botas con una sola mano.

—¿Qué estás haciendo? —le preguntó, exasperada.

—Intentando ponerme las botas, pero sin demasiado éxito —Philippe esbozó una sonrisa.

Raine sacudió la cabeza. Aunque había conseguido peinarse y hasta afeitarse, estaba pálido y tenía ojeras. Aún estaba dolorido y debilitado, aunque fuera un idiota incapaz de admitirlo.

—Pues eso debería convencerte de que aún no estás lo bastante recuperado —le dijo con sequedad.

—Sólo necesito un poco de ayuda —Philippe siguió tirando de la bota, y añadió—: ¿Dónde está Carlos?

—Philippe, dime que no hablas en serio —de forma instintiva, se le acercó hasta quedar justo delante de él—. Tienes que quedarte en la cama.

Él la miró con una sonrisa traviesa, y recorrió la curva de su cadera con una mano.

—Es un ofrecimiento tentador, *meu amor*. Lo aceptaré cuando haya atrapado a Seurat.

Raine se apresuró a retroceder un paso. Su caricia había encendido una llama de deseo en su interior, ¿cómo conseguía afectarla así con el más leve roce?

—Ni siquiera puedes ponerte las botas, ¿cómo piensas ir a París y capturar a ese hombre?

Philippe consiguió ponerse las botas a base de pura determinación, y se levantó de la cama con un movimiento fluido. Obligó a retroceder a Raine hasta que topó de espaldas con la pared, y entonces colocó las manos a ambos lados de sus hombros y se apretó contra ella.

—Uno de estos días, te darás cuenta de que es un error subestimarme —murmuró.

Raine tragó el nudo repentino que se le había formado en la garganta, y lo miró con indignación. Tenía el corazón acelerado, pero no pensaba darle la satisfacción de ver lo mucho que la afectaba. Aquel hombre ya era bastante arrogante.

—De acuerdo, ve a corretear por París. Pero no esperes que te atienda cuando vuelvas.

—Claro que lo harás —Philippe sonrió, y trazó la curva de su mejilla con los dedos—. Eres demasiado sensible para permitir que alguien sufra, por mucho que se lo merezca.

—¿Crees que me conoces bien?

—No tanto como pienso llegar a conocerte, *meu amor* —la miró con expresión intensa, y añadió—: Me mantienes a distancia, pero conseguiré derribar tus barreras. Voy a poseerte por completo.

—¿Por qué?

—¿Por qué? —repitió él, perplejo.

—Ya me tienes en tu lecho, ¿qué más quieres?

—Lo quiero todo —bajó la cabeza, y empezó a cubrir de

pequeños besos su rostro alzado–. Tu cuerpo... tu corazón... tu alma.

Raine sintió que un escalofrío le recorría la espalda. Aquel hombre ya había conseguido mucho de ella, acabaría destruyéndola si obtenía mucho más.

—No —protestó con voz queda.

—Sí —le dijo él con vehemencia. De repente, enmarcó su rostro entre las manos y la miró con una determinación férrea—. Serás mía por completo, hasta el último sedoso, hermoso e irritante milímetro.

—Hasta que decidas dejarme a un lado.

—¿Es eso lo que te preocupa?, ¿quieres que te prometa que no te dejaré nunca?

Raine sintió una dolorosa punzada en el corazón, pero se obligó a mantenerse firme contra su poderoso atractivo.

—Debes de estar más herido de lo que pensaba si crees eso. Por el amor de Dios, sólo estoy aquí porque amenazaste dañar a mi padre, ¿se te ha olvidado tu papel en toda esta farsa?

—No se me ha olvidado nada —Philippe esbozó una sonrisa—. Recuerdo muy bien cómo gimes entre mis brazos, o cómo susurras mi nombre cuando duermes.

—Eso no es cierto, no susurro tu nombre.

Philippe soltó una carcajada. Tenía el cuerpo entero dolorido de deseo, pero a pesar de lo mucho que anhelaba acabar lo que había empezado, ya había perdido demasiado tiempo. No podía correr el riesgo de que Seurat se escabullera.

—No te preocupes, *meu amor* —le susurró al oído—. No tienes nada que temer, siempre y cuando sea mi nombre el que susurres entre sueños.

Cuando Raine abrió los labios para darle una respuesta cortante, la silenció con un beso profundo y posesivo. La sujetó con más fuerza, pero se obligó a apartarse. Centraría toda su atención en ella cuando su hermano estuviera a salvo, pero, hasta entonces, tenía que cumplir con su obligación.

Tras darle un último beso suave, recogió su abrigo y sus guantes y salió de la casa. Le dolía el brazo y sabía que tardaría poco en quedarse sin fuerzas, así que sólo cabía esperar que Seurat hubiera tenido el detalle de permanecer en el callejón esperando a que lo capturara.

Fue a la cuadra a por su caballo, y se dirigió hacia París. Tuvo que hacer que su montura aminorara el paso hasta un trote cuidadoso, porque la llovizna de la noche anterior se había congelado y las calles estaban cubiertas de hielo. Un brazo herido ya era bastante, no quería romperse el cuello.

El trayecto le resultó incómodo por el frío además de tedioso, y en más de una ocasión se maldijo por no haberse quedado en la cama con Raine en sus brazos. Seurat iba a pagar por todo aquel tiempo frustrante que estaba perdiendo en buscarlo, cuando podría estar disfrutando de su amante.

A pesar del mal tiempo, las calles de París estaban abarrotadas con el típico bullicio de los cabriolés públicos, los caballeros camino de los garitos, las damas que iban de compras, y la guardia del rey patrullando.

Philippe llevaba unos minutos mascullando imprecaciones cuando por fin llegó al sucio callejón donde había visto a Seurat por última vez. Su estado de ánimo no mejoró al ver que Carlos emergía de las sombras, vestido con ropa sencilla de lana y con una gorra que le oscurecía parte de la cara. Su amigo parecía irritantemente sano y fuerte, pensó, mientras desmontaba y se esforzaba por mantenerse de pie.

—Debería haber sabido que no tendrías el sentido común de quedarte en la cama.

Philippe lo miró a los ojos de forma deliberada. Aunque la noche anterior no estaba demasiado lúcido, no se le había olvidado la excesiva familiaridad que había mostrado su amigo con Raine.

—De hecho, la idea se me ha pasado por la cabeza —le dijo. Esbozó una sonrisa irónica, y añadió—: Mi cama me parecía extremadamente cómoda esta mañana.

—Supongo que cualquier cama lo sería con Raine en ella —Carlos se cruzó de brazos.

Philippe apretó los puños a ambos lados. Sus miradas libraron una batalla silenciosa por unos segundos, y finalmente le advirtió con suavidad:

—Pisas terreno peligroso, amigo mío.
—No estoy ciego, es una mujer muy hermosa.
—Es mía.
—De momento.

Philippe nunca había sido un hombre celoso ni posesivo, pero en ese momento sintió una furia abrumadora. Aunque Carlos era como un hermano para él, estaba dispuesto a darle una paliza si no daba marcha atrás.

—Esto no es un juego, Carlos —le dijo, con un tono de voz bajo y letal—. Mataré a cualquier hombre que la toque.

Su amigo se limitó a apoyarse con displicencia contra una pared, y su expresión se mantuvo indiferente.

—Sabes que no puedes amenazarme, Philippe. Siempre haré lo que desee.

—¿Y qué es lo que deseas?

Carlos volvió su mirada hacia los pobres diablos que deambulaban por la calle atestada, y permaneció en silencio durante unos segundos.

—He llegado a sentir... aprecio por Raine. No voy a permanecer de brazos cruzados si sufre.

Philippe frunció el ceño, ya que el significado implícito de las palabras de su amigo estaba claro.

—¿Crees que voy a hacerle algún daño?

—No es como las otras mujeres a las que has seducido. No ha renunciado a su honor para conseguir un protector adinerado.

Philippe se tensó. No quería que le recordaran que había tenido que chantajearla para que accediera a compartir su cama, ni que podría escapársele de entre los dedos en cualquier momento.

—Habla claro.

—Si quieres mantenerla a tu lado, tendrás que ganarte su corazón.

Philippe soltó una carcajada seca. Aquella mujer ya tendría que estar locamente enamorada de él. La había sacado de los sofocantes confines de su tedioso pueblo, la había cubierto de satenes y de sedas, le había enseñado el arte de la pasión...

y había usado todas las armas de su arsenal de seducción para intentar arrancarle aquellas dulces palabras de los labios. ¿Qué otra inocente seguiría resistiéndose?

—Eso es más fácil de decir que de hacer, sigue manteniéndome a distancia —admitió con sequedad.

—No confía en ti.

—¿Y crees que en ti sí? Recuerda que me ayudaste a capturarla.

—Pero no la he obligado a compartir mi cama.

—Basta —Philippe contuvo las ganas de darle un puñetazo a su amigo. De momento, lo necesitaba vivo y en buena forma—. Acabaremos esta discusión en otro momento, ahora tenemos que centrarnos en Seurat. ¿Has conseguido averiguar dónde vive?

Carlos se incorporó, y su expresión se endureció. Igual que Philippe, era capaz de apartar a un lado cualquier distracción cuando estaba de caza.

—He comprobado los edificios a ambos lados del callejón, pero nadie ha querido admitir conocerlo.

—Maldición —Philippe avanzó por el estrecho callejón, que estaba lleno de porquería—. Seguramente, se dejó ver cerca de la casa de mi hermano para que lo siguiéramos hasta esta trampa.

—Es muy listo, además de peligroso.

—No podrá esconderse para siempre —Philippe se agachó, y rozó la huella de un casco de caballo que había quedado en el barro helado.

Carlos notó su tensión, y se agachó a su lado.

—¿Qué pasa?

—¿Crees que mucha gente de la zona tiene caballo?

—Si hay un caballo por aquí, está en algún cazo.

—Exacto.

—¿Seguimos la pista?

Philippe se incorporó, y asintió.

—Parece la única opción que tenemos por ahora.

Fueron a por sus monturas, y empezaron a seguir las huellas. Era posible que acabaran con las manos vacías, pero era la única pista que tenían de momento. Seurat había conseguido desvanecerse de nuevo.

Siguieron un rumbo hacia el norte por distintos callejones, y de vez en cuando tuvieron que detenerse a apartar la suciedad que obstruía el camino.

—Parece que pasó bastante tiempo por aquí, la cuestión es por qué —comentó Carlos, mientras observaban un lugar donde el barro estaba cubierto de huellas.

Estaban en la esquina de un cruce de caminos bastante transitado donde había varios hoteles y hostales. Algunos de ellos tenían cuadra, así que Seurat no habría tenido problemas con su caballo. ¿Se habría visto obligado a detenerse y a permanecer oculto?, ¿acaso estaba esperando a alguien?

Philippe le dio vueltas a las distintas posibilidades, y apartó con el pie la basura que cubría el suelo. Tenía frío, estaba cansado, y lo consumía la necesidad de regresar a Montmartre. No era sólo porque quisiera darse un baño y descansar varias horas, sino porque echaba de menos a Raine.

Era absurdo. Hacía sólo unas horas que la había dejado, pero necesitaba comprobar que estaba esperándolo en la casa, que estaba bien. Aquel anhelo era tan irritante como inesperado, pero a la vez innegable.

Cuando estaba a punto de dar por terminada aquella búsqueda infructuosa, apartó con el pie una caja rota y vio una chaqueta negra. Se agachó para verla mejor, y descubrió que había un alzacuello de sacerdote debajo.

—Qué interesante —murmuró.

—Parece la chaqueta que llevaba Seurat cuando lo vi —comentó Carlos—. ¿Por qué dejó aquí su ropa?

Philippe pensó en ello durante un largo momento, y finalmente dijo:

—A lo mejor es bastante conocido por esta zona, y no podía arriesgarse a que lo vieran vestido de sacerdote.

—Entonces, debe de estar cerca —Carlos miró a su alrededor, y añadió—: Tardaremos días en comprobar todos los edificios, desaparecerá antes de que podamos arrinconarlo.

16

Philippe sabía que Carlos tenía razón. Había demasiados hoteles y casas, dos hombres solos tardarían una eternidad en comprobarlos todos. Se apoyó contra una pared, y se frotó con gesto ausente el hombro herido.

—Conocemos a gente que puede ayudarnos —comentó, refiriéndose a los contactos que tenía en la ciudad. Sus años de espionaje tenían sus beneficios—. Podríamos mantener la zona vigilada discretamente con algo de ayuda, así habrá quien pueda seguir a Seurat si intenta escapar.

—Sólo tenemos una descripción muy vaga que podría encajar con muchos de los habitantes de esta zona, ¿cómo van a saber si se trata de Seurat?

—¿Tienes otro plan mejor? —le preguntó Philippe con sequedad.

—De momento, no.

—Entonces, vamos a ver a Belfleur —Philippe se enderezó, y echó a andar por la calle—. Tiene toda una red de ladronzuelos y de pillos en estas calles, sabrán si alguien no es de la zona.

Tardaron sólo unos minutos en llegar a la pequeña tienda situada entre una taberna y un garito de juego. Carlos se quedó fuera para vigilar a los caballos y por si veía algo sospechoso, y Philippe entró en el establecimiento.

La tienda estaba abarrotada con una extraña mezcla de artículos, desde pañuelos de encaje o candelabros de plata a joyas guardadas en mostradores de cristal. Según Belfleur, habían pertenecido a ciudadanos honrados que habían pasado por algún bache económico, pero era de todos sabido que la mayoría de sus posesiones procedían de su pequeño batallón de ladrones.

Lo que casi nadie sabía era que Belfleur había sido una pieza importante en la rebelión contra Napoleón, y que a menudo había utilizado sus recursos para ayudar a Philippe a recabar información sobre los bonapartistas. Aunque al verlo entrar actuó como si no lo conociera de nada, por supuesto.

—Bienvenido a mi humilde establecimiento, *monsieur* —le dijo, con una reverencia. Era un hombre bajito y regordete, con el peno canoso—. ¿En qué puedo servirlo?

Philippe miró a su alrededor con expresión desdeñosa. Había dos mujeres rebuscando en un cesto de pañuelos, y un joven que sin duda debía de ser uno de los empleados de Belfleur.

—Quiero comprar un regalo para una dama.

—Por supuesto —Belfleur sonrió, y se frotó las manos—. Como puede ver, tenemos algunos artículos preciosos.

—Estoy buscando algo mucho más especial que estas bagatelas.

—Ah, ya veo que es un caballero de gustos refinados. Tengo varias piezas en la parte trasera de la tienda que quizás le interesen. Sígame, por favor.

Belfleur le indicó una cortina que había al fondo de la tienda, y le hizo un gesto disimulado al joven para que vigilara a las dos clientas. Philippe lo siguió en silencio hacia la cortina, que daba a un pasillo. Belfleur se detuvo cuando llegaron junto a una puerta, se sacó una llave del bolsillo, y entraron en la pequeña habitación que contenía las joyas más valiosas.

Philippe fue a echar un vistazo a los collares que estaban expuestos sobre terciopelo negro. Había uno muy delicado de plata con diamantes, otro con un rubí cuadrado rodeado de pequeñas perlas, y una cadena de oro con un medallón de ámbar.

Esbozó una sonrisa al imaginarse a Raine tumbada en su cama, cubierta sólo con aquellas joyas relucientes. Ésa sí que sería una imagen digna de una fortuna.

Después de cerrar la puerta con cerrojo, Belfleur se le acercó y le dio una palmada en el hombro. Aunque llevaba una chaqueta negra hecha a medida y una corbata impecable, sus años de matón callejero salían a la luz en sus facciones llenas de cicatrices y en la dureza de sus ojos.

—Se rumoreaba que habías venido a París, pero apenas podía creerlo. Sueles tener el sentido común de mantener oculto ese careto horrible que tienes.

Philippe sonrió. A pesar de sus negocios más que dudosos, Belfleur era un hombre que ofrecía una lealtad inquebrantable a sus amigos.

—En esta ocasión, me convenía dejarme ver.

—Entonces, no se trata de un asunto oficial.

—No. Es personal, pero espero contar con tu ayuda.

—Por supuesto —Belfleur se sorprendió de que pudiera dudarlo siquiera—. Sabes que sólo tienes que pedirme lo que necesites.

—Gracias, viejo amigo. Ya sé lo valioso que es tu tiempo.

—Estos días no lo es tanto, me he cansado de los jueguecitos políticos. Queremos cambiar las cosas, y acabamos dándonos cuenta de que la codicia y la corrupción continúan sin importar quién ocupe el trono.

—Es el problema del poder —Philippe le dio una palmadita en el hombro.

—Eso parece —Belfleur sacudió la cabeza, y respiró hondo—. Dime, ¿en qué puedo ayudarte?

Philippe le explicó de forma concisa lo del arresto de Jean-Pierre y sus intentos infructuosos de encontrar a Seurat, aunque sólo mencionó de forma muy somera el papel de su padre en todo aquello. A pesar de la indignación de Raine, él no sentía lástima ninguna por aquel hombre que estaba decidido a destruir a su familia. Aunque Louis Gautier era un ser egoísta y egocéntrico capaz de rebajarse hasta niveles degradantes con tal de conseguir fama y gloria, seguía siendo su padre, y él iba a hacer lo que fuera necesario para protegerlo.

—Es difícil, pero no imposible —comentó Belfleur, cuando acabó de explicárselo todo—. Llamaré a mis chicos, a ver si tienen alguna información sobre ese tipo. Puede que sepan dónde vive.

—Con la suerte que estoy teniendo, lo dudo —comentó Philippe, con una sonrisa irónica.

—Ya veremos. ¿Necesitas algo más?

Philippe vaciló por un momento, y volvió a mirar los elegantes collares. Podía imaginárselos descansando contra la piel de Raine... era una mujer que había nacido para estar cubierta de joyas.

—De hecho, es cierto que necesito un regalo —murmuró.

—Ya veo —Belfleur sonrió, y sus ojos brillaron mientras calculaba cuánto dinero iba a poder sacarle a su amigo—. ¿Es hermosa?

—Increíblemente, arrebatadoramente hermosa.

El brillo de los ojos de Belfleur se incrementó.

—Entonces, seguro que deseas mis artículos más selectos —rozó con un dedo el rubí, y añadió—: ¿Hay algo que te llame la atención?

—Me los llevo todos.

Belfleur se quedó boquiabierto.

—¿Todos?

—¿Hay algún problema? —le preguntó Philippe, con una sonrisa.

—Ninguno —Belfleur envolvió los collares en el terciopelo negro, y entonces los colocó en una cajita labrada de madera—. *Mon Dieu*, debe de ser una buena moza.

Philippe dejó de sonreír de golpe, y miró a su amigo con una expresión gélida y de lo más peligrosa.

—No la llames moza, es una dama.

Belfleur se dio cuenta del error que había cometido, y se apresuró a darle la caja.

—*Oui*, por supuesto. Perdóname, Philippe. No quería ofenderte.

Philippe logró controlar su enfado con un gran esfuerzo. Un caballero no podía ir dándole puñetazos a todos los que confundieran a su amante con una ramera, por mucho que deseara hacerlo.

—No olvides avisarme en cuanto te enteres de algo —fue hacia la puerta, con Belfleur pisándole los talones.

—En cuanto averigüe algo, lo sabrás —le aseguró su amigo.

Raine sonrió cuando la joven criada que estaba sentada a su lado en el saloncito consiguió leer lo que le había escrito.

—*Très bien*, Nanette —le dijo, con sincera satisfacción—. Ya veo que has estado practicando.

La joven se ruborizó. Era una muchacha sencilla, que aspiraba a llegar a ser doncella de alguna dama en París. Su sueño tenía más posibilidades de convertirse en realidad si sabía leer y escribir.

—*Oui*.

Raine le dio unas palmaditas en la mano, y comentó:

—Si sigues estudiando, pronto podrás leer y escribir lo que quieras.

—*Merci, mademoiselle*. Es usted tan amable...

—No tiene importancia.

Raine sintió que su corazón se llenaba de calidez. Se había sorprendido al darse cuenta de que ayudando a leer y a escribir a las criadas sentía el mismo entusiasmo que al hacerse pasar por el Granuja de Knightsbridge.

Había creído que su emoción y su exaltación se debían al riesgo y al peligro, pero empezaba a darse cuenta de que al menos parte del entusiasmo se debía a sentir que ayudaba a los demás.

Necesitaba... que la necesitasen.

Quizás no era tan sorprendente, teniendo en cuenta que había perdido a su madre siendo muy niña y que su padre nunca había sabido cómo tratarla. Siempre se había sentido querida, pero nunca importante. Jamás había sentido que alguien la necesitaba en su vida.

Raine se tragó un suspiro justo cuando Nanette se levantó de golpe y miró por la ventana.

—El señor ha vuelto, debo volver a mis tareas —le dijo, antes de salir del saloncito.

Por un breve instante de locura, Raine sintió un alivio avasallador. Desde que Philippe había salido de la casa, no había dejado de preocuparse y de imaginárselo desplomándose en medio de las calles de París. Aquel necio testarudo era incapaz de admitir que estaba demasiado débil para salir; además, Seurat estaba al acecho en algún lugar, deseando verlo muerto.

Conforme fue relajándose, el enfado reemplazó a la ansiedad. Era una tontería que perdiera el tiempo preocupada, porque era obvio que Philippe iba a hacer lo que quisiera cuando le diera la gana y como le apeteciera. Que arriesgara su estúpido cuello si quería, el demonio cuidaba de los suyos.

Recogió los papeles y la pluma, y aún estaba junto al recargado escritorio cuando Philippe entró en la habitación. Él fue directo a la chimenea, y dejó una cajita de madera sobre la repisa antes de quitarse los guantes y lanzar su abrigo sobre una silla.

Mientras él alargaba las manos hacia el fuego para calentárselas, Raine contempló con disimulo su aristocrático perfil y su pelo alborotado. Estaba pálido y tenía líneas de tensión a ambos lados de la boca, pero aun estando herido se las ingeniaba para llenar la habitación con su presencia imponente.

Raine se estremeció. No era justo que aquel hombre la afectara con tanta facilidad, sobre todo porque estaba segura de que él podía apartarla de sus pensamientos sin ningún esfuerzo.

Su fastidio se incrementó cuando él se volvió a mirarla y arqueó una ceja, como si estuviera retándola a que dijera una palabra sobre su negativa a cuidar de sí mismo... por lo que la regañina que estaba a punto de darle murió en sus labios.

Cuando se convenció de que había conseguido evadir la reprimenda que se merecía, Philippe se apoyó contra la repisa con tranquilidad y comentó:

—¿Son imaginaciones mías, o mi presencia hace que los criados se pongan frenéticos?

—Los asustas.

—¿Cómo demonios voy a asustarlos?, apenas he alcanzado a ver de pasada a la mayoría.

—Supongo que tu hermano les habrá hablado de ti en alguna ocasión.

—Sin duda. No me extraña que me consideren un ogro, a Jean-Pierre siempre le ha gustado convencer a la gente de que soy Belcebú personificado.

—Y a ti te gusta convencer a la gente de que tu hermano tiene razón —le dijo Raine con sequedad.

El muy cretino tuvo el atrevimiento de soltar una carcajada.

—La verdad es que casi nunca me importa la opinión de los demás.

—Te gusta hacer que te tengan miedo.

—Resulta útil.

—Al igual que la amabilidad —le espetó ella—. Los criados no huirían si te tomaras un momento para decirles que hacen un buen trabajo.

Él la miró en silencio durante un largo momento, como si pensara que había perdido la razón, y finalmente le dijo:

—Si no hicieran un buen trabajo, tendrían que buscarse otro empleo.

Raine hizo una mueca. La arrogancia de aquel hombre era descomunal.

—¿No puedes tomarte un momento para ofrecerles algún simple elogio?

—Les pago su salario, te aseguro que eso es más importante que un elogio.

Sin pensárselo dos veces, se acercó a él con expresión ligeramente ceñuda.

—¿Qué es lo que te da miedo, Philippe?

—¿Qué quieres decir?

—¿Crees que los demás te considerarán débil si bajas la guardia por un momento?, ¿o simplemente prefieres mantener a todo el mundo a distancia?

—No a todo el mundo —la abrazó con fuerza de repente. El frío desapareció de su mirada, y sus ojos se llenaron de una calidez peligrosa—. Cuanto menos distancia haya entre nosotros, mejor.
—Philippe... tu brazo.
Él soltó un gemido, y hundió el rostro en su cuello.
—Lo que me duele en este momento no es el brazo.
Raine notó la dureza de su miembro cuando él la apretó con fuerza contra su cuerpo, y no pudo evitar reaccionar al sentir que él empezaba a recorrerle el cuello con los labios.
—Por el amor de Dios, Philippe. ¿Alguna vez piensas en otra cosa?
Él le dio un mordisquito en el lóbulo de la oreja, y le dijo:
—Cuando tú estás cerca, no.
Raine se enfadó, porque sus palabras revelaban que ella sólo era un cuerpo cálido al que él deseaba en ese momento. Sabía que su propia desilusión era absurda, porque Philippe no había fingido nunca tener otro tipo de interés en ella.
Aun así, saber que él permanecía indiferente mientras ella se sentía más cautivada con cada día que pasaba le dio fuerzas para apartarse de sus brazos.
—Eso no es halagador —murmuró, mientras retrocedía antes de que él pudiera impedírselo.
—¿No te complace saber que no puedo quitarte las manos de encima?, ¿que no puedo dejar de pensar en tu piel satinada y en tus labios carnosos, ni siquiera cuando estamos a kilómetros de distancia? —le preguntó él, con una sonrisa.
—Es muy fácil despertar el deseo de un hombre; normalmente, sólo hace falta ser mujer.
—Pero yo soy un caballero muy selectivo. Sólo las mujeres más hermosas pueden despertar mi deseo.
—Eso sigue sin ser halagador. No tuve nada que ver con el aspecto que recibí al nacer.
Philippe soltó una sonora carcajada.
—¿Quieres que te diga que me fascinan tu brillante ingenio y tu increíble inteligencia?
Raine enmudeció, porque había conseguido acercarse de-

masiado a la verdad. Era cierto que poseía tanto ingenio como inteligencia, ¿por qué no podía ser admirada por aquellas virtudes? Se apresuró a volverse hacia el fuego para escapar de su penetrante mirada.

—Supongo que no importa —murmuró.

Él soltó un suspiro, y le acarició la mejilla con ternura.

—Es muy difícil complacerte, *meu amor*. Como es obvio que mis palabras no pueden convencerte de lo cautivado que me tienes, quizás debería expresar mi admiración con algo más tangible.

Antes de que pudiera reaccionar, le puso la cajita que había llevado de París en las manos, y Raine sintió que se le formaba un nudo en el estómago.

—¿Qué es esto?

—Lo sabrás en cuanto abras la caja —le dijo él con suavidad.

Raine obedeció con movimientos vacilantes, y apartó con suavidad el terciopelo negro que había dentro. Alcanzó a ver el brillo de unos diamantes ridículamente grandes, algo que parecía un rubí y el resplandor dorado del ámbar, y se apresuró a devolverle la cajita.

—No —dijo, con voz ahogada.

Por una vez, consiguió pillarlo desprevenido. Philippe frunció el ceño, y la miró con cautela.

—¿Raine?

Ella habría sentido cierta satisfacción al ver su incertidumbre si no hubiera estado luchando por contener las lágrimas. Sólo podía pensar en escapar antes de que él viera su dolor.

—Disculpa —murmuró. Pasó junto a él, y fue a toda prisa hacia la puerta.

Subió a toda prisa la escalera en cuanto salió de la asfixiante habitación, y en cuestión de segundos ya estaba en su dormitorio y cerrando la puerta con llave.

Philippe seguía en el saloncito, paseándose de un lado a otro, mientras intentaba entender lo que acababa de ocurrir. Raine solía sorprenderlo, eso era algo que contribuía a que la encontrara tan fascinante, pero aquello... aquello era una locura.

Acababa de ofrecerle una fortuna, unas joyas sin mácula que una simple amante raramente podría aspirar a poseer, así que... ¿por qué no estaba loca de alegría?, ¿por qué no estaba lanzándose a sus brazos y recompensándolo, tal y como debería hacer?

Hecho una furia, sacó los collares de la cajita y se los metió en el bolsillo antes de dirigirse hacia la escalera. Se merecía una explicación, y después las horas de sensual gratitud que había estado anticipando.

Su furia se avivó aún más cuando intentó abrir la puerta de la habitación de Raine y descubrió que estaba cerrada con llave. La golpeó con el puño con tanta fuerza, que los cuadros de la pared se tambalearon.

—¡Raine, abre la maldita puerta!

Tras un largo silencio, oyó su voz a través de la puerta.

—¿Ni siquiera puedo tener unos minutos de privacidad?

Philippe volvió a golpear la puerta. No le importaba que la casa entera pudiera oírle, ni que su comportamiento fuera totalmente impropio en él. Aquella parte de sí mismo fría y remota que le permitía tener siempre el control total de sus emociones se había esfumado por culpa de Raine, y ella iba a tener que sufrir las consecuencias.

—Si no abres la puerta, voy a derribarla.

Tras otro momento de silencio, Raine pareció darse cuenta de que estaba dispuesto a cumplir con su amenaza, porque abrió la puerta de golpe. Se cruzó de brazos, y lo fulminó con la mirada.

—¿Estás satisfecho?

Al ver que tenía las mejillas húmedas y los ojos enrojecidos, Philippe se dio cuenta de que había estado llorando, y sintió una extraña opresión en el pecho.

—No, no estoy satisfecho. ¿Qué demonios te pasa?

Raine retrocedió, y fue hacia el centro del dormitorio.

—Estoy cansada, quiero descansar antes de la cena.

Philippe cerró de un portazo, fue hacia ella, y la alzó en sus brazos. No iba a permitir que siguiera huyendo, la ataría a la cama si era necesario.

—No huyas de mí, *menina pequena* —le dijo con voz firme—. Jamás.

—Bájame, Philippe —le espetó ella, sin miedo alguno.

—De acuerdo —le dijo él, con una sonrisa tensa.

Mientras ella lo miraba con clara suspicacia, Philippe la llevó hasta la cama y la soltó sin contemplaciones. Antes de que ella pudiera reaccionar, la cubrió con su cuerpo.

—No —Raine intentó empujarlo sin lograrlo, y empezó a retorcerse.

Philippe apretó los dientes mientras su cuerpo entero se tensaba de deseo. Raine estaba más hermosa que nunca con los rizos extendidos sobre las almohadas y el rostro ruborizado de furia. Parecía un ángel exótico listo para sus besos, pero a pesar de que pensaba saciar su deseo, antes quería hacer que ella se arrepintiera de su actitud desagradecida.

Colocó las manos a ambos lados de sus hombros, y la miró con seriedad.

—Dímelo, Raine.

—¿El qué?

—¿Por qué me has tirado a la cara una fortuna en joyas?

—No te las he tirado.

—No juegues conmigo, ahora no.

Sus miradas batallaron por un momento, y Raine acabó volviendo la cabeza hacia un lado.

—Nunca te he pedido joyas —le dijo con voz tensa.

—Ya lo sé, eran un regalo.

—Un regalo es un abanico o un libro de poesía, un collar de diamantes es...

Philippe la miró con atención, y su cuerpo entero se tensó.

—No te detengas. ¿Qué es un collar de diamantes?

Raine volvió la cabeza poco a poco hacia él, y lo miró sin pestañear.

—Un pago.

Philippe soltó un profundo gruñido gutural.

—¿Te atreves a afirmar que estoy comprando tus favores?

—¿Acaso no es verdad?

Él bajó la mirada por su cuerpo con insolencia, y le dijo:

–No me hace falta comprar algo que ya poseo.

Raine se ruborizó, pero su mirada se mantuvo firme.

–Entonces, ¿por qué me has dado las joyas?

–Porque pensé que te gustarían, descarada irritante.

–¿Y porque siempre les compras joyas a tus amantes?

–¿De eso se trata?, ¿estás celosa porque he estado con otras mujeres?

Los ojos oscuros de Raine ardieron con una intensa emoción.

–No me gusta que me recuerden que soy una mantenida. Me lo has arrebatado todo menos mi orgullo, no permitiré que también me lo quites.

Philippe vaciló por un instante. Era un hombre que tenía unas reglas muy estrictas en lo concerniente a las mujeres que compartían su cama. No admitía los celos, la manipulación ni los sermones tediosos, y por supuesto no aguantaba pataletas. ¿Por qué iba a hacerlo?, siempre había encantadoras damas deseando hacerle compañía.

Sin embargo, la posibilidad de alejarse de Raine ni siquiera se le pasó por la cabeza, y estaba centrado en pensar en la mejor manera de lidiar con aquella mujer exasperante.

–¿Qué es lo que te he arrebatado?, ¿tu inocencia? No te resististe. De hecho, creo recordar que prácticamente me arrancaste la ropa.

Su franqueza no contribuyó a apaciguarla; de hecho, sus facciones pálidas se endurecieron aún más.

–Y supongo que tampoco me has arrebatado mi libertad, ni me obligaste a dejar tanto a mi padre como mi hogar, ¿verdad?

Philippe se levantó de la cama con brusquedad, y empezó a pasearse de un lado a otro. Maldita mujer... le había dado una vida llena de comodidades y de lujos, más de los que podría soñar una mujer en sus circunstancias. No iba a permitir que lo hiciera pasar por un villano.

–¿Preferirías estar atrapada en ese pueblucho, con un padre que iba a conseguir llevarte a la horca?

Ella se recostó contra las almohadas, y lo miró con una extraña vulnerabilidad.

—Puedes burlarte de mí todo lo que quieras, pero me robaste mi vida. Como me querías, me tomaste sin más, sin pensar a quién podías hacerle daño.

Philippe no prestó la más mínima atención a sus palabras. Claro que la había tomado. Ella se había puesto en sus manos, y no era tan estúpido como para dejar escapar lo que el destino le ofrecía. Aunque no estuviera dispuesta a admitir la verdad, era suya por completo.

—A lo mejor deberías plantearte la carrera de actriz, querida. Nunca he visto una dama en apuros tan convincente.

Raine cerró los ojos, y se cubrió la cara con las manos.

—Por favor, ¿puedes irte?

Philippe se acercó a la cama como una exhalación, y la agarró de las muñecas. Hizo que bajara las manos, y la miró con una expresión implacable.

—No, no pienso irme hasta que te dejes de tonterías. Quiero saber la verdad, lo que te pasa realmente.

17

Raine no intentó zafarse de sus manos. ¿Para qué molestarse? Los dos sabían que era lo bastante fuerte para hacer lo que quisiera con ella. Se limitó a centrar su frustración en el gesto testarudo de su barbilla. Philippe podía hacer lo que se le antojase, pero no podía obligarla a acceder a ser su juguete.

—Parece que la verdad te importa muy poco, a menos que convenga a tus propósitos —le espetó. Se negó a pensar en el aroma cálido y masculino que la envolvía, o en los dedos que habían dejado de agarrarla con fuerza y estaban acariciándole las muñecas.

Él se sentó en el borde de la cama, sin dejar de acariciarla.

—¿Y qué sabes tú de mis propósitos?

—Sé que estás obsesionado con atrapar a Seurat y liberar a tu hermano.

—Es natural, tú harías lo mismo por tu padre.

—También sé que de momento he capturado tu interés, pero que me dejarás a un lado en cuanto todo esto se solucione y regreses a Madeira.

Él se quedó muy quieto, y la observó con una expresión indescifrable.

—¿Por qué estás tan segura de eso?

¿De verdad la creía tan ingenua?, ¿o simplemente pensaba que era estúpida? Se había criado en un convento, pero sabía que por mucho que un hombre mimara a una amante, ella nunca sería nada más que un secreto al margen de la sociedad. El hogar de un hombre, su lealtad y su corazón estaban reservados para la mujer con la que acabara casándose.

Raine sintió un profundo dolor en el corazón, pero se apresuró a sofocarlo. Ni hablar, no iba a permitir que Philippe Gautier la hiriera. Él ya había alterado bastante su vida.

Por eso era esencial que lo convenciera de que la dejara marchar.

—Los caballeros no tienen a sus amantes bajo su propio techo, a menos que quieran causar un escándalo —le dijo, con más aspereza de la que pretendía.

Él ni se inmutó. Obviamente, un posible escándalo le resultaba indiferente.

—¿Crees que me importa lo que digan los demás? Mi vida no la controlan los chismosos. Si decido que te quiero bajo mi techo, allí es donde estarás.

Raine contuvo el aliento. Dios, no. Ya era bastante malo tener que estar en París, pero sería desastroso tener que estar sola con él en su casa de Madeira.

—No digas tonterías, ni tu padre ni tu hermano admitirían algo así.

—Aunque la propiedad le pertenece a mi padre, es mi fortuna la que la mantiene productiva. No tiene ni voz ni voto en mis asuntos, ni en quién tengo a mi lado.

—Tu arrogancia es increíble.

—Sí, ya lo habías comentado.

—Entonces, deja que comente otra cosa: no pienso ir contigo a Madeira.

—¿Estás intentando contrariarme de forma deliberada, *meu amor*? Hace un momento, te quejabas porque iba a dejarte a un lado en vez de llevarte a mi casa, pero ahora afirmas que no vendrás.

—No estaba quejándome... —Raine suspiró con irritación—. Sólo quería decir que soy una mera distracción de la que no tardarás en cansarte. ¿Qué crees que pasará conmigo cuando llegue ese día?

Él observó su rostro tenso con una extraña intensidad, y al fin le preguntó:

—¿Qué quieres que pase?
—¿Qué?
—¿Cómo quieres que sea tu futuro?, ¿de verdad quieres volver con tu padre a ese pueblo?

Raine bajó la mirada y contempló sus dedos masculinos, que seguían acariciándole las muñecas. Carlos le había preguntado lo mismo, pero seguía sin tener una respuesta más allá de la obvia.

—Es mi hogar.
—Un hogar no es una cárcel. Al menos, no debería serlo. Tu padre se siente satisfecho con su pequeña casa y con su papel de bandido famoso, pero tú te mereces mucho más.
—¿Ser la amante de un hombre? —le preguntó ella, con una carcajada carente de humor.
—Eso es mejor que acabar siendo la mujer de algún insulso granjero, ¿no?

Al ver que se negaba a aceptar su responsabilidad por haberle arrebatado la vida que podría haber tenido, Raine lo miró con enfado y le dijo:

—Al menos, sería respetable.
—Siempre he pensado que la respetabilidad es una virtud a la que se le da demasiada importancia.
—Típico en ti.

Philippe se tensó de forma visible, como si se sintiera acosado. Y quizás era así, porque Raine no había conocido a nadie que se atreviera a mantenerse firme ante él. Bueno, con la excepción de Carlos, pero daba la impresión de que la mayor parte del mundo se dedicaba a alimentar su desmesurada vanidad.

—¿Sabes cuántas mujeres sueñan con liberarse de las ataduras del matrimonio? —recorrió su escote con la mirada de forma deliberada, y añadió—: El aburrimiento te asfixiaría en menos de dos semanas.
—Si estuviera enamorada del granjero, no —le dijo ella con firmeza.

Raine esperaba que contestara con algún comentario burlón, así que se sorprendió al ver que sus ojos verdes se oscurecían por un instante con una emoción que no alcanzó a distinguir.

—¿Hablas de amor?, ¿sabes siquiera lo que es eso?

—Seguro que mejor que tú —le dijo ella, sorprendida por su extraña reacción.

—¿Has amado a alguien, querida?

—Quiero a mi padre y a la señora Stone, nuestra ama de llaves. Y también a Foster...

—Sabes muy bien que no es el mismo tipo de amor —Philippe alzó las manos por sus brazos hasta aferrarla de los hombros, y añadió—: ¿Alguna vez te has entregado del todo a alguien?, ¿has permitido que algún hombre llegue a conocer de verdad a la mujer que hay bajo esa increíble belleza?

Raine se estremeció tanto por sus apasionadas palabras como por el calor de su contacto. ¿Qué quería aquel hombre de ella?, ¿acaso era tan cruel que no se daría por satisfecho hasta romperle el corazón?, ¿su vanidad le exigía poseerla en cuerpo y alma?

La mera idea le heló la sangre en las venas.

—¿A ti qué más te da?

—Eso es algo que he estado preguntándome demasiado a menudo —admitió él.

Raine negó con la cabeza de forma inconsciente. No era lo bastante sofisticada para participar en aquel jueguecito, porque sus emociones eran demasiado vulnerables y Philippe podía manipularla con facilidad.

—Creo que nos hemos desviado mucho del tema —murmuró.

—Sí, es verdad.

Él le acarició la línea del escote con actitud ausente, como si ni siquiera se diera cuenta de que estaba haciéndolo; sin embargo, Raine era más que consciente del placer que sentía. Aunque luchara por proteger su corazón, hacía mucho que su cuerpo se había rendido.

—¿Has escuchado algo de lo que te he dicho?

—Has dicho muchas palabras, pero todas ellas carecían de sentido —Philippe empezó a tirar de los lazos que cerraban el vestido, y añadió–: Puede que el problema sea que me haya molestado en entablar una conversación, nos comunicamos mucho mejor sin palabras.

Antes de que ella pudiera protestar, le bajó el cuerpo del vestido, desgarró la fina combinación que llevaba debajo, y dejó sus senos expuestos a su ávida mirada. Raine apretó los dientes al sentir que se le endurecían los pezones, y que un deseo muy familiar iba adueñándose de ella. Detestaba que Philippe pudiera excitarla con el más ligero roce, pero era incapaz de resistirse.

–¿Crees que puedes hacer que acate tu voluntad seduciéndome? –le preguntó, mientras su cuerpo parecía derretirse mientras él le cubría los pechos de besos.

Philippe se apartó para poder deslizar una mano bajo el dobladillo del vestido, y sonrió al rozar la sensible piel de la parte interior de su muslo.

–Creo que lo único que me importa es hundirme en tu cuerpo –le contestó con voz ronca, mientras la devoraba con la mirada–. Si no puedo satisfacerte con joyas, lo haré así.

Antes de que Raine tuviera tiempo de protestar, él se agachó y reemplazó los dedos con sus labios. Ella soltó un pequeño gemido al sentir que ascendía con mordisquitos por su muslo, hasta llegar a su entrepierna y empezar a saborear su húmeda calidez con la lengua.

Raine sabía que debería rechazarlo, que así no iba a convencerlo de que no quería ser su amante, pero ya estaba hundiéndose en aquel placer sensual. ¿De qué servía resistirse?, ambos sabían que sus caricias le resultaban irresistibles.

Hundió los dedos en su pelo oscuro, y arqueó el cuerpo.

–Esto no cambia nada –jadeó.

–Estás muy equivocada, *meu amor* –Philippe le abrió aún más las piernas, y se colocó entre ellas–. Esto lo cambia todo.

Cuando Raine despertó, estaba sola. Sólo era media tarde, pero la noche inquieta que había pasado y el deseo insaciable de Philippe la habían agotado y se había dormido. Se sentía un poco dolorida y completamente saciada, pero se obligó a sentarse.

Despertarse desnuda con el pelo cayéndole por la espalda parecía bastante decadente, y se tensó cuando miró hacia el espejo que había en una esquina y vio su reflejo. Su reacción no se debía a su pelo revuelto, a sus mejillas sonrosadas, ni al hecho de que las caricias de Philippe le hubieran dejado marcas en la piel. Lo que la indignó fue el collar de brillantes que llevaba en el cuello.

El muy canalla había esperado a que se durmiera para ponerle al cuello la correa de propietario. Volvió la cabeza, y vio el collar de rubí y el medallón de ámbar cuidadosamente colocados sobre la almohada.

Se apresuró a levantarse de la cama, y se puso su bata. Si Philippe creía que iba a tener la última palabra en aquel asunto, estaba muy equivocado. Sin molestarse en peinarse ni en ponerse las zapatillas, salió de la habitación y echó a andar por el pasillo.

Sabía que muchas mujeres la considerarían una tonta... maldición, realmente lo era. Aquellos collares valían una pequeña fortuna, gracias a ellos podría vivir durante el resto de su vida sin preocuparse del dinero. Podría alejarse de Knightsbridge, disfrutar de Londres, París o Roma, podría tener una independencia con la que nunca habría podido soñar. Y si se quedaba en el pueblo, podría usar el dinero para rescatar a todos los huérfanos, las viudas, y los soldados jubilados que necesitaran ayuda.

Pero por muy tonta que fuera, no pensaba quedarse con aquellas joyas, ya que sería como venderle su alma al diablo.

Entró en el saloncito, pero se detuvo en seco al darse cuenta de que el hombre que había junto a la ventana no era Philippe, sino Carlos. Cuando se volvió hacia ella y la recorrió con la mirada de pies a cabeza, Raine se ruborizó al darse cuenta de lo que estaba viendo... una mujer medio desnuda que obviamente acababa de salir de la cama.

—Perdona... no me había dado cuenta de que estabas aquí

—le dijo, mientras aferraba su bata para que permaneciera firmemente cerrada.

Carlos avanzó hacia ella, mientras sus ojos se encendían con un deseo inconfundible.

—Me alegro, seguro que si hubieras sabido que estaba aquí no habrías venido —la tomó del codo, y la condujo hacia la chimenea—. Ven, debes de tener frío.

A pesar de que lo más sensato habría sido volver a su habitación, Raine permitió que la ayudara a sentarse en uno de los sillones de cuero. A lo largo de los últimos días, se había dado cuenta de que bajo el encanto de Carlos había un fuerte carácter. Era un hombre en el que se podía confiar en caso de necesidad.

—Estaba buscando a Philippe —le dijo, con un tono de voz que reveló su irritación.

Carlos enarcó una ceja, y se apoyó contra la repisa con los brazos cruzados.

—Comentó que quería bañarse y dormir un poco antes de regresar a París.

—¿Piensa volver hoy mismo?

—*Sim*.

—Qué estupidez. Está claro que no quedará satisfecho hasta enfermar.

Carlos esbozó una sonrisa. Incluso estando relajado parecía envolverlo una energía palpable. A su manera, parecía tan implacable y peligroso como Philippe.

—Cuando Philippe se marca un objetivo, no suele dejar que nada interfiera.

—Sí, ni siquiera el sentido común. Podría darle lecciones a una mula —le dijo, exasperada.

—Sí, tienen algunas cualidades similares —admitió él. Cuando sus ojos oscuros descendieron hasta la curva de su escote, añadió—: *Meu Deus*. supongo que es un regalo de Philippe, ¿no? Es... es bastante...

—¿Llamativo?, ¿estrafalario?, ¿ridículo? —Raine se ruborizó. Jamás se había sentido tan mortificada. Habría sido distinto si Philippe y ella tuvieran una relación, pero ser una simple amante hacía que se sintiera como una mera posesión. Y tenía en el cuello el pago por sus servicios, como un pesado yugo.

Carlos se colocó en cuclillas junto al sofá, y rozó con los dedos el collar.

—Iba a decir que es exquisito. No todas las mujeres pueden lucir las joyas con tanta elegancia, está claro que naciste para llevar diamantes.

Aquel íntimo gesto la sobresaltó, y Raine se levantó a toda prisa y fue al centro del saloncito. No era que le hubiera desagradado el roce de sus dedos, ninguna mujer en su sano juicio podría negar que aquel hombre era una tentación letal, pero en aquel momento ya tenía bastantes preocupaciones. Sería una locura añadir otro hombre arrogante e imposible a su vida.

—Te equivocas, nací para vivir en una casa humilde con mi padre.

Sin hacer el menor ruido, Carlos se acercó a ella por la espalda y la instó con delicadeza a que se volviera a mirarlo.

—Ni siquiera tú te crees eso, Raine. Una belleza como la tuya no debería desperdiciarse, naciste para cautivar al mundo.

Ella soltó un suspiro de exasperación, y se preguntó si todos los hombres creían que una mujer estaba deseando venderse al mejor postor si era medianamente atractiva. Quizás ella tenía algo que hacía que los hombres creyeran que no tenía nada que ofrecer más allá de su cuerpo. A lo mejor en su interior había un descaro impúdico que ellos intuían.

Se le cayó el alma a los pies ante la mera idea.

—No quiero cautivar al mundo, sólo quiero...

—¿Qué? —con movimientos lentos, como si tuviera miedo de que huyera de un momento a otro, Carlos le enmarcó el rostro con las manos—. ¿Qué es lo que quieres?

—Lo que toda mujer. Tener el amor de un hombre bueno y decente, un hogar y una familia.

Él siguió observándola en silencio. Su mirada no era burlona, sólo contenía una curiosidad divertida.

—¿Y ninguno de los hombres de tu pueblo quiso casarse contigo? Es difícil de creer, *anjo*.

—No, no lo es. No tengo el rancio abolengo necesario para tentar a los aristócratas de la zona, pero mi educación pone nerviosos a los demás. Al parecer, no encajo en ninguna parte.

—Ah. No eres la única en ese sentido, *anjo*. No todos nacemos con nuestro destino escrito en las estrellas, pero he descubierto que no siempre es una desventaja. Tenemos la libertad de elegir nuestro propio camino.

—Te resulta fácil de decir, porque eres un hombre. Yo soy una simple mujer.

—No hace falta que me lo recuerdes, soy dolorosamente consciente de ello.

—Me refiero a que puedes hacer lo que quieras sin que la sociedad te censure –le dijo ella, con cierta impaciencia–. ¿Qué opciones tengo yo?

—Insistes en considerarte una moza sin importancia de un pequeño pueblo, pero una mujer con tu belleza y tu inteligencia podría controlar a la sociedad a su antojo –le acarició las mejillas con los pulgares, y añadió–: El mundo sería tuyo, si tuvieras el valor de aferrarlo.

Raine se apartó cuando le resultó casi imposible fingir que no se daba cuenta de su actitud seductora.

—¿Carlos?

Él esbozó una sonrisa pesarosa, y apartó las manos.

—¿Estás enamorada de Philippe?

Ella se quedó boquiabierta ante la inesperada pregunta.

—Me secuestró.

—No has respondido a mi pregunta.

Raine se volvió y empezó a pasearse ante el fuego, ya que temía lo que podía revelar su expresión.

—Sólo una tonta se enamoraría de un hombre como él, y yo no lo soy –murmuró.

De repente, Carlos se colocó tras ella y sintió el calor de su cuerpo a su espalda. Él le rozó los hombros con las manos, y le dijo:

—Por mucho que me cueste admitirlo, Philippe tiene algunas buenas cualidades.

—¿En serio?

—*Sim* —Carlos empezó a juguetear con los rizos dorados que le caían a la espalda—. Su lealtad hacia su familia es absoluta, a pesar de que sabe que no lo merecen. Salvó las propiedades de su padre cuando estaban al borde de la ruina, y consiguió construir todo un imperio —tras una breve pausa, añadió—: y tú le importas.

Raine contuvo el aliento al oír aquella ridiculez.

—No, sólo me desea.

—Es más que eso —acarició el pesado collar, y le dijo—: No creerás que regala a todas las mujeres joyas tan magníficas, ¿verdad?

—Si de verdad le importara, sabría que comprándome estas cosas sólo consigue humillarme.

—¿Por qué? —le preguntó él, claramente sorprendido.

—Porque yo no entrego mi cuerpo a cambio de dinero.

—Muchos caballeros se sienten más cómodos mostrando su afecto con este tipo de regalos. Eso no significa que estén pagando por tus servicios.

—Philippe no siente ningún afecto —Raine se interrumpió de golpe cuando él trazó el borde de su escote con los dedos. A pesar de lo que sentía por Philippe, su cuerpo respondió a aquella caricia experta—. No quiere sentir algo por nadie, creo que la muerte de su madre siendo tan niño lo asustó.

—¿Lo asustó? —Carlos se le acercó aún más.

—Tiene miedo a sufrir, a quedarse solo otra vez.

—Quizás, pero eso no significa que una mujer decidida no pueda enseñarle a confiar de nuevo.

Raine soltó una exclamación ahogada al sentir su aliento cálido en la oreja, y se volvió a mirarlo sobresaltada.

—¿Por qué lo defiendes? —le preguntó, con voz un poco temblorosa.

—Philippe es como un hermano para mí.

—Sí, pero... es decir, pareces querer... —Raine se ruborizó. Estaba segura de que no estaba malinterpretándolo, al fin y al cabo, él había recorrido su escote con los dedos.

—¿Tenerte en mi cama? —la interrumpió él, con una sonrisa diabólica–. ¿Tenerte bajo mi cuerpo mientras alcanzo el paraíso?

–¿Es eso lo que quieres?

–Desesperadamente.

Carlos ni siquiera se molestó en ocultar el fuego que ardía en sus ojos cuando se inclinó y le rozó los labios con los suyos.

–No lo entiendo –le dijo ella, desconcertada.

Él la contempló en silencio durante unos segundos. Sus facciones duras y masculinas resultaban impresionantes bajo la luz del fuego.

–Te deseo, *anjo*, pero no estoy tan desesperado como para rebajarme a seducir a una mujer que está enamorada de otro hombre –le dijo al fin, con su arrogancia innata–. Si acudes a mis brazos quiero que estés pensando en mí, no en Philippe.

–¿Quieres que sea tu amante?

–¿Quién sabe lo que nos depara el futuro? –le dijo él, con una pequeña sonrisa.

–Carlos...

–No –posó un dedo sobre sus labios para detener sus palabras impetuosas, y añadió–: No es el momento de hablar de esto, pero quiero que sepas que estoy a tu disposición si me necesitas.

Se fue sin más del saloncito después de darle un beso breve y enérgico, y la dejó completamente desconcertada.

Dios, los hombres eran unos seres de lo más extraños.

Aun así, no pudo negar que la promesa de Carlos la había reconfortado un poco. Seguramente, Philippe no tardaría en cansarse de ella, o encontraría a otra mujer más hermosa y tentadora. Entonces no querría seguir teniéndola a su lado, y ella necesitaría que alguien la ayudara a regresar con su padre.

Cuando ese día llegara, podría pedirle ayuda a Carlos.

18

Philippe esbozó una sonrisa al guardar las valiosas joyas bajo llave en el cajón inferior del escritorio de su dormitorio. No le había sorprendido encontrarlas tiradas sobre su cama cuando se había despertado de su siesta, y en parte se habría sentido decepcionado si no las hubiera encontrado allí.

Aunque era posible que jamás llegara a entender el enrevesado razonamiento que había provocado el estallido de furia de Raine, admiraba su inquebrantable sentido del honor. ¿Qué otra mujer rechazaría una fortuna así sólo por sentirse herida en su orgullo? Sobre todo una que no hubiera tenido oportunidad de disfrutar de aquel tipo de lujos en su vida.

No había duda de que la señorita Raine Wimbourne era la mujer más exasperante que había conocido jamás, pero también era la más única. Estaba convencido de que no podría llegar a descubrir todas las fascinantes complejidades de su carácter ni aunque la tuviera a su lado durante toda una vida, de que lo intrigaría por toda la eternidad.

No alcanzaba a entender por qué se sentía tan satisfecho al pensar en ello, ni por qué la sonrisa se negaba a desaparecer de sus labios mientras salía del dormitorio en busca de Raine.

Maldición, tendría que estar furioso con ella. No sólo había tratado sus generosos regalos con desdén, sino que además prácticamente le había acusado de ser un canalla.

Para ser sincero, no podía negar que en cierta medida era cierto.

No era un hombre dado a examinar sus sentimientos. No le preocupaba lo que los demás opinaran de él, ni se detenía a considerar los sentimientos ajenos. Tomaba lo que deseaba sin importarle las consecuencias, y si eso lo convertía en una bestia egoísta, que así fuera.

Pero Raine estaba obligándolo a reflexionar sobre sus propias decisiones, sobre cómo estaban afectándola a ella. Y por primera vez en toda su vida, quería complacer a otra persona.

Después de buscarla por toda la casa, consiguió localizarla al fin en el oscuro jardín. Permaneció un momento inmóvil entre las sombras, observándola. La luz de la luna bañaba sus facciones puras y perfectas, sus rizos relucían como el ámbar, y parecía muy frágil a pesar de la capa de terciopelo que la cubría, como si la más leve brisa pudiera llevársela.

Sus pulmones se contrajeron con algo cercano al dolor, pero se obligó a apartar a un lado aquella extraña sensación y se acercó a ella. Cuando llegó a su lado, inhaló profundamente su aroma femenino mientras tomaba sus manos heladas y las frotaba entre las suyas.

—No deberías estar aquí sola, querida —le dijo con suavidad.

Raine se tensó, pero no intentó apartarse.

—No va a pasarme nada en el jardín.

—Seurat sabe de la existencia de esta casa, y ha demostrado que es capaz de estar en esta zona sin temor alguno. Podría estar merodeando en cualquier parte.

—¿Por qué iba a molestarme?, no le he hecho nada.

—Es un demente, basta con que seas...

Philippe se interrumpió de golpe, y masculló una imprecación para sus adentros. Raine era su amante, ocupaba una posición exclusiva que muchas damas de todo el mundo ansiaban alcanzar. Pero ella se negaba con tozudez a apreciar el honor que le había concedido, y ya estaba fulminándolo con la mirada.

—¿Que sea qué?
—No, mi dulzura, no soy tan tonto como para caer en esa trampa —soltó un suspiro, y añadió—: Basta con que Seurat sepa que, si te hace daño, me lo hará a mí.
—No esperarás que permanezca encerrada en la casa noche y día, ¿verdad? Acabaría volviéndome loca.
—Sólo será por unos días, *meu amor*. Cuando atrape a Seurat, dejará de ser una amenaza.
Ella se zafó de sus manos, y lo miró con exasperación.
—De modo que ahora no sólo soy tu cautiva, sino que también voy a permanecer presa, ¿no?
—Maldita sea, mujer... ¿preferirías que me diera igual si Seurat te atraviesa el corazón con una bala?
—Preferiría que no me hubieras puesto en peligro. Condenaste a mi padre porque supuestamente arriesgó mi cuello, ¿no? Al menos, en ese caso tuve elección.
—Por Dios, acabarías con la paciencia de un santo —masculló él con frustración, mientras se pasaba las manos por el pelo. Empezaba a sospechar que aquella mujer había nacido para ser su tormento constante—. No estarás satisfecha hasta que admita que sólo pensé en mí mismo cuando te secuestré, ¿verdad? Que te deseaba con tanta desesperación, que estaba dispuesto a cometer cualquier pecado, a quebrantar cualquier ley, con tal de tenerte... ¿es eso lo que querías oír?
Raine se quedó boquiabierta al oír su inesperada confesión, porque a Philippe le costaba mucho admitir que podía haberse equivocado.
—¿Por qué? —le preguntó al fin.
—¿Por qué, qué?
—¿Por qué yo? Podrías tener a cualquier mujer que quisieras.
Philippe esbozó una sonrisa. Dios, ni siquiera había pensado en otra mujer desde que Raine había aparecido en su vida.
—No son tú.
—Pero...
Philippe posó un dedo sobre sus labios, y le dijo con suavidad:

—No tengo explicación alguna, Raine. Sólo sé que tienes que ser tú, sólo tú —bajó la cabeza, y se apoderó de su boca satinada con un largo beso—. Venga, entremos ya. La cena está servida.

—No tengo hambre.

—Yo tampoco, al menos en lo que se refiere a comida —recorrió su cuerpo menudo con la mirada, y añadió—: pero tú eres la que siempre me dice que tengo que mostrarme más considerado con mis criados. Herirás los sentimientos de *madame* LaSalle si rechazas el festín que lleva preparando durante todo el día.

—Tu consideración parece surgir cuando te conviene.

—Pero al menos es un comienzo, ¿no?

Ella bajó la cabeza para ocultar su expresivo rostro, y le dijo:

—Si tú lo dices...

Philippe logró tragarse con dificultad su impaciencia. La agarró de la barbilla, y la instó con suavidad a que alzara la cabeza.

—Raine, por favor, mírame.

—¿Qué quieres? —le espetó ella, mientras obedecía a regañadientes.

—¿Tienes que enfrentarte a mí a cada momento?, ¿no podemos disfrutar juntos de una cena tranquila?

—Nuestros enfrentamientos no son siempre culpa mía, no eres un caballero demasiado tratable.

—Ya hemos dejado claro que soy arrogante, grosero, y que carezco de buenas cualidades; sin embargo, eso no significa que no pueda ser una agradable compañía a la hora de la cena cuando me lo propongo. He cenado con reyes y con reinas sin que hayan acabado por encerrarme en el calabozo más cercano.

—Me cuesta bastante creerlo —Raine no pudo evitar esbozar una sonrisa.

Philippe sintió algo que se parecía peligrosamente al alivio. Era absurdo, pero no podía negar que había tenido miedo de haber herido a Raine hasta el punto de que no hubiera perdón posible.

Enlazó su brazo con el suyo, y la llevó hacia la casa.
—¿Por qué no me concedes la oportunidad de demostrarte que es cierto?
Ella soltó un pequeño suspiro cuando entraron por una puerta lateral y se dirigieron hacia el comedor.
—Eres un hombre imposible, Philippe.
—De eso no hay duda —le dijo él, con una sonrisa traviesa.
Entraron en el comedor, donde había una desmesurada mesa labrada con un aparador a juego. Jean-Pierre tenía casi tan mal gusto para los muebles como para las obras de arte. Philippe contuvo una mueca de desagrado, y se obligó a sonreír al ama de llaves. Por alguna ridícula razón, para Raine era importante que los criados se sintieran valorados, y esa noche estaba dispuesto a darle ese gusto.
—Qué olor tan delicioso, *madame* LaSalle. ¿Es cordero asado?
—*Oui*, en mi salsa especial de romero —le contestó la mujer, que se había ruborizado de satisfacción al oír el inesperado elogio.
—¿Cómo ha sabido que es mi plato favorito?
—¿Lo es? —la mujer intentó ocultar una sonrisa, y añadió—: Creo que un caballero siempre debería disfrutar de una buena cena, y no hay nada más sabroso que el cordero en una fría noche de invierno.
—Sí, es cierto —sin hacer caso de la mirada de asombro de Raine, Philippe la condujo hacia la mesa y la ayudó a sentarse. Después de ocupar su asiento, miró al ama de llaves y le dijo—: Creo que eso es todo por ahora, *madame* LaSalle.
—Por supuesto —la mujer se apresuró a hacer una reverencia, y salió del comedor.
Philippe sonrió con satisfacción mientras llenaba el plato de Raine, y le dijo:
—¿Lo ves?, tengo cierto encanto.
—Claro, cuando te conviene.
Después de llenar su propio plato, Philippe sirvió dos vasos de Borgoña. Al menos, Jean-Pierre tenía buenos vinos.
—Casi todo el mundo se muestra encantador cuando le

conviene, por eso prefiero un enfoque más directo —le sostuvo la mirada de forma deliberada mientras tomaba un bocado de cordero, y añadió—: y también por eso prefiero que los demás hablen sin tapujos.

—¿Insinúas que carezco de encanto?

—Sabes que tienes encanto suficiente para poner de rodillas a cualquier hombre, *meu amor* —Philippe contempló aquellas facciones pálidas que deberían pertenecerle sólo a un ángel—. No me extraña que tu padre decidiera mantenerte escondida tras los muros de un convento, habrías creado el caos en ese pequeño pueblo.

Raine tomó un poco de suflé, y se encogió de hombros. Su belleza le resultaba indiferente.

—Mi padre me envió allí porque fue la última voluntad de mi madre.

—¿Disfrutaste de tu estancia entre las religiosas?

—Sí, la verdad es que sí —admitió ella, con una pequeña sonrisa nostálgica—. Aunque a veces era bastante restrictivo, me gustaba estar rodeada de amigas —su sonrisa se ensanchó aún más—. Incluso disfrutaba de mis estudios.

Philippe vio la mezcla de emociones que pasó por su rostro. Sus facciones se suavizaron, por lo que debía de estar recordando algo agradable. Por una vez, Raine había bajado la guardia por completo, y él se olvidó de la cena y saboreó el hecho de poder vislumbrar su corazón.

—Supongo que atormentaste a tus pobres profesoras, ¿verdad?

—Claro que no, quería aprender —Raine tomó un sorbo de vino antes de continuar—. A diferencia de la mayoría de mis compañeras, sabía que estaba recibiendo un regalo del que disfrutaban muy pocas jóvenes en mis circunstancias. Nunca di por sentado el derecho a recibir una educación.

A Philippe no le costó imaginársela estudiando con dedicación. Raine poseía una inteligencia innata y una curiosidad natural, la combinación perfecta para un alumno.

—Así que ya eras muy lista incluso de pequeña —alzó su vaso en un pequeño brindis, y añadió—: Te felicito.

—No sé si era especialmente lista, pero me planteé la posibilidad de dedicarme a la enseñanza.

Philippe se tragó su negativa instintiva. ¿Aquella mujer quería enseñar a un puñado de mocosas desagradecidas?, eso habría sido un pecado contra natura.

La contempló con franca curiosidad. Sabía por experiencia que la señorita Raine Wimbourne no solía permitir que la desviaran de los objetivos que se marcaba, así que le sorprendía que hubiera permitido que algo le impidiera enseñar si eso era lo que realmente quería hacer.

—¿Por qué no lo hiciste?

—Pensé... —se detuvo por un instante, como si estuviera luchando contra una súbita emoción indeseada, y finalmente añadió—: Pensé que mi padre me necesitaba.

Philippe frunció el ceño al notar una leve nota de tristeza en su voz.

—Y así era, por supuesto —le dijo con suavidad.

—Sí, pero... no como yo esperaba. Se había acostumbrado a vivir sin mí.

—¿Qué quieres decir?

—La señora Stone se ocupa de la casa, tiene amigos que le entretienen... no sabe qué hacer conmigo —admitió ella, cabizbaja.

Philippe apretó su vaso hasta que el frágil cristal estuvo a punto de hacerse añicos. Algún día le daría una buena paliza a Josiah Wimbourne.

—Y aun así, quieres volver a su lado.

—Es la única familia que me queda.

—¿Y la familia es tan importante?

Raine lo miró asombrada, y le dijo:

—Claro que sí. Sin mi padre, estaría completamente sola en el mundo.

Philippe tomó su mano, y la miró a los ojos.

—No, no estarías sola.

Ella apartó la mano y la colocó sobre su regazo, como si tuviera miedo de que él la tocara.

—A lo mejor me plantearé lo de la enseñanza cuando

vuelva a casa. El párroco enseña a varios muchachos de la zona, yo podría hacer lo mismo con las chicas. Tienen el mismo derecho a aprender a leer y a escribir.

Philippe se tensó al ver su apresurada retirada. Maldita mujer... le permitía que la acariciara de las formas más íntimas y la había tomado en todas las posiciones posibles, pero se apartaba en cuanto él amenazaba con superar sus barreras defensivas.

No debería importarle; al fin y al cabo, tenía lo que quería, su cuerpo en la cama. Pero no era bastante... maldición, nunca tenía bastante de aquella mujer.

Aquella certeza lo sacudió de tal forma, que se parapetó de forma instintiva tras su indiferente arrogancia. Si Raine quería seguir actuando como una cautiva reacia... que así fuera.

—Es un objetivo loable, pero no podrás cumplirlo en bastante tiempo, *meu amor*. Al menos, en Inglaterra –le dijo con calma–. Aunque si quieres compartir tus conocimientos con mis criadas, no te lo prohibiré.

Ella dio un pequeño respingo, como si la hubiera golpeado.

—¿Que no vas a prohibírmelo?

—Exacto.

—Qué amable por tu parte –le dijo ella, cada vez más furiosa.

—Deseas ayudar a los demás, y sin duda muchas de mis empleadas desean aprender. Parece un intercambio razonable.

—No estaba pidiéndote permiso, Philippe. No tienes autoridad sobre mí.

Él se inclinó hacia delante, y la contempló con un brillo acerado en la mirada.

—Estás muy equivocada, *menina pequena*. Ya te he dicho que eres mía.

—¡No lo soy! –Raine se levantó de golpe, y lo miró indignada–. Soy una mujer adulta, y más que capaz de tomar mis propias decisiones.

—Sí, tus decisiones estuvieron a punto de llevarte a la horca.

—Pero acabaron llevándome a tu cama.

Philippe se levantó poco a poco, y le dijo:

—Y allí has disfrutado a conciencia.

—¿Cómo te atreves a...?

—Me temo que tendrás que seguir con tu enfurruñamiento tú sola, *meu amor* —Philippe esbozó una sonrisa que no se reflejó en sus ojos—. Tengo que reunirme con Carlos. No hace falta que me esperes despierta, sin duda regresaré tarde.

Se fue del comedor sin esperar a su respuesta, y salió de la casa después de recoger su abrigo y sus guantes en el vestíbulo. Cuando salió al jardín, se estremeció ligeramente al sentir la fría brisa. Aminoró el paso, e inhaló profundamente.

¿Qué demonios le pasaba? Se había prometido que no dejaría que lo acicateara, que mantendría el control de la situación, pero sólo con estar cerca de Raine su afamada compostura se desvanecía.

No tenía sentido. Su desenvoltura con las mujeres estaba más allá de toda duda. Cumplían un propósito determinado en su vida, y a cambio las mantenía satisfechas. No sólo en su cama, sino con los regalos caros que les gustaban a todas las féminas.

Bueno, a todas menos a Raine... aunque lo cierto era que nunca le había pedido tanto a ninguna otra.

Hasta el momento, sus amantes no eran más que distracciones pasajeras que olvidaba en cuanto abandonaban su lecho. Nunca permitía que estuvieran bajo su techo, ni que interrumpieran su vida diaria; desde luego, jamás había intentado capturar sus corazones mercenarios, ni marcarlas profundamente y de forma absoluta para que jamás fueran capaces de olvidarlo.

Por Dios, estaba perdiendo la cabeza.

Cuando entró en la cuadra, no se sorprendió al ver que Carlos ya estaba allí. Al ver que su amigo ya había ensillado los caballos y estaba esperándolo con obvia impaciencia, todos sus sentidos se pusieron alerta. Tomó las riendas del semental negro, y montó con un movimiento fluido.

—¿Has sabido algo de Belfleur?

—Ha llegado un mensaje suyo hace una hora —Carlos montó también, y lo precedió hacia el exterior de la cuadra—. Estará esperándonos en las habitaciones posteriores del Frascati's.

Philippe asintió, y se alegró de llevar la corbata de rigor. El local era una de las casas de juegos más elegantes de París, y había que ir bien vestido.

—Debe de haber descubierto algo —murmuró, mientras avanzaban por las calles heladas—. A lo mejor tendremos una buena noticia por fin.

Al notar la tensión de su voz, Carlos le lanzó una mirada llena de curiosidad y le preguntó:

—¿Ha habido algún problema?

—Estoy empezando a pensar que las mujeres están en este mundo para crear el caos en la ordenada existencia de un hombre.

—Nunca te había visto teniendo problemas con las mujeres... al menos, hasta que el Granuja de Knightsbridge detuvo nuestro carruaje.

Philippe soltó un profundo suspiro, y su aliento se condensó en el aire frío.

—Si hubiera tenido la más mínima sensatez, la habría entregado aquella misma noche al magistrado para no tener nada que ver con ella.

—Nada te obliga a mantenerla a tu lado. Si te molesta, déjala ir.

—Concentra tus atenciones en otras mujeres, Carlos. Nunca tendrás a Raine —le advirtió Philippe, ceñudo.

Su amigo se encogió de hombros, pero por suerte permaneció en silencio mientras continuaban su camino. Iban más despacio de lo que Philippe habría querido, pero no iba a correr el riesgo de que su montura se rompiera una pata a causa del hielo. Al menos, el tráfico era bastante ligero hasta que llegaron a París, e incluso en la ciudad la mayoría de la gente se había refugiado del frío en las tabernas.

Cuando llegaron por fin a la calle Richelieu, Philippe fue hacia la puerta en cuanto desmontaron, pero Carlos lo detuvo con una mano en el hombro.

—Entra tú a hablar con Belfleur, yo prefiero quedarme aquí vigilando.

Philippe lo miró con atención, y se dio cuenta de que su amigo parecía bastante tenso.

—¿No confías en él?

—No confío en nadie, pero esta noche lo que me preocupan son las calles. Se huele la violencia en el ambiente.

Philippe tuvo que admitir para sus adentros que tenía razón. A pesar de que los ciudadanos más adinerados llenaban las tiendas y las casas de juego, había varios grupitos de borrachos deambulando por las calles en busca de entretenimiento. Si cometían la idiotez de enfrentarse con la guardia del rey, el barril de pólvora podría estallar de inmediato.

—Tienes razón —lo miró con expresión muy seria, y añadió—: Si surge cualquier problema, quiero que regreses a la casa y que pongas a Raine a salvo. ¿Entendido?

—*Meu Deus*, ¿cuándo te he dejado en medio de una pelea?

Sus miradas se enzarzaron en una batalla silenciosa, y finalmente Philippe sacudió la cabeza. El vínculo que se había ido forjando a lo largo de los años había salido a la superficie, y volvían a ser como hermanos.

—Te lo pido como amigo, Carlos —le dijo con suavidad—. Fui yo quien trajo a Raine a esta ciudad, y si le pasara algo, no... no podría soportarlo. No le confiaría su seguridad a nadie más, ¿me prometes que la pondrás a salvo?

Carlos lo miró con expresión tensa por un instante, pero finalmente respiró hondo y asintió.

—*Sim*. Te doy mi palabra.

Satisfecho, Philippe se volvió y entró en el vestíbulo de la casa de juego, donde un empleado de lo más estirado se acercó para tomar su abrigo y sus guantes. La mirada del hombre se detuvo por un instante en sus distintivos rizos negros, y lo saludó con una reverencia.

–¿*Monsieur* Gautier?
–*Oui*.
–Sígame, por favor.

El hombre lo llevó a través del salón principal, que estaba bastante silencioso a pesar de la cantidad de clientes que observaban con expresión ávida la larga mesa cubierta con un paño verde, en cuyos extremos había empleados que vigilaban las diversas fortunas que se dejaban a manos del destino.

Los jugadores estaban pendientes de la ruleta, así que nadie le prestó la más mínima atención. Por eso aquel tipo de establecimientos siempre era tan conveniente para llevar a cabo reuniones secretas, podía estar a plena vista sin que nadie notara su presencia. Era mucho más sencillo que ir a hurtadillas.

Tomaron un pasillo, y fueron dejando atrás salas más pequeñas con más jugadores. Finalmente, el hombre se detuvo delante de la última puerta, abrió después de dar un golpecito discreto, y le indicó que entrara.

Philippe oyó que la puerta se cerraba a su espalda, y recorrió con la mirada el pequeño pero elegante despacho. Había un sólido escritorio con una silla junto a los estantes situados bajo la ventana, y en el otro extremo había una chimenea con un sofá de cuero a cada lado. En uno de ellos estaba sentado el hombre al que había ido a ver.

–Hola, Belfleur –le dijo, mientras se acercaba a él.

–Hola, Gautier –su amigo le indicó el otro sofá sin molestarse en levantarse–. Siéntate.

–¿Tienes un despacho privado aquí? Nunca dejas de sorprenderme, viejo amigo –comentó Philippe, mientras se sentaba en el asiento de cuero.

Belfleur se encogió de hombros, pero sonrió con obvia satisfacción.

–La gente me debe favores, y de vez en cuando pido que me los devuelvan. Pensé que sería mejor que no nos vieran juntos, nadie sabrá de este encuentro.

—¿Has averiguado algo?
—Sí, creo que te resultará interesante —Belfleur miró hacia una bandeja de plata que había sobre una mesa—. ¿Vino?
—No, gracias —Philippe se inclinó hacia delante—. ¿Qué has descubierto?

Al darse cuenta de que su amigo no estaba de humor para perder el tiempo, Belfleur entrelazó las manos sobre su estómago y le dijo:

—Uno de mis chicos dice que ha trabajado para un tipo que se hace llamar Seurat.
—¿Te ha dicho qué aspecto tiene?
—Es un hombre bajito y nervioso, cojea y tiene una cicatriz en una mejilla. También me ha dicho que tiene la manía de murmurar para sí.
—Es él. ¿Qué tipo de trabajo ha hecho el chico para él?
—Lleva varios años pagándole para que vigile de vez en cuando una casa de Montmartre.
—Jean-Pierre —Philippe se dio cuenta de que aquel malnacido había estado acechando a su hermano, como si fuera un depredador, hasta que había pasado al ataque.

No era de extrañar que hubiera sabido cuándo iba a ir Jean-Pierre a Inglaterra, y que le hubiera resultado tan fácil preparar la trampa que había llevado al necio de su hermano a prisión.

Se le heló la sangre en las venas al darse cuenta de que aquel loco podría haber asesinado a Jean-Pierre a placer. Si no hubiera sido por sus ansias de venganza, a esas alturas tendría que ir a visitar a su hermano a la cripta familiar.

Se puso de pie de golpe, y empezó a pasearse de un lado a otro.

—Maldito canalla, lo enviaré derecho al infierno.
—Buena idea.
—¿Dónde puedo encontrarlo?
—Es difícil de saber —Belfleur empezó a juguetear con el anillo de oro que llevaba—. El tal Seurat se acercaba a Georges en la calle, y sólo le decía adónde tenía que ir y dónde se encontrarían para que pudiera pagarle.

Philippe se sintió decepcionado, pero se dijo que tendría que haber sabido que no iba a ser tan fácil. Perseguir a Seurat era como avanzar por un laberinto. Su único consuelo era que estaba plenamente convencido de que acabaría atrapándolo. Y cuando ese día llegara, se cobraría toda su frustración en sangre.

Se detuvo en el centro de la habitación, y le preguntó a Belfleur:

—¿Georges es un ladronzuelo?

—Sí, entre otras cosas —le contestó su amigo, tras una pequeña vacilación.

—¿En qué calle trabaja?

—En la que está mi tienda.

Eso quería decir que llevaba en el negocio el tiempo suficiente para haber ido ascendiendo en la red criminal... y que era lo bastante listo para no venderle a Belfleur información falsa, ya que eso era muy poco recomendable.

—¿Cuándo fue la última vez que vio a Seurat?

—Me temo que hace varias semanas.

Aquello no le sorprendió, porque Seurat debía de haber ido a Inglaterra antes de que Jean-Pierre partiera hacia allí.

—¿Te ha dicho algo más?

Belfleur se levantó del sillón, y le dijo:

—*Non*, pero creo que debe de hospedarse cerca de mi tienda. Hay muchachos dispuestos a trabajar por unas monedas en todas las calles, ¿por qué iría allí a menos que le resultara conveniente?

—Todas las pistas parecen llevar a esa zona —comentó Philippe, al recordar la ropa que había encontrado en uno de los callejones—. Pero tardaré bastante en comprobar cada edificio.

—Haré que mis chicos vigilen las tabernas y los mercados, tiene que conseguir la comida en alguna parte.

Philippe se acercó a él, y posó una mano en su hombro.

—Me has ayudado mucho, Belfleur. Estoy en deuda contigo.

—No te preocupes, Gautier. Me la cobraré cuando me resulte conveniente. Ah, antes de que se me olvide... espero que tu mujer te recompensara adecuadamente por tus generosos regalos.

–Sí, recibí mi recompensa –Philippe soltó una carcajada, y se volvió hacia la puerta–. Te aseguro que ha sido una lección que no olvidaré.

19

Raine se paseó de un lado a otro con nerviosismo tras la brusca partida de Philippe. Era el... el asno más arrogante, poco razonable y perverso que había pisado jamás la faz de la tierra. Se preguntó si alguna vez admitiría que ella era algo más que un objeto bonito que podía quedarse o dejar a un lado, que tenía sus propias esperanzas y sus propios sueños.

No, claro que no.

Philippe estaba dispuesto a apaciguarla con joyas extravagantes y hermosos vestidos; al fin y al cabo, sólo le costaban dinero y no corría el riesgo de tener que ofrecer algo de sí mismo.

Sólo un caballero que sintiera algo por ella querría hacerla feliz de verdad, y Philippe no sentía nada por nadie.

Sintiéndose ridículamente deprimida, fue al saloncito y se colocó frente a la chimenea. Necesitaba distraerse con algo, pero en la casa no tenía libros, labores de costura, ni tareas pendientes. Era irónico que hubiera escapado de los confines de una casa aburrida para acabar encerrada en otra.

Aunque en Knightsbridge no tenía un amante irritante, implacable e increíblemente atractivo que llenaba sus noches de un placer pecaminoso.

Sintió una reveladora calidez en su interior. Sólo con pensar en estar con Philippe se le aceleraba el corazón... porque era una idiota débil y ridícula, se dijo con severidad.

Se volvió de inmediato al oír el suave susurro de la puerta

al abrirse. Pensaba que se trataba de Philippe, así que se quedó helada al ver al desconocido que entró en la habitación. Era bastante bajito; de hecho, debía de medir sólo unos cinco centímetros más que ella, y se notaba que estaba demasiado delgado a pesar del grueso abrigo que llevaba. Como tenía puestos un pañuelo que le tapaba la parte inferior de la cara y un gorro de lana, sólo alcanzaba a ver que tenía el rostro delgado, los ojos de un tono pálido, y una nariz puntiaguda. A primera vista no parecía demasiado peligroso... a menos que uno viera el inestable brillo de sus ojos.

O la pistola que se sacó del bolsillo y con la que le apuntó directamente al corazón, claro.

—Si grita, mataré al que aparezca por la puerta para ayudarla —le dijo, con un marcado acento inglés.

Raine sintió que el pánico la sofocaba, pero se obligó a apartarlo a un lado de inmediato. Aquel hombre tenía que ser Seurat, ¿quién más se atrevería a entrar en la casa con la servidumbre despierta? Y si estaba tan loco como sospechaban, tenía que estar despejada y alerta.

Se humedeció los labios, y por un instante deseó que Philippe estuviera lo bastante cerca para acudir a rescatarla. Aquel hombre menudo y delgaducho no tendría ninguna posibilidad contra su fuerza.

Pero entonces sacudió la cabeza de forma inconsciente.

¿En qué estaba pensando? Sería un desastre que Philippe estuviera allí, porque a pesar de su fuerza, no podría esquivar una bala; además, era tan testarudo, que seguro que insistiría en capturar a aquel hombre a pesar del peligro.

Mientras luchaba por mantener la calma, se cruzó de brazos y miró cara a cara al hombre, cuya mirada brillaba con una intensidad inquietante.

—Supongo que usted debe de ser el misterioso Seurat, ¿no? —le dijo con tranquilidad.

El hombre pareció sorprenderse, aunque Raine no supo si era porque lo había reconocido o porque no mostraba ningún temor hacia él.

—No importa quién soy —le contestó él al fin.

Ella evitó bajar la mirada hacia la pistola que seguía apuntándole al corazón, como si el objeto no pudiera dañarla si fingía que no estaba allí. Sabía que era una tontería, pero era la única forma de conservar la compostura.

—Si busca a Philippe, me temo que no está aquí.

—Ya lo sé, he visto cómo se marchaba.

Raine sintió que el corazón se le encogía en el pecho. Si había entrado en la casa a pesar de saber que Philippe no estaba, tenía que ser porque quería sorprenderla sola.

—¿Qué...? —tuvo que respirar hondo antes de poder continuar—. ¿Qué es lo que quiere?

Un violento temblor lo sacudió de forma visible.

—Quiero lo que me quitaron, pero usted me bastará por ahora.

—No tengo nada que ofrecerle —la voz de Raine era ligeramente ronca, pero firme.

—Al contrario, puede ofrecerme más de lo que yo había soñado nunca.

—¿A qué se refiere?

—Con usted, mi venganza estará un poco más cerca.

Raine retrocedió un poco hacia la chimenea con disimulo, porque en la repisa había un pesado candelabro que podía usar a modo de arma. No le serviría de mucho contra una bala, pero al menos podría presentar batalla si aquel hombre tenía algún otro plan infame en mente.

—¿Qué tengo yo que ver con su venganza? Según tengo entendido, su enfrentamiento es con Louis Gautier, y ni siquiera lo conozco.

—Mi venganza caerá sobre toda la familia Gautier, empezando por Jean-Pierre y acabando por Louis.

Raine se estremeció al oír el tono estridente de su voz. Estaba claro que era un demente.

—Sigo sin entender lo que tengo que ver en este desagradable asunto. No soy miembro de la familia.

—Puede que no, pero tiene a Philippe encandilado.

A pesar del miedo que sentía, Raine no pudo contener una carcajada.

—Se equivoca, sólo soy una mujer que está compartiendo por un tiempo su casa. No tardará en reemplazarme por otra.
—No. Les he visto juntos, he visto cómo la mira.
—¿Y cómo lo hace?
—Como si usted fuera un tesoro de un valor incalculable que teme que se le escape de las manos. Perderla le hará más daño que cualquier otra represalia que pudiera inventarme.

Aquel hombre estaba realmente chalado si creía que Philippe la consideraba algo más que una conveniencia temporal.
—Sigo sin entender lo que quiere de mí.
—Quiero que me acompañe.

Raine lo miró horrorizada. No pensaba ir a ningún sitio con aquel desquiciado. Por muy ingenua que fuera, tenía el sentido común suficiente para saber que sería muy, pero que muy mala idea.
—No pienso hacerlo.

El hombre se le acercó, y el agrio olor de su desesperación la golpeó con fuerza.
—No está en condiciones de discutir conmigo.
—¿Piensa dispararme?
—Si es necesario, sí.
—Entonces, hágalo —Raine alzó la barbilla en un gesto orgulloso. Prefería una muerte limpia a cualquier cosa que aquel hombre tuviera planeada—. No voy a ir con usted.
—Esperaba que pudiéramos ser civilizados, pero...

Raine sintió que se le aceleraba el corazón al ver que la mano que empuñaba la pistola ascendía poco a poco. Por Dios, iba a dispararle a la cabeza. Apenas había tenido tiempo de asimilar la idea, cuando la culata de la pistola la golpeó de lleno en la barbilla.

La oscuridad la envolvió, y se desplomó sin más.

Cuando Philippe y Carlos llegaron a la casa, había empezado a caer una fina y fría lluvia. Ya habían hablado sobre la información que les había facilitado Belfleur, y al amanecer continuarían con la búsqueda. Fueron hacia la vivienda después de dejar las monturas a cargo de un somnoliento mozo de cuadra, pero Carlos se detuvo en el jardín.

La casa se cernía silenciosa delante de ellos, la luz que salía por las ventanas brillaba con la promesa de una reconfortante calidez, y la idea de disfrutar de un baño caliente y de una botella de brandy resultaba de lo más tentadora. La noche había empezado siendo fría, pero había ido empeorando por momentos. Poder quitarse la ropa mojada y entrar en calor parecía el paraíso.

Pero mientras permanecía allí inmóvil, temblando bajo el viento helado, una extraña agitación le ardía en la boca del estómago.

No quería regresar a sus solitarias habitaciones, sobre todo sabiendo que al otro lado del pasillo Philippe estaría acostándose junto a Raine.

La mera idea bastó para que se le tensara la mandíbula, y un peso enorme le oprimió el pecho. Aquella belleza rubia estaba afectándolo hasta un punto inaudito. A lo mejor se debía al hecho de que era una fruta prohibida... o quizás era algo más, algo que ni siquiera quería plantearse. Pero fuera cual fuese la causa, sabía que necesitaba desesperadamente una distracción.

Era eso, o hacer algo de lo que acabaría arrepintiéndose durante el resto de su vida.

—¿Carlos?

Al darse cuenta de que Philippe se había detenido también y lo miraba con expresión interrogante, sacudió la cabeza y le dijo:

—Entra sin mí.

—¿Te pasa algo?

—Voy a fumar un rato, y puede que después dé un paseo hasta la taberna de la zona.

Philippe se tensó, y lo observó con una expresión imposible de leer en la oscuridad.

—Es una noche muy fría para salir de paseo.

—He aguantado peores condiciones —le dijo, mientras se sacaba un puro del bolsillo.

—Seguro que te aburres entre la gente de por aquí.
—Siempre se puede encontrar alguna diversión.
—Carlos... —Philippe alargó la mano hacia él de forma instintiva.
Carlos retrocedió con rigidez, para evitar aquel gesto de lástima.
—Entra ya, Philippe —le dijo con voz cortante.
Tras una breve pausa, su amigo asintió y le dijo:
—Como quieras.
Cuando Philippe entró en la casa, Carlos se colocó a cubierto y consiguió encender el puro al tercer intento. Inhaló profundamente, y sintió que sus músculos iban relajándose poco a poco. Incluso esbozó una sonrisa sarcástica.
Aquello habría sido de lo más divertido si no hubiera estado en medio de la lluvia. Era casi una leyenda por su habilidad para seducir a las mujeres, estuvieran o no comprometidas con otro hombre. Había entrado por las ventanas de incontables esposas, había disfrutado de noches con doncellas comprometidas, y había eludido las balas de más de un amante celoso. Diablos, incluso se había acostado con una novia la noche anterior a la boda. A lo mejor todo aquello era un caso de justicia poética.
Tiró el puro al suelo, y lo apagó con la bota antes de taparse mejor con su abrigo. Había llegado el momento de encontrar a una mujer cálida, que estuviera dispuesta a ayudarlo a deshacerse de aquella dolorosa frustración.
Apenas había dado un paso hacia la puerta lateral, cuando oyó un grito y un sonoro estruendo procedentes de la casa. Sin vacilar ni un instante, sacó la pistola del bolsillo y echó a correr hacia allí. Entró por la puerta trasera y fue a toda velocidad hacia la escalera, ya que seguía oyéndose un gran estrépito en la planta superior.
Era posible que Philippe hubiera caído en alguna trampa, o que su pronto regreso hubiera pillado desprevenido a algún malhechor.
Entró en el saloncito preparado para cualquier peligro, pero se paró en seco al ver a su amigo yendo de un lado para

otro lanzando enloquecido jarrones, platos y figuritas. Se quedó mirándolo con asombro por un momento, preguntándose si había perdido la cabeza, y al final se le acercó y lo agarró de los hombros.

—¿Qué pasa, Philippe? —cuando su amigo soltó un gruñido gutural e intentó zafarse de él, le dio una ligera sacudida—. Dime, ¿qué ha pasado?

Philippe continuó resistiéndose por unos segundos, pero de repente agarró a Carlos de las solapas y estuvo a punto de levantarlo del suelo.

—Voy a matarlo —dijo, muy pálido—. ¡Le retorceré el pescuezo, le arrancaré el corazón y se lo meteré por la garganta!

Carlos sintió que el miedo le oprimía el corazón.

—¿Te refieres a Seurat?, ¿ha hecho algo? Maldita sea, dime lo que pasa.

Como pensaba que lo más probable era que lo lanzara por la habitación, no supo cómo reaccionar cuando Philippe lo soltó de repente, se desplomó de rodillas, y se cubrió la cara con las manos.

—Se la ha llevado —le dijo, con voz ronca.

El miedo fue en aumento cuando Carlos vio la nota arrugada que había sobre la alfombra. Casi entumecido, fue a recogerla y la alisó.

La mujer es el pago de lo que se me debía.
Seurat

Una furia ciega y abrumadora se adueñó de Carlos. Raine. Por Dios, era tan delicada, tan frágil... pensar que estaba a merced de semejante monstruo demente...

—Malnacido —siseó. Los pensamientos se sucedían en un barullo enrevesado mientras andaba de un lado para otro, imaginando los numerosos y sanguinarios métodos que iba a usar para acabar con aquel hombre.

De repente, se oyó un leve sonido junto a la puerta, y *madame* LaSalle entró en el saloncito con una mano en el corazón.

—¿*Monsieur*? —la mujer abrió los ojos como platos al ver la habitación destrozada y a Philippe de rodillas, con la cara entre las manos—. Dios del cielo, ¿han entrado a robar?

Tras un tenso silencio, Philippe se puso en pie lentamente. Sus facciones parecían talladas en hielo puro, y las emociones descarnadas habían sido reemplazadas por una rigidez implacable y cruel. Se había convertido en un depredador letal que iba a dar caza y a destruir a su presa.

—Reúna a los sirvientes en la cocina —le ordenó a la mujer—. A todos sin excepción. Si alguno de ellos está fuera, quiero que regrese de inmediato. Bajaré dentro de un momento para hacerles unas preguntas.

El ama de llaves respondió de forma instintiva. Irguió la espalda, y pareció recuperar la compostura.

—*Oui*, monsieur. Los reuniré de inmediato.

Cuando *madame* LaSalle salió de la habitación, Philippe se acercó a la chimenea.

—Carlos.

—¿*Sim*?

—Quiero que vayas a la tienda de Belfleur, y que empieces a buscar en las caballerizas de esa vecindad. Quiero saber quién ha alquilado un carruaje, y si todo el mundo lo ha devuelto.

—Ya estarán cerradas a estas horas.

—Despierta a quien haga falta.

Carlos asintió mientras luchaba contra la furia que sentía. No tenía la capacidad de Philippe de bloquear las emociones, y necesitaba romper algo o hacerle daño a alguien cuanto antes.

—Por supuesto, pero es posible que haya venido a caballo.

—No —Philippe aferró la repisa de la chimenea con tanta fuerza, que los dedos se le quedaron blanquecinos—. Vino para secuestrar a Raine, así que no se arriesgaría a que lo vieran a caballo con una mujer que forcejea, o que esté atada y amordazada.

Carlos se paseó de un lado a otro del saloncito como un león enjaulado, y se negó a imaginarse a Raine atada e indefensa.

—Es un gran riesgo. Si vino con la intención de secuestrarla, tuvo que vigilar la casa hasta que nos fuimos. Un carruaje parado en la calle durante tanto rato habría llamado la atención.

—A menos que lo dejara cerca de la taberna.

Carlos tuvo que darle la razón. Seurat había demostrado ser un hombre listo, y les había tomado la delantera demasiadas veces.

—¿Qué vas a decirles a los sirvientes?

—Quiero que registren la casa y el jardín. Puede que Seurat haya dejado alguna pista que nos permita atraparlo.

—Es un punto de partida, pero no basta —le dijo Carlos.

Philippe se volvió hacia él, y lo miró con una expresión gélida.

—¿Se te ocurre un plan mejor?

—*Meu Deus* —Carlos se pasó las manos por el pelo—. Tendríamos que haber sido más cuidadosos. No tendríamos que haberla dejado sola.

Philippe se volvió hacia el fuego.

—No, Carlos, he sido yo quien le he fallado. Fui yo quien la alejó de su casa y la puso en peligro, no tú. Pero la encontraré, aunque tenga que hacer añicos París ladrillo a ladrillo. Ve a la tienda de Belfleur, me reuniré contigo...

Carlos frunció el ceño al ver que su amigo dejaba de hablar de golpe y se arrodillaba para tocar el suelo.

—¿Qué pasa? —se le acercó y se agachó a su lado con impaciencia. Quizás había descubierto alguna pista—. ¿Philippe?

Sin decir palabra, Philippe alzó la mano. Carlos sintió que se le paraba el corazón al ver que tenía la punta de un dedo manchada de algo rojo e inconfundible: sangre.

Carlos soltó una sarta de imprecaciones, se puso de pie y estampó un puñetazo en la pared. El golpe hizo que se cayera al suelo un pequeño jarrón que había sobre la repisa, y que varios cuadros se movieran. Por desgracia, no sirvió para aliviar la furia que lo asfixiaba.

Mientras abría y cerraba la mano, se volvió hacia Philippe, que seguía arrodillado frente al fuego. Tenía el rostro macilento, y la mirada fija en la sangre que le teñía el dedo. Parecía que se hubiera quedado congelado, y que pudiera romperse con sólo respirar.

Le puso una mano en el hombro, y le dijo con suavidad:
—Sólo es una gota, Philippe.

La expresión de su amigo permaneció fría y distante, pero Carlos se dio cuenta de que estaba temblando.
—Está herida.
—No saques conclusiones precipitadas —le sacudió el hombro con fuerza, y le dijo con voz firme—: Conoces bien a Raine, sabes que no se rendiría sin luchar. Es más que posible que la sangre sea de Seurat.

Tras un tenso y asfixiante silencio, su amigo asintió y se puso de pie.
—Vamos a encontrarla, y cuando lo hagamos, Seurat es hombre muerto —le dijo Philippe.

Raine luchó por emerger de la oscuridad, aunque algo en su interior le advertía que sería mejor que permaneciera inconsciente. En la densa oscuridad, el dolor que le martilleaba en las sienes sólo era una incomodidad distante, y podía fingir que estaba a salvo en su camita, sin dementes a la vista.

Por desgracia, sabía que sería una insensatez permanecer tan vulnerable estando en manos de un malhechor desesperado. No era ninguna cobarde, y se enfrentaría a lo que fuera con los ojos abiertos y la frente alzada.

Gracias a su ataque de valentía, consiguió abrir los párpados y echar un vistazo a la habitación donde se encontraba, que estaba apenas iluminada por la luz de primera hora de la mañana. No había mucho que ver.

Estaba tumbada en un estrecho sofá bajo una ventana con las cortinas echadas. En la esquina opuesta había una silla a juego, y una mesa de madera con un jarrón agrietado. No había alfombras, y las paredes estaban viejas y manchadas.

Había una habitación contigua que debía de ser un dormitorio, y por los sonidos que salían de allí, supuso que su captor estaba muy atareado preparándose para el día.

Al darse cuenta de que era un alojamiento de bajo coste, como tantos otros parecidos que había diseminados por todo París, se le cayó el alma a los pies. Parecía imposible que Philippe pudiera encontrarla, ya que aquel sitio no tenía nada especial que indicara que allí vivía un loco obsesionado por las ansias de venganza.

Se apretó los dedos contra las sienes, y se obligó a apartar aquel pesimismo. No necesitaba que Philippe Gautier acudiera al rescate, no era ninguna cobarde sin iniciativa.

Había salvado a su padre de la horca, y había cabalgado por los oscuros caminos haciéndose pasar por el Granuja de Knightsbridge. Era perfectamente capaz de salvarse a sí misma... aunque habría sido mucho más fácil si no le doliera tanto la cabeza y no estuviera a punto de vomitar.

Intentó incorporarse, y se aferró a la sábana vieja que la cubría como si pudiera calmar los temblores que la sacudían. No fue una gran hazaña, pero se sintió exhausta cuando apoyó la cabeza en el respaldo del sofá; de hecho, estaba tan agotada, que ni siquiera pudo hacer acopio del miedo de rigor cuando Seurat llegó desde la habitación contigua.

Quizás era porque parecía completamente inofensivo. Se había puesto una chaqueta gris raída y unos pantalones holgados, y como no tenía el pañuelo en la cara ni el abrigo, pudo ver bien su rostro delgado, la cicatriz que le marcaba una mejilla, y el pelo canoso y escaso. Tenía una nariz larga, unos labios delgados, y una mandíbula débil.

Su aspecto le recordó a un hurón. Sus ojos tenían un brillo inestable, pero Raine se sorprendió al darse cuenta de que le parecía un ser bastante patético. Era como si estuviera inmerso en una oscuridad que lo aprisionaba.

—Por fin ha despertado —el hombre se acercó a ella, y le ofreció una taza humeante—. Bébase esto.

A pesar del dolor, Raine se hundió aún más en el respaldo del sofá al echarse hacia atrás, y miró la taza con expresión horrorizada.

—No, apártela de mí.

Su captor parpadeó al ver su reacción, como si se sintiera ofendido por su falta de confianza.

—Si quisiera envenenarla, no habría esperado a que despertara. Es una infusión de migranela, paliará su dolor de cabeza.

—Teniendo en cuenta que ha sido usted quien me ha provocado el dolor de cabeza, no sé por qué se toma la molestia de intentar aliviarlo.

Raine esperaba que él se enfadara, así que se sorprendió al ver que se ruborizaba.

—Lamento haber tenido que golpearla, no soy un hombre violento con las mujeres.

—Un poco tarde para lamentaciones, ¿no? —Raine se tocó la barbilla, que aún le dolía.

—No me dejó otra opción —protestó él, con expresión tensa—. Le pedí que viniera conmigo, no habría tenido que golpearla si me hubiera obedecido. Venga, bébase la infusión.

Raine aceptó la taza a regañadientes, y tomó un sorbo. La bebida estaba un poco amarga, pero alivió ligeramente el martilleo de sus sienes.

Mientras se bebía la infusión, bajó la mirada y repasó sus opciones. Aunque Seurat no era un hombre corpulento, era dudoso que pudiera ganarle en un mano a mano; además, estaba tan nervioso, que lo más probable era que volviera a dejarla sin sentido de un golpe si intentaba gritar.

Su mejor opción parecía ser lograr que se confiara. Si lograba distraerlo, a lo mejor incluso encandilarlo, quizás conseguiría que bajara la guardia por un instante para poder escapar.

Sólo tenía que averiguar cómo ingeniárselas para encandilar a un lunático.

Raine se obligó a apurar la infusión, y recorrió con la mirada la austera habitación con fingida despreocupación.

—¿Dónde estamos?

—En mis habitaciones. Lamento que no sean más cómodas, pero son todo lo que puedo permitirme en mis circunstancias.

Ella esbozó una sonrisa, y se sorprendió al darse cuenta de que no le resultó tan difícil como debería. No había duda de que aquel hombre era peligroso y capaz de pasar al ataque en cualquier momento, pero parecía decidido a mostrarse amable con ella.

—Son sencillas, pero bastante agradables.

Seurat tomó su vaso y lo colocó sobre la mesa. Sus movimientos eran rápidos pero un poco espasmódicos, ya que cojeaba de una pierna.

—Sólo son dignos de la chusma que infesta esta vecindad. Yo soy un caballero.

—Sí, por supuesto.

Él se volvió a mirarla, y la observó con un brillo de aguda perspicacia.

—No me cree, y lo entiendo. Nadie me cree. Pero le aseguro que he logrado verdaderas proezas a lo largo de mi vida.

—¿De verdad? —Raine se arropó mejor con la manta—. ¿Qué clase de proezas?

—He viajado por todo el mundo.

—¿En serio?, no hay duda de que ha sido afortunado.

—Más que afortunado —empezó a pasearse de un lado a otro, sin dejar de gesticular con las manos—. He estado en los lugares más exóticos y remotos a los que un caballero puede aspirar a llegar, he vivido con los lugareños y se me ha permitido ver cosas que ningún otro hombre blanco ha visto jamás. He desenterrado tesoros que la dejarían sin aliento, y he descubierto secretos que llevaban siglos ocultos —se llevó la mano a la cabeza de repente, como si estuviera sufriendo un dolor súbito. O quizás había empezado a hablarle la voz que parecía atormentarlo—. Y me lo arrebataron, Gautier lo destruyó.

Raine se arropó aún más con la manta. El tangible fervor de aquel hombre era como un veneno que lo corroía. Era un fanático, lo consumían sus sueños. No era de extrañar que hubiera dedicado los últimos treinta años a su deseo de venganza.

Louis Gautier le había arrebatado la vida; al menos, así consideraría Seurat una traición.

—*Monsieur* Gautier no puede impedirle que siga con sus viajes, ¿no? —le preguntó con suavidad.

Seurat apretó los puños con fuerza, y la miró ceñudo.

—¿Acaso está ciega?, ¿cómo voy a hacer de guía si estoy lisiado? Nadie me contrataría, y aun suponiendo que lo hicieran, sería incapaz de hacer bien mi trabajo. Gautier me dejó sin nada.

De repente, a Raine se le ocurrió una posibilidad horrible.

—¿Fue él quien... quien le dañó la pierna?

—No lo hizo en persona, por supuesto. No se ensuciaría las manos con un simple criado. Contrató a otros para que hicieran el trabajo sucio.

—Pero, ¿por qué?

—Porque me negué a permitir que me quitara lo que me pertenecía. Fui yo quien descubrió la tumba, quien pasó noches excavando, quien fue bendecido por los dioses.

—¿Amenazó a *monsieur* Gautier?

—No estaba dispuesto a dejar que me robara lo que me había ganado.

Raine vaciló por un momento. Sabía que tendría que dejar de ahondar en el tema; al fin y al cabo, lo que había pasado hacía dos décadas en Egipto no tenía nada que ver con ella, ¿no? Sólo era un pobre peón atrapado en aquel ridículo juego, y lo único que importaba era encontrar la forma de escapar; sin embargo, en el fondo sabía que su creciente inquietud estaba relacionada con Louis Gautier, y con lo que podría llegar a descubrir sobre él.

Tragó con dificultad, y bajó la mirada de forma inconsciente hacia la pierna malograda de Seurat.

—¿Qué le hicieron? —se obligó a preguntarle.

Seurat la miró a los ojos sin pestañear, y le dijo:

—Tres hombres me llevaron lejos de la tienda. Supongo que Gautier no quería que lo molestaran los gritos, aunque no habría hecho falta que se preocupara por eso. Me desmayé después de que me rompieran las piernas.

—¿Le dieron una paliza? —Raine sintió que se le encogía el estómago.

—*Non, ma petite.* Me asesinaron. Gautier se fue de Egipto creyéndome muerto y enterrado en la arena. Yo también me daba por muerto, hasta que una tribu de nómadas me descubrió tres días después.

—Dios mío —Raine se tapó la boca con la mano.

—Dios no tuvo nada que ver —sus facciones delgadas reflejaron un odio descarnado—. Fue obra del diablo, y sus engendros deben pagar por ello.

Philippe se despertó en el pequeño sofá del saloncito. No sabía cuánto tiempo había dormido... una o dos horas quizás, desde que había detenido la infernal búsqueda de Raine por las oscuras calles de París.

O quizás sería más exacto decir que había sido Carlos quien había detenido la búsqueda.

A pesar de sus esfuerzos, no habían averiguado casi nada. Carlos había encontrado las caballerizas donde le habían alquilado un carruaje a un hombre que encajaba con la descripción de Seurat, y le habían dicho que el vehículo había sido devuelto tan sólo una hora antes de que fuera a preguntar al respecto. Pero lo único que sabían los empleados era que el hombre usaba la caballeriza de vez en cuando, y que frecuentaba los mercados de la zona.

Él había querido empezar a registrar cada uno de los edificios. Le había dado igual que la gente estuviera durmiendo, y que podría acabar siendo arrestado por la guardia del rey. Raine había desaparecido, y estaba dispuesto a hacer lo que hiciera falta para llevarla de vuelta a casa.

Carlos había intentado hacerle entrar en razón, pero él había estado tan atrapado en un entumecimiento gélido, que no le había hecho caso. Aquella sensación fría e implacable le resultaba familiar, porque había vivido envuelto en ella durante la mayor parte de su vida... hasta que había conocido a Raine.

Ella era quien le proporcionaba calor, quien lo liberaba de su prisión de hielo. Sin ella, no podía sentir nada, y seguiría insensible hasta que volviera a tenerla en sus brazos.

Finalmente, Carlos había optado por un método de lo más expeditivo para zanjar la discusión: le había dejado inconsciente de un golpe.

Philippe se incorporó, y se frotó la mandíbula. Ni siquiera había visto llegar el golpe hasta que había sentido el dolor.

Al ver que se movía, Carlos se levantó de la silla donde estaba sentado junto a la chimenea, y fue hacia él. Estaba demacrado y tenía ojeras, y era obvio que también estaba sufriendo por la desaparición de Raine.

Por extraño que pareciera, Philippe no tuvo ganas de darle una paliza por ello. De momento eran dos hombres unidos por la misma fuerza motriz, y todo lo demás eran distracciones que no podían permitirse.

—¿Qué hora es?

—Casi las siete y media —Carlos lo miró con una sonrisa

cauta por un instante, y finalmente le preguntó–: ¿Cómo te encuentras?

Philippe esbozó una sonrisa irónica. Le dolía la mandíbula, tenía el cuerpo entero tan cansado que hasta el más mínimo movimiento le costaba un gran esfuerzo, y le pesaban los párpados. Pero sobre todo estaba... helado. El frío le calaba hasta los huesos.

–Tienes suerte de que no tenga fuerzas para devolverte tu desagradable sorpresa –se tocó la mandíbula magullada, y añadió–: pero si me das un par de minutos, estoy seguro de que podré devolverte el favor.

–Lo hice por tu bien, no podrás rescatar a Raine si estás encadenado en una celda.

–El rey no encierra en la cárcel a los visitantes adinerados.

–La justicia de un rey puede ser bastante lenta, sobre todo si se trata de uno que le tiene más miedo a las masas que a la aristocracia.

Philippe sabía que su amigo tenía razón. A pesar de que gracias a su riqueza y a su poder gozaba de privilegios reservados a la élite, el rey apenas era capaz de mantener una falsa imagen de control sobre el país.

–Puede.

–Al menos podrías mostrar un poco de gratitud, te he salvado de una estancia de lo más desagradable en la cárcel –Carlos se cruzó de brazos.

–Mostraría más gratitud si no sospechara que disfrutaste al dejarme sin sentido de un golpe.

–Lo cierto es que no se me rompió el corazón, pero no es algo que desee repetir –se frotó el cuello, y añadió–: Al menos, de momento.

–¿Has dormido algo?

–Ya tendré tiempo de dormir después.

–No le serás de ninguna ayuda a Raine si te desmayas de agotamiento.

–No pienso desmayarme –Carlos lo miró con expresión obstinada.

Philippe se tragó las palabras que tenía en la punta de la

lengua. No tenía fuerzas para discutir con su amigo, ni aunque fuera por su bien. Se obligó a ponerse en pie, aunque la simple tarea le costó un gran esfuerzo. Se tambaleó ligeramente, y sintió una punzada de dolor en la cabeza.

—Maldición, creo que me has roto la mandíbula.

—Da gracias a que no quería hacerte daño de verdad, habrías tardado tres días en despertarte —le dijo Carlos, completamente impenitente.

—Ya has conseguido que pierda bastante tiempo, voy a regresar a París de inmediato —Philippe intentó aflojar los músculos de los hombros, y fue a servirse un brandy.

—Antes tienes que desayunar algo —Carlos le indicó con la cabeza una bandeja de plata que había en la mesa baja—. *Madame* LaSalle la trajo hace un rato, y se negó a irse hasta que dejé mi plato limpio. Además, me obligó a prometerle que te obligaría a comer.

Philippe se tomó el brandy de un trago, y suspiró al notar que la calidez del licor le inundaba el estómago y se extendía por sus venas. No sirvió para aliviar el dolor de su mandíbula, pero le ayudó a aclararse las ideas.

—Esto es lo único que necesito —comentó, mientras se servía un poco más.

—Pues cuando esa mujer vea que la bandeja no está vacía, serás tú quien le dé las explicaciones.

—¿Le tienes miedo a una simple ama de llaves?

—Le tengo miedo a una mujer decidida a cuidar de un hombre —Carlos fingió un estremecimiento teatral, y añadió—: Son despiadadas. Además, no quería alterarla aún más.

Philippe suspiró al recordar la reacción horrorizada de la servidumbre cuando les había dicho lo del secuestro de Raine. Los gritos debían de haberse oído a varias calles de allí.

—Sí, la servidumbre aprecia bastante a Raine.

La expresión de Carlos se suavizó de inmediato.

—No me extraña. ¿Qué otra dama en su posición se interesaría por los simples criados?

—Raine se interesa por todo el mundo —le dijo Philippe

con sequedad–. Le dio mi mejor par de guantes al carbonero cuando el hombre le dijo que no tenía ninguno, y un par de sus botas a esa vieja entrometida que vive al otro lado de la calle.

—Aún no ha aprendido a ocultar su tierno corazón.

Philippe se tensó al captar la sutil indirecta que indicaba que él acabaría robándole aquella dulzura. Maldición, aunque fuera un canalla arrogante y egoísta, jamás le haría daño a Raine, y nunca destruiría algo tan valioso como su espíritu generoso.

—Nunca tendrá que aprender esa lección, al menos mientras esté conmigo.

Sus miradas se encontraron, y hubo un momento de silencioso antagonismo que el reloj de la chimenea se encargó de romper al dar la hora. Philippe apuró su vaso de brandy, y lo dejó con brusquedad sobre la mesa. Necesitaba salir de aquella casa, tenía que sentir que estaba haciendo algo.

—Belfleur ya tendría que habernos dicho algo —comentó con impaciencia.

Carlos respiró hondo, y relajó con un esfuerzo consciente sus músculos. Los dos estaban muy tensos, y podían acabar enzarzados en un enfrentamiento serio si no iban con cuidado.

—Sus muchachos están inspeccionando todos los edificios de la zona, y vigilando las calles. Sólo es cuestión de tiempo que acorralemos a Seurat.

Philippe se acercó a la ventana, y apenas notó que la lluvia había cesado y que el sol bañaba las calles. Sabía que los muchachos que trabajaban para Belfleur estaban más capacitados para inspeccionar las casas. No sólo conocían la zona a la perfección, sino que además no llamaban la atención.

Aunque él era perfectamente capaz de abrir cerraduras y de colarse por ventanas, se exponía a que Seurat lo viera. Si el hombre se asustaba, podría decidir escapar con Raine... o peor aún, hacerle daño a modo de represalia. No podía correr ese riesgo, aunque estuviera enloqueciendo esperando de brazos cruzados.

—¿Ya se ha despertado, *monsieur*? —*madame* LaSalle entró en la habitación, y dejó una jarra en la bandeja. Estaba pálida, y tenía los ojos enrojecidos por las lágrimas—. Le he preparado café.

—*Merci, madame* LaSalle, pero tengo prisa. Quiero asegurarme de que mi gente vigila los caminos y las postas, por si Seurat intenta huir. Después iré a París.

—¿Ha sabido algo de *mademoiselle*?

—Aún no.

—Pero va a encontrarla, ¿verdad? ¿Va a traerla de vuelta?

—La traeré a casa, tiene mi palabra —le dijo Philippe, con una firmeza inflexible.

El día pasó muy lentamente para Raine. No sólo porque aquel sitio era frío, pequeño y apestaba a calabaza rancia, sino porque Seurat era una compañía bastante inquietante. Paseaba de un lado para otro hora tras hora, murmurando en voz baja, y mientras sucumbía a las invenciones de su mente parecía olvidarse por completo de que ella estaba allí.

En más de una ocasión, se planteó echar a correr hacia la puerta cuando estaba inmerso en su locura, porque estaba convencida de que al menos conseguiría abrir la puerta y gritar pidiendo ayuda antes de que él pudiera impedírselo.

Era una idea tentadora, pero no acababa de convencerla. Por muy desesperada que estuviera por escapar de allí, no podía olvidar que aquel hombre tenía una pistola en el bolsillo de la chaqueta; de hecho, era difícil de olvidar, ya que él tenía la desagradable costumbre de sacar el arma y pasarle la mano por encima, como si quisiera recordarse a sí mismo que la tenía a mano.

Aunque era un lunático, era capaz de apretar un gatillo.

De modo que el día había ido pasando, con sólo un par de visitas incómodas a la habitación contigua para usar el orinal, mientras Seurat permanecía al otro lado de la mampara.

Raine se obligó a conservar la paciencia. Aquel hombre tendría que dormir tarde o temprano, ¿no? Sólo tenía que permanecer despierta el tiempo suficiente para poder escapar. No le resultaría demasiado difícil, porque estaba tan tensa, que se sobresaltaba ante el menor ruido.

De repente, Seurat se acercó al pequeño armario que había en una de las esquinas, y encendió una vela. Raine no alcanzó a ver lo que hacía, porque estaba de espaldas a ella, pero al poco rato cruzó la habitación y le dio un plato.

Raine observó sorprendida las gruesas rebanadas de pan untadas con mantequilla y miel. Era extraño, pero tenía la impresión de que el hombre la consideraba una especie de huésped, a pesar de que la había secuestrado.

Gracias a Dios. Era más que consciente de que a pesar de todo, la situación podría haber sido mucho peor. Además, no podía evitar sentir en el fondo cierta compasión por aquel hombre extraño y demente.

Louis Gautier le había tratado de una forma ruin, y aunque sus malas acciones eran injustificables, entendía por qué sentía la necesidad de vengarse.

—Tiene que comer —le dijo él, al ver que permanecía mirando el plato sin probar bocado.

—Gracias, pero en este momento no tengo hambre.

Él se sonrojó, y se apresuró a tomar el plato y a dejarlo sobre la mesa. Raine tuvo la impresión de que lo había ofendido.

—Supongo que estará acostumbrada a una comida más sofisticada —le dijo él, con desprecio.

—En absoluto —Raine lo miró de frente, y añadió—: He pasado la mayor parte de mi vida en un convento, y allí nos daban de comer con frugalidad para enseñarnos a estar agradecidas por lo que recibíamos. Y cuando regresé a casa de mi padre, teníamos que tener cuidado con el dinero. Estoy acostumbrada a llevar una vida sencilla.

—Usted vive con Gautier. Su familia está acostumbrada a derrochar el dinero con la misma facilidad que una ramera derrocha sus favores.

Raine se sobresaltó al oír aquella comparación tan vulgar, pero no dejó que la provocara. Sabía de forma instintiva que cualquier arrebato emocional podría hacer que aquel pobre hombre perdiera la cabeza por completo.

—Llevo poco tiempo junto a Philippe, y muy pronto regresaré a Inglaterra. Entonces sólo seré otra hija de marinero como cualquier otra, pero sin mi orgullo.

Él la observó con atención, y al darse cuenta de que era sincera, su cautela empezó a desvanecerse. De momento, ella había dejado de ser una posesión de su enemigo, y se había convertido en una compañera que podía llegar a comprenderlo.

—Entonces, sabe lo que es el sufrimiento. Sabe lo que es ver que otros menos dignos lo tienen todo mientras uno no tiene nada —le dijo él.

—Sí, lo sé.

—Me merezco tener más, merezco algo mejor —se pasó las manos temblorosas por el pelo, y añadió—: De no ser por la familia Gautier, estaría viviendo rodeado de lujos. Pero pagarán por lo que me pasó. Todos ellos pagarán.

—¿Por qué culpa a toda la familia? —le preguntó Raine con cautela—. Philippe y Jean-Pierre son inocentes, no tuvieron nada que ver con lo que pasó en Egipto.

—Los hijos heredan los pecados del padre, deben ser castigados.

—¿Cree que esto es una especie de tragedia griega?

—Es justicia.

Raine se humedeció los labios, mientras intentaba encontrar la manera de convencerlo de que había mejores formas de conseguir sus objetivos. No sólo para poder liberarse de él, sino porque la preocupaba pensar que cuando Philippe lo atrapara lo aplastaría más allá de cualquier salvación. Aunque Louis Gautier atacaba cuando se veía acorralado, Philippe era un depredador letal que no quedaría satisfecho hasta destrozar a su enemigo.

—Por desgracia, la vida casi nunca es justa, y obsesionándonos con las injusticias no conseguimos cambiar el mundo —le dijo con suavidad.

Él la miró como si estuviera hablándole en un idioma extranjero, y finalmente apretó los labios y comentó:
—Ya veo.
—¿El qué?
—Está intentando convencerme de que me olvide de lo que me hicieron.
—No que lo olvide, pero...
Él empezó a pasearse de un lado a otro de nuevo, y se estremeció bajo su raída chaqueta.
—Quiere que abandone mis planes de venganza, y que permita que regrese junto a su amante. Soy demasiado listo para dejarme engañar con esas triquiñuelas. No voy a dejar que me encandile ninguna mujer, ni siquiera una tan hermosa como usted.
—Es obvio que preferiría que me liberara, pero no he querido decir que debería olvidar el pasado —le dijo Raine, con total sinceridad—. Louis Gautier lo trató de una forma abominable.
Él la miró con desconcierto. Aunque no confiaba en ella, sentía la necesidad casi abrumadora de que alguien se solidarizara con él.
—Por eso debo vengarme.
—Sus planes de venganza no parecen haberle proporcionado la felicidad.
—A usted no le importa lo más mínimo mi felicidad —le dijo él, con una carcajada seca.
—De hecho, sí que me importa.
Raine se levantó poco a poco para no sobresaltarlo. Llevaba horas sentada en el sofá, y se había anquilosado. Menos mal que antes no había echado a correr hacia la puerta, sin duda habría acabado dándose de bruces contra el suelo.
—Creo que le han tratado de forma injusta.
—¿Está intentando engañarme?
—No. Lamento lo que le pasó, pero no entiendo lo que pretende conseguir haciendo que encarcelen a Jean-Pierre y secuestrándome. Así no recuperará el tesoro que le robaron, ni vivirá con los lujos que desea.

Él se tensó al recordar todas las humillaciones que había soportado, y le dijo:

—Ya intenté que *monsieur* Gautier me diera lo que me pertenece de forma legítima. Fui a su casa de Madeira en cuanto me recuperé y pude salir de Egipto, pero Louis me rajó la cara y me dijo que haría que me mataran si volvía. Sabía que era más que capaz de cumplir sus amenazas.

—Le entiendo —Raine se preguntó si Louis Gautier poseía la más mínima conciencia. Había robado el tesoro de un príncipe, había intentado hacer que asesinaran a un hombre, y había preferido poner a su familia en peligro con tal de no admitir sus pecados—. ¿Fue entonces cuando empezó a idear su venganza?

—*Oui* —su mano formó una garra, como si estuviera imaginándose sacándole los ojos a su enemigo—. Voy a conseguir que Louis Gautier sufra tanto como yo.

—Sin duda eso le proporcionaría cierta satisfacción, pero no le sacará de estas habitaciones ni le dará los lujos que desea.

—Ya le he dicho que Gautier se negó a darme nada.

Raine respiró hondo. Los ojos pálidos de Seurat aún brillaban con odio, pero bajo aquella emoción había un terrible dolor. Era un hombre patético, y en el fondo estaba convencida de que iba a acabar muy mal. Philippe estaba buscándola por todas partes en ese momento, y cuando la encontrara no descansaría hasta destruir a Seurat.

Sentía que estaba viendo a aquel hombre inestable avanzando hacia el borde de un precipicio, que cada paso lo llevaba hacia la muerte, y se preguntó qué podría hacer ella para evitar que ocurriera una desgracia.

Aunque Philippe no adolecía de la debilidad egoísta de su padre, no era de los que ofrecían la otra mejilla sin rechistar, sobre todo cuando alguien amenazaba a su familia. Había asumido el puesto de patriarca desde muy pequeño, y estaba decidido a proteger a su familia. Sin duda se debía a que en el fondo se sentía culpable por no haber podido salvar a su madre, por muy ilógico que fuera.

Jamás accedería a una tregua pactada con Seurat, sólo se daría por satisfecho destruyéndolo. Estaba claro que iba a tener que ser ella quien pusiera fin a aquella ridícula tragedia.

Se quedó inmóvil de repente, cuando se le ocurrió una idea súbita y quizás incluso peligrosa.

—Quizás haya una manera de que pueda obtener la fortuna que se le negó —las palabras salieron de sus labios antes de que pudiera detenerlas.

—¿Qué ha dicho?

Raine tragó el nudo que amenazaba con obstruirle la garganta. Las últimas semanas le habían enseñado una dura lección respecto a dejarse llevar por su impetuoso corazón, porque si hubiera tenido el más mínimo sentido común, en ese momento estaría tan tranquila en la casa de su padre. Pero en vez de eso estaba en Francia, era la reacia amante de Philippe Gautier, y un lunático la había apresado.

Ser impulsiva demasiado a menudo no era buena idea, pero por desgracia su corazón era de lo más indisciplinado y casi nunca escuchaba a la voz de la razón. Y en ese momento le exigía que hiciera lo que fuera necesario para solucionar aquello de forma pacífica.

—Es posible que pudiera conseguir al menos parte del dinero que desea, si estuviera dispuesto a poner fin a su venganza.

Seurat retrocedió un paso, y se frotó la cara con manos temblorosas.

—Quiere confundirme. Gautier no accederá jamás a darme la fortuna que se me negó.

—Puede que no, pero yo estaría dispuesta a darle dinero.

—¿Usted? —Seurat bajó las manos, y la miró con suspicacia—. Me ha dicho que es hija de un marinero.

—Sí, pero Philippe ha sido bastante generoso conmigo.

Raine hizo una mueca al pensar en las joyas. Era extraño que se sintiera aliviada ante la idea de dárselas a Seurat, pero que no estuviera dispuesta a renunciar al pequeño medallón que llevaba al cuello ni por la mayor de las fortunas. Aquel pequeño objeto de oro había pertenecido a la madre de Philippe, y poseía un valor sentimental incalculable.

—Tengo joyas con las que podría vivir rodeado de lujos durante años.

—¿Está dispuesta a darme sus joyas? —le preguntó él, cada vez más suspicaz.

—Sí.

—¿Por qué?

—Porque creo que se ha cometido una injusticia con usted, y que se merece alguna compensación. Y porque mi padre me enseñó que es mi deber asistir a las personas necesitadas. Usted desea las joyas más que yo.

Seurat sacudió la cabeza de forma inconsciente, mientras intentaba entender lo que estaba pasando.

—Tiene que haber algo más —murmuró al fin—. No lo hace sólo para ayudarme.

Raine estuvo a punto de protestar, pero se mordió la lengua. Aunque Seurat era inestable, era un hombre listo. Era normal que no acabara de creerse que una desconocida estuviera dispuesta a ayudarlo sin ninguna razón aparente.

—No del todo —admitió a regañadientes.

—Dígame por qué.

Raine apartó la mirada, y se rodeó con los brazos. No le resultaba fácil admitir que se preocupaba por Philippe Gautier. Para él sólo era un objeto bonito del que podía disfrutar durante un tiempo antes de dejarlo a un lado. Debería odiarlo, pero no podía negar que sentía la necesidad abrumadora de protegerlo, incluso de sí mismo.

—Philippe no se parece en nada a su padre ni a su hermano —dijo al fin.

—Es un Gautier.

—De sangre, pero no de obra. No le interesa pasarse el día dedicado a diversiones frívolas, ni derrochando su dinero en lo que le plazca. Al contrario, fue él quien salvó de la ruina las propiedades de la familia, y el que aguanta la carga de los arrendatarios y los empleados que dependen de él. Es quien...
—Raine se detuvo de golpe al darse cuenta de que estaba re-

velando más de lo que quería. Respiró hondo, y miró a Seurat–. No es ningún santo, de hecho tiene en su haber multitud de pecados, pero no merece su venganza.

Seurat siguió observándola con atención. Lo que vio en su rostro debió de tranquilizarlo, porque su suspicacia fue desvaneciéndose.

–Está enamorada de él –le dijo de repente.

Raine sintió una punzada de dolor. No, claro que no estaba enamorada de Philippe. Era cierto que sentía algo de afecto por él a pesar de sí misma, no había duda de que lo deseaba, y una pequeña y rebelde parte de sí misma incluso ansiaba su compañía, pero... ¿amor?

Sólo una necia le entregaría su corazón a un hombre que no sólo acabaría rompiéndoselo, sino que además aprovecharía su debilidad para atraparla en su red aterciopelada. Nunca se liberaría de él. Incluso cuando se fuera con otra mujer, aquel canalla irritante seguiría atormentando sus pensamientos.

Era imposible que estuviera enamorada, no iba a consentirlo.

Raine se negó a pensar en aquella idea absurda, y apartó aquel tema de su mente. No era el momento de pensar en aquellas tonterías; de hecho, prefería que aquellos pensamientos tan peligrosos ni siquiera se le pasaran por la cabeza.

Después de respirar hondo, se obligó a recuperar la compostura y a negociar su liberación.

—¿Está dispuesto a aceptar mi oferta?
—¿Qué me pide a cambio de las joyas?

Raine lo observó con una expresión firme. Los años que había pasado en el convento no habían sido en balde, y eran pocos los que tenían la capacidad de una monja para acallar a la gente con una sola mirada.

—No se las entregaré hasta que me dé su palabra de que dejará de intentar dañar a la familia Gautier. Quiero que no vuelva a acercarse a ninguno de ellos en su vida.

—¿Eso es todo?

—No —Raine se cruzó de brazos, y procuró no plantearse si parecía más una mocosa testaruda que una mujer capaz de conseguir sus objetivos—. También quiero que escriba una confesión en la que admita que falsificó los documentos por los que acusaron a Jean-Pierre de traición, y que los escondió en su habitación. Y quiero que un sacerdote sea testigo de la confesión. Cuando me dé el documento, le entregaré las joyas.

Seurat se acercó a la ventana, y empezó a mordisquearse la uña del pulgar con nerviosismo. Raine permaneció en silencio, y se limitó a observar su tenso perfil. Sabía que no debía de ser una decisión fácil para él. A pesar de que deseaba el dinero que le proporcionaría la existencia acomodada y la dignidad que le habían negado, sus ansias de venganza eran muy fuertes.

No podía olvidar como si nada el anhelo de castigar al hombre que le había robado su gloria, y que además había intentado acabar con su vida. Era la razón de que hubiera sobrevivido, acechando entre las sombras mientras ideaba sus planes a lo largo de los años.

El veneno había calado tan profundamente, lo había corroído durante tanto tiempo, que aceptar una solución pacífica debía de ser como amputarse una de sus propias extremidades.

Al cabo de unos minutos, Seurat se volvió a mirarla por fin y se humedeció los labios con nerviosismo.

—¿Cómo puedo estar seguro de que no son joyas falsas?

—¿Cree de verdad que Philippe Gautier le regalaría joyas falsas a su amante?

Él hizo una mueca al darse cuenta de lo absurda que había sido su pregunta. Un Gautier podía ser muchas cosas, pero nunca frugal.

—Aunque fueran verdaderas, me arrestarían en cuanto intentara venderlas. Nadie creería que me las ha dado. Quiero el dinero en metálico.

Raine se dio cuenta de que tenía razón. A pesar de que siempre había criminales dispuestos a vender mercancía sin hacer preguntas indiscretas, sólo le darían una pequeña parte del valor de las joyas. Y cualquier joyero decente daría por sentado que las había conseguido de forma ilícita.

Maldición, iba a tener que encontrar la forma de venderlas ella misma, y no tenía ni idea de cómo hacerlo. Por no hablar de que Philippe sospecharía algo de inmediato.

—Tardaré varios días en tasarlas y venderlas, puedo traerle aquí el dinero cuando...

—No —Seurat se le acercó tanto, que su desagradable olor la alcanzó de lleno—. No soy tonto.

Raine retrocedió un poco con disimulo, y le preguntó:
—¿Qué quiere decir?
—¿De verdad cree que me quedaré aquí si dejo que se vaya? *Sacrebleu*. Sería como invitar a Philippe a que viniera y me asesinara mientras duermo.

Raine se tensó, y sintió una indignación absurda. No le gustaba que nadie pusiera en duda su honorabilidad, ni siquiera un demente.

—Le aseguro que puede confiar en mi palabra —le dijo con rigidez—. No le diré a Philippe dónde vive.

—No confío en nadie —le espetó él. Su nerviosismo fue en aumento mientras se atrevía a plantearse aquella oferta tan tentadora. La vida mísera que llevaba sólo podía ir a peor en los años venideros, y la venganza sería un frío consuelo cuando tuviera que luchar por sobrevivir—. Me pondré en contacto con usted para indicarle un lugar de encuentro en el que nos veremos dentro de tres días. Tiene que venir sola.

Raine alargó una mano, pero la dejó caer al ver que él evitaba que lo tocara siquiera.

—Entonces, ¿tenemos un trato?
—No lo sé —Seurat se masajeó las sienes, como si le doliera la cabeza—. Tengo que pensar...
—¿Qué le preocupa?

—He...

Los dos se quedaron inmóviles cuando alguien llamó a la puerta. El sonido fue tan inesperado, que por un instante se quedaron mirándose sorprendidos. Cuando oyeron un sonido metálico que indicaba que alguien estaba intentando forzar la cerradura, Seurat la agarró de la muñeca y la llevó hacia el pequeño dormitorio con una celeridad sorprendente.

Después de sacarse la pistola de la chaqueta, le lanzó una mirada acerada y le dijo:

—Quédese aquí sin hacer ruido. Si grita, mataré a quien esté al otro lado de esa puerta. ¿Entendido?

—Seré tan silenciosa como un ratón —Raine alzó las manos en señal de paz.

Después de enseñarle la pistola con un gesto amenazador, Seurat salió del dormitorio y cruzó la otra habitación. Raine oyó con el aliento contenido que abría la puerta, y rogó en silencio para que el visitante no fuera Philippe.

Estaba a punto de convencer a Seurat de que acabara con toda aquella locura, pero si en ese momento de indecisión se encontraba cara a cara con su enemigo, sin duda apretaría el gatillo sin dudarlo ni un momento.

Apretó las manos contra la boca, y luchó contra el intenso deseo de salir corriendo de allí. De momento, sólo lograría empeorar las cosas si intentaba interferir.

Oyó la voz de Seurat, seguida del tono agudo de un muchacho joven. Empezó a rezar con más ahínco al pensar que un joven inocente podría acabar herido. Seurat no parecía un asesino despiadado, pero no dudaría en atacar si se sentía amenazado.

Pareció pasar una eternidad mientras Seurat formulaba algunas preguntas con brusquedad y el muchacho le respondía con voz tranquilizadora. La tensión que llenaba el ambiente era palpable, pero afortunadamente no se oyeron disparos ni gritos.

Cuando oyó que por fin se cerraba la puerta, Raine sintió que le flaqueaban las rodillas. Seurat entró en el dormitorio con el rostro enrojecido, y sin decirle una palabra pasó por su lado y sacó una bolsa de debajo de la cama. Después de abrirla, empezó a llenarla con sus escasas pertenencias.

Raine enarcó una ceja al ver sus movimientos frenéticos, y le preguntó:

—¿Adónde va?

Él cerró la bolsa, y agarró su abrigo de encima de una silla.

—A un sitio donde no podrán encontrarme —le dijo, mientras se ponía la prenda.

—¿Se va ahora mismo?

—Ese chico estaba buscándome, y en este momento estará yendo a toda prisa a decirle dónde estoy a su querido Philippe Gautier. No pienso estar aquí cuando llegue.

Raine apretó los puños con frustración. No podía permitir que se fuera hasta que estuviera segura de que aceptaba el trato que le había propuesto.

—No puede saber con certeza que el muchacho tenga algo que ver con Philippe.

—Si he sobrevivido tanto tiempo, es porque sé cuándo están a punto de atraparme.

—¿Qué pasa con nuestro trato?, ¿cómo puedo contactar con usted?

—Si decido aceptar el trato, yo contactaré con usted —sacó una cuerda de debajo de la cama, y se acercó a ella—. Hasta entonces, tengo que encontrar un lugar donde no puedan encontrarme.

—¿Qué está haciendo? —Raine se apresuró a retroceder.

Él la alcanzó, y la agarró de los brazos con firmeza.

—Tengo que asegurarme de que no intenta pedir auxilio mientras escapo.

—Ya le he dicho que... —Raine se interrumpió de golpe cuando él la tumbó de cara al sucio colchón, con los brazos a la espalda—. Maldita sea, no puede dejarme aquí así —protestó, al sentir que le ataba las muñecas y que después aseguraba la cuerda al dosel de la cama—. Podría morir antes de que alguien me encuentre.

—Su amante no tardará en llegar al rescate —le dijo él sin la menor compasión, antes de amordazarla—. Tengo que salir de aquí antes de que llegue.

Al oír que recogía su bolsa del suelo, Raine pataleó para intentar aflojar las ataduras, pero fue un esfuerzo inútil. Seurat estaba convencido de que Philippe iba a rescatarla, pero al fin y al cabo era un demente; además, no era él quien estaba amordazado y atado a una cama.

Era posible que el muchacho no tuviera nada que ver con Philippe, que no apareciera nadie y acabara pudriéndose en aquel lugar... o aún peor, que la descubriera algún rufián, y...

—Le enviaré un mensaje si decido aceptar su oferta, *mademoiselle* —de repente, Seurat soltó una carcajada y añadió—: O a lo mejor me limitaré a pegarle un tiro a Philippe Gautier y a tirar su cuerpo al Sena. En cualquiera de los dos casos, sabrá mi respuesta.

Raine luchó por liberarse de la dichosa cuerda, impulsada por la furia y el miedo, y no se detuvo hasta que sintió que empezaba a correrle sangre por los brazos. Se preguntó por qué demonios había deseado vivir una aventura. Si conseguía regresar a casa de su padre, no volvería a quejarse de la paz y la tranquilidad nunca más.

Philippe estaba en un callejón que había tras la tienda de Belfleur. Empezaba a anochecer, y a pesar de que los edificios lo protegían del viento, sentía que el frío le calaba hasta los huesos mientras se paseaba de un lado a otro con nerviosismo.

Podría estar en la tienda, entrando en calor junto a la chimenea y saboreando el excelente coñac que Belfleur siempre tenía a mano. Sería más sensato que estar a la intemperie mientras la sangre se le helaba en las venas.

Sí, sería más sensato, pero le resultaba imposible. Por alguna razón, estando confinado en la tienda no podía respirar, era como si tuviera los pulmones demasiado constreñidos para poder llenarse de aire. Y lo peor de todo eran las miradas de nerviosismo que le lanzaban sus compañeros, estaba claro que temían que estuviera a punto de enloquecer y de arrasar todo lo que se le pusiera por delante.

Y lo cierto era que estaba a punto de volverse loco. Seguía sin tener ninguna pista que pudiera conducirlo hasta Raine, y todo su ser temblaba por la necesidad de arremeter contra algo. Pero estaba obligado a permanecer en aquel callejón frío y oscuro mientras los muchachos iban llegando para informar.

Belfleur había decidido que todos los chicos regresaran a la tienda cada dos horas para informar de dónde habían estado, y de adónde iban a ir. De ese modo, en caso de que Seurat capturara a alguno de ellos lo sabrían rápidamente, y tendrían idea de por dónde empezar a buscar.

Era una buena estrategia, pero había mucho terreno por cubrir y ralentizaba el proceso.

Philippe se sacó un frasco de plata del bolsillo, y tomó un buen trago de brandy. Al volver a guardarlo, sintió el ruido de pasos que se acercaban y se apresuró a volverse, creyendo que era alguno de los muchachos.

Se trataba de una mujer menuda arropada con un grueso abrigo, que salió de las sombras y se acercó a él. Era una muchacha atractiva con el pelo rubio y los ojos azules, y parecía muy joven... al menos en cuanto a edad. Ella le posó una mano en el pecho, y lo miró con ojos que revelaban que ya había experimentado demasiadas penalidades.

—Un caballero como usted no debería estar solo —murmuró, con tono seductor—. Venga conmigo, haré que entre en calor.

Philippe hizo una mueca de desagrado, y se apresuró a apartarse de su mano. No tenía ningún interés en las rameras, sobre todo en las que parecían lo bastante jóvenes para seguir al cuidado de una niñera.

—Esta noche no, pequeña.

—No soy pequeña —la joven se abrió el abrigo, y dejó al descubierto un provocativo vestido que revelaba sus escasas curvas—. ¿Quiere que le demuestre que soy toda una mujer?

Philippe se sorprendió al sentir algo que bien podría ser

compasión por aquella muchacha que temblaba bajo el frío nocturno. Maldición. No quería darse cuenta de que parecía aterida de frío, vulnerable, y terriblemente joven.

Raine era la culpable, por supuesto. Antes de que aquella mujer exasperante irrumpiera en su vida, nunca se había molestado en prestar atención al gran número de desarrapados que no dejaban de cruzarse en su camino. Pero en ese momento se preguntó lo que esperaría de él en aquella situación, como si le diera miedo decepcionarla.

Maldición.

Soltó un profundo suspiro cargado de resignación, y le dijo a la muchacha:

—Tápate, no necesito tus servicios.

—Todos los hombres los necesitan —insistió ella, mientras se esforzaba por evitar que le castañetearan los dientes—. A menos que tenga gustos peculiares, claro.

Philippe soltó una pequeña carcajada cuando la imagen de Raine relampagueó en su mente.

—Peculiares no, sólo... exclusivos.

Ella se dio cuenta de que un posible cliente estaba escapándosele de las manos, y su sonrisa vaciló por un instante.

—Puedo ser lo que usted quiera.

—No. Sólo me interesa una mujer.

—¿Un hombre capaz de ser fiel? —dijo ella, con obvia incredulidad—. Debe de ser una mujer excepcional.

Philippe sintió un dolor agónico que amenazó con destruir el hielo que lo protegía de la locura.

—Es... perfecta.

—Entonces, ¿por qué está aquí solo a la intemperie?

—Estoy esperando para llevarla a casa.

—Es una mujer con suerte.

—No sé si ella lo cree así, al menos en este momento, pero pienso hacer que cambie de opinión.

La joven soltó un suspiro, y se tapó con el abrigo.

—Si no puede convencerla, sólo tiene que volver por aquí y preguntar por Jeanette. Puedo ayudar a aliviar el dolor de un corazón roto.

—Lo tendré en cuenta.

—Es una lástima —ella esbozó una pequeña sonrisa, y lo recorrió de pies a cabeza con una mirada apreciativa—. No me habría importado tener a un hombre como usted bajo mis faldas.

La joven empezó a alejarse entre las sombras, y Philippe soltó una imprecación para sus adentros al volver a sentir lástima por ella a pesar suyo. Raine querría que hiciera algo por ayudar a aquella ramera, querría que... maldición, querría que la rescatara de las frías y mugrientas calles.

—Jeanette —la llamó a regañadientes.

Ella se detuvo de inmediato, y se volvió a mirarlo con expresión esperanzada.

—¿*Oui*?

—Ten, toma esto —Philippe se sacó una bolsita de cuero del bolsillo.

—¿Qué es? —le preguntó ella, claramente desconcertada, mientras agarraba la bolsita.

—Un regalo.

—¿Ha cambiado de idea?

—No.

El desconcierto de la joven se incrementó, porque no solía recibir regalos sin tener que entregar su cuerpo a cambio.

—Entonces, ¿por qué me lo da?

—Porque una persona a la que admiro me dijo que es lo que debería hacer.

Jeanette abrió la bolsita con dedos entumecidos por el frío, y echó un vistazo. Su exclamación de sorpresa resonó en el callejón, y miró a Philippe con incredulidad.

—*Sacrebleu*. Es una fortuna —le dijo, con voz temblorosa—. ¿Qué es lo que quiere de mí?

Philippe sabía que su suspicacia era comprensible; de hecho, él mismo se habría mostrado receloso de estar en su lugar, porque las personas con un corazón generoso eran tan escasas y únicas como las joyas de la corona.

—Quiero que comas una cena caliente, y que encuentres un sitio seguro donde pasar la noche. Hace demasiado frío para estar en la calle.

La joven soltó una carcajada más cercana a un sollozo, y le dijo:

—Con este dinero tengo para vivir durante todo un año.

—En ese caso, te dará la oportunidad de encontrar una ocupación menos peligrosa.

Ella lo miró con los ojos llenos de lágrimas, y alzó una mano para tocarle la mejilla con sus dedos helados.

—¿Es usted un ángel?

—Claro que no. Cualquiera que me conozca te diría que le vendí mi alma al diablo hace tiempo.

—No lo creo. Lo ha enviado Dios, y lo recordaré en mis plegarias todos los días. Bendito sea, *monsieur* —la muchacha soltó una exclamación ahogada, y le dio un súbito y breve beso en la mejilla—. Bendito sea.

Philippe la agarró de los hombros, y la apartó con delicadeza. No quería gratitud, al menos de aquella mujer. Lo había hecho por Raine, y lo que quería era su aprobación. Resultaba bastante patético, pero era incapaz de contener sus sentimientos.

—Vete ya, pequeña.

Después de soltar un último sollozo, la joven se apresuró a alejarse, como si tuviera miedo de que cambiara de idea y le quitara el dinero.

Philippe se preguntó lo que pensarían sus conocidos de su extraño comportamiento. Sin duda creerían que se había convertido en un verdadero lunático, y quizás tendrían razón.

—Caramba, Gautier —susurró una voz familiar desde la puerta que tenía a su espalda—, ¿acaso quieres que te canonicen, o piensas buscar más tarde a la encantadora Jeanette y permitirle que se gane esa fortuna?

Philippe no se molestó en volver la cabeza mientras Belfleur se colocaba a su lado.

—Ninguna de las dos cosas, sólo quería deshacerme de ella —le contestó con voz seca.

—Eso podrías haberlo hecho con un simple gesto. No hacía falta que fueras tan generoso, sobre todo si no piensas disfrutar de la dulce recompensa.

Philippe soltó un suspiro, y se volvió a mirar a su amigo con las cejas enarcadas.

—¿Estás intentando enfadarme a propósito?

Belfleur dudó por un momento, y finalmente admitió:

—Carlos me ha encomendado que no te deje solo.

A Philippe no le hizo ninguna gracia que hablaran a sus espaldas de él, como si fuera un idiota.

—Es una orden bastante presuntuosa, viniendo de un criado.

—Carlos es tu amigo, y como tal se preocupa por ti —le reprendió Belfleur.

Philippe se obligó a relajarse con esfuerzo, porque sabía que Belfleur tenía razón. Aunque le agobiara la preocupación de sus amigos, sería un tonto si se ofendía. Confiaba en muy pocas personas, y no podía permitirse perderlas.

—¿Y has decidido convertirte en mi niñera? —bromeó, para intentar despejar un poco el ambiente.

—Debo admitir que es una ardua tarea —le dijo Belfleur, con una sonora carcajada.

—No te preocupes, aún no he perdido la razón. París está a salvo de mi furia de momento.

—Eso me tranquiliza un poco —Belfleur contempló los edificios que había a su alrededor, y añadió—: Le tengo bastante cariño a la «cara Lutecia», que fue como una vez llamó el emperador Juliano a París.

—*Meu Deus*, no me digas que has leído un libro —le dijo Philippe con asombro.

—No se lo digas a nadie, no me gustaría perder mi reputación de bruto iletrado.

—Todo el que te conoce sabe que eres astuto, despiadado, y tan letal como una serpiente.

—Por favor, vas a hacer que me ruborice.

—Dudo que te hayas ruborizado desde que saliste de la cuna.

—Eso es cierto.

Los dos permanecieron en silencio durante un rato, contemplando las sombras. Philippe apenas prestó atención a los sonidos que llegaban desde más allá del callejón, porque no le interesaban los vendedores, los borrachos, ni las peleas callejeras. Toda su atención estaba centrada en oír el sonido de pisadas que indicaría que alguno de los muchachos de Belfleur había llegado a informar.

Finalmente, su amigo le puso una mano en el brazo y le dijo:

—No puedes quedarte aquí fuera toda la noche, se te helará la poca sesera que te queda.

—Ya entraré después.

—La mujer... debe de significar mucho para ti.

—Últimamente estoy oyendo eso bastante a menudo.

—¿Vas a negarlo?

No, no podía negarlo, por supuesto. A lo largo de las últimas horas, se había visto obligado a admitir que vivir sin Raine sería un destino desolador. Le resultaba insoportable imaginarse siquiera la vida sin ella.

Hasta que Raine había llegado a su vida, había pasado sus días centrado en sus negocios, y ayudando de vez en cuando al rey. Nunca había habido nada más allá de sus obligaciones y sus responsabilidades.

Había llevado una existencia fría y solitaria, sin saber que podía encontrar una maravillosa calidez en la compañía de una mujer.

La idea debería aterrarle, porque siempre se había enorgullecido de su total independencia. Nunca había querido compartir su vida con otra persona, ya que el pasado le había enseñado que acabaría decepcionado si su felicidad dependía de alguien. Sin embargo, en ese momento sólo le aterraba la posibilidad de no volver a ver a Raine.

Al oír que alguien se acercaba, se tensó de inmediato y miró hacia la esquina del callejón.

—Viene alguien —murmuró.

Belfleur escudriñó la oscuridad, y se relajó al ver al muchacho delgaducho que se les acercaba corriendo.

—Ah... es Victor, y llega pronto —avanzó un paso, y enarcó las cejas cuando el joven se detuvo frente a ellos—. ¿Has averiguado algo?

El muchacho, que tenía el pelo negro y la cara mugrienta, miró a Philippe y le preguntó:

—¿Dijo en serio lo de la recompensa, *monsieur*?

Belfleur lo agarró del cuello de la camisa, y le dio una firme sacudida.

—Estás haciendo que pierda la paciencia, dinos lo que sabes.

Victor esbozó una sonrisa taimada, y les dijo:

—He encontrado al tipo. ¿Dónde está mi dinero?

22

La siguiente hora pasó en un torbellino frenético.

Philippe, Carlos y Belfleur fueron con Victor al destartalado edificio donde Seurat había tenido cautiva a Raine. Philippe no olvidaría jamás el momento en que la vio tumbada en aquella cama sucia, con las manos atadas a la espalda y los brazos manchados de sangre. Saber que había sido tratada con tanta brutalidad lo cegó de furia, y se sintió culpable al pensar que él tenía la culpa de lo que había ocurrido, al menos en parte.

En algún rincón de su mente, fue consciente de que Carlos registraba las habitaciones en busca de Seurat, y que después lo organizaba todo con Belfleur para que su banda de ladronzuelos formaran una red de ojos y oídos que vigilaran la vecindad.

El hecho de que tendría que ser él quien liderara la búsqueda de Seurat quedó sepultado bajo su abrumadora preocupación por Raine. En aquel momento, lo único que le importaba era sacarla de aquel lugar y llevarla a su casa para poder cuidarla.

Después de desatarla con cuidado, la tomó en sus brazos y la apretó con fuerza contra su pecho mientras la llevaba al carruaje. Durante el trayecto de regreso a Montmartre se negó a soltarla, así que la colocó sobre su regazo y la arropó con una gruesa manta.

Raine protestó, por supuesto. No le gustaba representar

el papel de víctima débil, ni que la colmaran de cuidados. Mientras seguía atrapada entre sus brazos, no dejó de asegurarle que estaba perfectamente bien y que Seurat la había tratado con total respeto, como a una invitada, y cuando llegaron a la casa tuvo que pedirles a las criadas que dejaran de llorar de alegría de una vez y siguieran con sus tareas.

Philippe la llevó a su propio dormitorio mientras ella no dejaba de pedirle que dejara de tratarla como a una niña, y sin perder ni un minuto la desnudó y la metió en una bañera de agua caliente.

Empezó a lavarla con ternura, y ella no tardó en apoyar la espalda contra la bañera mientras iba relajándose.

—Qué maravilla —murmuró, con los ojos cerrados—. Pensaba que no volvería a entrar en calor.

Philippe estaba arrodillado junto a la bañera, cubierto sólo con los pantalones. Hasta ese momento, se habría echado a reír si alguien le hubiera dicho que algún día haría de doncella para una mujer. Era algo muy íntimo, mucho más que el sexo. Pero en ese momento no podía negar que le encantaba bañar a Raine; de hecho, era incapaz de parar.

Tenía que tocarla, tenía que sentir el calor satinado de su piel, que recorrer con sus manos desde los rizos de su cabeza hasta la punta de los dedos de sus pies. Tenía que asegurarse de que ella estaba viva, que no había sufrido ningún daño.

Al contemplar su delicado perfil, una extraña emoción le inundó el corazón. Parecía increíblemente joven e inocente.

—A lo mejor tendrás más cuidado la próxima vez que te vayas con otro hombre, *meu amor* —murmuró, mientras bajaba la mano por su brazo—. No todos los caballeros se preocupan tanto por tu comodidad como yo.

—Lo tendré en cuenta —le contestó ella, con una pequeña carcajada.

Philippe se tensó de pies a cabeza cuando llegó a su muñeca, que estaba despellejada por culpa de la cuerda. La furia que había luchado por mantener a raya mientras la cuidaba lo golpeó con una fuerza brutal.

—Tendríamos que llamar al médico, hay que curarte estas heridas.

Ella abrió los ojos, y lo miró sorprendida.

—Sólo son rasguños, estarán curados en un par de días.

—Seurat pagará por cada segundo que te ha mantenido cautiva.

—No.

—¿Disculpa? —Philippe se echó hacia atrás, hasta quedar en cuclillas.

—Si quisiera vengarme de Seurat, lo haría yo misma. No necesito ni quiero que castigues a alguien por mí —le dijo ella con firmeza.

—No estaba pidiéndote permiso.

—No, claro que no. Jamás te tomarías la molestia de tener en cuenta lo que yo quiero.

Philippe estuvo a punto de darle una respuesta cortante, pero se mordió la lengua. Raine poseía muchísimas habilidades, y una de ellas era despertar en él un genio que ni siquiera sabía que tenía hasta que la había conocido.

—Ni hablar, señorita Wimbourne. Esta noche no va a provocarme hasta que nos enzarcemos en una discusión —después de sacarla de la bañera y de ponerle una gruesa bata, la llevó a la cama y la tapó bien. Se tumbó a su lado, y la atrajo hacia su cuerpo con firmeza—. Esta noche voy a tenerte abrazada, y a asegurarme de que realmente estás en el lugar que te corresponde.

Ella echó hacia atrás la cabeza, y le lanzó una mirada llena de sarcasmo.

—¿En tu cama?

—En mi cama, en mi hogar, a mi lado. Tu lugar está junto a mí —le colocó otra almohada bajo la cabeza, y añadió—: ¿Tienes frío?, ¿necesitas más mantas?

Raine arqueó las cejas al verlo tan preocupado y solícito.

—¿Philippe?

—¿Qué?

—¿Te encuentras bien?

—No —sus brazos se tensaron alrededor de su cuerpo esbelto–. La verdad es que no sé si alguna vez llegaré a estar bien del todo de nuevo.

–Estoy a salvo y no he sufrido ningún daño, no tienes de qué preocuparte –le dijo ella con suavidad, mientras alzaba una mano y le acariciaba la mejilla.

–Puede que tengas razón, *meu amor* –Philippe agarró sus dedos y los besó, mientras la miraba con una firme promesa en los ojos–. No voy a tener que preocuparme, porque no volveré a dejarte sin alguien que te proteja.

–Te estás portando como un tonto.

Tan sólo un par de semanas atrás, Philippe le habría dado la razón. Siempre había tenido una confianza absoluta en su capacidad de vencer a cualquier enemigo, fuera lo que fuese o quien fuese; sin embargo, en ese momento estaba decidido a asegurarse de que hubiera al menos tres empleados corpulentos vigilando constantemente la casa. No quería más sorpresas, por una vez tenía algo demasiado valioso para arriesgarlo.

Inhaló profundamente el maravilloso aroma de Raine, y dejó que la calidez de su cuerpo delicado acabara con el frío que aún no había desaparecido de su interior. Ella estaba en casa, estaba en el lugar que le correspondía.

Le acurrucó la cabeza bajo su barbilla, y siguió abrazándola en silencio. Al cabo de un largo rato, oyó que alguien llamaba a la puerta y *madame* LaSalle entró con una pesada bandeja. El ama de llaves cruzó el dormitorio y le sonrió, como si se sintiera complacida al ver que él era capaz de cuidar de su adorada señora.

–Aquí tiene un buen tazón de caldo y pan recién hecho –dijo la mujer, mientras dejaba la bandeja sobre la cama.

Raine luchó por incorporarse contra el montón de almohadas, y cuando lo consiguió inhaló profundamente el delicioso olor de la comida.

–Huele de maravilla, *madame* LaSalle.

–Es lo que necesita para recobrar las fuerzas, así que no pienso salir de esta habitación hasta que se lo coma todo.

Philippe se dio cuenta de que no podría estar a solas con

Raine hasta que la servidumbre la dejara tranquila, así que se levantó de la cama de mala gana. Como sólo llevaba los pantalones, se puso una bata.

—¿Ha regresado Carlos?

—*Oui*, hace un momento. Está comiendo en la cocina.

Después de besar a Raine en la frente, Philippe miró al ama de llaves y le dijo con firmeza:

—No permita que se mueva de la cama.

Madame LaSalle asintió, y se llevó las manos a las caderas como si estuviera dispuesta a emplear la fuerza para mantener a su señora en la cama.

Como sabía que Raine estaba a salvo de momento, Philippe salió de la habitación y bajó a la cocina, donde encontró a Carlos comiendo un buen plato de estofado.

—¿Has averiguado algo? —le preguntó, mientras se apoyaba contra la pared.

—Muy poca cosa —Carlos tomó un buen sorbo de vino antes de añadir—: En las habitaciones no había casi nada, no encontré ninguna pista que pueda llevarnos hasta Seurat.

Philippe ya había supuesto que el hombre no cometería la torpeza de conducirlos a su siguiente escondite, pero lo que le preocupaba en ese momento no era su súbita desaparición.

—No puede haber ido muy lejos, y los muchachos de Belfleur están comprobando la zona a conciencia. He ofrecido una buena recompensa, así que no dejarán que se escabulla ni un ratón.

Carlos acabó su estofado, y se recostó contra la silla.

—No creo que quiera escabullirse, sino permanecer escondido en algún rincón mientras planea cómo atacarte. No le habrá hecho ninguna gracia que hayas interferido en su venganza.

—Espero que tengas razón, amigo mío —le dijo Philippe, con una sonrisa gélida—. Esta vez estaré preparado.

Carlos asintió, y empezó a tamborilear con los dedos en la mesa.

—¿Cómo está Raine?

—Muy bien, incluso ha empezado a protestar porque quiero castigar a su captor.

—¿No la ha...? —Carlos tuvo que detenerse por un instante. Cuando logró recuperar la compostura, añadió—: ¿No la ha... herido?

Philippe no tuvo necesidad de preguntarle a qué se refería. Ninguno de los dos había mencionado el temor angustioso de que Seurat pudiera forzar a Raine, pero había sido una pesada carga que habían soportado. Una mujer podía recuperarse de magulladuras y rasguños, pero una violación dejaba una herida muy profunda.

—No, me ha asegurado que Seurat se ha portado como un perfecto caballero.

—Gracias a Dios.

—Sí.

Al notar su tono de voz distraído, Carlos lo miró desconcertado.

—¿No tendrías que alegrarte de que Seurat no le haya hecho daño?

—Claro que me alegro —Philippe se apartó de la pared, y empezó a pasearse de un lado a otro—. Si le hubiera tocado un solo pelo... le habría perseguido hasta las puertas del infierno para destruirlo.

—Entonces, ¿qué es lo que te pasa?

Philippe se detuvo de repente, y se pasó una mano por el pelo.

—¿Por qué la ha soltado?

—Bueno, sólo la ha dejado atrás.

—Pero, ¿por qué? Podría haberla obligado a ir con él cuando se ha ido.

—A lo mejor ha temido que Raine pusiera en peligro su huida. Llevar a rastras a una mujer que grita y forcejea suele llamar la atención.

—Sacarla de sus habitaciones habría sido mucho menos arriesgado que llevársela de aquí. Cuando ya la tenía en su poder, Raine habría tenido que obedecerle.

—¿Que Raine habría obedecido a alguien?, eso sí que habría que verlo —bromeó Carlos.

Philippe esbozó una sonrisa. Era cierto que Raine tenía la costumbre de hacer caso omiso de cualquier orden que se le diera, pero ni siquiera su preciosa testaruda podía oponerse a una pistola.

—¿Por qué no la obligó a ir con él? —repitió.

—A lo mejor pensó que ya había servido a su propósito —dijo Carlos—. Demostró que podía pasar por delante de tus narices y arrebatarte algo que tiene valor para ti.

Philippe frunció el ceño. Si algo había descubierto sobre Seurat a lo largo de las últimas semanas, era que estaba decidido a hacerle el máximo daño posible a la familia Gautier.

—Pero tuvo que haberse dado cuenta de que Raine era el arma perfecta para conseguir lo que quisiera de mi familia. Habría hecho lo que fuera, le habría dado cualquier cosa, con tal de recuperarla.

—Dudo que se diera cuenta de eso, Philippe.

—Aunque está loco, ha demostrado que no es ningún tonto.

—Sí, pero él cree que Raine es tu amante actual, nada más —Carlos se levantó, y se acercó a su amigo hasta que estuvieron frente a frente—. ¿Qué habrías hecho si te hubiera arrebatado a alguna de tus amantes anteriores?

—No las habría dejado a merced de un demente —le contestó Philippe, al cabo de un segundo. La pregunta lo había tomado completamente desprevenido.

—Habrías intentado rescatarlas, por supuesto, pero no habrías estado dispuesto a vender tu alma por liberarlas.

Philippe esbozó una sonrisa. Sabía que lo que decía su amigo era cierto.

—Puede que no —admitió.

—Sigo sin entender qué es lo que te preocupa.

—Ni yo mismo estoy seguro —Philippe tenía la irritante sensación de que faltaba una pieza básica del rompecabezas, pero no habría sabido decir por qué—. Sólo sé que Seurat está obsesionado con su deseo de destruir a mi familia, y no tiene sentido que tuviera en su poder la posibilidad de hacerme daño y que la dejara escapar con sólo unas cuantas magulladuras.

Carlos le dio vueltas al asunto. Sus facciones reflejaban lo cansado que estaba, ya que al igual que él, se había negado a descansar hasta que encontraran a Raine. Era algo que complacía y preocupaba a Philippe.

—Creo que hay dos posibilidades —murmuró Carlos al fin—. O Seurat se dejó arrastrar por el pánico y huyó sin completar su venganza, o ha ideado otra forma de dañarte.

—No voy a permitir que tenga otra oportunidad, hay que encontrarlo.

Carlos asintió, y fue hacia la puerta.

—Te aseguro que lo buscaré hasta en el último rincón.

Dos días después de su regreso a la casa, Raine tuvo por fin oportunidad de hablar con Carlos a solas. Philippe no había dejado de vigilarla, aunque como apenas salían del dormitorio, no le había resultado demasiado difícil. Siempre había sido un amante exigente, pero desde su regreso se mostraba insaciable. Si fuera una tontorrona, pensaría que sus abrazos constantes y sus tiernos besos demostraban que durante su ausencia se había dado cuenta de que sentía cierto afecto por ella, que quizás era algo más para él que un cuerpo en su cama.

Pero era una mujer sensata, y sabía que su pasión inagotable y ardiente sólo se debía a una especie de primitiva necesidad masculina por marcar su posesión.

Aunque saberlo no disminuía el placer que sentía en sus brazos. Cuando Philippe estaba temblando por la fuerza de su deseo y susurrándole dulces palabras al oído, se sentía la mujer más querida y adorada del mundo. En esos momentos, era completa e irrevocablemente suya.

Aquellas sensaciones eran muy peligrosas, y por eso tenía que completar sin demora sus planes en lo referente a Seurat. Cuando Philippe tuviera la certeza de que Jean-Pierre ya no corría peligro, estaría deseando regresar a sus propiedades de Madeira, y a ella la enviaría de vuelta a Inglaterra.

Esa misma tarde, Philippe había anunciado al fin que iba a regresar a París para ver si otros conocidos suyos podían ayudarle a localizar a Seurat. Le había visto alejarse a caballo desde la ventana, y entonces había mandado a una de las criadas en busca de Carlos. Estaba segura de que Philippe no saldría de la casa si su amigo no estuviera cerca para mantenerla a salvo.

Justo cuando estaba acabando de comer, Carlos entró en el saloncito. Estaba vestido con ropa sencilla de lana que moldeaba su cuerpo corpulento, y emanaba un aroma cálido y especiado que encajaba con su aspecto exótico.

También emanaba un intenso poder que barrió la habitación como una fuerza de la naturaleza, y era ese poder lo que ella necesitaba en esa ocasión.

Él se detuvo en el centro de la habitación, y la miró con expresión inescrutable.

—Sabes que si dejas aunque sea un bocado en esa bandeja, *madame* LaSalle se pasará toda la tarde pensando en qué manjar puede crear para despertar tu apetito, ¿verdad?

—Ni un regimiento entero podría acabar con toda la comida que me trae —comentó Raine, mientras se ponía de pie.

—Es su forma de demostrar lo mucho que significas para ella —Carlos esbozó una sonrisa—. Es toda una hazaña, teniendo en cuenta que es una dragona que aterroriza a toda la gente de la zona, desde el pobre carbonero al sacerdote. ¿Estás emparentada con San Jorge?

—No digas tonterías, es una mujer muy amable a pesar de su forma de ser un tanto brusca.

—Si tú lo dices... —la recorrió con la mirada, y le preguntó—: ¿Cómo estás?

Raine contuvo un suspiro. Le hacían aquella pregunta por lo menos doce veces al día, y aunque agradecía que se preocuparan por ella, se sentía como un fraude. Todo el mundo parecía empeñado en creer que su breve estancia con Seurat había sido una experiencia terrible, pero no había sido para tanto.

—Estoy bien, te lo aseguro. Seurat no está cuerdo del todo,

pero me trató bien —esbozó una sonrisa irónica, y añadió—: Ojalá todo el mundo dejara de tratarme como si hubiera sufrido una tragedia shakesperiana.

—Muchas mujeres no se tomarían tan a la ligera que las secuestrara un lunático y que las atara a la cama.

—Hubo momentos en los que sentí miedo, pero Seurat es un ser tan patético, que es difícil sentir otra cosa que no sea lástima en su compañía.

—Aunque sea patético, también es peligroso y muy astuto.

—Sí, ya lo sé. No he olvidado lo que le ha hecho a Jean-Pierre.

Raine se rodeó la cintura con los brazos, y se le formó un nudo en el estómago. Le había resultado fácil decidir que iba a pedirle ayuda a Carlos cuando estaba sola en su dormitorio, pero a la hora de la verdad estaba poniéndose cada vez más nerviosa. Aquel hombre no era de los que se dejaban encandilar por una sonrisa y un parpadeo coqueto, así que si le confesaba sus planes y no los aprobaba, no dudaría en cortarlos de raíz.

Respiró hondo, y alzó la barbilla de forma inconsciente antes de decirle:

—Por eso te he pedido que vinieras a verme.

Él soltó una carcajada seca, y se acercó a la chimenea.

—No me he atrevido a albergar la esperanza de que fuera por el placer de mi compañía.

—Sabes que siempre disfruto de tu compañía, te considero un muy buen amigo.

Él cerró los ojos por un instante.

—*Meu Deus*, ¿por qué no me apuñalas y acabas de una vez conmigo?

Raine se alarmó de verdad. Se acercó a él, y posó una mano en su brazo.

—¿Es que te he molestado en algo, Carlos?

Tras un largo y tenso silencio, él hizo un gesto de negación con la cabeza y ocultó tras una sonrisa la emoción que lo atenazaba.

—¿Por qué querías verme?

Al notar que sus músculos se tensaban bajo su mano, Raine la apartó y lo miró con cautela.

—Necesito que... que me ayudes.

—Sabes que estoy a tu servicio —sus facciones se suavizaron cuando vio lo nerviosa que estaba—. Raine, ¿qué pasa?

—Antes de nada, quiero que me des tu palabra de que no le dirás a Philippe lo que voy a contarte.

—Ésa es una promesa difícil, Raine. Philippe ha sido mi amigo desde la infancia, no quiero engañarle —la observó con atención, y se apoyó contra la repisa de la chimenea.

—Claro que no quieres, y aprecio tu lealtad —le dijo ella con sinceridad—. No te pediría esto si no pensara que le conviene a Philippe, es por su bien.

—Puede que él no coincida con tu idea de lo que le conviene; de hecho, estoy casi seguro, teniendo en cuenta que has decidido hablar conmigo y no con él.

—Es que es incapaz de mostrarse razonable en lo que concierne a Seurat.

—¿Acaso puedes culparlo por ello?

Raine se retorció las manos, y fue hacia la ventana. Durante los últimos dos días había tenido tiempo de reflexionar sobre la precipitada promesa que le había hecho a Seurat. Sabía que tenía un corazón muy sensible y fácilmente manipulable, sobre todo si pensaba que un pobre desgraciado estaba siendo tratado de forma injusta por alguien privilegiado. Pero a pesar de que se había dicho a sí misma que era posible que Seurat estuviera manipulándola, no podía convencerse de que la había engañado. Las heridas de aquel hombre eran demasiado reales.

—No culpo a Philippe, sino a su padre —se volvió a mirarlo, y añadió—: Louis Gautier es el responsable de todo esto.

—Supongo que Seurat consiguió ganarse tu compasión con su historia sobre las injusticias que sufrió, ¿verdad?

Raine alzó la barbilla al oír su tono de voz despectivo.

—Creo que una persona sufre algo más que una injusticia cuando alguien contrata a unos matones para que lo asesinen.

—¿Es eso lo que te dijo?
—Sí, y le creo.

Carlos esbozó una sonrisa, se acercó a ella de repente con una elegancia sorprendente en un hombre tan corpulento, y trazó con un dedo su mandíbula.

—No hace falta que te pongas a la defensiva conmigo, *anjo*. Conozco lo suficiente a Louis Gautier para creerlo capaz de asesinar a alguien, si eso puede ayudarlo a conseguir la gloria con la que sueña.

—Entonces, ¿me ayudarás?
—Eso depende de lo que quieras de mí.
—Hice... —Raine vaciló por un instante bajo el peso de su mirada. Carlos iba a pensar que se había vuelto loca, y sería más que comprensible.
—¿Raine?
—Hice un trato con Seurat —le soltó ella de golpe.
—Así que Philippe tenía razón al preguntarse por qué te soltó sin lastimarte.

Raine no acabó de comprender a qué se refería, pero no quería que nada la distrajera.

—No creo que me hubiera lastimado en ningún caso, ni aunque no hubiéramos hecho el trato.
—Esto demuestra lo contrario —le dijo él, mientras le rozaba el pequeño corte que aún tenía en el labio.
—No importa —le dijo Raine con impaciencia—. Lo único que importa es que Seurat está dispuesto a olvidarse de sus deseos de venganza, por un precio.
—¿Qué precio?
—Le prometí que vendería los collares que me regaló Philippe, y que le daría lo que sacara por ellos.

Carlos bajó la mano, y retrocedió para apartarse de aquella fierecilla cautivadora. Su reacción no se debía a la sorpresa, aunque se había quedado boquiabierto al oír su descabellada idea, sino a que quería hacer mucho más que rozarle los labios con el dedo. Quería devorar aquella boca sensual con un beso apasionado que revelaría el deseo que lo inundaba, quería arrancarle su delicado vestido y dejar al descubierto la belleza esbelta que se ocultaba debajo, quería hundirse en ella profundamente, para que no pudiera pensar en otro hombre que no fuera él.

Le dio la espalda, y luchó por pensar con claridad.

—*Meu Deus*. ¿Tienes idea de lo que valen esos collares?

—Su valor no tiene importancia, si podemos liberar a Jean-Pierre y evitar que Philippe sufra la amenaza constante de Seurat.

Carlos sacudió la cabeza con incredulidad. Ninguna otra mujer sería capaz de renunciar sin más a unas joyas tan valiosas, al menos ninguna que él conociera.

—Eso lo conseguiremos en cuanto capturemos a Seurat y lo metamos en una cárcel inglesa.

—Si es que lo capturáis.

Carlos se volvió a mirarla de forma instintiva, porque apenas podía creer que hubiera puesto en tela de juicio algo que era inevitable. Philippe y él habían perseguido durante años a los traidores más astutos, a hombres a los que resultaba peligroso espiar porque tenían poder, buena posición social, y multitud de partidarios. La mera idea de que no pudieran atrapar a un simple lunático era absurda.

—Es una rata, y lo arrinconaremos como tal. Que no te quepa duda, Raine.

—En ese caso, Philippe se asegurará de que sea castigado.

—Por supuesto.

—Y Seurat sufrirá. Jean-Pierre y Philippe también lo han pasado mal, pero Louis, el verdadero villano, quedará impune —le dijo con vehemencia.

—Eso es lo que suele pasar con los sinvergüenzas.

—Es... es inmoral. Y Philippe sabrá en el fondo que está protegiendo a su familia a expensas de la verdadera justicia —Raine no pudo ocultar su indignación.

Carlos sonrió, y tuvo que contener las ganas de acariciar sus mejillas sonrosadas. Era tan aterradoramente inocente, tan pura.

—Ésa es tu opinión, pero no creo que Philippe tenga tu corazón compasivo.

Ella suspiró, y se rodeó con los brazos su estrecha cintura.
—Te equivocas. Aunque Philippe no suele revelar lo que siente, tiene emociones muy profundas.
Carlos tuvo que tragarse una carcajada, y comentó:
—Eres la primera persona que lo acusa de ese pecado.
Ella lo miró con ojos implorantes, y se le acercó tanto, que su dulce aroma lo envolvió.
—Carlos, sabes tan bien como yo que Philippe soporta el peso de demasiadas cargas, y que asume la responsabilidad de los errores de otros.
Él respiró hondo, y luchó por no ahogarse en aquellos ojos enormes e increíblemente hermosos.
—¿Asume la responsabilidad? —le preguntó, desconcertado.
—Sí —Raine le posó una mano en el brazo antes de añadir—: Se culpa por la muerte de su madre y por el encarcelamiento de Jean-Pierre, y tiene que destruir a Seurat porque su padre es demasiado egoísta para devolver lo que robó. Y después también se culpará por haberlo hecho.
Carlos contuvo las ganas de decirle a aquella ingenua que Philippe no era ni mucho menos el santo que ella parecía creer. No fue la lealtad a su amigo lo que hizo que se mordiera la lengua, ya que todo valía en la guerra y en el amor. Estaba dispuesto a hacer lo que fuera necesario para ponerla en contra de Philippe, pero no a costa de destruir su delicada pureza.
Eso era algo que estaba dispuesto a proteger con su vida.
—La determinación de Philippe por destruir a ese hombre ya no tiene nada que ver con su familia. Seurat selló su propio destino al secuestrarte.
Raine empalideció, y le aferró el brazo con más fuerza.
—Eso lo empeoraría todo. No podría soportar que alguien sufriera por mi culpa, ¿cómo podría vivir con un cargo de conciencia así?
Carlos la miró desconcertado. Por Dios, su padre tendría que haberla dejado encerrada en el dichoso convento.
—¿Y quieres evitar que eso ocurra sobornando a Seurat?
—Sí.

—*Anjo*, creo que más allá de querer impedir que Philippe sacrifique lo que queda de su alma, en parte quieres rescatar a ese lunático del destino que merece —le dijo con suavidad.

—¿Te parece algo tan horrible?

—No —Carlos suspiró, ya que sabía que estaba perdido—. Puede que sea una locura, pero no es horrible.

—Entonces, ¿vas a ayudarme?

23

Tras conseguir que Carlos accediera a ayudarla a regañadientes, Raine no se permitió disfrutar de su victoria, porque aún le quedaban algunos obstáculos por superar. El primero de ellos era averiguar dónde había escondido Philippe los collares que le había devuelto de malos modos.

Tardó el resto de la tarde en encontrarlos encerrados en el cajón inferior de su escritorio. Dio gracias a que uno de los amigos de su padre la había enseñado a forzar cerraduras, y guardó las joyas en el fondo de su armario.

Carlos iría a venderlas a París a la mañana siguiente, y estaría lista para encontrarse con Seurat en cuanto tuvieran el dinero... siempre y cuando estuviera dispuesto a aceptar el trato, claro.

Después de cumplir con su misión, se dio un largo baño y se vistió para cenar, pero se sorprendió al no sentir el alivio que esperaba.

Se recogió los rizos en una simple cola, mientras intentaba determinar el origen de su inquietud. No podía ser el hecho de que era posible que estuviera precipitando los acontecimientos con su arriesgado plan, y que quizás Philippe no tardara en deshacerse de su presencia; al fin y al cabo, esa posibilidad era la responsable del profundo dolor que le encogía el corazón.

Cuando entró en el saloncito y vio a Philippe esperándola, se dio cuenta de que lo que la atormentaba era un sentimiento de culpa. A pesar de que realmente creía que estaba haciendo lo mejor para él, sabía que era posible que a Philippe no le hicieran ninguna gracia sus esfuerzos por salvarlo, sobre todo cuando se enterara de que había vendido las joyas que le había regalado.

Los caballeros casi nunca eran razonables en lo referente a su orgullo, y Philippe se pondría furioso hasta que pudiera aceptar que ella se había ocupado de Seurat de la mejor forma posible.

Aunque aquello carecía de importancia, porque en cuanto su hermano estuviera fuera de peligro regresaría a sus propiedades de Madeira... sin ella.

Sintió la boca seca y los nervios a flor de piel mientras Philippe se le acercaba. Él llevaba una chaqueta negra y unos pantalones que moldeaban su cuerpo con una perfección impecable, una camisa blanca, una corbata con un complicado nudo, y un reluciente alfiler de diamantes.

Bajo la luz de las velas, su atractivo clásico quitaba el aliento.

Philippe se detuvo delante de ella, y le alzó la mano para depositar en sus dedos un beso que ella sintió hasta en la punta de los pies.

—Estás tan hermosa como siempre, *meu amor* —le dijo él, al enderezarse y mirarla a los ojos.

Raine sintió que una profunda calidez empezaba a recorrerle las venas, y de forma instintiva apartó la mano y retrocedió un paso. Ya estaba bastante nerviosa sin tener que enfrentarse a la fuerza embriagadora de la sensualidad de aquel hombre.

—Gracias —intentó esbozar una sonrisa, y se preguntó si parecía tan rígida como se sentía—. ¿Has tenido una tarde productiva?

Él frunció el ceño, y cruzó la habitación para servirse un poco de brandy.

—No tanto como esperaba. Seurat parece poseer una habilidad fuera de lo común para desaparecer.

Raine sintió que aquel ridículo sentimiento de culpa se acrecentaba, mientras su mirada se aferraba sin que pudiera evitarlo a la elegancia innata de sus movimientos. Se dijo con severidad que tenía que dejarse de tonterías. Había tomado una decisión, y si con el tiempo se demostraba que se había equivocado, al menos le quedaría el consuelo de saber que había seguido los dictados de su corazón. Era todo lo que podía pedírsele.

—A lo mejor ha huido de París —consiguió murmurar.

Philippe se apoyó contra la mesa mientras tomaba un trago de brandy, y la contempló con expresión relajada.

—Es posible, pero no lo creo. París es su hogar, y no tendrá dónde esconderse si se va.

—Sí, pero no está pensando con claridad. Puede que huya sin pensar en que tendrá que dormir a la intemperie.

—En ese caso, mis hombres lo encontrarán. No hay ningún camino sin vigilancia.

Raine tragó con dificultad, y rogó para que no hubiera sido tan concienzudo como creía. Seurat tenía que contactar con ella, y se encontrarían donde él le indicara.

—Parece que has pensado en todo —comentó.

Después de apurar el brandy, Philippe dejó el vaso sobre la mesa y fue hacia ella. Raine se apresuró a retroceder, pero acabó dando con la espalda contra la pared.

Sus ojos verdes brillaban con un extraño fuego cuando se detuvo justo delante de ella y colocó las manos a ambos lados de su cabeza. Raine sintió que se le aceleraba el corazón al darse cuenta de que estaba atrapada. Sabía con una certeza absoluta que Philippe no le haría jamás ningún daño físico, pero si aquel hombre testarudo sospechaba que guardaba un secreto, no pararía hasta obligarla a que se lo revelara.

—No pareces complacida por mi minuciosidad.

—Claro que lo estoy.

—Raine, ¿qué te preocupa?

—Nada.

Él le agarró la barbilla con firmeza.

—Jamás intentes mentirme, *meu amor*, no tienes la habilidad necesaria para hacerlo. Dime por qué estás comportándote como si me hubieran salido unos cuernos y un rabo.

—Eso es absurdo.

—¿En serio? Entonces, ¿por qué te apartas de mí como si me temieras?

—Supongo que... que pensar en Seurat aún me inquieta —Raine dijo lo primero que se le pasó por la cabeza, así que la tomó por sorpresa que la expresión de Philippe se suavizara y que sus dedos le acariciaran la mejilla con ternura.

—Raine, me lo has contado todo, ¿verdad? —le preguntó él con voz ronca, claramente preocupado.

—¿Qué quieres decir? —le preguntó ella, desconcertada.

—Ese malnacido no te...

—¡No! —le dijo ella de inmediato, mientras sentía que se ruborizaba—. No me hizo nada, Philippe. No he querido decir que Seurat me dé miedo; de hecho, sólo siento lástima por su locura.

La preocupación de Philippe se desvaneció de inmediato. Cuando apartó la mano y retrocedió, Raine experimentó una sensación de pérdida al dejar de sentir la calidez de su cuerpo.

—Raine, he intentado mostrarme comprensivo con tu corazón tierno, incluso cuando regalas mis guantes preferidos y dos pares de mis mejores botas, o insistes en que trate a los sirvientes como si fueran mis amistades más preciadas, pero no voy a permitir que malgastes tu compasión en ese demente despreciable.

—Es mi compasión, así que puedo malgastarla en quien quiera.

—En esta ocasión, no.

—Philippe, estás siendo ridículo.

—Me perteneces, Raine Wimbourne. Incluyendo tu lealtad.

Ella se apartó de la pared, y apretó los puños con fuerza.

—No le pertenezco a nadie, Philippe Gautier. Y mi lealtad no puede exigirse, hay que ganársela.

Él la miró ceñudo. Era obvio que estaba luchando contra las ganas de zarandearla, pero la sorprendió al darle la espalda de repente y pasarse las manos por el pelo.

—Maldita seas, Raine Wimbourne. ¿Acaso estás intentando enloquecerme?

Raine sintió que se le encogía el corazón al ver el cansancio que curvaba sus hombros y la tensión de su cuerpo. Estaba claro que las últimas semanas le habían pasado factura.

—Creo que será mejor que vuelva a mi dormitorio.

Cuando pasó junto a él, Philippe la agarró del brazo y la obligó a volverse a mirarlo.

—No vas a ir a ningún sitio hasta que me digas por qué estás comportándote de forma tan extraña, *meu amor*.

—Philippe... —Raine enmudeció cuando sus miradas se encontraron. En los ojos de Philippe brillaba el enfado, pero había algo más... algo que podría haber sido un anhelo doloroso igual al que ella sentía.

—¿Qué? —le dijo él con suavidad.

La magia con la que Philippe conseguía hechizarla la envolvió, y la necesidad de salir de la habitación se desvaneció. Pronto, quizás en cuestión de días, estaría de vuelta en casa de su padre, y no volvería a ver a aquel hombre nunca más. No podía desperdiciar ni un solo instante a su lado.

—No quiero discutir contigo —dio un paso hacia él, y le acarició el rostro—. Esta noche no.

Él contuvo el aliento, y la abrazó por la cintura.

—¿Qué es lo que quieres?

Raine deslizó los dedos por su mejilla, y se estremeció al sentir su barba incipiente y la calidez de su piel. Era tan increíblemente masculino...

—No estoy segura —susurró con voz trémula.

¿Qué era lo que quería?

¿Ser algo más que un capricho pasajero para él?, ¿saber que era lo primero en lo que él pensaba al despertarse, y que al acostarse era su nombre el que susurraba?, ¿ser la razón que le diera sentido a su vida?

Qué sueños tan imposibles y absurdos.

Pero en ese momento Philippe estaba allí, y la deseaba. Era lo único que tendría de él.

Plenamente consciente de que él la observaba, trazó sus

labios cincelados con los dedos. Philippe se los mordisqueó y la abrazó con más fuerza, hasta tenerla apretada contra sus músculos duros.

—¿Sabes que es la primera vez que tomas la iniciativa?

—¿Quieres que pare? —le preguntó ella, con una pequeña sonrisa.

—Jamás —su voz era áspera, pero sus manos le acariciaron la espalda con una ternura infinita—. Me gusta la idea de que me seduzca un ángel exótico, puedes tocarme donde quieras y cuando quieras.

—Qué oferta tan generosa —bromeó ella.

Él le rozó la frente con los labios, y fue descendiendo por su nariz. Cuando llegó a su boca no la besó, sino que se quedó a un suspiro de distancia.

—No entiendo tu extraño estado de ánimo, pero en este momento no quiero cuestionar mi buena suerte —se adueñó de su boca con un beso profundo y arrasador, y finalmente susurró contra sus labios—: Ven conmigo, Raine. Deja que te lleve a mi cama.

Ella le rodeó el cuello con los brazos sin vacilar ni un instante. El tiempo se le estaba agotando, y sería una tonta si desperdiciaba un solo segundo.

—Sí.

Philippe soltó un gruñido de satisfacción, la alzó en sus brazos, y la llevó a la planta superior. Cuando llegaron a su dormitorio, cerró la puerta con llave y fue a tumbarla con cuidado sobre el colchón.

Raine se apoyó sobre los codos, y lo contempló a placer mientras él se desnudaba. La luz de las velas bañaba su piel con un tono cálido, enfatizaba su ancho pecho y la fuerza de sus músculos. Su rostro ya estaba tenso de deseo, y sus ojos brillaban como esmeraldas.

Parecía un dios, era el mismísimo Apolo llenando la habitación con su seductor poder.

Philippe se tumbó junto a ella, y la desnudó rápidamente. La facilidad con la que lo consiguió hizo que Raine supusiera que debía de haber desnudado a montones de mujeres, pero se obligó a dejar de pensar en aquello. Por una vez, no quería pensar en el pasado ni en el futuro, sólo quería disfrutar del momento.

Como si hubiera intuido su vacilación, Philippe enmarcó su rostro entre las manos y la miró con una intensidad desconcertante.

—No te vuelvas tímida ahora, *meu amor* —le susurró, mientras le acariciaba el labio inferior—. He pasado demasiadas noches soñando con tener tus manos acariciándome, y no podría soportar que te detuvieras ahora.

A pesar de que su voz era suave, Raine notó el anhelo descarnado en sus palabras. Se le derritió el corazón, y posó las manos sobre su pecho musculoso. ¿Cuántas noches se había pasado él aprendiendo hasta el último milímetro de su cuerpo?, ¿cuántos gritos le había arrancado de la garganta mientras la besaba y la mordisqueaba sin cesar?

Esa noche le tocaba el turno a ella, iba a descubrir los secretos del cuerpo de Philippe.

Apartó de su mente todo lo que no fuera la sensación de su piel mientras exploraba su pecho velludo. Philippe soltó un gemido gutural cuando empezó a acariciarle los pezones, y el sonido la envalentonó lo suficiente para que se inclinara y reemplazara los dedos con la boca.

Philippe se arqueó, y le puso una mano en la nuca mientras ella trazaba un pezón con la lengua.

—*Sim*, mi dulce ángel, no te detengas. Te lo suplico, no te detengas.

Raine no tenía intención alguna de detenerse. Saber que sus caricias lograban que él se estremeciera, que sus labios hacían que se le acelerara el corazón, le proporcionaba una satisfacción enorme.

Siguió explorándolo con las manos, recorriendo sus hombros, sus brazos, su estómago... la fascinaba el contraste entre la rigidez de sus músculos y la tersura de la piel que los cubría.

—Me gusta tu textura, tienes una piel tan cálida... —susurró.

Él soltó un gemido, y le dijo jadeante:

—Está en llamas, *meu amor*. Tus caricias hacen que arda.

Raine se detuvo por un instante cuando sus manos alcanzaron por fin su enorme erección, y entonces descendió con un movimiento tentativo por el rígido miembro hasta llegar a la base.

Las caderas de Philippe se arquearon con una sacudida, y su mano la instó a que alzara la cabeza para poder besarla. Él penetró en su boca con la lengua y la devoró mientras ella le acariciaba el miembro con presión creciente.

Philippe temblaba de pies a cabeza, y estaba cubierto de sudor. Por una vez, no era el seductor experto que estaba al mando, sino que estaba atrapado en el placer que ella le daba.

Raine sintió una enorme satisfacción. Quería complacerlo, saber que era capaz de hacer que se estremeciera y que le suplicara, quería que su recuerdo quedara marcado a fuego en el interior de Philippe y no pudiera olvidarla.

Ajeno a la súbita tristeza que la invadió, él se apartó de pronto con un gemido atormentado.

—Oh, Dios... necesito estar dentro de ti, *meu amor*. Quiero que montes encima de mí.

Raine no acabó de entender a qué se refería, y soltó una exclamación ahogada cuando él se colocó de espaldas y la colocó a horcajadas sobre sus caderas. Ella apoyó las manos sobre su pecho y contempló su rostro enfebrecido, y Philippe le sostuvo la mirada sin pestañear mientras ajustaba su erección con una mano y con la otra le sujetaba la cadera y la guiaba para que descendiera.

Raine entrecerró los ojos mientras su miembro rígido iba penetrándola poco a poco, y echó la cabeza hacia atrás cuando él asumió el control y empezó a alzar las caderas con potentes embestidas.

En ese momento, era suya por completo. El recuerdo tendría que bastar para reconfortarla en los años solitarios que sin duda la esperaban.

24

Philippe se despertó sintiendo una extraña plenitud. Aunque siempre era un placer despertar junto a Raine, por supuesto. ¿Qué hombre en su sano juicio no estaría encantado de tener en sus brazos a una mujer tan hermosa?, pero esa mañana sentía una satisfacción especial.

Dios, Raine se le había entregado con tanta dulzura la noche anterior... no había habido barreras, conflictos ni reticencias. Se había mostrado abiertamente descarada, había dado y recibido placer con tanto abandono, que él había tenido que suplicarle en varias ocasiones que acabara con aquel tormento y lo llevara hasta el clímax.

Era extraño pensar que le gustaba estar a merced de una mujer. Nunca habría permitido que ninguna otra tomara las riendas, ni en su cama ni en su vida.

Pero con Raine... con ella, lo único que había tenido en su mente mientras lo consumía el placer era que al fin se había abierto a él por completo. Se había entregado a él en cuerpo y alma mientras lo llevaba al paraíso una y otra vez.

Se levantó de la cama a regañadientes. Ella permaneció allí tumbada, desnuda en todo su esplendor, y se obligó a contener el impulso de despertarla con un beso. Ya estaba excitado, y con sólo tocarla se le olvidaría que tenía que seguir buscando a Seurat.

En los brazos de Raine podía olvidarse de la situación desesperada de su hermano, de su propia necesidad de acabar con aquel asunto y regresar a sus tierras para ocuparse de sus obligaciones, y hasta de las peticiones del rey.

Por eso era tan importante que acabara con aquel desagradable asunto, para poder llevársela a Madeira. Cuando estuvieran allí, pensaba saciarse de ella hasta que pudiera liberarse por fin de aquella obsesión, y entonces sería capaz de centrar su atención en las incontables responsabilidades que lo esperaban.

Después de bañarse y vestirse en menos de una hora, se detuvo por un momento junto a la cama y la contempló con una pequeña sonrisa. Parecía tan menuda en el enorme colchón, tan frágil... con cuidado de no despertarla, rozó el pequeño medallón que descansaba contra su pecho. El oro brillaba con una calidez sorprendente contra su piel de marfil, como si su madre estuviera mostrando su aprobación.

Philippe sacudió la cabeza ante sus propios pensamientos, y salió de la habitación. Debía de estar perdiendo el juicio de verdad, pero en ese momento le daba igual. Al entrar en la cocina, vio que Carlos estaba acabando de desayunar. Su amigo levantó la cabeza al oírlo entrar, y enarcó las cejas.

—Buenos días, Philippe. Pareces muy satisfecho de ti mismo, ¿has sabido algo de Seurat?

Philippe no intentó sofocar su sonrisa. Le resultaría imposible lograrlo, porque su cuerpo aún estaba aletargado de placer y aún sentía el sabor de Raine en la lengua. Se encogió de hombros, y se comió de un par de bocados un cruasán.

—Aún no, pero pienso averiguar algo hoy mismo.

—¿Vas a París? —Carlos se levantó de la silla.

—Sí, ahora mismo —Philippe fue a ponerse el abrigo, pero se detuvo y miró a su amigo—. ¿Te quedarás aquí para proteger a Raine?

Tras una breve e inesperada pausa, Carlos asintió.

—Sí, si eso es lo que quieres.

—¿Tenías otros planes para hoy?

—Nada que no pueda esperar. ¿Cuánto tardarás en volver?

Philippe frunció el ceño, porque su amigo se mostraba

sorprendentemente tenso. Era como si estuviera intentando ocultarle algo.

—No estoy seguro. Puede que cene con Frankford, quiero saber lo que está pasando en el mundo. Pronto podré centrarme de nuevo en mis negocios, y no quiero estar desinformado —Philippe suspiró. No le gustaba la idea de estar tantas horas alejado de la casa—. Y puede que Frankford tenga alguna novedad sobre Jean-Pierre. Los cotilleos viajan con rapidez.

Carlos le posó una mano en el hombro, y le dio un ligero apretón.

—El rey no hará nada irrevocable sin contactar antes contigo, te debe demasiado.

—El rey es un inmaduro egoísta que a menudo se deja llevar por sus propios caprichos. Si se le mete en la cabeza que Jean-Pierre es un peligro para la corona, hará que lo ejecuten antes de que alguien le haga entrar en razón.

—Atraparemos a Seurat antes de que el rey tenga uno de sus arranques de locura.

—Ojalá sea así —Philippe esbozó una sonrisa, y lanzó una mirada hacia la puerta—. Cuida de Raine.

Carlos apartó la mano de su hombro, y soltó un profundo suspiro.

—Pones una pesada carga sobre mis hombros, amigo mío.

Philippe lo miró con atención al notar de nuevo que parecía preocupado.

—¿Qué es lo que pasa, Carlos?

—Vete ya, Philippe. Raine está segura en mis manos —le contestó su amigo, con una sonrisa irónica.

Ya había anochecido cuando Raine oyó que Carlos entraba por la puerta trasera por fin. Llevaba horas paseándose de un lado a otro con nerviosismo, aterrada por la posibilidad de que no regresara a tiempo.

Se estremeció aliviada, y se obligó a esperarlo en el saloncito. Las criadas estaban muy ajetreadas en la planta baja preparando la cena, y necesitaba privacidad total para hablar con él.

Al cabo de diez minutos, oyó el sonido de pisadas que se acercaban, y al fin entró en la habitación. Estaba despeinado y tenía las mejillas enrojecidas a causa del frío, pero seguía emanando el mismo poder de siempre.

Raine soltó una pequeña exclamación de alivio, corrió hacia él, y lo aferró del brazo.

—Gracias a Dios, pensaba que no regresarías nunca.

Él la contempló con expresión intensa por un momento, pero de repente hizo una mueca y se zafó de su mano.

—Sólo he tardado unas horas, *anjo*. No ha sido fácil encontrar a alguien que me ofreciera una suma razonable por las joyas.

—¿Por qué?, tú mismo dijiste que valían una fortuna.

—Y así es, pero no cuando el posible comprador cree que son robadas. Poca gente creería que el hijo de un pescador portugués puede permitirse algo tan valioso.

—Cielos —Raine se llevó una mano al corazón, y se sintió avergonzada. Caramba, a veces parecía tonta de verdad. Jamás haría nada que pudiera hacerle daño a aquel hombre, ni siquiera para ayudar a Philippe—. No se me ocurrió... lo siento, Carlos.

Él sacudió la cabeza. A juzgar por su expresión, era obvio que no quería hablar de las horas que había pasado intentando vender las joyas.

—No importa, he conseguido lo que querías.

—Menos mal —Raine se sacó del bolsillo una nota que había releído docenas de veces mientras esperaba a Carlos—. Un muchacho trajo esto a casa justo después de la comida.

Carlos se apresuró a leer el papel. Sólo ponía que Raine tenía que ir sola al cementerio de Pere-Lachaise a las nueve y media para encontrarse con Seurat, y que debía llevar el dinero prometido.

—El cementerio no está lejos, pero no tenemos mucho tiempo.

—¿Por qué hablas en plural? No puedes venir conmigo, Carlos. Seurat huirá si te ve.

Él la agarró de los hombros, y sus ojos la miraron con una emoción intensa e ilegible.

—Permaneceré fuera de la vista, pero no pienses ni por un segundo que vas a ir sin mí. Podría ser una trampa.

Raine se tragó un suspiro. Le habría gustado que al menos por una vez algún hombre no le diera órdenes.

—Eso es una ridiculez. Si Seurat quisiera hacerme daño, lo habría hecho cuando me atrapó. Sólo quiere vivir con un poco de dignidad.

—Es un loco —él le dio una pequeña sacudida, y añadió—: Quién sabe lo que pretende.

—Carlos...

—No. O voy contigo, o te encierro en tu habitación y se lo cuento todo a Philippe cuando vuelva. No hay discusión posible.

Raine sabía que lo decía muy en serio. Aunque había accedido a ayudarla, estaba decidido a hacerlo según sus propias normas.

—De acuerdo, pero no dejes que Seurat te vea —después de darle su propia orden, fue a recoger el abrigo que había dejado sobre una silla—. Tenemos que irnos ya, es tarde.

Carlos la tomó de la barbilla con suavidad, y la obligó a mirarlo a la cara.

—¿Estás segura, *anjo*?

—¿Segura de qué?

—Si te encuentras con Seurat, si le das el dinero que necesita para huir de París, es posible que Philippe no te lo perdone jamás.

La tomó por sorpresa el súbito dolor que le desgarró el corazón. Ya había aceptado que su plan pondría fin a su breve relación con Philippe, ¿qué más daba si él se alejaba de ella con indiferencia o con enfado?

Se sorprendió al darse cuenta de que le importaba, y mucho. La idea de que Philippe no recordara su tiempo juntos con cariño, sino con furia, la llenó de angustia.

Se dijo que aquello era una tontería, y se regañó por su propio abatimiento. ¿Qué más le daba si Philippe acababa odiándola? Cuando volviera a Madeira, no volvería a verlo en toda su vida. Estaba haciendo lo correcto, no podía vacilar por miedo a que Philippe no aprobara el plan que había ideado para ayudarlo. Algún día, si había algo de justicia en el mundo, él se daría cuenta de que había sido la mejor solución para todos.

–Mi decisión está tomada, Carlos –le dijo, aliviada al ver que no le temblaba la voz–. Voy a seguir adelante con el plan.

–De acuerdo, Raine –él esbozó una sonrisa, y añadió–: Nos iremos al infierno los dos juntos.

El día fue frustrante e interminable para Philippe. A pesar de la cantidad de muchachos que vigilaban las calles, nadie había vuelto a ver a Seurat, y con sus propias pesquisas en los edificios sólo había conseguido miradas suspicaces, y que algunas personas le amenazaran con llamar a los guardias.

Cuando llegó al concurrido restaurante donde esperaba encontrar a Frankford, todos sus instintos le decían que volviera a casa, a los brazos de la hermosa mujer que lo esperaba. De nuevo estaba helado y cansado, y necesitaba con urgencia la calidez de Raine.

Pero lo que le había dicho a Carlos era cierto, hacía demasiado que no se interesaba por lo que pasaba más allá de París. Tenía a mucha gente a su cargo, y no podía permanecer ajeno a lo que sucedía en el mundo.

Empezó a desmontar, pero se detuvo al ver a un muchacho que se le acercaba a toda prisa, gesticulando para llamar su atención.

–¡*Monsieur*!

–¿*Oui*? –le preguntó, cuando el joven se detuvo junto a su caballo.

–Tengo un mensaje para usted.

Philippe tomó con cierta sorpresa la arrugada nota que le dio.

–*Merci*.

Al ver que el muchacho no se iba, esbozó una sonrisa y se

sacó un puñado de monedas de la chaqueta. Después de dárselas, esperó a que se alejara entre los peatones antes de leer la nota.

Se tensó al ver que Belfleur le pedía que fuera de inmediato a su tienda, porque aquello sólo podía significar que había localizado a Seurat.

Sin dudarlo ni un instante, instó a su montura a que se internara en el denso tráfico. Se mantuvo alerta por si se le acercaba alguno de los maleantes que plagaban la ciudad, pero su mente estaba centrada en la satisfacción de saber que pronto regresaría a Inglaterra para liberar a Jean-Pierre, y que iba a zanjar aquel desagradable asunto y podría regresar por fin a sus tierras.

Esbozó una sonrisa al imaginarse observando a Raine cuando ella viera Madeira por primera vez. Sabía que la cautivaría la belleza de su hogar, era imposible que no fuera así. No había nada tan fantástico como los acantilados, las pequeñas calas donde atracaban las barcas de los pescadores, o las colinas cubiertas con sus adorados viñedos. Incluso su casa era magnífica, ya que se trataba de una enorme villa con unas vistas del paisaje que dejaban sin aliento.

Y también había multitud de aldeanos que agradecerían las ansias de Raine de ayudar a los demás. Ella no tardaría en descubrir que sus arrendatarios eran personas cálidas y generosas, que le mostrarían todo el afecto del que había carecido hasta ese momento.

Aún estaba inmerso en su ensoñación, imaginándose a Raine llenando su hogar con su personalidad única y cautivadora, cuando se dio cuenta de que había llegado a su destino. Después de sacudir la cabeza para aclararse las ideas, desmontó y le dio las riendas a un muchacho que había cerca de la puerta, y al que ni se le pasaría por la cabeza intentar robarle el caballo. Belfleur podía mostrarse muy duro con sus empleados.

Al entrar en la tienda, frunció el ceño al ver que estaba vacía.

—¿Belfleur?

El francés apareció en la puerta del fondo, y le indicó que lo siguiera con un gesto.

—Entra, Philippe. Tenemos que hablar.

Lo siguió hasta un despacho donde había un pequeño escritorio y varios armarios, que debían de resultar muy convenientes para guardar objetos de procedencia dudosa. Belfleur sirvió dos vasos de Brandy, y le dio uno antes de volverse para remover las brasas del fuego con movimientos extrañamente tensos.

Philippe se tomó el licor y dejó el vaso a un lado, impaciente por ir al grano.

—¿Dónde está ese malnacido?, ¿lo has acorralado?

Belfleur se incorporó lentamente, y se volvió a mirarlo con expresión inescrutable.

—Esto no tiene nada que ver con Seurat.

Philippe apretó los puños, profundamente decepcionado. ¿A qué se debía el extraño comportamiento de su amigo? Belfleur sabía que al ver su nota supondría que tenía a su enemigo al alcance de la mano, y que se apresuraría a ir a la tienda.

—En tu mensaje decías que tenías que hablar conmigo urgentemente —le dijo con tono cortante.

Belfleur hizo una mueca, pero no se disculpó.

—He descubierto algo que creo que querrás saber.

Philippe avanzó un paso. No estaba de humor para jueguecitos, aquella ridícula distracción había alterado sus planes.

—Si tienes que decirme algo, hazlo de una vez. Tengo asuntos pendientes.

Su amigo siguió indeciso. Después de tomar un trago de brandy, soltó un suspiro y se irguió aún más, como si estuviera preparándose para darle alguna mala noticia.

—Acabo de cenar con un viejo amigo, y me ha contado un encuentro bastante peculiar que ha tenido hoy con un cliente.

—¿Peculiar en qué sentido? —Philippe se tensó de inmediato.

—Un caballero extranjero entró en su establecimiento, con la intención de vender una fortuna en joyas.

—¿Y por qué crees que puede interesarme algo así?

—Mi amigo estaba convencido de que las joyas se adquirieron en mi tienda hace varios días, y me llamó la atención que se hubieran vendido tan pronto.

Philippe sintió que se le encogía el estómago, y empezó a pasearse de un lado a otro con movimientos bruscos.

—¿De qué clase de joyas se trataba?

—Eran tres hermosos collares.

—¿Los que te compré yo?

—*Oui*.

Philippe colocó las dos manos extendidas sobre la mesa. Empezó a formársele un gélido temor en la boca del estómago, la terrible sensación de que lo conducían de forma inexorable hacia la guillotina.

—¿Has dicho que se trataba de un caballero extranjero?

—Mi amigo pensó que debía de ser español... o portugués.

El frío empezó a extenderse por sus venas. Philippe se incorporó, y negó con la cabeza.

—¿Carlos? No, es imposible.

Belfleur suspiró, y apuró su brandy.

—Me temo que mi amigo me ha descrito bien al caballero, y Carlos encaja con lo que me ha dicho.

—Conozco a Carlos desde que era niño, jamás me robaría —le dijo Philippe, a pesar de que una vocecita traidora empezaba a susurrarle en el fondo de la mente.

Carlos estaba fascinado con Raine. Aunque no había admitido abiertamente su interés, era obvio en cada mirada, en cada sonrisa que esbozaba cuando ella entraba en una habitación, y en cada hora frenética que había pasado torturado cuando ella había desaparecido.

Se preguntó hasta dónde estaría dispuesto a llegar su amigo con tal de hacerla suya... pero la cuestión primordial era si Raine prefería a aquel hombre atractivo y apasionado que quizás estuviera dispuesto a ofrecerle la honorabilidad del matrimonio. Ella había dejado claro que la mortificaba la idea de ser una amante, a lo mejor la esperanza de limpiar su reputación le había resultado demasiado tentadora.

¿Por eso se había mostrado tan generosa la noche anterior?, ¿acaso estaba despidiéndose de él? La mera posibilidad bastó para que soltara un gruñido gutural cargado de una furia letal.

Al notar la violencia que impregnaba el ambiente, Belfleur se apresuró a alzar las manos para recordarle a su amigo que él no había hecho nada.

—No hay nada seguro, Philippe. Pero creo que sería buena idea que comprobaras si alguien te ha robado tu tesoro.

Philippe ya iba hacia la puerta. Nadie iba a robarle su tesoro, haría lo que hiciera falta para conservarlo... para conservarla a su lado.

Carlos permaneció a regañadientes entre las sombras de la iglesia, mientras Raine avanzaba por el cementerio. No le gustaba nada acechar desde cierta distancia mientras una frágil mujer iba a enfrentarse al enemigo, sobre todo si se trataba de Raine.

Pero aquella pícara hechicera se las había ingeniado para arrancarle una promesa. No podía salir de la iglesia a menos que estuviera convencido de que Seurat iba a intentar atacarla. Estaba decidida a llevar a cabo su plan, y él carecía de la fuerza de voluntad necesaria para oponerse a sus deseos.

Admitió para sus adentros que era un verdadero idiota. Sabía que si estaba dispuesta a correr aquel riesgo era porque Philippe significaba mucho para ella, y esa certeza lo llenaba de frustración.

Si tuviera dos dedos de frente, habría montado en su caballo y se habría alejado de Raine Wimbourne en cuanto se había dado cuenta de lo que empezaba a sentir por ella. Tendría que haberse largado lo bastante lejos para poder saciar su deseo con alguna mujer bien dispuesta, quizás incluso con varias. Y ninguna de ellas tendría debilidad por aristócratas insensibles y arrogantes.

Apartó a un lado aquellos pensamientos cuando Raine se detuvo en medio del cementerio, y se tensó al ver que un tipo que cojeaba salía de detrás de una cripta y se acercaba a ella. Maldición, estaban demasiado lejos. Si Seurat intentaba hacerle daño...

El miedo lo distrajo, y por una vez no prestó atención a lo que le rodeaba. Resultó ser un craso error, porque alguien lo agarró del hombro y lo obligó a dar media vuelta antes de darle un puñetazo.

El golpe le dio de lleno en la mandíbula y le nubló la visión, pero gracias a sus años de entrenamiento apartó la cabeza de forma instintiva y pudo esquivar el segundo puñetazo. Mantuvo la cabeza gacha mientras hundía el hombro contra el estómago de su atacante, y ambos cayeron al suelo.

Consiguió aterrizar encima del hombre, pero fue una victoria efímera. Mientras alzaba el brazo para contraatacar, la visión se le aclaró lo suficiente para que se diera cuenta de que no estaba luchando contra un cómplice de Seurat ni un matón callejero. La luz de la luna que entraba por la puerta abierta de la iglesia reveló el rostro inconfundible de Philippe Gautier.

Se quedó atónito, y su amigo aprovechó su pequeña vacilación para lanzarlo de espaldas. Sin perder ni un momento, Philippe lo agarró del cuello para mantenerlo inmóvil contra el suelo, y lo miró con expresión asesina.

—¿Realmente creías que ibas a poder arrebatármela, amigo? —le espetó con furia.

Carlos le aferró la muñeca, y consiguió que aflojara la mano lo suficiente para poder respirar. ¿Cómo demonios había conseguido localizarlos en el cementerio?, ¿acaso había sospechado algo y había esperado a que pasaran a la acción?

Mientras luchaba por respirar, se dio cuenta de que no importaba cómo hubiera logrado encontrarlos. De momento, lo principal era que Philippe creía que estaba intentando arrebatarle a la mujer que consideraba suya.

—Si hubiera querido quitarte a Raine, no nos habrías encontrado jamás —jadeó con dificultad—. Y no habría elegido una iglesia húmeda y fría cercana a tu casa.

—¿Me tomas por tonto?

Los ojos verdes de Philippe ardían con un fuego arrasador que revelaba la intensidad aterradora de su furia. Carlos nunca lo había visto mostrar una emoción tan fuerte, ni siquiera cuando se había enterado de que Jean-Pierre estaba pudriéndose en una cárcel inglesa. Su amigo estaba desesperado ante la idea de perder a Raine.

—Sé que has robado los collares que le compré a Raine, y que los has vendido en París.

—¿Cómo has...? —Carlos fue incapaz de continuar cuando Philippe le apretó con más fuerza el cuello—. Maldita sea, no puedo respirar.

—Me da igual.

—No soy ningún ladrón —Carlos se sintió aliviado al notar que sus dedos se aflojaban un poco. No quería hacerle daño a su amigo, pero no pensaba aceptar sin más que le hiciera lo que le diera la gana—. Raine me dio los collares por voluntad propia, y me pidió que los vendiera.

Philippe se tensó, y un músculo empezó a movérsele en la mandíbula de forma espasmódica mientras luchaba por controlarse.

—¿Estás diciéndome que esta traición fue idea de Raine?

—No hay ninguna traición, pero es cierto que fue tu amante la que me pidió ayuda.

—Estás mintiendo.

—No, Philippe. Es la verdad.

Se hizo un gélido silencio mientras Philippe aceptaba que Carlos no estaba mintiendo. Sus ojos relampaguearon con algo que podría haber sido dolor antes de que se entrecerraran con enfado.

—¿Te pidió que la llevaras lejos de mí?

—No, no era eso lo que quería —le contestó Carlos con cautela.

—Maldita sea, no me vengas con acertijos. ¿Por qué has vendido las joyas?

—Porque Raine necesitaba el dinero —admitió a regañadientes. A pesar de la promesa que le había hecho a Raine, tenía que acabar de una vez con aquella tontería. En ese momento estaba sola con Seurat, y él tendría la culpa si le pasaba algo.

—Si necesitaba dinero, sólo tenía que pedírmelo —le dijo Philippe.

—No quería que te enteraras de sus planes.

—¿De sus planes de abandonarme?

—No.

—Maldita sea, os vi saliendo juntos de la casa —Philippe apretó más los dedos alrededor del cuello de su amigo—. Dime dónde está.

—Por Dios, Philippe...

—Dímelo.

—Está en el cementerio.

—¿Por qué?

Carlos cerró los ojos, y aceptó el hecho de que la promesa que le había hecho a Raine estaba rota. No iba a ponerla en peligro ni siquiera por mantener su palabra.

—Planeó un encuentro con Seurat.

—¿Seurat? —Philippe se puso de pie de inmediato, y lo miró con incredulidad—. ¿Seurat está aquí?

—*Sim* —Carlos se levantó con dificultad, y se frotó el cuello dolorido—. Tal y como tú sospechabas, ese demente no la soltó sin más. Raine negoció su propia liberación, y el encuentro formaba parte del trato.

Philippe sacudió la cabeza, como si le costara asimilar que se había equivocado con sus furiosas suposiciones. De repente, se volvió y se dirigió hacia la puerta.

—Vamos.

Carlos se apresuró a interponerse en su camino, y le preguntó:

—¿Qué vas a hacer?

—Primero, voy a atrapar al hombre al que llevo persiguiendo durante demasiado tiempo. Después voy a hacer que Raine aprenda lo peligroso que es contrariarme.

—No —le dijo Carlos con firmeza, mientras lo agarraba de los hombros.

—Carlos, suéltame ahora mismo si valoras en algo tu vida —le dijo Philippe, con una expresión fría e inconmovible.
—No pienso permitir que le hagas daño a Raine.
—Ella no te pertenece, no te compete protegerla.
Carlos sintió una punzada de dolor ante la verdad de aquellas palabras, pero se negó a ceder.
—Aun así, voy a hacerlo.
—Maldita sea, Carlos... no agredo a mujeres, por mucho que se lo merezcan.
—¿Me das tu palabra?
—Suéltame. Aunque no agredo a mujeres, estoy más que dispuesto a darle una paliza a cualquier hombre que se interponga en mi camino, incluido tú.

25

Raine no pudo evitar sentir cierta inquietud mientras avanzaba con cautela por el cementerio. No era que temiera que Seurat pudiera hacerle daño, o al menos, eso era sólo una parte de su nerviosismo. El problema era que tenía la sensación de que todo era demasiado fácil de momento.

Desde la noche en que había descubierto que su padre era el Granuja de Knightsbridge, se las había arreglado para ir de un desastre a otro, así que había acabado por esperar que surgieran problemas.

El hecho de que de momento todo fuera como la seda la inquietaba cada vez más.

Contuvo las ganas de soltar una risita nerviosa ante su reacción absurda, y empezó a rodear una vieja cripta justo cuando una figura apareció de repente delante de ella. Se llevó una mano al pecho, sobresaltada, pero reconoció de inmediato la delgada forma de Seurat.

—Por Dios, me ha sobresaltado —le dijo, al detenerse.

A pesar de las sombras, era obvio que Seurat había sufrido en los últimos días. No era de extrañar, porque debía de haberle resultado muy difícil esconderse de los numerosos espías de Philippe.

Estaba muy despeinado, tenía el rostro mugriento y sin afeitar, y Raine se preguntó si habría estado escondido en las alcantarillas al notar el desagradable olor que desprendía. Pero, a pesar de todo, seguía teniendo el mismo brillo febril en la mirada. Era un hombre que estaba alcanzando el límite de su cordura.

—¿Ha traído el dinero que me prometió? —le preguntó él, mientras miraba con cautela a su alrededor.

—Por supuesto —Raine apretó contra su pecho el paquete que tenía oculto bajo el abrigo—. ¿Tiene la confesión?

Seurat se sacó del bolsillo un documento doblado, y le dijo:

—Al contrario que su amante, soy un hombre de palabra. Deme mi recompensa.

Raine alzó una mano. No podía permitir que la engañara, la vida de Jean-Pierre estaba en juego.

—Antes, quiero ver el documento.

—¿Está poniendo en duda mi honor? —Seurat avanzó un paso, y la miró con enfado.

Raine no se dejó intimidar, y mantuvo la mano alzada.

—Quiero asegurarme de que se ha firmado en presencia de un sacerdote.

Seurat soltó una retahíla de imprecaciones, pero al final le dio el documento.

—Ahí lo tiene, ¿está satisfecha?

Raine se movió un poco para iluminar el documento con la luz de la luna. Se sorprendió un poco al ver que estaba escrito con una letra muy pulcra y elegante, pero entonces se dio cuenta de que en Egipto seguramente se había encargado de los registros de las personas que lo empleaban. Después de leer la confesión, examinó con atención el sello que había en la parte inferior del documento. Todo parecía estar en orden.

—¿Me promete que no volverá a molestar a la familia Gautier?

—*Sacrebleu*, le he dado mi palabra —de repente, Seurat miró por encima del hombro de Raine, y pareció quedar horrorizado—. ¡Maldición!

—¿Qué pasa?

—Me ha engañado.

Raine miró por encima del hombro sin saber a qué se refería, y se le encogió el corazón al ver que Carlos se acercaba a ellos a la carrera y se abalanzaba contra Seurat.

—¡No!

Seurat luchó en vano contra Carlos, y se volvió a mirarla con expresión herida.

—Espero que se pudra en el infierno.

—¡Detente! Carlos, ¿qué estás haciendo? Me prometiste que no interferirías.

Unos brazos duros como el granito la rodearon de repente por la espalda, y una mano se deslizó por debajo de su abrigo y le quitó el paquete con el dinero.

Raine supo de inmediato quién estaba aprisionándola. Sólo un hombre podría acelerarle el corazón y caldearle la sangre con sólo tocarla. Se volvió a mirarlo por encima del hombro con el ceño fruncido, y le preguntó:

—¿Qué haces aquí, Philippe?

—No digas ni una palabra, *meu amor* —le dijo él. Estaba muy serio, y sus ojos brillaban con la dureza de las esmeraldas.

—Pero...

Él la abrazó con más fuerza, hasta que estuvo a punto de dejarla sin aliento.

—Ni una palabra, si valoras tu trasero.

Philippe contuvo las ganas de zarandear a aquella mujer exasperante. La soltó cuando se convenció de que iba a obedecerlo, pasó por su lado y permaneció en silencio mientras Carlos controlaba por fin a Seurat y lo agarraba del cuello del abrigo para ponerlo de pie. El hombre que había sido el enemigo acérrimo de su familia durante años era más pequeño de lo que esperaba. Su cabeza apenas le llegaba a la barbilla, y estaba tan delgado, que una ligera brisa lo habría tirado al suelo.

No se parecía en nada al temible contrincante que se había imaginado, pero en ese momento le daba igual que un ser tan insignificante y patético le hubiera causado tantos problemas. Incluso le resultaba sorprendentemente indiferente haberlo atrapado por fin y que sus problemas estuvieran a punto de terminar.

Durante la última media hora, lo había enloquecido el miedo de estar a punto de perder a Raine. Lo había consumido una furia cegadora que se negaba a desvanecerse, a pesar de que tenía que admitir que había malinterpretado la situación.

Raine no había intentado abandonarlo, al menos en esa ocasión, pero eso no quería decir que no estuviera dispuesta a hacerlo al día siguiente, o en una semana. Ya había demostrado que era capaz de tramar a sus espaldas, y había conseguido sacar a Seurat de su escondrijo. Incluso había conseguido atrapar a Carlos en sus redes, ¿cómo sabía que no escaparía la próxima vez que tuviera que dejarla sola, aunque fuera por un instante?

La idea era intolerable, peor que intolerable. Raine era suya, le pertenecía en cuerpo y alma, y era consciente de que había llegado el momento de hacer lo necesario para asegurarse de que estaba firme e irrevocablemente unida a él.

Pero antes tenía que ocuparse de Seurat.

Fingió ignorar a la irritante mujer que tenía a su espalda, a pesar de que era intensamente consciente de su presencia, y miró a Seurat con gélida intransigencia.

—Carlos, encárgate de llevar a nuestro prisionero a Inglaterra —le lanzó el paquete de dinero, y añadió—: Contrata a tantos hombres como te sean necesarios, pero asegúrate de que no escape.

Carlos agarró el paquete y se lo guardó bajo la chaqueta, pero por un instante pareció que iba a negarse a acatar su orden; al fin y al cabo, viajar a Inglaterra implicaría alejarse mucho de Raine.

Philippe avanzó un paso, y advirtió a su amigo con la mirada que daba igual lo cerca que estuviera de Raine, porque ella nunca sería suya.

Carlos suspiró, y le lanzó una mirada enfurruñada a Seurat.

—¿Y qué hago cuando llegue a Inglaterra?

—Llévalo a mi casa de Londres —Philippe reflexionó rápidamente sobre la manera más rápida de liberar a su hermano, y añadió–: Enviaré un mensaje a Windsor, para que el rey sepa de tu llegada.

–La idea no me resulta reconfortante, no tengo ganas de despertar una mañana y encontrarme al rey esperando en el vestíbulo.

Philippe esbozó una sonrisa, sin prestar la menor atención a los expletivos que Seurat no dejaba de mascullar.

–No te preocupes, el rey no realizará semejante esfuerzo. Te ordenará que lleves a tu huésped a palacio para que confiese allí.

–¿Y si no confiesa? –Carlos le dio una pequeña sacudida a Seurat.

–Mátalo –le dijo Philippe, sin vacilar ni un instante.

Seurat soltó un gemido, pero ninguno de los dos amigos le hizo caso.

–¿Qué piensas hacer mientras yo rescato a Jean-Pierre? –le preguntó Carlos.

–Eso no es de tu incumbencia, amigo mío.

–Philippe...

–Vuelve a centrarte en todas las mujeres que levantan las faldas al verte –Philippe esbozó una sonrisa, y añadió–: Raine pronto estará fuera del alcance de cualquier otro hombre, incluido tú.

Raine tuvo que morderse la lengua cuando Carlos se llevó al pobre Seurat hacia el carruaje que esperaba detrás de la iglesia. Había sospechado que acabaría sucediendo algo que estropearía su excelente plan, pero ni en sus peores suposiciones se había imaginado a Philippe Gautier llegando a la carga como un ángel vengador y destruyendo todo lo que había intentado conseguir.

Qué idiotez. Philippe siempre llegaba a la carga y le complicaba la vida, parecía como si ése fuera su único cometido.

Como si hubiera intuido lo que estaba pensando, él se volvió a mirarla y alargó la mano hacia ella.

–Vamos, Raine.

Ella retrocedió un paso, y le dijo con irritación:

—No, Philippe. Quiero que me escuches.

Él soltó un gruñido, y se acercó hasta cernirse sobre ella con una tensión palpable.

—Te he dicho que no digas ni una palabra.

—Hablaré cuando me dé la gana, y no pienso dar ni un paso hasta que me escuches.

—Está claro que te he consentido demasiado, si crees que puedes desafiar mis órdenes sin miedo a represalias. Pero eso va a cambiar.

Raine abrió la boca para preguntarle a qué se refería, pero no pudo articular palabra porque él la agarró de la cintura y se la cargó al hombro antes de echar a andar hacia el camino. Se sorprendió tanto, que tardó unos segundos en recuperar un poco la compostura. ¿Se habría vuelto loco? No era un saco de patatas.

—¿Qué estás haciendo?, ¡suéltame! —como él le sujetaba las piernas con los brazos, sólo pudo aporrearle la espalda.

Philippe premió sus esfuerzos con una inesperada palmada en el trasero.

—Si no te quedas quieta, voy a atarte y a amordazarte. ¿Está claro?

—No, no está claro —Raine le dio otro golpe en la espalda, y añadió—: ¿Acaso has perdido el juicio?

—Sin duda —murmuró él, antes de detenerse junto al caballo que había dejado oculto en unos árboles cercanos.

La colocó sobre la silla de montar y subió tras ella, y después de rodearle la cintura con un brazo, instó al caballo a que iniciara la marcha a paso ligero. El brusco movimiento echó hacia atrás a Raine, que tuvo que aferrarse a su brazo cuando el caballo resbaló un poco en el hielo.

—¿Quieres que nos rompamos el cuello?

—Tienes razón —le susurró él al oído, mientras hacía que el caballo aminorara un poco el paso—. Quizás estaría dispuesto a arriesgar el tuyo, pero le tengo bastante aprecio al mío.

Ella lo miró por encima del hombro para poder fulminarlo con la mirada, y le dijo:

—Si vas a estar de tan mal humor durante todo el trayecto, prefiero ir andando.

—Será mejor que no me presiones en este momento, *meu amor*. Mi honor me prohíbe golpearte, pero existen muchas formas satisfactorias de castigarte.

Raine abrió la boca para decirle lo que pensaba de sus amenazas, pero volvió a cerrarla de golpe cuando el caballo volvió a resbalar. De momento, era mejor que Philippe se centrara en el camino.

Además, no podía negar que estaba un poquito asustada. No era la primera vez que lo veía furioso, de hecho, ella parecía tener una facilidad pasmosa para enfadarlo, pero había algo... implacable en su mal humor. Se trataba de una crudeza gélida, como si ella hubiera cruzado sin darse cuenta una línea invisible que había alterado su relación de forma irrevocable.

Sintió que se le encogía el corazón con un dolor desgarrador. Había sido consciente de que era posible que Philippe no entendiera su deseo de ayudar a Seurat, que se enfadara con ella al darse cuenta de que aquella solución era la mejor para todos, pero no había esperado aquella barrera inexpugnable que hizo que se preguntara si pensaba echarla de la casa en cuanto llegaran.

No pudo dejar de pensar en ello mientras avanzaban por las calles y entraban por fin en el jardín de la casa. Philippe desmontó con rapidez, y la tomó en sus brazos justo cuando uno de los hombres que había contratado para que vigilaran la zona salía de la cuadra.

—Ocúpate del caballo y después ven a la cocina, me reuniré allí contigo.

El hombre no mostró reacción alguna al verlo sujetándola de forma tan íntima, y se limitó a asentir. A lo mejor los matones a sueldo estaban acostumbrados a ver ese tipo de cosas.

—*Oui, monsieur*.

Philippe fue hacia la casa con ella en sus brazos, pero no la miró en ningún momento. Era como si la hubiera olvidado por completo, y Raine se dijo que quizás era una suerte; al fin y al cabo, era mejor que la olvidaran a que la dejaran caer en los rosales.

Cuando él abrió la puerta trasera de la casa de una patada y cruzó el umbral, *madame* LaSalle soltó una exclamación y se apresuró a acercarse a ellos con las manos apretadas contra su pecho.

—Dios mío, ¿ha habido algún accidente?

—Los dos estamos bien, *madame* LaSalle —le dijo Philippe, mientras pasaba por su lado sin detenerse—. Sólo necesitamos un poco de privacidad.

—Oh. *Très bien* —la mujer se ruborizó, y soltó una risita.

—¿Te gusta mortificarme? —murmuró Raine, mientras salían de la cocina y subían por la escalera.

—Lo único que me gustaría en este momento sería ponerte sobre mis rodillas y darte unas buenas palmadas en el trasero —le dijo él, con tono cortante.

—Me dijiste que no golpeas a las mujeres.

—Entonces, tendré que encontrar alguna forma de castigarte que me satisfaga.

En cuanto entraron en su dormitorio, la dejó de pie sin miramientos y fue hacia la puerta que conectaba con el dormitorio de ella. Después de cerrarla y de meterse la llave en el bolsillo, se volvió de nuevo hacia Raine y la miró con una expresión distante y completamente ilegible.

—Quítate la ropa.

Sus palabras la tomaron desprevenida. Raine se apretó las manos contra el estómago, y retrocedió hasta el centro de la habitación.

—¿Qué?

—He hablado con claridad. Quítate la ropa.

—No, no pienso hacerlo.

—Entonces, lo haré yo por ti.

Ella lo miró con incredulidad, pero sólo tuvo tiempo de retroceder varios pasos antes de que él la rodeara con los brazos y la echara sobre la cama.

Raine se resistió, por supuesto. Pataleó y arañó mientras él le arrancaba con brusquedad la ropa, aunque era incapaz de creer que Philippe estuviera dispuesto a forzarla. Una vocecilla le susurró que él no tendría que forzarla a nada, porque se derretía de deseo en cuanto él la tocaba, pero que la coaccionara en contra de su voluntad era igual de malo.

—Animal —murmuró, al forcejear en vano mientras él le quitaba las últimas prendas y la dejaba completamente desnuda—. Eres un animal arrogante y despreciable.

En vez de tumbarse junto a ella, Philippe se quedó de pie junto a la cama, observándola con una sonrisa de satisfacción.

—Intenta escapar ahora.

Raine frunció el ceño con desconcierto, que se acrecentó cuando él recogió la ropa y se dirigió hacia la puerta. Salió de la habitación sin volverse a mirarla, y en el silencio reinante se oyó con claridad cómo cerraba con llave desde fuera.

La había atrapado en la habitación. Como las dos puertas estaban cerradas, la única vía de escape era la ventana, pero no pensaba arriesgar el cuello saltando desde tanta altura. Sobre todo teniendo en cuenta que no tenía ropa.

Se preguntó por qué lo había hecho... ¿acaso pensaba que huiría de él aterrada?, ¿de verdad la creía tan cobarde?

Raine se tapó para intentar calmar el temblor que la sacudía. A pesar del fuego que crepitaba en la chimenea, estaba aterida de frío. Debía de ser normal, teniendo en cuenta que había pasado tanto tiempo en aquel cementerio húmedo, pero sospechaba que el frío le había calado hasta el corazón.

Había fracasado por completo.

Seurat había sido capturado, y creía que lo había traicionado; Carlos tenía que regresar a Inglaterra, y estaba claro que Philippe estaba enfadado con él; y en cuanto a ella... bueno, lo cierto era que no tenía ni idea de lo que Philippe tenía en mente. Sólo sabía que todo había salido mal, y que ella era la única culpable.

Siguió dándole vueltas a aquella noche desastrosa, pero le dio un vuelco el corazón cuando oyó el sonido de la llave en la cerradura y Philippe volvió a entrar en la habitación. Después de cerrar la puerta tras de sí, fue a dejar la bandeja sobre una mesa baja y entonces empezó a desnudarse con calma.

Raine se incorporó hasta sentarse en la cama, y se cubrió con las mantas hasta la barbilla.

—¿Qué haces?

Él siguió quitándose la ropa como si nada, y después cruzó la habitación con una total indiferencia hacia su propia desnudez. Raine no quería mirar, pero no pudo resistirse. La imagen de las firmes líneas de su cuerpo bañadas por la luz del fuego habría dejado sin aliento a cualquier mujer.

Él pareció completamente ajeno a su mirada, y se puso una bata antes de volver a la mesa y tomar la servilleta que había en la bandeja.

—Antes de nada, voy a disfrutar de la cena que has interrumpido con tanta descortesía.

Raine rechinó los dientes, y se dijo que no estaba nada decepcionada al ver que no se metía de inmediato en la cama con ella.

—Si se ha interrumpido tu cena, la culpa es sólo tuya. Yo no te he llamado.

—No, supongo que no —él le sostuvo la mirada mientras tomaba un bocado de comida, y finalmente añadió—: Dime, *meu amor*, ¿qué pretendías conseguir con tu pequeña estratagema?

Raine señaló hacia el documento que había caído al suelo cuando la había desnudado con tanta eficiencia, y le dijo con voz cortante:

—Eso.

Philippe enarcó las cejas, y siguió comiendo.

—¿Qué es?

Ella empezó a perder la paciencia ante su actitud indiferente.

—Es una confesión de Seurat firmada por un sacerdote. Si no hubieras interferido, mi «pequeña estratagema» habría liberado a Jean-Pierre sin tantos problemas.

Philippe se limpió las manos en la servilleta, y tomó el vaso de vino.

—¿Con lo de los problemas te refieres al castigo merecido de Seurat?

—Creo que ya le han castigado bastante.

Al ver que sus ojos se oscurecían, Raine se dio cuenta de que no estaba tan tranquilo como quería aparentar.

—Pero no eras tú quien tenía que decidirlo —le recordó él con frialdad—. Sabías que no estaría de acuerdo con tu absurdo plan. Por eso preferiste pedirle ayuda a Carlos, ¿verdad?

—Creí que sería lo mejor para todos.

—¿Lo mejor? —Philippe se acercó a la cama, y ella se apretó contra las almohadas de forma instintiva—. ¿Creíste que sería lo mejor ofrecerle mi propia fortuna a un enemigo que llevo meses buscando?

—No era tu fortuna —Raine se aferró a las mantas con más fuerza—. El dinero salió de los collares que me regalaste.

—Y que tú te negaste a aceptar, *meu amor* —le recordó él, con una sonrisa carente de humor.

Raine se mordió el labio. La ponía nerviosa no tener ni idea de lo que sucedía tras su expresión inescrutable.

—¿Por eso estás enfadado?, ¿porque he vendido los collares?

Philippe se tensó, pero su expresión permaneció inalterable. Su control resultaba un poco inquietante.

—Eso ya no importa. Seurat estará pronto en manos del rey, y Jean-Pierre será liberado. Con tu traición al menos has logrado que atrape a ese malnacido.

Raine se sobresaltó por la indiferencia despiadada que mostraba hacia Seurat, y por su injusta acusación.

—No te he traicionado.

—¿No?

—No —se obligó a mirarlo a los ojos, y le dijo con firmeza—: Te dije que quería detener la venganza de Seurat, y también impedir que lo destruyeras. Aunque te niegues a admitir la verdad, estoy segura de que en el fondo sabes que la culpa de todo esto la tiene tu padre. Quieres castigar al hombre equivocado.

—Castigaré a quien considere oportuno.

—¿Aunque esté mal?

Philippe se volvió con brusquedad, y se acercó a la chimenea. Era obvio que estaba enfadado porque ella se negaba a culpar a Seurat.

—¿Acaso quieres ser mi conciencia?

—Parece que alguien tiene que serlo.

—Ya basta, Raine. No quiero hablar de Seurat, prefiero centrarme en lo que voy a hacer contigo.

Raine sintió que se le secaba la boca al darse cuenta de lo que iba a pasar. Había llegado el momento, Philippe iba a decirle que todo había acabado entre ellos.

Se dijo que tendría que sentirse aliviada, porque al fin iba a regresar junto a su padre y a la vida que le había sido arrebatada. Aquellos breves días de locura no tardarían en convertirse en un sueño distante.

El dolor que le atenazaba el corazón no se alivió, pero consiguió esbozar una sonrisa tensa y tragar el nudo que le obstruía la garganta.

—Ya has conseguido lo que querías hacer en París, así que supongo que vas a regresar a Madeira.

—Sí, mañana mismo.

—¿Tan pronto? —Raine aferró con fuerza las mantas.

—No hay necesidad de postergarlo, y la verdad es que estoy deseando regresar a casa.

—Entonces, es obvio lo que debes hacer conmigo.

Philippe sonrió, y volvió a acercarse a la cama.

—Me alegro de que estemos de acuerdo, *meu amor*. Temía que intentaras luchar contra lo inevitable.

Raine sonrió con ironía. Philippe era tan arrogante, que no era de extrañar que pensara que ella le suplicaría que la dejara permanecer a su lado. Se preguntó si alguna vez había tenido alguna amante que no se hubiera mostrado ansiosa por seguir junto a él, pero estaba muy equivocado si creía que ella iba a portarse como una tonta.

—Sólo quiero pedirte un favor —le dijo, con toda la dignidad que pudo.

—¿De qué se trata?

—Necesito que me des dinero suficiente para que pueda regresar a Inglaterra.

—Ya veo —Philippe se sentó a su lado en la cama, y le dijo con calma—: Me temo que eso no es posible.

—Me prometiste que te asegurarías de que regresara a Inglaterra sana y salva.

—Y lo haré... en su debido momento. Debido a mis negocios, tengo que pasar al menos unos meses al año en Londres, y sin duda querrás visitar a tu padre cuando estemos allí.

—No te entiendo —Raine estaba completamente desconcertada.

—Pues a mí me parece que todo está muy claro —le dijo él. Su expresión seguía siendo indescifrable.

—Has dicho que vas a regresar a Madeira.

—Y así es, *meu amor*. Iremos directos a la isla dentro de un par de horas, ya le he ordenado al mozo de cuadras que tenga listo el carruaje a primera hora.

Raine se incorporó de inmediato, y lo miró con ojos centelleantes. ¿Quería llevarla a su casa? No, ni hablar. A pesar de lo mucho que iba a dolerle separarse de Philippe, era preferible a dejar que la arrastrara hasta Madeira. ¿Acaso no se daba cuenta de lo humillada que iba a sentirse cuando los sirvientes y los aldeanos que lo conocían desde niño la miraran con desdén?, ¿no se daba cuenta de lo doloroso que sería para ella vivir en el hogar que algún día ocuparían su esposa y sus hijos?

—No, Philippe. No pienso ir a tu casa. No es apropiado —le dijo con firmeza.

Él cambió de posición poco a poco, hasta que colocó los brazos a ambos lados de su cuerpo para tenerla atrapada bajo las mantas. Estaba tan cerca, que Raine sintió la caricia de su aliento en la mejilla, y su aroma cálido la envolvió.

—Te equivocas, nada podría ser más apropiado. Tu sitio está allí.

—Una amante no vive bajo el techo de su señor.

—No —le susurró él, mientras la miraba con una extraña intensidad—, pero una esposa vive con su marido.

La habitación se sumió en un silencio total mientras Raine intentaba asimilar sus palabras.

—Por el amor de Dios... te has vuelto loco —susurró por fin, mientras se apretaba contra las almohadas.

Philippe sonrió, y le acarició la mejilla con un dedo.

—Ya habíamos convenido en que eso es más que probable, pero no altera en nada el hecho de que voy a convertirte en mi esposa en cuanto lleguemos a Madeira.

—¿Por qué?

—¿Por qué en Madeira? —Philippe se encogió de hombros, y admitió—: Siempre he querido casarme en mi propia capilla. Pero si prefieres que nos casemos antes de irnos de París, supongo que podemos hacerlo sin problemas, porque eres católica.

Raine inhaló profundamente. Se dijo que estaba mofándose de ella, que aquello no era más que una burla cruel para castigarla por haberse atrevido a llevarle la contraria.

—No te burles de mí, Philippe.

Él se puso muy serio, y la miró con un brillo acerado en la mirada.

—No es ninguna burla, Raine. Vas a ser mi esposa.

—Pero... pero tú no quieres casarte conmigo.

—Eres una mujer muy inteligente, *meu amor*, pero no puedes leerme la mente. He pasado años eludiendo los intentos más decididos de atraparme en las redes del matrimonio, te aseguro que no me casaría contigo si no quisiera hacerlo.

Raine sacudió la cabeza con incredulidad. Se sentía como si la hubiera atropellado un carruaje descontrolado, o como si la hubieran lanzado por un precipicio. Cualquiera de esas dos circunstancias parecía más plausible que la posibilidad de que Philippe Gautier le ofreciera matrimonio.

—Por el amor de Dios, soy tu amante —le dijo, con voz estrangulada.

—Sí, recuerdo todas las horas deliciosas que he pasado entre tus muslos —le dijo él, con una pequeña sonrisa.

—Los caballeros no se casan con sus amantes, a menos que estén decididos a causar un escándalo —le dijo ella, ruborizada.

Philippe la agarró de la barbilla, y la obligó a mirarlo a los ojos. No parecía un hombre que hubiera perdido la razón; de hecho, parecía tener un control inquietante de sí mismo y de la situación, que distaba mucho del desconcierto que la aturdía a ella.

—Muy poca gente sabe que hemos vivido juntos aquí. Cuando lleguemos a mi casa, diremos que te he traído desde Inglaterra para que podamos intercambiar nuestros votos en la iglesia de mi familia. Nadie pondrá en duda mi palabra.

Raine soltó una pequeña carcajada más cercana a un sollozo, y le dijo:

—Aun en el caso de que pudiéramos hacerles creer eso, ni siquiera tu palabra puede alterar el hecho de que soy la hija de un simple marinero... que además es el Granuja de Knightsbridge.

—Las actividades ilegales de tu padre no saldrán a la luz. Y a pesar de que tienes unos orígenes humildes, son del todo respetables. Cualquier murmuración que pueda surgir desaparecerá en cuanto me des uno o dos hijos.

Raine contuvo el aliento cuando la recorrió un doloroso anhelo. Tener los hijos de aquel hombre... abrazarlos contra su pecho, darles todo el amor que ardía en su corazón...

Pero, ¿a qué precio? No entendía a qué se debía aquella súbita proposición, pero sabía que no tenía nada que ver con el afecto. Philippe había sepultado sus emociones hacía tiempo, si realmente las había tenido alguna vez. Lo único que le ofrecería era su pasión, e incluso eso tendría que compartirlo sin duda con montones de amantes.

No. Iría muriendo poco a poco si estaba unida a un hombre al que amaba, pero que nunca podría corresponder a sus sentimientos. Era mejor una ruptura rápida que eliminara la esperanza de un futuro compartido, sólo así podría forjarse una nueva vida.

Se cubrió la cara con las manos, para que él no viera sus lágrimas.

—Basta... basta ya, Philippe. Esto es una locura, no puedo ser tu esposa.

Él la agarró de las muñecas, le apartó las manos de la cara, y las apretó contra su propio pecho. Raine no tuvo más remedio que enfrentarse a su intensa mirada.

—Vas a ser mi esposa, Raine. No lo dudes ni un momento. Y cuanto antes, mejor.

Ella sintió que le daba un vuelco el corazón al ver la determinación férrea que crepitaba bajo su fría compostura.

—Pero... ¿por qué?, ¿por qué yo?

—Ya te lo he dicho —Philippe se inclinó hacia delante hasta que sus labios se rozaron, y susurró—: Me perteneces, *meu amor*. Esto sólo lo hará oficial.

26

Raine apenas recordaría después el viaje desde París a Madeira, aunque lo cierto era que no había gran cosa por recordar. En cuanto subió a bordo del barco de Philippe, permaneció prácticamente cautiva en su camarote mientras navegaban lo más rápido posible. Pudo salir a cubierta para dar breves paseos por la mañana y al atardecer, aunque siempre en compañía de Philippe, que se mantenía a su lado con expresión adusta como si temiera que fuera a saltar por la borda. Aparte de eso, permaneció encerrada en el pequeño camarote, comiendo lo que le llevaban en bandejas y durmiendo sola.

A lo largo de los días interminables, no hizo otra cosa que pensar en su extraña y aterradora situación, y esforzarse por entender qué diablos estaba pasando. No podía creer que Philippe tuviera intención de casarse con ella. ¿Por qué iba a hacerlo? Podía tener a cualquier mujer que deseara, a mujeres hermosas, adineradas y sofisticadas que procedieran de su mismo mundo, y que podrían estar junto a él con orgullo.

¿Qué podía desear de una mujer como ella? No podía proporcionarle una dote ni conexiones sociales, por no hablar de que su habilidad más notoria, la de hacerse pasar por un bandido, no parecía demasiado adecuada para la esposa de un hombre como él. Y como ya había logrado tenerla en su cama, su determinación por casarse con ella tampoco debía de estar impulsada por una pasión avasalladora.

Las horas de reflexión no le proporcionaron ninguna respuesta; de hecho, sólo consiguió que le doliera la cabeza.

Se metió en la cama, resignada a pasar una noche más a solas. Había dejado de preocuparse por el hecho de que Philippe no durmiera con ella en el camarote, y había intentado convencerse de que tenía que darle igual que él hubiera dejado de acostarse con ella; al fin y al cabo, quizás entraría en razón si había dejado de desearla, porque la pasión era lo único que tenían en común.

La recorrió un estremecimiento, y no tardó en dormirse; sin embargo, al poco rato una mano la despertó al posarse en su hombro.

—Raine, despiértate —le susurró Philippe al oído.

—¿Qué? —abrió los ojos, y parpadeó confundida—. ¿Qué pasa?

—Hemos llegado.

Raine se despejó de golpe, y se incorporó en la cama.

—¿Tan pronto? Creía... creía que el viaje sería más largo.

Philippe encendió una vela, y la expresión distante con la que la miró recordó a Raine la noche en que se habían conocido.

—Mi barco está diseñado para ser veloz. Es toda una suerte, teniendo en cuenta la cantidad de veces que me han perseguido a lo largo de los años.

—¿Por qué no me sorprende?

Él no prestó atención a sus palabras cortantes, y alargó una mano hacia ella con obvia impaciencia.

—Vamos, Raine. Es tarde, y estoy cansado.

Ella sintió que se le encogía el estómago, y tuvo que luchar por poder respirar.

—Philippe, por favor... no quiero seguir con esto, te ruego que dejes que regrese a Inglaterra.

Raine esperaba una contestación brusca, o que la sacara de la cama y la obligara a vestirse, así que se sorprendió al ver que su expresión se suavizaba y que se sentaba en el borde de la cama.

—¿Por qué tienes miedo, querida? —le preguntó. Su voz era dura, pero al menos el hielo se había derretido—. Te has arriesgado a ir a la horca para salvar a tu padre, te metiste en mi cama con el descaro de una cortesana experta, y negociaste por tu libertad con un demente. ¿Por qué te asusta la idea de convertirte en mi esposa?

—Porque... —«porque te amo, y vivir a tu lado sabiendo que jamás me corresponderás me destruiría poco a poco»—. Porque voy a quedar como una tonta, y te haré quedar mal a ti. No estoy entrenada para vivir entre la nobleza.

—¿Entrenada?, ¿como un purasangre? —le dijo él, con una sonrisa.

Raine lo fulminó con la mirada, y empezó a enfadarse.

—Sí, como un purasangre. Las damas no tienen una capacidad innata para saber cómo organizar un hogar o moverse en la alta sociedad, tienen institutrices que dedican años a instruirlas.

Él la agarró de la barbilla, y la miró muy serio.

—Raine, eres una mujer hermosa, tienes una buena educación, y eres lo bastante inteligente para aprender todo lo que creas necesario. Si necesitas ayuda, podemos pedirle a alguna de mis familiares lejanas que venga a vivir con nosotros, hasta que te sientas segura.

—Aunque aprenda todo lo necesario, la alta sociedad no me aceptará.

—Te preocupas por naderías, *meu amor*. Todo el mundo te aceptará.

—¿Por qué?, ¿porque tú lo dices?

—Exacto.

—Ni siquiera tú puedes evitar que la nobleza mire con desprecio a la hija de un marinero.

—Pero ya no serás la hija de un marinero —le dijo él, con una sonrisa engreída—. Serás la esposa de Philippe Gautier, y poseo tanto poder y dinero, que hasta la matrona más estirada tendrá que tratarte con el mayor de los respetos.

—Por Dios, qué arrogante eres.

—Y tú eres una mentirosa.

—¿Por qué? —le preguntó, indignada, mientras se apartaba de él.

—Tu preocupación no se debe a la opinión que pueda tener la sociedad, o al menos eso sólo es parte del problema. No intentes engañarme, Raine. Lo veo en tu cara.

—¿Qué más te dan mis razones?

La expresión de Philippe se tensó, como si sus palabras le hubieran herido, pero se limitó a levantarse y a tomarla en sus brazos, envuelta en la manta.

—Tienes razón, en este momento no importan —salió del camarote, y la llevó por el estrecho pasillo—. Tengo toda una eternidad para descubrir los secretos que se ocultan en tu alma.

Raine soltó una exclamación, y se tapó con la manta hasta la barbilla.

—Philippe... ¿qué estás haciendo?

Sus facciones parecían talladas en granito mientras salía a cubierta y la llevaba hacia la barandilla.

—Estoy trayéndote a casa.

—No... no puedes obligarme a que me case contigo.

—No me subestimes jamás, *meu amor* —le dijo él con suavidad.

Raine soltó un suspiro de exasperación, más que consciente de que los miembros de la tripulación los miraban sonrientes antes de apresurarse a bajar los botes que los llevarían a tierra.

—Ya puedes bajarme, no voy a saltar por la borda —refunfuñó.

—No se me ha olvidado que no te gustan los botes pequeños, *meu amor*. Cierra los ojos y agárrate fuerte, te mantendré a salvo.

Raine despertó al amanecer, y salió de la enorme cama en la que Philippe la había dejado la noche anterior. La oscuridad había impedido que pudiera ver gran cosa en el trayecto hasta la casa, y además, se había sentido tan indignada con él, que apenas había prestado atención. Sin embargo, en ese momento estaba deseando ver bien el hogar que significaba tanto para Philippe.

Se puso una sábana por encima del camisón, y se acercó a

las puertas dobles que daban a una terraza que rodeaba toda la villa. Se apoyó en la baranda, y recorrió con la mirada el hermoso paisaje que tenía ante sí.

La villa estaba sobre una colina, y tenía unas vistas espectaculares. No, eran más que espectaculares, eran... increíbles, maravillosas. Inhaló el aroma a lavanda y a camelias mientras contemplaba los valles y los acantilados distantes. Estaba acostumbrada a la suave campiña inglesa, así que aquel paisaje tan rotundo la fascinaba.

Se inclinó un poco hacia delante para poder ver mejor el elegante jardín que había justo bajo la terraza, y de pronto sintió que unos brazos muy familiares la rodeaban por la cintura y la apretaban contra un cuerpo cálido y firme.

—Te has despertado pronto, *meu amor* —le susurró Philippe, mientras le rozaba la oreja con los labios—. ¿Te gusta tu nuevo hogar?

Raine sintió que la recorría un deseo puro y descarnado cuando él posó las manos en la parte inferior de su estómago. Le parecía que había pasado una eternidad desde la última vez que había disfrutado del calor de sus besos y de la magia de sus caricias.

Se tragó un gemido, y contuvo las ganas de volverse en sus brazos y satisfacer su deseo.

—Es... increíble —luchó por recuperar la compostura, y contempló las olas lejanas—. Tiene una belleza salvaje.

—Sí, es cierto —él bajó los labios por su rostro, y empezó a mordisquearle el cuello—. Es un milagro que los portugueses descubrieran esta isla.

—¿Por qué lo dices? —Raine intentó concentrarse en la conversación.

—Enrique el Navegante envió a sus mejores hombres a explorar la costa occidental de África, pero dos de ellos se desviaron de su curso y acabaron en Porto Santo. Al cabo de un año, zarparon de nuevo para reclamar Madeira en nombre de Enrique.

—Supongo que todas estas tierras te pertenecen a ti, ¿verdad? —le dijo ella, sin aliento.

Philippe siguió acariciándole el cuello con los labios y los dientes, y la apretó contra su miembro endurecido.

—Todas no, pero sí hasta donde alcanza la vista. En aquellas colinas lejanas están mis viñedos —le susurró al oído.

Raine cerró los ojos, y se aferró a los brazos que la rodeaban.

—Los vinos de Madeira son célebres en todas partes...

—Sí —Philippe le recorrió el cuello con la lengua, y añadió—: Aunque el príncipe Enrique trajo los primeros viñedos, fueron los Jesuitas los que empezaron con la industria vinícola propiamente dicha de la zona. En aquellos tiempos poseían grandes propiedades, y su poder en la isla era considerable.

—¿Como el tuyo ahora?

—Sí —admitió, mientras trazaba la línea de su mandíbula con los labios.

Raine echó la cabeza hacia atrás hasta apoyarla en su pecho, mientras su cuerpo se estremecía de deseo. Quería que Philippe le quitara la sábana y la acariciara, quería que la abriera de piernas y la penetrara con una embestida lenta y poderosa.

Respiró hondo, y le dijo con voz trémula:

—Nunca he podido entender por qué el vino se considera tan valioso.

Philippe sonrió con satisfacción, perfectamente consciente de que estaba enloqueciéndola.

—El clima y la riqueza del suelo producen los mejores viñedos, y después el vino se fortalece con brandy. Además, los barriles se caldean para que el vino se conserve en los viajes largos, y todo combinado le da un sabor único. Más tarde te llevaré a ver dónde se produce, pero ahora creo que preferirás prepararte para recibir a nuestro invitado.

Raine se tensó de inmediato. El deseo que le nublaba la mente se desvaneció, y la recorrió un escalofrío.

—¿Qué invitado?

Philippe la soltó de mala gana, y retrocedió para que ella pudiera volverse a mirarlo.

—El sacerdote de la zona, el padre Tomas, va a venir a comer con nosotros —le dijo con cautela.

Raine se aferró a la sábana que la cubría, y lo fulminó con la mirada.

—¿Sueles comer con él?

—De hecho, sí —la miró sin pestañear, y añadió—: pero en este caso, le he invitado para empezar a planear la boda.

—No, Philippe.

Raine retrocedió a toda prisa al ver que él alargaba la mano para tocarla, pero tropezó con la sábana y soltó un grito al caer hacia la baranda.

Philippe soltó una imprecación mientras la agarraba antes de que cayera, la llevó en brazos hasta el dormitorio, y la dejó caer sobre la cama sin contemplaciones.

—Maldita sea, no voy a soportar que sigas con tu comportamiento impulsivo y alocado —le espetó con furia. Estaba macilento, como si se hubiera asustado de verdad.

—Ha sido un accidente.

—Un accidente que por poco hace que te rompas el maldito cuello. Cuando seas mi esposa, tendrás que tener más autocontrol, ¿está claro?

Raine perdió la paciencia. Se incorporó hasta sentarse, y lo miró con expresión terca.

—A lo mejor la idea de romperme el maldito cuello es preferible a la de casarme contigo.

La habitación quedó sumida en un tenso silencio. Philippe bajó la cabeza poco a poco, hasta que sus narices estuvieron a punto de tocarse.

—En cuanto te traigan tu equipaje, quiero que te vistas como corresponde a la dueña y señora de esta casa, y que vengas al salón —la tomó de la nuca, y le dio un beso breve y posesivo—. Ni se te ocurra hacerme esperar —sin más, salió de la habitación con un portazo.

Raine se cubrió la cara con las manos. Dios, tenía que detener aquello.

Philippe empezó a pasearse de un lado a otro de la habitación, hecho una furia. Por una vez, el elegante salón con muebles de caoba y ventanales con vistas a la distante ensenada no conseguía relajarlo, y ni siquiera su colección de monedas romanas podía distraerlo.

Fue de un lado para otro del salón sin parar, con los puños apretados.

Maldita Raine Wimbourne... había sido un martirio mantener las manos apartadas de ella durante todo el viaje desde París. Había permanecido despierto noche tras noche, atormentado por el anhelo de ir a su camarote y saciar su deseo voraz, pero se había obligado a controlarse porque por alguna ridícula razón había creído que le debía el respeto de esperar a la noche de bodas.

La frustración le había ido poniendo cada vez más tenso, así que no era de extrañar que hubiera perdido la paciencia cuando ella había estado a punto de matarse al intentar evitar que la tocara.

«A lo mejor la idea de romperme el maldito cuello es preferible a la de casarme contigo». Philippe sintió una punzada de dolor al recordar sus facciones pálidas rodeadas por un halo de rizos dorados. Raine lo había mirado con... ¿con qué? ¿Con miedo, con desesperación?

Desde luego, su expresión no había sido de alegría.

Estampó un puñetazo contra la pared, y fue a servirse un vaso de vino. Dichosa descarada exasperante... las mujeres de toda Europa se desmayarían de entusiasmo ante la idea de casarse con él, incluyendo a muchas emparentadas con la realeza, pero la simple hija de un marinero, una mujer con la reputación mancillada y cuyas esperanzas de futuro se limitaban a vivir en una casucha húmeda, se negaba a plantearse siquiera todo lo que él podía ofrecerle.

Bastaba para sacar de quicio a un hombre.

Mientras bebía su tercer vaso de vino, oyó pasos de alguien que se acercaba y se volvió justo cuando el padre Tomas entraba en el salón. Era un hombre corpulento de pelo canoso, que irradiaba entusiasmo y dedicaba sus energías a cuidar de sus fieles con un sentido común inusual.

—¡Bienvenido a casa, Philippe! —exclamó, mientras se acercaba a él y le estrechaba la mano.

Philippe se obligó a sonreír al hombre que llevaba diez años siendo tanto su amigo como su consejero espiritual.

—Gracias, padre. Tiene buen aspecto.

—Demasiado bueno, me temo —el sacerdote se dio unas palmaditas en el abultado estómago, y añadió—: Mi debilidad por los dulces empieza a notarse de forma visible.

Philippe no pudo contener una pequeña carcajada. Todos los habitantes de la zona sabían que al sacerdote le encantaban los pasteles de miel en especial, y como lo apreciaban tanto, nunca le faltaban.

—Todos tenemos nuestras propias debilidades, padre.

El hombre lo observó con atención, y su sonrisa empezó a desvanecerse cuando notó lo tenso que estaba.

—¿Todo va bien, hijo?

—Muy bien —Philippe dejó a un lado el vaso de vino—. Carlos está en Inglaterra liberando a Jean-Pierre de su celda, y el responsable está en manos del rey. Nuestra familia vuelve a estar a salvo, al menos de momento.

Tomas asintió, y lo miró con expresión pensativa.

—Sabía que saldrías victorioso, Philippe. Nunca he conocido a un hombre tan efectivo a la hora de cumplir con sus objetivos. Hay quien dice que naciste con el toque de Midas, pero tu éxito se debe a tu fuerza de voluntad inquebrantable.

—¿Eso es un cumplido, o un insulto?

—Dios ayuda a los que se ayudan a sí mismos.

Philippe pensó con ironía en la mujer que aún no había aparecido a pesar de su orden directa. Empezaba a dudar que algo pudiera ayudarle a comprender a aquella fémina desconcertante, ni siquiera la intervención divina.

—Es una aseveración interesante, pero que no siempre se cumple —le dijo, con cierto matiz de amargura en la voz.

Tomas ladeó la cabeza, y lo contempló con una mezcla de curiosidad y de preocupación. Finalmente, carraspeó y le dijo:

—El pueblo es un hervidero de rumores esta mañana.

Philippe soltó una carcajada seca, y fue a servirse otro vaso de vino. Sabía que, al decirle al ama de llaves que la mujer que había llevado a casa era su futura señora, la noticia se extendería rápidamente, pero en aquel momento sólo le había interesado que la servidumbre supiera que tenían que tratarla con el mayor de los respetos; sin embargo, en ese instante se preguntó para qué se había molestado.

Apuró el vino, y se volvió hacia el sacerdote.

—Un hombre religioso no se rebajará a prestar atención a los cotilleos, ¿verdad?

—Los dulces no son mi única debilidad.

—Supongo que los cotilleos tienen que ver con mi regreso.

—Se dice que has traído contigo a una inglesa con la que piensas casarte, pero pensé que sólo eran habladurías sin fundamento hasta que recibí tu invitación para que viniera a comer.

—No es la primera vez que le invito a comer.

—Pero se trataba de amables peticiones, no de una orden real en la que se me conmina a que me presente a una hora concreta.

Philippe lo miró estupefacto. Estaba muy cansado cuando había llegado a casa y había escrito apresuradamente la nota invitando al sacerdote, pero no había sido ninguna orden real.

—No era mi intención ser descortés, padre.

—Yo no diría descortés, sino brusco. Aunque no me sorprende, si es cierto que estás planteándote el matrimonio. Una ocasión tan importante suele poner nervioso hasta al hombre más sensato —el sacerdote sacudió la cabeza, y añadió—: Resulta un poco extraño, teniendo en cuenta que deciden casarse por voluntad propia. Lo normal sería que se sintieran satisfechos con su decisión.

—Sólo un sacerdote podría decir tamaña tontería.

—¿Qué quieres decir? —su amigo lo miró con sorpresa.

—Que si tuviera que relacionarse con las mujeres, entendería cómo es posible que puedan hacer que cualquier hombre se comporte como un idiota.

—Ya veo —lo miró con preocupación por unos segundos, y al fin le dijo—: Philippe, ¿por qué no me cuentas lo que te preocupa?

—Dudo que pueda ayudarme con mis problemas, padre.

El sacerdote no se dejó amilanar por su tono cortante. A Philippe no le sorprendió, porque era un hombre que creía en su deber de ayudar a los miembros de su rebaño, por muy indignos que fueran.

—¿Es cierto que has traído a una inglesa con la que piensas casarte?

—Sí —Philippe se frotó el cuello, para intentar aliviar un poco la tensión de los músculos—. La señorita Raine Wimbourne.

—Supongo que es hermosa, ¿verdad?

—Es tan hermosa, que los ángeles llorarían de envidia.

—¿Acaso ya no estás seguro de querer casarte con ella? No te atormentes, Philippe. Es mucho mejor que te des cuenta de tu error ahora, para que no tengáis que arrepentiros durante el resto de vuestras vidas. Si te preocupa herir a la joven, yo me ofrezco a hablar con ella.

—No —Philippe deseó que todo fuera así de sencillo. Apartarse a un lado sería fácil, era mucho más difícil aferrarse a lo que quería—. No he cambiado de opinión.

—Entonces...

—Es la señorita Wimbourne la que tiene dudas sobre nuestra felicidad conyugal —lo interrumpió Philippe.

—Ah —el padre Tomas parpadeó varias veces, estupefacto—. Vaya.

—Exacto —Philippe esbozó una sonrisa irónica.

—Bueno, debo admitir que es toda una sorpresa —admitió el sacerdote, cuando recobró la compostura—. Aunque no sea un hombre de mundo, sé que se te considera un soltero codiciado en el mercado matrimonial.

—Está claro que no soy tan codiciado como yo pensaba.

—Ya veo. ¿Te ha dicho por qué se opone al matrimonio?

—Dice que no tiene la buena cuna necesaria para ser mi esposa.

—¿No es...? —el padre Tomas se aclaró la garganta con delicadeza antes de decir—: ¿No es una dama?

Philippe dejó el vaso en la mesa con tanta fuerza, que estuvo a punto de hacerlo añicos.

—Sí, es toda una dama, y cualquiera que se atreva a decir lo contrario tendrá que responder ante mí.

—Por supuesto —el sacerdote se apresuró a alzar una mano en señal de paz.

—Tiene una procedencia humilde, pero del todo respetable.

—Aun así, puede que sólo se trate de un temor pasajero. Una vida tan diferente debe de parecerle abrumadora. Es posible que sólo necesite tiempo para adaptarse a la nueva situación.

Philippe soltó un sonido de impaciencia, y empezó a pasearse de nuevo de un lado a otro. Raine Wimbourne no le temía a nada... ni al magistrado, ni al mal genio de un noble poderoso, ni a un demente. Raine no tomaba sus decisiones por cobardía, sino que avanzaba por la vida con un abandono temerario y se dejaba llevar por el corazón demasiado a menudo.

—Ésa no es la razón de su reticencia —murmuró.

—¿Estás seguro?

—Ningún hombre mínimamente sensato podría estar seguro de algo en lo que respecta a una mujer, pero estoy convencido de que a Raine la inquieta algo más que la idea de una vida lujosa.

El padre Tomas lo observó en silencio mientras él seguía yendo de un lado para otro, y al fin le dijo:

—Disculpa si soy demasiado atrevido, pero... ¿es posible que esté enamorada de otro?

Philippe se tensó de pies a cabeza, y se volvió a mirarlo de golpe. Durante el largo viaje de regreso a casa, no había podido dejar de atormentarse con la posibilidad de que Raine sintiera algo por Carlos. No sería de extrañar, porque su amigo era apasionado y tenía un encanto contra el que él no podía competir.

Pero aunque la necesidad de poseerla de forma irrevocable lo consumía, la lógica había ido emergiendo y había llegado a darse cuenta de que para ella Carlos sólo era un amigo.

Si realmente estuviera enamorada de Carlos, no habría permitido que lo enviara a Inglaterra sin ella, al menos sin una buena pelea. Y desde luego, no se estremecería cada vez que él estaba cerca. La lealtad inquebrantable que mostraba hacia su padre revelaba que, cuando le entregara el corazón a un hombre, no se interesaría por ningún otro.

—No —le dijo con firmeza al sacerdote—. No respondería a mis caricias si amara a otro.

El padre Tomas enarcó las cejas de repente, como si lo hubiera asaltado una inspiración súbita.

—Ah.

—¿Qué?

—Es obvio que le importas, Philippe. ¿Qué sientes por ella?

Philippe eludió de forma instintiva aquella pregunta.

—Le he pedido que sea mi esposa.

—Los hombres se casan por muchas razones, y en muchos casos no tienen en cuenta los deseos y las necesidades de las mujeres con las que se unen en matrimonio.

A Philippe no le hicieron ninguna gracia aquellas palabras, porque parecían implicar que él iba a ser una especie de ogro con Raine cuando se casaran. Aunque era un hombre que tenía sus defectos, sabía cuidar de los suyos.

—¿Qué podría querer que yo no pueda darle?

El sacerdote lo miró cara a cara, y le dijo:

—Amor.

Raine permaneció en sus habitaciones hasta que el atardecer empezó a pintar el cielo de rosa y lavanda. No había estado escondiéndose; de hecho, se había pasado la tarde entera esperando a que Philippe fuera a buscarla para llevarla a rastras a comer. No era propio en él permitir que sus órdenes no se cumplieran.

Pero él ni siquiera se había acercado a su puerta, y hasta se había encargado de hacer que le subieran a la habitación una bandeja con unos platos deliciosos. En todo caso, sabía que su presencia en el comedor era innecesaria, porque Philippe era perfectamente capaz de preparar la boda sin contar con ella; al fin y al cabo, llevaba semanas controlando su vida sin prestar la más mínima atención a lo que ella quería.

Se sentó en un banco de mármol, y recorrió con la mirada el exótico jardín y la imponente villa. Era un lugar precioso, un trocito de paraíso en el que podría llegar a ser muy feliz. El ambiente estaba impregnado de paz y de tranquilidad, y los sirvientes la habían acogido con calidez, como si se alegraran sinceramente de pensar que pronto sería su señora. Era una lástima que eso fuera algo que nunca llegaría a suceder.

Se le llenaron los ojos de lágrimas, que de inmediato empezaron a correrle por las mejillas. Maldición, se había prometido a sí misma que no iba a llorar.

—Si no te gustan los jardines, puedes cambiar todo lo que quieras, *meu amor*.

Al oír aquella voz suave a su espalda, Raine dio un respingo y se volvió de golpe.

—¡Philippe! No te he oído llegar.

Estaba tan guapo como siempre bajo la luz mortecina. Llevaba una chaqueta azul y unos pantalones holgados, y la corbata aflojada revelaba la fuerte columna de su cuello; sin embargo, Raine se sorprendió cuando él se acercó y se dio cuenta de que parecía muy cansado.

Quizás era comprensible, teniendo en cuenta todo lo que había soportado en los últimos meses, pero aun así la sorprendió. Philippe siempre parecía tan... invulnerable a las debilidades del resto de los mortales.

Él observó sus mejillas húmedas con los brazos cruzados y una expresión inescrutable, y al fin le dijo:

—No, parecías sumida en tus pensamientos. ¿Te importaría decirme qué te tiene tan ensimismada?

Raine se volvió a mirar la belleza que la rodeaba.

—Estaba pensando que tienes una casa preciosa, no me extraña que tuvieras tantas ganas de volver.

—Sí, es preciosa, pero no lo bastante para tentarte, ¿verdad?

Raine se volvió a mirarlo al oír el inesperado tono de amargura de su voz.

—¿De verdad querrías que me casara contigo para conseguir una casa bonita?

—Las mujeres suelen casarse por ese tipo de razones.

Aquello era cierto. Una mujer tenía pocas opciones en la vida, aparte de ofrecerse al mejor postor para tener algo de seguridad. Ella tenía la suerte de contar con su padre y con su hogar hasta que encontrara la manera de ganarse la vida, así que no tenía que venderse a un hombre que sin duda le rompería el corazón.

—Tienes razón, pero no estoy interesada en vender mi futuro a cambio de una casa lujosa.

—Entonces, ¿qué deseas que te depare el futuro?

Raine esbozó una sonrisa melancólica. Sabía exactamente lo que quería, lo que necesitaba para ser feliz.

—Quiero encontrar un lugar donde sienta que me necesitan, que me necesitan de verdad.
—¿Crees que yo no te necesito? —le dijo él. Sus ojos brillaban con una emoción descarnada.
Raine tuvo ganas de reír ante la posibilidad de que aquel hombre estuviera dispuesto a ser vulnerable.
—Claro que no me necesitas. Eres completamente independiente y seguro de ti mismo, no te permites necesitar a nadie.
Él la agarró de la mano de repente, y tiró para que se pusiera de pie. Raine trastabilló sorprendida, y no pudo impedir que él la abrazara por la cintura y la apretara contra su cuerpo.
—Estás equivocada, *meu amor*. Claro que te necesito —le dijo él con voz ronca, mientras hundía la cara en sus rizos dorados—. En este momento, te necesito desesperadamente.
Raine tuvo muy claro cómo la necesitaba al sentir la dureza de su erección, y por un instante de locura se arqueó contra su cuerpo cálido. Estaban solos en el jardín, rodeados del dulce perfume de la noche. Anhelaba estar cerca de él, que la cubriera con su cuerpo mientras la hacía sentir que era la mujer más importante del mundo para él.
La certeza de que la ilusión sería efímera le dio fuerzas para ponerle las manos en el pecho en un gesto de rechazo.
—No, Philippe.
—¿No? —le dijo él, atónito.
Raine respiró hondo, y luchó por controlar el deseo que le recorría las venas.
—Lo que necesitas es una satisfacción física que podría proporcionarte cualquier mujer.
—Confío en que no podría ser cualquiera de ellas —le dijo él, en tono burlón.
Ella se encogió de hombros, y se rodeó la cintura con los brazos.
—Cualquiera que te llame la atención.
—Maldita sea... —Philippe se pasó las manos por el pelo, y

la miró con frustración–. No quiero a ninguna otra mujer, sólo a ti.

–Por ahora –Raine se mantuvo firme, y resistió el impulso de retroceder al ver el peligroso brillo de su mirada–. Pero cuando nos casemos no tardarás en cansarte de mí.

–¿Ahora resulta que puedes leer el futuro?

Raine bajó la cabeza cuando sus ojos se llenaron de lágrimas otra vez.

–No, pero puedo ser realista cuando hace falta.

–Raine...

–Deja que termine, Philippe –le susurró con suavidad.

Tras un momento de silencio, él soltó un sonoro suspiro y le dijo:

–Como desees.

–Acabarás cansándote de mí, es inevitable. Y entonces seguirás manteniéndote ocupado con tu ajetreada vida, y sin duda tendrás una larga serie de amantes, mientras yo permanezco aquí sola.

–Aquí nunca estarás sola –le espetó él–. Si te molestaras en conocer estas tierras, te darías cuenta de que hay un sinfín de criados y de aldeanos que necesitan tu generoso corazón. Podrías cambiar sus vidas de muchísimas maneras –tras una breve pausa, alzó la mano para acariciarle el pelo–. Y también estarías ocupada con nuestros hijos, claro. Necesitarán a su madre.

Raine sintió un dolor desgarrador al oír sus palabras despreocupadas. ¿Acaso no tenía vergüenza?, ¿creía que podía tentarla con la idea de los hijos, y que así olvidaría que no había negado que pensaba abandonarla y disfrutar lejos de allí de su vida y de sus amantes?

Se apartó bruscamente de él, y lo miró con desesperación.

–Por favor... no.

–Maldita sea, Raine, ¿qué es lo que quieres de mí?

–Ya te lo he dicho –le dijo, demasiado cegada por su propia angustia para ver el extraño brillo atormentado en sus ojos verdes–. Quiero que me mandes de vuelta a casa.

Pasó junto a él como una exhalación, y no miró hacia

atrás ni una sola vez mientras iba a su habitación a toda prisa y cerraba la puerta de un portazo. Aunque fuera la prisionera de Philippe, no estaba dispuesta a permitir que la viera llorar.

Raine no estaba segura de lo que esperaba que sucediera tras su arranque emocional en el jardín, pero desde luego no era sentirse abandonada durante una semana. Mientras los días iban pasando sin saber nada de Philippe, empezó a preguntarse si se habría ido de la isla. O eso, o se había enclaustrado en sus habitaciones, porque comía siempre sola en el enorme comedor y deambulaba por los pasillos de la villa hasta tarde.

Se dijo que era un alivio que Philippe se hubiera ido, porque así al menos no estaba presionándola para que llevaran a cabo un matrimonio que sin duda sería desastroso para los dos, pero por alguna ridícula razón, su ánimo empezaba a decaer. Ni siquiera en Montmartre se había sentido tan sola, tan aislada. Los sirvientes eran muy amables con ella, pero era obvio que la consideraban la señora de la casa, y se mostraban incómodos cuando intentaba tratarlos como a amigos.

Como no tenía nada que hacer, empezó a pasar cada vez más tiempo en los jardines, con la esperanza de que la serenidad que se respiraba allí le diera algo de paz.

Aquella mañana, la belleza del paisaje no consiguió distraerla. Por mucho que lo intentara, no podía dejar de pensar en Philippe Gautier. ¿Dónde estaba?, ¿estaba evitándola deliberadamente?

¿Acaso ya tenía una amante en la isla que estaba manteniéndolo muy ocupado?

Aquella posibilidad hizo que el corazón se le encogiera con un dolor agónico, y se apresuró a ir hacia la casa. No podía pensar en algo tan terrible, no le serviría de nada atormentarse imaginándose a Philippe en los brazos de otra mujer.

Entró en su habitación a toda prisa, pero se detuvo en seco al ver a la joven doncella que la había atendido desde su llegada. La muchacha estaba muy atareada, y parecía un poco agobiada.

—Buenos días, María —le dijo, sin saber a qué se debía tanto ajetreo.

María sacó varios vestidos del armario, los dejó sobre la cama, y empezó a doblarlos con celeridad.

—Buenos días, señorita Wimbourne —le dijo, con tono distraído—. Le he traído el desayuno.

Raine miró hacia la bandeja que había sobre la mesa. Como siempre, había una tentadora selección de fruta fresca, además de un guiso de cerdo típico de la zona; sin embargo, en ese momento no estaba interesada en la comida.

—Gracias, todo parece delicioso. ¿Podrías decirme qué estás haciendo?

—¿Qué? —la joven la miró con perplejidad.

—¿Qué haces con mi ropa?

—¿No le gusta cómo la estoy doblando?

Raine negó con la cabeza, mientras sentía que un miedo gélido empezaba a extenderse por su interior.

—Me da igual cómo la dobles, pero me gustaría saber por qué estás haciéndolo.

María la miró por un instante como si hubiera perdido el juicio, y entonces esbozó una sonrisa nerviosa.

—Ah, está bromeando conmigo. No sea mala, tenemos mucho por hacer. No sé cómo vamos a prepararlo todo a tiempo.

Raine se llevó una mano a la cabeza, cada vez más confundida.

—María, para un momento, por favor.

La doncella soltó sobre la cama el vestido que estaba doblando, y la miró con expresión ansiosa.

—¿Qué?

Raine se humedeció los labios. El corazón le martilleaba con tanta fuerza en el pecho, que le impedía concentrarse.

—Dime qué estás haciendo exactamente.

—Estoy recogiendo sus cosas, tal y como el señor ha ordenado.

Raine retrocedió unos pasos, y se apoyó contra la puerta cuando le flaquearon las rodillas.

—¿*Monsieur* Gautier ha ordenado que recogieras todas mis pertenencias?
—Por supuesto —María la miró con perplejidad, y añadió—: Nos queda muy poco tiempo si tenemos que estar en el barco antes de la hora de la comida.
—¿El barco? —Raine sentía como si estuviera inmersa en un extraño sueño, y se llevó una mano al pecho.
—¿Se le ha olvidado que hoy partimos hacia Inglaterra?
—¿Partimos?
—Ah, ¿no sabía que voy a viajar con usted?
—No, no lo sabía.
María sonrió, y siguió doblando los numerosos vestidos.
—El señor dijo que usted no debía viajar sola aunque fuera en su barco, no sería apropiado.
—Ya veo.
—No se preocupe por mí, el señor me ha dado dinero para que me quede en una posada hasta que el barco venga de regreso. Incluso me ha dado algunas monedas de más para que disfrute de mi estancia en Inglaterra.
Raine no sabía qué pensar. ¿Iba a volver a Inglaterra con María?, ¿y qué pasaba con Philippe? ¿Iría con ellas, o iba a mandarla sola?
—Ha... —tuvo que aclararse la garganta antes de poder continuar—. Ha sido muy generoso de su parte.
—*Sim*. Todo esto es muy emocionante, nunca he estado tan lejos de casa.
—Discúlpame.
Sin esperar ni un instante, Raine salió del dormitorio y echó a andar con rapidez por el pasillo, porque necesitaba unos minutos de soledad. Al llegar a la escalera, se apoyó contra la barandilla e intentó aclararse las ideas, aunque le resultó una tarea casi imposible.
Recordó la última vez que había visto a Philippe, en el encuentro que habían tenido en el jardín... «Maldita sea, Raine, ¿qué es lo que quieres de mí?», «Quiero que me mandes de vuelta a casa».
Se preguntó si Philippe había recuperado la cordura por

fin, si se había dado cuenta de que cometerían un gran error si se casaban... sí, era la única explicación posible.

Esperó a sentir el alivio que sin duda estaba por llegar. Aquello era lo que quería, lo que había pedido y suplicado. No había razón alguna para que no se sintiera entusiasmada al saber que pronto iría camino de casa.

Pero lo que sentía no era alivio; de hecho, no sentía nada. Era como si su corazón se hubiera quedado entumecido.

Permaneció allí, ajena al tiempo que iba pasando, y fue la llegada del mayordomo lo que la arrancó de su ensimismamiento.

—¿Puedo ayudarla en algo, señorita Wimbourne? —le preguntó el hombre, mientras la miraba con preocupación.

Raine estuvo a punto de decirle que no, pero entonces se dio cuenta de que tenía que hablar con Philippe. Tenía que saber si de verdad iba a dejarla libre, y en ese caso, por qué. Se había mostrado tan inflexible en su determinación de convertirla en su esposa, tan decidido a hacerla suya... ¿por qué había cambiado de opinión?

Consciente de que el mayordomo esperaba pacientemente su respuesta, carraspeó y le dijo:

—Sí, estaba buscando a *monsieur* Gautier.

—Me temo que salió esta mañana a primera hora para inspeccionar los viñedos, no regresará hasta tarde.

Raine luchó por mantener la compostura al darse cuenta de que Philippe iba a enviarla de vuelta sin despedirse siquiera. ¿Acaso le resultaba tan indiferente lo que habían compartido? Sintió un terrible sentimiento de pérdida, y se enfadó de inmediato consigo misma por su propia reacción. Apretó los puños con fuerza, y tragó el nudo que le obstruía la garganta.

—¿Ha dejado algún mensaje para mí?

—Me pidió que le diera esto, señorita —el mayordomo se sacó del bolsillo de la chaqueta un sobre, y se lo entregó.

Raine lo tomó con manos temblorosas, y al abrirlo descubrió que no contenía una nota, sino un talón bancario por valor de tres mil libras. Sintió que se ruborizaba, y agachó la cabeza para que el mayordomo no viera lo humillada que se sentía. Philippe no sólo estaba pagando por sus servicios a modo de despedida, sino que además ni siquiera se había molestado en hacerlo él mismo. No, él no podía perder el tiempo con aquellas insignificancias, así que le había encargado la tarea al mayordomo para mortificarla aún más.

Por un instante, estuvo a punto de romper aquel despreciable talón bancario en mil pedazos. No era una ramera, y no iba a permitir que la trataran como a una. Pero al final se impuso el sentido común, porque por mucho que detestara ceder ante aquella humillación, sabía que iba a necesitar el dinero cuando llegara a Inglaterra. No podía regresar a casa a pie, por mucho que le hiriera en su orgullo.

Con la cabeza gacha, apretó el talón entre sus dedos temblorosos y maldijo para sus adentros a Philippe Gautier. Si lo que quería era vengarse porque se había negado a casarse con él, lo había conseguido. Se sentía tan mancillada como una ramera, y rogó para no volver a verlo nunca más.

—Gracias —consiguió decir, con voz estrangulada.

—¿Desea algo más, señorita?

—No... ¡sí, espere! —Raine luchó por desabrochar con manos temblorosas el collar que llevaba al cuello. Cuando tuvo el medallón en la mano, lo apretó con fuerza por un instante antes de obligarse a dárselo al impasible criado—. Esto le pertenece a Philippe.

El mayordomo hizo una reverencia, y le dijo:

—Me ocuparé de devolvérselo.

—Y... y podría decirle...

Al ver que no continuaba, el hombre enarcó las cejas.

—¿Sí?

—Nada. Nada en absoluto.

Philippe permaneció de pie en la ventana de sus habitaciones, siguiendo con la mirada el carruaje que se alejaba por el camino bordeado de árboles. Raine estaría en su barco en menos de una hora, y no tardaría en zarpar rumbo a Inglaterra. Iba a salir de su casa, de su vida, y de sus pensamientos.

Al menos, ésa era la promesa que se había hecho cuando había decidido devolverla a Inglaterra.

Apretó el medallón de su madre en un puño, y su cuerpo entero tembló con el abrumador anhelo de echar a correr tras el carruaje. En medio de otra noche más sin poder conciliar el sueño, había parecido fácil darse por vencido. ¿Por qué demonios iba a querer llevar a una mujer reacia al altar?

Sólo tenía que hacer un gesto para que cientos de jóvenes debutantes se apresuraran a ir a la isla para casarse con él. Si Raine quería pudrirse en una casucha húmeda y aislada, que así fuera. Él había disfrutado de su cuerpo durante semanas, seguro que pronto otra mujer le atraería y aliviaría la dolorosa frustración que sentía en lo más profundo de su ser. Era inevitable... ¿no?

Sin embargo, a la fría luz del día y con la cabeza despejada de los efectos del brandy, ver cómo se alejaba de su hogar le resultaba casi insoportable.

Maldición, ¿por qué había hecho los arreglos para que se fuera con tanta celeridad? Su orgullo le había impedido estar con ella por miedo a llegar a suplicarle que accediera a casarse con él, pero al menos había tenido el placer de inhalar su aroma a lilas cuando pasaba junto a sus habitaciones, y de contemplarla desde cierta distancia mientras ella paseaba por los jardines, o se sentaba en el saloncito para mirar hacia el mar.

Y lo más importante de todo era que había sabido que estaba a salvo. ¿Quién iba a cuidarla en Inglaterra?, ¿el inútil de su padre? Era tan probable que la metiera en algún lío desastroso como que la mantuviera a salvo, y estaba claro que no se preocuparía por encontrar la forma de hacerla feliz.

Al darse cuenta de la dirección que habían tomado sus pensamientos, Philippe se apartó de la ventana y se acercó hacia el enorme retrato de su madre, que colgaba encima de la chimenea. Se dijo con severidad que no le había quedado otra opción. Había sido una tortura tener a Raine tan cerca sin tomarla en sus brazos.

Levantó la mirada hacia el fuerte y decidido rostro de su

madre. Le dio la impresión de que parecía mirarlo con cierta desaprobación, como si supiera lo que estaba pasando y no estuviera de acuerdo.

Qué ridiculez. Su madre había muerto hacía años, en un esfuerzo inútil por salvar a su familia. Había tomado su propia decisión y había dejado atrás a su hijo, que había tenido que forjarse su propio camino en la vida.

De repente, se preguntó si su madre se había ido por completo, y bajó la mirada hacia el medallón que tenía en la mano. Sabía que continuaba permitiendo que el recuerdo de su pérdida lo atormentara.

Raine le había acusado de ser incapaz de depender de alguien, y él no había negado sus palabras; al fin y al cabo, se sentía orgulloso de su autosuficiencia, le había hecho lo bastante fuerte para poder cuidar de su familia y construir un imperio financiero.

Cuando un hombre cometía la necedad de depender de otros, estaba destinado a acabar decepcionado; además, hasta que había conocido a Raine jamás había habido nadie que quisiera que él lo necesitara, que quisiera que fuera vulnerable.

Un dolor desgarrador lo golpeó como un rayo, y estuvo a punto de derribarlo. Se volvió con furia, y lanzó el medallón hacia el otro extremo de la habitación.

¿Qué diablos le había hecho aquella maldita mujer?

Raine despertó y se dio cuenta de que era otra mañana fría y nublada más, igual que todas las que había habido desde que había llegado a Inglaterra hacía dos semanas.

Resistió la tentación de permanecer en la cama y taparse la cabeza con las mantas, y se obligó a ponerse un cálido vestido de lana antes de ir hacia el saloncito. Si se quedaba acostada hasta tarde, su padre se preocuparía aún más. Aunque no la había sometido a un largo interrogatorio para saber dónde había estado y qué era lo que le había pasado, no podía ocultar lo preocupado que estaba, y era obvio que sospechaba que había cometido la estupidez de enamorarse de su captor, y que aún sufría por haberlo dejado.

Pero aquella mañana estaba decidida a dejar atrás aquel dolor ridículo que se había cernido sobre ella como una nube gris, y a seguir adelante con su vida. Se lo debía a su padre, que había logrado convencer a los vecinos de que su súbita desaparición sólo se había debido a una larga visita a Londres. No podía echar por tierra sus esfuerzos yendo cabizbaja de un lado a otro como la protagonista de una ópera trágica.

Después de encender el fuego en la chimenea, empezó a descorrer las pesadas cortinas, y no oyó que alguien se acercaba por el pasillo hasta que la puerta se abrió y su padre entró en el saloncito.

La miró con la expresión ansiosa y preocupada de siempre, y esbozó una sonrisa forzada mientras iba hacia ella.

—Supuse que te encontraría aquí, cariño.

—Buenos días, padre —Raine arqueó las cejas al ver la chaqueta gris y los pantalones nuevos que le había encargado al sastre, y comentó—: Estás muy elegante, ¿vas a ir al pueblo?

—Tengo que ocuparme de algunos asuntos esta mañana, y después voy a comer con el magistrado. Solemos quedar en la taberna para jugar al ajedrez y tomar unas cervezas.

—¿Con el magistrado?

Su padre sonrió al ver lo sorprendida que estaba.

—En el tiempo que has estado fuera, me he dado cuenta de que Harper no es un mal tipo; además, es el único del pueblo que sabe jugar bien al ajedrez. Y como he dejado de ser el Granuja de Knightsbridge, ya no lo considero mi enemigo.

—¿Ya no eres un salteador de caminos?

La sonrisa de su padre se esfumó, y su rostro reflejó hasta el último de sus años.

—No.

—¿Por qué?, estabas ayudando mucho a los demás —Raine posó una mano sobre su brazo.

—Pero, ¿a qué precio?

—No te entiendo.

—Mi propia arrogancia me cegó —admitió él, con un suspiro—. Aunque conseguí ayudar un poco a mis amigos, fui un idiota al arriesgar el pescuezo sabiendo que era todo lo que te quedaba en el mundo. Y fui aún más idiota al permitir que te pusieras en peligro.

Raine se dio cuenta en ese momento de lo atormentado que debía de haberse sentido su padre tras su desaparición. El dolor había dejado líneas en su rostro y aún se reflejaba en lo más profundo de sus ojos. Era obvio que se culpaba por lo que había pasado.

—Tú no hiciste nada, padre —le dijo con firmeza, mientras le daba un ligero apretón en el brazo—. Yo tomé la decisión de hacerme pasar por el Granuja.

—Pero sólo porque no te dejé otra opción, no podías dejar que me ahorcaran. No. No he sido un buen padre para ti, cariño.

—No digas eso.

—Es la pura verdad —su expresión se endureció, y le cubrió los dedos con los suyos—. Cuando te arrebataron de mi lado, me juré que en lo sucesivo lo haría mejor, y pienso cumplirlo.

—Oh, padre... —Raine le dio un beso en la mejilla.

—Te quiero mucho, Raine.

Ella sonrió al oír aquellas palabras, y parte del dolor que le atenazaba el corazón se alivió un poco mientras contemplaba a su padre. Aunque Philippe jamás correspondiera a sus sentimientos, al menos tenía un hogar y una familia que la quería. Era más de lo que tenían muchas mujeres.

—Yo también te quiero, padre.

—No hay nada que desee más en este mundo que verte feliz, cariño —le dijo él, mientras le apretaba con más fuerza los dedos.

—Soy feliz —murmuró ella, antes de apartar la mano.

—Raine, puede que sea viejo, pero no estoy ciego del todo y veo las sombras que hay en tus ojos. Ese malnacido te hizo daño, y aún no te has recuperado.

Raine abrió la boca para negar que aquello fuera cierto, pero volvió a cerrarla al ver la mirada firme de su padre. De todas formas, era inútil que mintiera, porque era incapaz de ocultar el dolor que sentía. Lo único que podía hacer era asegurarle que no pensaba convertirse en una llorona.

—Es cierto que me rompió el corazón, y que le echo de menos —le dijo, con voz carente de inflexión alguna—. Pero no soy tan tonta como para pasarme la vida suspirando por un hombre que sin duda ya me ha olvidado.

—Bien —su padre sonrió, y la miró con un brillo taimado en la mirada—. Entonces, ¿quieres venir conmigo al pueblo? El magistrado no ha dejado de preguntarme con discreción cuándo regresarías de Londres, le impresionaste de verdad.

Raine controló apenas un estremecimiento. Aunque el magistrado se había portado como un perfecto caballero, no tenía ningún interés de tipo romántico en él. No estaba interesada en ningún hombre.

—Aunque es una oferta tentadora, aún no estoy lista para alentar las atenciones del señor Harper.

—Raine, no puedes esconderte en esta casa para siempre.

—No voy a hacerlo.

—Entonces, ¿qué piensas hacer?

Raine se volvió a mirar por la ventana con expresión pensativa, y finalmente le dijo:

—He estado pensando en empezar a darles clase a varias niñas del pueblo. Tardaría algún tiempo en poder abrir una escuela, pero de momento al menos podría enseñarles a leer y a escribir.

Durante unos segundos, el silencio sólo quedó roto por el sonido del fuego en la chimenea. Al final, su padre le puso una mano en el hombro.

—Raine.

Ella se volvió, y vio que estaba mirándola con una expresión bastante extraña.

—¿Qué, padre?

—Eres... —él vaciló por un momento, y carraspeó—. Eres una joven increíble.

—No digas tonterías —le dijo ella, ruborizada.

—Es la verdad —él esbozó una sonrisa que contenía cierta tristeza, y añadió—: y te pareces muchísimo a tu madre, siempre estaba pensando en los demás.

—Igual que tú —le dijo ella con voz suave.

—No, no soy tan noble.

—Pero arriesgaste tu vida.

—Podría haber ayudado a la gente de muchas maneras, tu idea de educar a niñas sin recursos les dará más oportunidades que unas simples monedas. Yo sólo me limité a escoger el método que me permitía parecer el héroe de una novela gótica.

—Eres demasiado duro contigo mismo, padre. Eres un hombre maravilloso, y un héroe entre la gente de la zona.

Él posó la mano en su mejilla con ternura, y le dijo:

—De ahora en adelante, sólo voy a ser tu héroe. Permití que mi atención se distrajera, pero eso se acabó. Tú eres lo más importante del mundo para mí.

Philippe llegó a su casa de Londres helado de frío. Nunca le había gustado especialmente el invierno en Inglaterra, y aún menos pudiendo estar disfrutando de las cálidas temperaturas de Madeira.

Sin embargo, su estado de ánimo era sorprendentemente bueno teniendo en cuenta que el viaje había sido lo bastante duro para asustar hasta al marinero más curtido, y que al llegar a Inglaterra se había encontrado con una fina llovizna que había dificultado el trayecto hasta Londres.

Desde el momento en que había decidido regresar a Inglaterra y luchar por Raine, su corazón se había llenado de una paz que nunca antes había sentido. Se habían acabado los días interminables deambulando por su casa vacía incapaz de concentrarse en el trabajo, incapaz de comer ni de dormir, incapaz de sentir ni el más mínimo interés por las numerosas mujeres de la isla que habían dejado claro que habrían estado dispuestas a consolarlo.

Era como si se hubiera limitado a mantener las apariencias, esperando a que su mente llegara por fin a la conclusión que su corazón había alcanzado en el mismo momento en que se había encontrado a la señorita Raine Wimbourne en un oscuro camino.

Lo había atrapado en cuerpo y alma, admitió para sí, mientras entraba por la puerta trasera. Y no le importaba lo más mínimo estar a su merced.

Después de dejar su pesado abrigo y el sombrero junto a la puerta, empezó a quitarse los guantes mientras entraba en la cocina. Swann estaba allí sentado, comiendo un plato de estofado, pero al notar la presencia de alguien levantó la cabeza y estuvo a punto de caerse de espaldas al levantarse de golpe.

—Por Dios, me ha asustado —Swann recuperó el equilibrio,

se colocó bien la chaqueta, y se limpió con disimulo las manos en los pantalones–. Bienvenido a casa, señor.

–Gracias, Swann.

–No le esperábamos, ¿hay algún problema?

Philippe esbozó una sonrisa mientras se frotaba el cuello. Había sido un viaje interminable.

–Más o menos.

El criado irguió la espalda y alzó la barbilla, dispuesto a pasar a la acción. Era un tipo que disfrutaba de una buena pelea tanto como el que más.

–Ya sabe que estaré a su lado para ayudarle en lo que haga falta.

–Gracias por tu generosa oferta, pero me temo que es algo que tengo que solucionar yo solo. ¿Mi hermano está en casa?

El rostro de Swann se endureció en una expresión de disgusto. Casi nunca se molestaba en disimular que no le tenía ningún respeto a Jean-Pierre.

–No. Su ayuda de cámara ha mencionado que pensaba probar suerte en los garitos antes de visitar a su ramera cara.

–Me alegra saber que su breve estancia en prisión no le ha afectado.

Swann volvió la cabeza, y escupió en el suelo.

–Ese mocoso ni siquiera tiene la decencia de mostrarse agradecido porque usted le ha salvado el pescuezo. En cuanto salió de la cárcel, volvió al juego y a las rameras.

Philippe se encogió de hombros. Había hecho lo que había podido por su hermano, pero a partir de ese momento Jean-Pierre iba a tener que resolver solito sus problemas. Él iba a centrarse en su propio futuro.

–Suponía que Jean-Pierre no cambiaría, le gusta demasiado vivir como un libertino.

–Es un necio.

–Supongo que todos somos necios, cada cual a su manera –comentó, pensando en su frenético regreso a Inglaterra–. ¿Carlos sigue aquí?

–Sí, está en la biblioteca.

—Gracias, Swann. Hablaremos más tarde.

Philippe salió de la cocina, y subió por la escalera. Al entrar en la biblioteca, vio de inmediato a Carlos sentado en un sillón junto a la chimenea, con una botella de brandy medio vacía a su lado, y no pudo evitar hacer una mueca al ver su expresión melancólica. Su amigo no tardaría en encontrar a una hermosa mujer que le ayudaría a olvidar a Raine, pero entendía el decaimiento y el mal humor que debía de sentir en ese momento.

—¿Estás intentando vaciar la bodega en mi ausencia? —le dijo, mientras iba hacia él.

Carlos se sobresaltó al oírlo, y se levantó de inmediato.

—¿Qué demonios estás haciendo en Londres?

Philippe soltó un suspiro, y se sentó en otro sofá frente a su amigo. Tenía el cuerpo dolorido de cansancio.

—Sólo estoy de pasada.

—¿Has traído a Raine contigo? —Carlos se sentó de nuevo.

Philippe se volvió a mirar hacia el fuego con brusquedad, ya que sintió un alivio avasallador al comprobar que Raine no se había puesto en contacto con Carlos para decirle que había vuelto a Inglaterra. Aunque aún no fuera suya, no le pertenecía a ningún otro hombre.

—Está en Knightsbridge, con su padre —admitió al fin.

—¿En Knightsbridge? Cuando me fui de París, creía que estabas decidido a no perderla de vista ni a dejar que se apartara de tu lado ni por un segundo.

—Y lo estaba —Philippe se obligó a mirar a su amigo, y le dijo—: Cuando te fuiste, llevé a Raine a Madeira, con la intención de casarme con ella.

—*Meu Deus* —Carlos no se molestó en ocultar su sorpresa—. ¿Qué pasó?

—Que Raine me dejó claro que no quería casarse conmigo —le dijo Philippe, con una sonrisa carente de humor.

Tras un momento de silencio, Carlos empezó a sonreír. Philippe soltó una imprecación para sus adentros, porque estaba claro que a su amigo le hacía mucha gracia que Raine estuviera enloqueciéndolo.

—Ah.
—No pareces sorprendido —le dijo con sarcasmo. No podía culpar a su amigo por el hecho de que se alegrara de que por fin estuviera siendo castigado por sus pecados. Sin duda se trataba de un castigo más que merecido.
—Raine no es como la mayoría de las mujeres.
—Soy más que consciente de eso. Si fuera como la mayoría de las mujeres, habría estado dispuesta a matar con tal de poder conseguir un marido rico.
—Quizás se habría contentado con casarse contigo por tu dinero, si no hubieras tenido el mal gusto de hacer que se enamorara de ti.

Philippe se tensó, porque la posibilidad de que Raine lo amara creaba un barullo de emociones en su interior. Por un lado, sentía una felicidad inmensa por haber conseguido ganarse su corazón, pero, por otro lado, se había dado cuenta de que la había tratado con tal indiferencia egoísta hacia sus sentimientos, que era posible que ella jamás lo perdonara.

Sintió un dolor agónico que le atravesó el corazón, pero se obligó a apartar a un lado aquellos pensamientos derrotistas. No, no podía ser demasiado tarde. No permitiría que lo fuera.

—Entonces, está claro que tengo que encontrar otra manera de tentarla para que se case conmigo —dijo con voz suave.
—¿En qué has pensado?
—Si no quiere mis riquezas, a lo mejor aceptará mi corazón.
—*Meu Deus* —Carlos agarró la botella de brandy, y la apuró de un trago.

Philippe soltó una carcajada al ver la expresión atónita de su amigo.
—Sí, te entiendo.

El rostro de Carlos se endureció por un instante. Sus propios sentimientos hacia Raine aún estaban muy vivos, y le costaba aceptar que Philippe pudiera casarse con ella. Finalmente, se obligó a sonreír con un esfuerzo patente.

—Supongo que sólo me queda felicitarte.

Philippe se puso de pie con pesadez, y alargó las manos hacia el fuego. A pesar de lo cansado que estaba su cuerpo, su mente estaba inquieta y ansiosa por completar las tareas que tenía que llevar a cabo en Londres. Cuanto antes acabara, antes podría poner rumbo a Knightsbridge.

—Ojalá fuera tan fácil.

—¿A qué te refieres?

—Tengo la desagradable sensación de que Raine no estará tan dispuesta como tú a creer que la amo —sacudió la cabeza, y añadió—: Se ha convencido de que sólo la considero una posesión, y que pretendo dejarla en Madeira mientras supuestamente disfruto de un montón de amantes por todo el mundo.

—¿Era eso lo que pretendías? —le preguntó Carlos.

—La verdad es que apenas había pensado en el futuro, más allá de asegurarme de que Raine era mía de forma irrevocable. Supongo que di por hecho que cuando fuera mi esposa se contentaría con lo que estuviera dispuesto a ofrecerle, no me di cuenta de lo mal que me había portado con ella hasta que se fue.

—Sí, fuiste un verdadero malnacido.

Philippe soltó una carcajada seca, y se volvió hacia su amigo.

—Yo mismo me he llamado eso, y cosas mucho peores. La secuestré, la seduje, y la traté como a una cortesana sin importancia de la que pudiera deshacerme en cuanto me cansara de ella. Lo único que me pidió fue que le abriera mi corazón, y eso fue lo que me negué a darle. Si hubiera algo de justicia en este mundo, sin duda me vería obligado a pasar el resto de mi vida solo, sufriendo por la única mujer a la que jamás podría tener.

La expresión dura de Carlos se suavizó ante el dolor tangible de su amigo.

—Me he dado cuenta de que en este mundo casi nunca hay justicia.

—Menos mal, porque no pienso permitir que Raine se me escape de las manos —le dijo Philippe, con voz firme.

Carlos se cruzó de brazos, fue a apoyarse en el borde del pesado escritorio, y miró a su amigo con cierta curiosidad.

—Aún no me has explicado por qué estás en Londres y no en Knightsbridge.

—Antes de nada, tengo que saber lo que ha pasado con Seurat.

—¿No recibiste mi carta?

—Sí, sé que le obligaron a confesar y que Jean-Pierre salió de prisión, pero ¿dónde está ahora?

La curiosidad de Carlos se incrementó, y sus labios se curvaron en una pequeña sonrisa.

—Pedí que el rey lo mantuviera encerrado hasta que regresaras, para que pudieras castigarlo en persona por sus crímenes contra tu familia.

—¿Está en Windsor?

—No, creo que lo metieron en la misma celda que ocupó tu hermano. El rey pensó que era un detalle divertido.

—Bien —Philippe se llevó las manos a las caderas. Con un poco de suerte, al día siguiente estaría de camino a Knightsbridge antes de la hora de la comida—. Quiero que mañana por la mañana vayas a buscar a Seurat, y que lo traigas aquí.

—No pretenderás ahorcar a ese pobre hombre en tu propio salón, ¿verdad?

—No voy a hacer nada tan drástico.

—Entonces, ¿qué piensas hacer con él?

—Voy a liberarlo.

Carlos masculló una imprecación, y se acercó a él hasta que quedaron cara a cara.

—¿Acaso te has vuelto loco? Un par de semanas en una celda no habrán acabado con su deseo de vengarse de tu padre, seguro que está aún más furioso.

Philippe se encogió de hombros con indiferencia. La necesidad imperiosa que había sentido de castigar a aquel ser patético había quedado aplastada bajo su anhelo de demostrarle a Raine que podía cambiar.

—Puede que tengas razón, pero no pienso seguir protegiendo ni a mi padre ni a mi hermano de sus pecados. Tengo asuntos más importantes de los que ocuparme, de ahora en adelante tendrán que arreglárselas por sí mismos.

−¿Y qué pasa si Seurat decide convertirte a ti en el objetivo de su venganza?

−No lo hará.

−¿Cómo puedes estar tan seguro?

−Porque sabrá que su vida se ha salvado sólo porque Raine abogó en su favor, y que pronto será mi esposa.

Carlos sacudió la cabeza, y lo miró como si nunca antes lo hubiera visto realmente. De hecho, era así, admitió Philippe para sus adentros. Hasta que Raine había irrumpido en su vida, se había mantenido apartado del resto del mundo. Pero estaba dispuesto a sacrificar su propia felicidad con tal de que ella no volviera a sufrir nunca más.

−No tiene sentido −le dijo Carlos−. Has tardado meses en atrapar a ese tipo, y además te has gastado casi una fortuna para poder lograrlo. ¿Por qué vas a soltarlo sin más?

−Porque es lo que Raine quiere, y a partir de hoy voy a demostrarle que su felicidad es lo único que me importa.

29

Raine se incorporó al estrecho camino con el carro. El viejo caballo avanzaba a paso de tortuga, pero ella apenas notó la brisa gélida. Al salir de su casa aquella mañana, no tenía ni idea de lo que iba a encontrarse en casa del párroco. El hombre se había mostrado alentador cuando había hablado con él sobre la posibilidad de impartir clases a las niñas, pero no sabía si la gente del pueblo mostraría algún interés en la propuesta.

Al fin y al cabo, muchos padres necesitaban que sus hijas empezaran a ganar un sueldo desde que eran muy jóvenes, y había pensado que quizás se negarían a dejar que pasaran una tarde a la semana con algo que no iba a reportarles un dinero inmediato.

Sin embargo, se había sorprendido al entrar en casa del párroco y encontrarse el salón casi abarrotado de niñas, y lo más asombroso de todo era que todas ellas se habían mostrado ansiosas por aprender.

El calor que le llenaba el corazón conseguía mantener a raya el frío de última hora de la tarde. Aunque no iba a cambiar el mundo, al menos podría ayudar en aquel pequeño pueblo, y de momento le bastaba con eso.

Estaba sumida en sus pensamientos, tomando nota mental del material que tendría que encargar en Londres, y apenas prestó atención a las sombras que había a ambos lados del camino; al fin y al cabo, no era necesario, ya que como su padre había dejado de ser el Granuja de Knightsbridge, los caminos eran perfectamente seguros.

Al menos, tendrían que haberlo sido.

Mientras pensaba en cuántas pizarras y cajas de tizas iba a necesitar para los próximos meses, se tensó al oír un ruido entre la maleza. Se sintió inquieta al darse cuenta de lo sola que estaba en aquel lugar aislado, pero se dijo que debía de tratarse de un perro o de algún urogallo preparándose para pasar la noche, e intentó inútilmente que el pobre caballo acelerara la marcha. Estaba a menos de kilómetro y medio de su casa, en cuestión de minutos estaría sana y salva en la cuadra, y...

Soltó un grito cuando un enorme semental surgió de pronto de entre los árboles. Lo montaba un jinete con capa, que parecía aterradoramente corpulento bajo la luz mortecina. El corazón empezó a palpitarle a toda velocidad, y detuvo el carro. Dios, había sido una tonta al rechazar la oferta del párroco de acompañarla a casa.

El hombre pareció notar su miedo, porque hizo que el semental avanzara hacia ella. Un pañuelo le ocultaba gran parte del rostro.

—La bolsa o la vida —le dijo él al fin.

Raine se quedó sin aliento y sintió que se le encogía el corazón, pero no a causa del miedo. Reconocía aquella voz.

—¿Philippe? —dijo, con voz ronca. Su asombro y su aturdimiento se convirtieron en furia cuando él se bajó el pañuelo, y quedó al descubierto aquel rostro hermoso que había creído que no vería nunca más—. Por el amor de Dios, por poco se me para el corazón —le dijo con brusquedad.

Sus ojos verdes brillaron con una emoción indescifrable mientras avanzaba un poco más hacia ella.

—Tú pareces tener el mismo efecto en el mío, *meu amor*.

Raine aferró con fuerza las riendas, y el caballo sacudió la cabeza. Maldición. No podía pensar, apenas podía respirar, y estaba luchando por asimilar que Philippe no era producto de una pesadilla.

—¿Qué estás haciendo en Knightsbridge?

—No eres ninguna tonta —esbozó una sonrisa mientras observaba su rostro con avidez, y añadió—: Sabes muy bien lo que estoy haciendo aquí.

El orgullo herido acudió al rescate de Raine. Aquel hombre la había echado de sus tierras hacía un par de semanas como si fuera un deshecho, no pensaba volver a caer en sus redes.

—Lo cierto es que no tengo ni idea. Cuando hiciste que me fuera de Madeira, dejaste claro que no querías saber nada más de mí —Raine consiguió esbozar una sonrisa—. ¿Acaso has venido a secuestrar a otra joven del pueblo?

Philippe enarcó las cejas en un gesto de sorpresa.

—No estarás enfadada conmigo, ¿verdad? Fuiste tú quien rechazó mi oferta de matrimonio, y además me pediste que te devolviera al cuidado de tu padre. Es injusto que me castigues por obedecer tus deseos.

—No estoy castigándote, lo que pasa es que creo que no tenemos nada más que decirnos.

—Eso ya lo veremos.

Su voz tranquila no la alertó de sus intenciones, y Raine no se dio cuenta del peligro hasta que se inclinó hacia ella y la levantó del carro.

—Philippe, detente ahora mismo —protestó, al verse montada en la silla delante de él, mientras la rodeaba con firmeza con un brazo.

—No —se limitó a contestar él, antes de hacer que su caballo diera media vuelta y echara a andar por el camino.

Raine se aferró a su brazo. Era más que consciente de la dureza de su cuerpo y del aroma de su piel, que la envolvía como una fuerza tangible. A pesar de que él le había roto el corazón, seguía reaccionando ante su cercanía aunque no quisiera. Tenía el corazón acelerado, y la sangre le corría por las venas en un torrente de excitación. Dichoso hombre irritante... aunque estaba furiosa con él, una parte traicionera de su ser se estremecía de felicidad por su inesperada aparición.

—No puedes dejar mi caballo en medio del camino —le dijo, desesperada por distraerse de su traicionera reacción.

—Ese jamelgo no se moverá de ahí —Philippe hizo que su montura acelerara el paso—. Haré que Swann venga a buscarlo, aunque sería mejor para el pobre animal que le quitáramos las riendas y lo dejáramos libre.
—Y para mí también —masculló Raine.
Él se inclinó hasta rozarle la oreja con los labios.
—¿Qué se supone que significa eso?
Raine contuvo el aliento y cerró los ojos, mientras intentaba contener el deseo que se extendía por su interior.
—Significa que pasas gran parte de tu tiempo llevándome de un lado a otro, normalmente sin mi consentimiento.
—Si fuera tan tonto como para esperar a que me dieras permiso, nunca podría llevarte a ningún sitio, *meu amor* —su brazo la apretó con más fuerza, y sus dedos quedaron muy cerca de su pecho—. Es una idea atroz que no puedo ni imaginar.
—Philippe... —protestó ella, mientras intentaba apartarse de forma instintiva para que no lograra seducirla.
—No te retuerzas, Raine... a menos que quieras atormentarme, claro —le dijo él, con voz ronca de deseo.
—La idea tiene su mérito.
Philippe soltó una pequeña carcajada, pero no hizo ningún comentario mientras cruzaban el jardín de la casa de su padre y entraban en la cuadra. En cuanto el caballo se detuvo, desmontó y fue a hablar con el mozo de cuadra de avanzada edad que estaba en una de las esquinas.
Raine lo miró con suspicacia mientras hablaba con el hombre, que se apresuró a salir de la cuadra y cerró la puerta tras de sí. Cuando Philippe volvió a acercarse a ella para bajarla del caballo, la deslizó de forma deliberada contra su cuerpo antes de dejarla en el suelo.
Raine se tragó un gemido de placer mientras se obligaba a apartarse de él, y miró con ojos centelleantes el rostro que no había podido sacarse de la cabeza desde que había regresado a Inglaterra.
—¿Qué estás haciendo?
Philippe se encogió de hombros, antes de echar a un lado con naturalidad su sombrero y los guantes.

—Este sitio está lo bastante caldeado para que no nos helemos, y al menos tenemos algo de privacidad.

Raine se estremeció. De repente, la cuadra le pareció pequeña y oscura, y demasiado íntima con el dulce olor del heno. No quería estar a solas con aquel hombre, porque su cuerpo ardía en deseos de amoldarse al suyo, anhelaba que la abrazara con fuerza.

—No quiero privacidad, sino que vuelvas a Madeira y me dejes en paz.

—¿Es eso lo que has encontrado aquí?, ¿paz?

—Exacto —le dijo ella, pensando en las niñas deseosas de aprender con las que acababa de estar.

—Tu padre me ha dicho que has pasado el día en la casa del vicario, con tus alumnas.

—¿Has hablado con mi padre? —Raine lo miró horrorizada.

—Es un encuentro que se ha hecho esperar demasiado —con expresión pesarosa, añadió—: Le debía a tu padre mis más sinceras disculpas, además de la garantía de que tu futuro está debidamente asegurado.

Raine se volvió bruscamente para que no viera su expresión dolida. Philippe había ido porque se sentía culpable, nada más.

—Ya has asegurado mi futuro. Le encargaste a tu mayordomo que me entregara un sobre con tres mil libras antes de que me sacaran de tus tierras, ¿o es que no te acuerdas?

Philippe permaneció en silencio durante un largo momento, como si hubiera logrado darle en un punto sensible, y finalmente soltó un profundo suspiro.

—Eso estuvo mal de mi parte.

—¿Por qué? Es el método que la mayoría de hombres usan para deshacerse de las amantes que ya no les interesan.

—Maldita sea... —Philippe la agarró de los hombros, y la obligó a que se volviera para que lo mirara a la cara.

—¿Qué pasa?

—¿Quieres saber por qué te envié de vuelta a Inglaterra?

—Estaba claro que te habías cansado de mí, ya te había advertido que pasaría tarde o temprano.

—Nunca me cansaré de ti —sus manos ascendieron hasta enmarcar su rostro—. No ha habido ni un solo segundo en el que no hayas estado en mis pensamientos.

—No digas tonterías —le dijo ella, aunque sintió que se le aceleraba el corazón.

Él la miró claramente angustiado, y le dijo:

—No hay ni una habitación en mi casa que no contenga tu aroma, y en todas partes oigo el sonido de tu voz. Y en cuanto al jardín... sólo es un triste recuerdo de todo lo que he perdido. Estás marcada a fuego en mi corazón, y por eso me vi obligado a alejarte de mí.

Raine sintió que le flaqueaban las rodillas cuando sus palabras la golpearon de lleno. Parecía tan... tan sincero, como si realmente estuviera sufriendo.

De repente, se preguntó si era posible que Philippe la hubiera echado de menos, que se hubiera arrepentido de dejarla marchar. ¿Acaso había ido a...?

No. Ni hablar, claro que no. No iba a ser tan ingenua. Philippe no podría darle nunca lo que necesitaba, y ella no podría soportar que volviera a romperle el corazón.

—¿Se supone que tengo que entender lo que has dicho?

—¿Acaso hay quien entienda a un hombre enamorado?

—Dios mío... no, Philippe —Raine se zafó de sus manos, y fue a toda prisa hacia la puerta.

Él la atrapó con un par de pasos, la abrazó por la cintura, y hundió la cara en su cuello.

—No huyas de mí, Raine. Te lo suplico.

—No puedo seguir con esto —le dijo ella, mientras sus ojos se inundaban de lágrimas.

—Por favor, *meu amor*. Me dijiste que no necesitaba a nadie en mi vida, pero estabas equivocada, igual que yo lo estuve durante tanto tiempo. Pensé que estar solo me hacía fuerte, pero eso sólo era una excusa —alzó un poco la cabeza, y apretó la mejilla contra la suya—. La verdad es que era un cobarde.

Raine tuvo que aferrarse a las solapas de su abrigo para no desplomarse.

—¿Tenías miedo de mí?, eso es absurdo.

—Tenía miedo de dejarte entrar en mi corazón —soltó un gemido gutural, y añadió—: No, eso no es verdad. No tuve opción de decidir si quería dejarte entrar o no en mi corazón, tú te metiste hasta el fondo sin invitación. Lo que me daba miedo era admitir lo mucho que significabas para mí, hasta qué punto habías llegado a formar parte de mi vida. Por eso estaba tan desesperado por convencerme de que sólo eras un capricho pasajero.

—Una amante —le dijo ella, mientras recordaba con dolor sus regalos.

—Exacto. Una amante no rompe el corazón de un hombre, o eso creía hasta que te conocí. Pero a pesar de que intenté engañarme a mí mismo, en el fondo sabía la verdad. ¿Por qué si no estaba tan frenético por encontrarte cuando desapareciste de Londres?, ¿por qué te obligué a viajar conmigo a París?, ¿por qué pasé cada momento intentando atarte a mí con tanta fuerza, que nunca pudieras escapar? O soy un demente, o ya sabía que eras la mujer que estaba destinada a ser mi futuro.

—Son unas palabras preciosas, pero no cambian la razón por la que te dejé, Philippe.

—Ya lo sé, *meu amor*. Sólo me pediste que aceptara que te necesito, y he venido a decirte que es así. Te necesito tan desesperadamente, que haré lo que sea —se arrodilló frente a ella de repente, sin dejar de mirarla a la cara—. Incluso arrodillarme a tus pies si eso es lo que quieres, para demostrarte que estoy vacío y perdido sin ti.

—¿Qué estás haciendo? —le dijo ella, atónita. Jamás habría podido imaginar que Philippe Gautier estaría dispuesto a arrodillarse por razón alguna.

—Tengo algo para ti. De hecho, tengo dos regalos.

—Por el amor de Dios, ¿aún crees que puedes comprarme?

—No, te aseguro que estos regalos te van a gustar —le dijo él, mientras se sacaba un papel doblado del bolsillo del abrigo.

Raine se tensó al recordar el día que se había ido de Madeira. Si pensaba darle otras tres mil libras, iba a ponerle un ojo morado. Quizás incluso le rompiera aquella nariz perfecta que tenía.

Desdobló el papel con dedos temblorosos, y frunció el ceño al ver que no había ninguna sorpresa desagradable.

—¿Es una carta? —murmuró. Al leer lo que había en la parte inferior de la hoja, abrió los ojos como platos—. Dios mío, está firmada por el rey de Inglaterra.

Philippe, que aún seguía de rodillas, la miró con una sonrisa que la dejó sin aliento y le dijo:

—Le pedí que te confirmara que Seurat ha quedado libre.

Raine inhaló profundamente varias veces. Estaba acostumbrada a que Philippe irrumpiera en su vida y sembrara el caos, pero aquello no tenía sentido.

—¿Has hecho que lo liberaran?, ¿por qué?

—Porque es lo que tú querías. Y de ahora en adelante, voy a demostrarte que haré todo lo que sea necesario para hacerte feliz.

Raine se humedeció los labios, mientras intentaba asimilar que realmente había hecho aquel sacrificio por ella. Seurat había amenazado a la familia de Philippe, y ése era el peor de los pecados para él. Sin embargo, había renunciado a su deseo abrumador de castigarlo... y lo había hecho por ella.

—No... no sé qué decir —susurró.

Philippe se puso de pie, y volvió a meterse la mano en el bolsillo.

—Aquí está mi otro regalo —le dijo con suavidad.

Raine bajó la mirada, y vio cómo le ponía el medallón en la mano. Sus ojos se llenaron de lágrimas al ver aquella joya tan preciada, porque sabía que para aquel hombre tenía más valor que todas las joyas de Europa.

Alzó la mirada hacia la suya, y le dijo:

—El medallón de tu madre.

—Ella querría que lo tuvieras —le aseguró él, con una sonrisa—. Eres la única mujer que he conocido en mi vida que es digna de ella.

—Pero no lo soy, Philippe. No soy más que la hija de un marinero.

—Eres Raine Wimbourne —la tomó con cuidado entre sus brazos, como si temiera que fuera a rechazarlo—. Eres una mujer digna y honorable, con un corazón dulce y generoso que da felicidad a todos los que se encuentra. Una mujer que prefiere vivir en la pobreza, a aceptar la torpe proposición de matrimonio de un hombre que no se la merece.

—Nunca he pensado que no me merecieras, Philippe.

—Pues deberías haberlo hecho —la miró con una expresión llena de abatimiento, y la apretó con fuerza contra su cuerpo—. Quería que me amaras, quería que me entregaras hasta tu alma sin arriesgarme a hacer lo mismo. Fui un necio, y he pagado un precio muy alto —posó los labios en su frente, y añadió—: Te amo, Raine. Por favor, dime que no es demasiado tarde. Dime que puedes perdonarme.

Raine esbozó una sonrisa. Philippe se había tragado su orgullo y había ido a buscarla, y había hecho que liberaran a Seurat sólo porque sabía que la haría feliz. Además, había dicho las palabras mágicas... «te amo». Con el corazón lleno de felicidad, alzó una mano lentamente y le acarició la mejilla.

—Te perdono, si me prometes algo.

Él se echó un poco hacia atrás, y la miró con desesperación.

—Lo que quieras. Todo lo que quieras.

—Debes prometerme que, de ahora en adelante, te olvidarás de este terrible hábito tuyo de secuestrar a pobres mujeres indefensas.

Tras un momento de silencio, Philippe soltó una sonora carcajada. La levantó en sus brazos, y la apretó con fuerza contra su pecho.

—Puedo prometerte sin ningún género de duda que la única mujer a la que secuestraré será mi hermosa, atrevida, y osada esposa —sus ojos se oscurecieron con un deseo ardiente, y añadió—: Y voy a mantenerla cautiva durante toda la eternidad.

Madeira, un año después

Tal y como solía hacer siempre, Raine disfrutó del desayuno en el hermoso jardín. Era un rato en el que podía disfrutar de algo de tranquilidad, antes de empezar con el ajetreo de organizar y supervisar las tareas de la casa y de reunirse con los numerosos lugareños que acudían a ella para que los ayudara, pero en las últimas semanas se había dado cuenta de que el aire fresco paliaba un poco las náuseas matutinas.

Al levantarse de la mesa, se acarició con gesto ausente su vientre ligeramente abultado, que era el único signo que indicaba que pronto habría alguien más en la familia.

Philippe estaba entusiasmado, por supuesto... al menos, cuando no estaba preocupándose hasta el borde de un ataque de pánico. Desde que se habían casado, había demostrado ser un marido increíblemente protector, y siempre estaba pendiente de ella y asegurándose de que no se cansara ni corriera el más mínimo riesgo. Sin embargo, desde que sabía que estaba embarazada se mostraba casi insoportable. Si por él fuera, estaría acostada todo el día y rodeada de docenas de criadas atendiendo todas y cada una de sus necesidades.

Aunque lo cierto era que le encantaba que se mostrara tan atento. Aunque pareciera imposible, a lo largo de aquel año el amor que sentía por su marido había ido profundizándose aún más. Su matrimonio no siempre era fácil, porque ambos eran muy testarudos y era inevitable que tuvieran alguna que otra discusión, pero con el paso de los días habían ido desarrollando una relación que contenía mucho más que mera pasión. Eran amigos y compañeros, trabajaban codo con codo para que las numerosas empresas de Philippe siguieran prosperando, y supervisaban juntos los centros benéficos que ella había creado.

Era una vida agitada y maravillosa, con la que ella jamás se habría atrevido a soñar siquiera.

Mientras subía por la escalera, su ensoñación satisfecha se interrumpió cuando oyó que Philippe mascullaba imprecaciones en su despacho. Se sorprendió tanto por el hecho de que hubiera regresado tan pronto de su inspección diaria de los viñedos, como por su obvio mal humor, y fue hacia allí.

Como siempre, el corazón le dio un pequeño brinco cuando vio al hombre que le había cambiado la vida. Llevaba una chaqueta bastante desgastada y unos pantalones informales, pero aun así no parecía un mero mortal, sino un dios.

Se permitió el lujo de observarlo a placer mientras él se paseaba de un lado a otro de la habitación con actitud furiosa, y sintió que un deseo cálido y delicioso le recorría las venas. Nunca, jamás se cansaría del hecho de entrar en una habitación y encontrarse a Philippe esperándola.

Soltó un suspiro de felicidad, y entró en el despacho. Con un poco de suerte, no tardaría en calmar a su marido y distraerlo de lo que lo tenía tan indignado, porque tenían varias horas libres antes de que llegaran los niños y las niñas para sus clases de lengua inglesa... y sería de lo más placentero que pasaran aquel tiempo en sus habitaciones privadas.

—Por Dios, Philippe, ¿qué es lo que pasa? —le preguntó, sin poder ocultar una sonrisa.

Él alzó la hoja de papel que tenía en la mano, y le dijo:

—Acabo de recibir la respuesta del señor Boland. Ese majadero ridículo tiene la osadía de rechazar mi oferta de venir y quedarse en casa hasta que nazca el bebé.

Raine sacudió la cabeza. Philippe se había empeñado en hacer que el médico más afamado de Londres fuera a la isla, pero ella se había mostrado en contra de aquella decisión.

Prefería al médico local, que no sólo era un hombre cabal, sino que además había asistido cientos de partos a lo largo de los años.

—Te advertí que un médico con su reputación no querría abandonar su consultorio durante semanas, sólo por tener el honor de traer a tu hijo al mundo.

—Nuestro hijo... o hija —Philippe se acercó a ella, posó una mano sobre su vientre y se lo acarició con ternura. Era una costumbre que había adquirido desde el mismo momento en que se había enterado de que estaba embarazada—. Y teniendo en cuenta que le ofrecí una fortuna, tendría que mostrarse agradecido.

Raine colocó una mano sobre la suya, y le dijo con suavidad:

—Es obvio que no es tan inteligente como tú creías.

—Sí, eso está claro.

—No te preocupes, mi amor. Ya te he dicho una y otra vez que me doy por satisfecha con el médico que tenemos aquí.

La expresión de Philippe se oscureció, y sus ojos se llenaron de preocupación.

—Quizás deberíamos volver a Londres hasta después de que nazca el bebé.

Raine se tensó de inmediato, alarmada. Iba a hacer falta un batallón para obligarla a alejarse de su hogar.

—De eso ni hablar —le dijo con firmeza—. No quiero tener que aguantar ese aire frío y húmedo en este momento, y además, quiero que nuestro hijo nazca aquí. Éste es nuestro hogar, el lugar donde vamos a criar a nuestros hijos, rodeados de gente a la que queremos.

—Pero, si surgiera algún problema... —las facciones de Philippe se suavizaron con la adoración que ya siempre revelaba abiertamente—. No podría soportar perderte, Raine.

Ella posó una mano en su mejilla, mientras una felicidad inmensa le inundaba el corazón.

—No habrá ningún problema, pero aun en el caso de que lo hubiera, confío más en alguien a quien conozco que en un desconocido. No pienso ceder en esto, Philippe.

A pesar de que su tono de voz era suave, él la conocía a la perfección y se dio cuenta de que no iba a ceder. Soltó un suspiro, y la abrazó por la cintura.

—¿Te he dicho alguna vez lo testaruda que eres?

—Me lo dices una vez al día por lo menos —Raine lo miró con coquetería, y añadió—: pero te perdono si también me dices cada día que me amas.

—¿Cada día? Eres muy codiciosa, pero supongo que por el bien de nuestros hijos voy a tener que ceder a tus exigencias —la alzó en sus brazos, y la llevó hacia la puerta—. Aunque yo también tengo mis propias exigencias, por supuesto.

Raine soltó una risita, mientras sentía que su cuerpo empezaba a derretirse de deseo.

—No sé si recordarás que fueron tus exigencias las que provocaron mi estado actual.

—Mmm... —Philippe bajó la cabeza, y empezó a besarle el cuello—. No sé si me acuerdo del todo, creo que vas a tener que recordármelo.

Raine le rodeó el cuello con los brazos, y le dijo:

—Philippe, esto realmente debe de ser el paraíso.

Él la miró con una sonrisa cálida y tierna, y le contestó:

—Hasta que tú llegaste, sólo era otra casa más en una isla. Tú has convertido mi hogar en un paraíso, *meu amor.* Y eres mi propio ángel.

Títulos publicados en Top Novel

Sueños de medianoche – Diana Palmer
Trampa de amor – Stephanie Laurens
Resplandor secreto – Sandra Brown
Una mujer independiente – Candace Camp
En mundos distintos – Linda Howard
Por encima de todo – Elaine Coffman
El premio – Brenda Joyce
Esencia de rosas – Kat Martin
Ojos de zafiro – Rosemary Rogers
Luz en la tormenta – Nora Roberts
Ladrón de corazones – Shannon Drake
Nuevas oportunidades – Debbie Macomber
El vals del diablo – Anne Stuart
Secretos – Diana Palmer
Un hombre peligroso – Candace Camp
La rosa de cristal – Rebecca Brandewyne
Volver a ti – Carly Phillips
Amor temerario – Elizabeth Lowell
La farsa – Brenda Joyce
Lejos de todo – Nora Roberts
La isla – Heather Graham
Lacy – Diana Palmer
Mundos opuestos – Nora Roberts
Apuesta de amor – Candace Camp
En sus sueños – Kat Martin
La novia robada – Brenda Joyce

www.ingramcontent.com/pod-product-compliance
Lightning Source LLC
LaVergne TN
LVHW030333070526
838199LV00067B/6253